和爱的颂歌

AN ODE TO HEAI TOWN

汤涛 汤君逸 ◎ 著

上海三联书店

自　序

相当长的一段时期,我经常耽想在文学上有所作为。

可文学这厮,却每每扮作天边的云彩,总在远远地躲着我,甚至做出奚落的表情。

简直不可救药,我竟然执迷于它的匿藏,享受着它的揶揄。

世上最有趣又揪心的事体,大概莫过于对一件事物的孜孜矻矻。就如耕种者期盼稻穗,孤独者渴望温情,异乡人巴望炊烟,而文学注定成为写作者抹不去的乡愁和不二归宿。

呈现在读者面前的这本文字结集,为阶段性的部分创作成果,前后跨度二十余年。自始龀之年以降,我与文学创作,如影随形,无论是在故乡的祖屋、熙攘的街市,还是在寂寥的戈壁、闲美的原野,或是在尺牍和授业的劳逸之间,写作已然成为最长情的陪伴,内化为一种生活存在。

这本结集,有小说、散文、文论和诗歌,有些曾经发表,多数是累年创作的精选陈酿,系首次面世。这些文字,从赣鄱平原一个叫和爱的地方出发,横渡湖江,跨越山丘,漂洋过海。文集的出版,姑且是写作者对童年的脱帽致敬,对青春的顾盼流连,对世间风物的嬗变观照。同时,更是成年的我与少年写作者汤君逸之间的遐迩一体,惺惺相惜。

约翰·厄普代克说:"写作确实是一门美好的艺术。""我只是对人生之谜感兴趣。我何以来到这个世界?我为何是我而不是你?"时间在纸页上缓缓流淌,无论是热望、哀愁、纯真、孤独还是欢娱,惟想在文学的云彩之上,写作的心灵能够不停歇地低吟浅唱或欣欢颂歌。

最后,感谢翘首期待本书问世的家人、朋友和读者。

目　录

卷一

你是安静的乡愁，我爱你至柔的法度

少年和爱 ·· 3
小镇西犯 ·· 32
事发半夏 ·· 42
自由中卫 ·· 55
拔腿就跑 ·· 85

卷二

山河故人，踏莎行处觅心安

野野的湖 ·· 123
扁舟寻楼 ·· 132
布衣南通 ·· 142
发现徽商 ·· 151
契阔湘西 ·· 160

和爱的颂歌

京华征象 …………………………………… 168
圣地秘境 …………………………………… 179
忘却的纪念 ………………………………… 190

卷三

越陌度阡，吾紧紧怀抱和爱

西飞三城 …………………………………… 207
宫廷拜会 …………………………………… 218
范塔斯斗牛 ………………………………… 227
脚入马镫 …………………………………… 235
平安京 ……………………………………… 242
亲历暴走族 ………………………………… 249
耕友寮 ……………………………………… 260
问题与判断 ………………………………… 270
漫画大师 …………………………………… 286
传芭代舞 …………………………………… 296
哲匠 ………………………………………… 303
奢望主妇 …………………………………… 307
工业化下的蛋 ……………………………… 313
Aloha 阿罗哈 ……………………………… 322
八情状 ……………………………………… 333
好吃的菜 …………………………………… 344
贝壳丁当 …………………………………… 352

卷四

一群思南的水鸟，飞向它们的湖泊

蛇精格非	357
一个人留给她的影响	365
被遮蔽的王伯群	373
汪辜会谈	384
纷纷讲座	392
本色国文	397
鲜衣怒马	402
温暖梦境的河流	409
古阃美阖	415
余不跟风	419
嘎公的碗水曲	423
盗亦有道	430
感师恩慢	438
一弦清一心	441
落尽梨花	444
卷春空	447
悲悯与救赎	449

卷五

让我全部的生命，反哺永久的家园

恋园的白鸟	469

4　和爱的颂歌

这横山	471
生日消息	473
雪地上的七行诗	475
孤旅	479
八大山人	483
高醉	486
白色夜归	488
兄弟，开开门	490
无果树	492
南乡子	494
猎狩	497
记梦	499
零传说	501
第六根琴弦	506
掌纹	509
南马	511
擦肩而过	513
探春令	516
怀念五月	520
守望离别	524

卷一

你是安静的乡愁，
我爱你至柔的法度

少年和爱

第二天晌午,童川笃笃笃地准时敲响了我的窗户。

我把脸贴着玻璃,食指比划着说:"快,走老地方。"出现在我小屋门槛的时候,童川怀里正抱个西瓜,短裤斜在一边,黑黑的肚脐眼露在外面。

他像玩着皮球,把西瓜向空中抛了一个弧线,然后用土布背心擦拭西瓜皮上鲜润的泥渍。

童川朝我努努嘴说拿刀拿刀。

没有像往常那样,童川把西瓜切成莲花状,而是在瓜上捣了个三角洞,然后从短裤的屁股袋里掏出一包烟盒,烟盒里裹着一大坨红砂糖。童川对我说,把砂糖灌进瓜瓤里,半天后,瓜瓤化成水,甜死你。

我嘻嘻地谄笑,抱过西瓜,屁颠屁颠地把它藏在床底下的脸盆中,上面覆盖一块木板。

童川习惯地在我的书桌前转悠了一圈,抓起一把棋子,说:"我们下棋吧。"

我们下的棋叫西瓜棋。这种棋布局很简单,对弈双方各执六子,只要把对方的棋子围堵得没有活路,对方就算死子。最先吃完对方棋子的为赢家。

我执黑子,童川执白子。童川十岁,我比他小三岁,所以每次都是让子棋。

这一次我提出抗议,认为这不太公平。

童川说好好好这次就依你,不下让子棋。

对抗、阴谋和诡计像空气一样,流行在我们的棋局上,棋至中盘,我方略显优势。我抖着小腿,捏着自己的鼻尖(我一得意,就做着这些动作,至今仍保留这个习惯),不怀好意地看着童川,他却不动声色。当时我在想,童川的心情,肯定像窗外的烈阳,白花花地嗞嗞乱响。这时,一只老鼠探头探脑,窥视着脸盆里的西瓜。

我得意地跳起身,对童川说,"床底下有个老鼠洞,西瓜有危险,怎么办?"

童川伸出他颀长手指,朝下做了一个砍的动作,说:"干,掉,它!"

西瓜被切成半球状,瓜瓤透出土地的温热,填进了我们的嘴里。我们哼哼哈哈地腾出手,继续与对方厮杀。

十年后,在我去东海边的大城市谋生时,我仍然在想着这盘残局,我之所以如此耿耿于怀,除了与童年的记忆有关,主要因为这盘绝杀局,幽冥之间,暗示着一场命运的变化多端。

只要童川白子往下一压,我就输定了,如图:

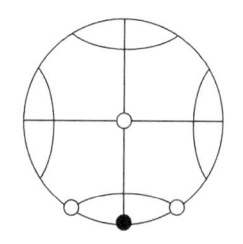

(西瓜棋：我执黑，童川执白)

可等了整整一个夏季，我都不见童川往下推压的手势。

夏日的中午，童川母亲叫他回家的声音，和他仓皇奔蹿的脚步，咚咚咚如那天午后的一场雷雨，在我目力所及的地方，遍地淋漓。

童川母亲喊他回家的声音，沙哑而瘆伤的悠长，把知了的聒噪都压低了三分。他走后，下了一场暴雨，这场暴雨是我到达和爱镇罕见的一场雨。

在我准备关窗的时候，我被肆虐的暴雨震慑呆了。所有的植物，特别是茂繁的树枝，和呈青褐色的芭茅，都被迫朝一个方向俯冲，地面流淌着泛滥的雨水，屋顶层层叠叠的瓦片都不堪抵挡，室内细雨纷纷。

在我伫立窗口的时候，窗户斜对面的屋里，连拐带跳地跑出一条黑影来，他的头朝他奔跑的相反的方向时断时续地张望。后面好像有人追赶，跑进雷雨的原来是童川——他的土布背心的胸前，印着一个红彤彤的"6"号数字。

随着一声断喝，他像被一种魔法震住，迅疾而僵硬停止正在奔跑的脚步。

暴雨在童川脚步的周围和头顶溅起濛濛水雾，他的手不时地掠过眼睛,以防雨水蒙住视线。

童川准是又挨了他父亲的打。

他挨父亲的打已经不是第一次,他的父亲每次下手都很毒。

记得有一次,童川想要去钓鱼,但没有鱼竿。他跑到和爱镇西头的左顺公家讨竹竿,左顺公翻着白眼对他说,我的竹竿从不白给人的。

童川摸着空荡荡的口袋,很是悲观,然而还是拍拍胸脯说:"我明天给你送钱,行吗?"

"我还没有给人赊过账呐。"左顺公挪过一把竹椅,从腰间拔出一支镀银的烟管说。

"那我给你现钱,总行吧。"

左顺公瞟了童川一眼说,"五毛一根,一块钱三根。"

"好,你等着,我取钱去。"童川说。

左顺公喷着烟圈:"臭小子,快去快回。"

童川一步一缩,退出左顺公的视线,然后一闪身——他不是回家,而是朝左顺公屋后的竹林方向猫腰蹿去。

童川从竹林中挑选了一根最合意的竹竿。他迅速掏出一条小钢锯,在竹子根部疾速地锯动。生活中的有些事情童川是怎么也无法预料到的,当他感觉到右后背一阵火辣辣的疼痛掠空而过,接着左后背同样一阵火辣辣的疼痛产生时,童川是万万不能设想,这是他父亲用竹鞭在打他。

意外的灾难,顿时使童川联想到左顺公那张恶狠狠的老脸。他此刻只有语言求救实行自卫:"别打我,左公公,我不偷你的竹子,我会付你钱的"。

"你还有钱?嗯,哪里来的钱?"童川的手卡在竹子根部,钢锯条"嘎嘣"拦腰折断。

熟悉的诘问声,使他神经质地一个翻身,像特务被抓,仰天跌坐在地上,凄厉的一声哀求:"爸,下次我再也不敢啦!"

童川被他爸抽打后,躲在我的竹床上躺着,我用青纱布给他按摩了将近一个下午,两条倒八的鞭痕,让他睡觉时疼痛得变了脸型。

行文至此,我想我有必要中断一下目前的叙述,说说我自己与和爱镇的关系。

我七岁那年寄养的地方叫和爱镇。

这座小镇地处水系纵横的鄱阳湖平原,和爱镇有座我爷爷遗留的一块祖产,房屋是五榀带院的硬山式青砖瓦房建筑。由于祖父过世得早,父母又在离镇四十公里远的洪都谋职,这座房屋便租赁给一个远房表叔居住。

暑假期间,来和爱镇避暑是遵照父母的主意。

初次谋面,表叔就特别关照我,少和邻家的童川交往,那小子特别野,父亲也很凶,母亲患有痨病,你千万不要学他,我要对你父母负责云云。

对于表叔的初次嘱托,我很好奇,童川是谁?为什么不可以跟他交往?但我还是心怀叵测地点点头。

表叔把我安排在靠最东边的一间房居住。我住的房间,有两扇玻璃窗户,透过玻璃可以瞭望到一片沙洲和沙洲上的芭茅,以及沙洲边缘的碧波荡漾大塘湖。

夏天的大塘湖,无论是早晨还是黄昏,都有各种水鸟袅袅娜娜地起落栖息。窗户的斜对面有一户人家,在回廊里,常常可以看到一位瘦弱的妇人,半躺在摇椅上,手中摇把麦秆扇。一个和我相仿的男孩,一日三餐在她的身边转悠,男孩的动作很敏捷,不是端茶倒痰盂,就是帮着打扇送毛巾。

妇人的丈夫很少出现,丈夫出现的时候,男孩和妇人都显得很拘谨。

男孩就是表叔警告我,少和他交往的那个人,他叫童川。

屋子的窗户,是我的房间唯一与外界直接接触的通道。在表叔家玩耍的最先的新鲜感消逝后,我习惯端坐窗前看从家里带来的《格林童话选》和《十万个为什么》,然后观水鸟,看芭茅吐火灼灼的缨须。

我发现,童川推铁圈的技术在和爱镇无以匹敌。

随便选块空旷的场地,用石灰划两条相距两指宽的平行线,从东倒西,或者从南到北,约百米远,他的铁圈就像他饲养似的,稳稳当当地在平行线内运行,从不超越线外或者中途倒地。

童川推动铁圈摩擦的嘶嘶声,在整个和爱镇的上空,霸气横秋。现在,童川在他的屋前场地已经推了两个来回,他的路线以他母亲的摇椅为起点,经过我的窗前,又以他母亲的摇椅为终点。这次童川把他的铁圈停在我的窗前,他问:

"我怎么老见你呆在家里。"

"我没伴玩。"

"铁圈会推吗?"

"我表叔说……你的技术我学不会。"

"太容易。"童川试着表演绕了一小圈,停下来继续问:"喂!你会下棋吗?"

"当然会,象棋?围棋?跳棋?还是军棋?"

"都不是,是西瓜棋,像铁圈,中间一个'十'字。"

童川没有表叔说的那么可怕。每次下棋之前,他总是捎带一些莲蓬、香瓜,或者我叫不出名的从土地里长出的东西给我吃,有次甚至是几颗小白兔奶糖。

就在童川抱回西瓜的前一次,他说倘若我能赢他,他准给我一个惊奇。

我说什么惊奇,他说你先别问,见到了你就知道。

那天下棋,我的棋力特别偏激而蛮横,童川败得很惨。

后来的事情使我明白,他是故意输给我的。从前下棋,总是由童川说了算数。他说,谁是赢家,谁就贡献输家东西吃,我当时不知道,童川的目的是要我和他做朋友,才这么约定俗成的。

当我唯一赢他一回时,他却更弦易辙:"输家给赢家贡献东西吃,天经地义。"童川带来的西瓜,左顺公向他的父母告状说,是童川从他的瓜地里偷摘的。

关于这个品德问题,我探问过他好几回,每次他都用别的话题支吾过去。

当我第二年暑假再次来到和爱镇,在我们的一次对话中,童川说出了问题的实质。

"左顺公的西瓜是眉娇摘的。"

"那么红砂糖呢?"我问。

"红砂糖是我母亲煎中药的配料。"

我再问:"烟盒呢?"

"烟盒是我顺手从父亲衣袋里掏的。烟盒里还藏着一根烟,我冒着险点了一支,妈的,被呛得猴头狗颈,烟头甩进了垃圾堆,我还恨恨地碾了它一脚。"

"这件事你应该叫你父亲知道。"我说。

童川哼哼两声,眼神有些蔑视。

"你这样做,是怕你父亲,还是让你父亲后悔?"我说。

"切,世界上哪有他后悔的事?有才怪呢!"

"眉娇也真自私,竟然让别人去帮她背黑锅。"我心里有些愤愤不平。

"你不知道,我的狮子狗把她家的母狗给干了。"

"啊!你是要包庇和回报她,还是你们两个人本来就是同谋?"

"你只说对了一半。开始不是,后来变成了是。"

现在,童川仍像一株直挺的小树,暴露在雨中。胸前的"6"号数字,由于雨水的冲刷,红色已浸淫着他的前半身。

我忍受着一种内心的煎熬,我不允许我熟悉的人遭受虐待,就像大人有权惩罚小孩一样,我应该把童川叫回我的小屋。

正当我放弃关闭窗户的行动时,穿着花布对襟的眉娇,突然歪歪斜斜靠近到童川的身后,双手擎着一把油布伞。他朝眉娇嚷了一句什么，接着推了她一把，伞在空中滑了一个弧形，跟着又弹回到原来的位置。童川逃出伞的保护圈，油布伞尾随而上。

童川舞动双拳，喊叫连声。眉娇抹了一把脸，把伞往童川手里一塞，扭身跑走。

他朝眉娇跑开的方向伸扬了一下手，正准备追赶。这时候，屋里传出怒吼的制止声。

童川在滂沱的雨中，浑身颤抖。这也许是一种寒冷的生理反应，这种因为外因引起的颤抖，是蚕在制作茧丝前的蛹动，是众多溪流中的一条，是冲出城堡的一座索桥，是巨石下一棵生命力极强的芽，是通往无限险峰的一条道，是推动船帆驶向彼岸的风。

童川从身体各个部位产生的颤抖，如那天的雷阵雨，让你联想到暴雨过后，街道地面被冲毁的景象，简直遍地狼藉。

在一个乌落黄昏的日子，表叔与我相对而坐。

表叔和我谈话时，我的心事一直闪烁不定。

他谈论的内容，每次总是涉及爷爷。

关于爷爷的往事，父母偶有提及，但爷爷的故事，在整个和爱镇经久不衰地流播着。

"你爷爷整天价日一顶瓜皮帽，人高马大，一袭皂色长袍，外套丝绸马褂，趟着八字脚，活像个开明绅士。"表叔说，"你爷爷像你年纪大的时候，不，大概比你大个几岁，写得一手好诗文，从抚州临川小浆市出发，行踪漂泊莫名，最初跑到湖北黄冈开馆授徒,后来私塾一场大火,毁于一旦。时间在逃亡的不同地域模糊新鲜,新鲜而厌倦。你爷爷于是自学篾工,七年后,背着篾制刀器,从黄冈渡过长江,过湖口,泛舟鄱阳湖。在雨水连绵的季节,六百多里长的信江河畔繁茂的翠竹,把你爷爷击打得目瞪口呆。爷爷把篾制竹器从肩头一卸,于是,数不清的斗笠和变化多姿的竹制品,通过你爷爷的手,在乡民的头顶,和乡民日常生活中遍处流行。获得第一桶资金后,购田置地是你爷爷最大的癖好,你爷爷站在镇上最高的东冈岭的制高点,用手指指点点,给许多叫不出名字的地方重新命名:仙剑岭、外矶坪、徐婆湖、枫树濠、大学塘、毛溪渡、松树崛、蛇皮沟……我现在耕作的几块水稻田,分派在外矶坪,出着粮食哩。"

表叔在不断地叙说着爷爷的嗜好和轶闻。

其实,爷爷身穿锻花丝绸马褂的形象,跟他的一妻二妾,通过族谱、照片、画像,和父母的言传熏陶,我早已耳熟能详。

爷爷在我的心目中,哼!算什么呢?爷爷顶顶不会体贴人,比如童川,爷爷应该教导童川的父亲,对儿子不能动辄就是棍棒和处罚。爷爷你那些陈年老账,田地湖泊算什么东西呢。

我有些心猿意马,呵欠欲眠。

表婶见我要睡觉的样子,就装着咬牙切齿的表情,用纳鞋底的大头针戳着表叔的肩头。表叔摸着针戳的部位,意犹未尽地嗔怪着表婶。

表婶麻利地扯着表叔的手袖,对我说:"唐如渊,睡觉吧,你表叔他就爱唠叨。"

我见表姊拖着表叔离开了小屋回到西厢房,就紧紧闩闭房门,趑身推开旁侧腰门,爬过院墙,看见童川正蹲在那儿等着我。

童川的长裤绾到大腿根部,腿肚的泥巴在月光下泛着干白。他说:"鱼罢装备完毕,明早准备收获鳝鱼。"

我和童川伸手击掌,然后贼劲地哈哈大笑。

我的脑海里长期存在着这样一幅情景:

三条人影行走在夏天的早晨,在绿色的曙光下,地虫的嘤鸣,像夜空的星星一样闪耀,泥土如同潮湿的空气一样芳香,时不时的一大水滴,从树叶上或枝丫上,落在溪面发出轻轻的脆响。

童川走在前头,在细长的田垄道上,一步一蹭,肩头的鱼罢笼头,一蹦一跳。

眉娇夹在我们中间,咯咯地笑,手中扬根细条竹竿,在我和童川之间,拂拂点点。我一手提着凉鞋,一手像贵妇人担心裙裾遭水溅湿一样,提着裤头,深一步浅一脚。丰收的喜悦,如曙光一样富有意义。

我们行走在田亩的土埂,没有什么理由让我们停下来,我们的脚下生根,像田野的绿色植物,用树叶生存的方式,进行悄无声息的呼吸,我们屏住双眼,赤脚在含露的青草地上,用心磨蹭,我们手拉着手,跳过一条又一条沟涧,没有什么理由让我们静止,除了镇头的狗吠来提醒我们,要进行必要的分手。

童川把鳝鱼分成三份,我拒绝平分。

童川又把鳝鱼摆成两份,我取了一条脊背一根黑线的黄鳝饲养着玩。这条圆滑的家伙,在一个深夜,顶开玻璃瓶口上的盖,逃出来时,被表叔的猫给吃掉了。

眉娇想跟我一样,但遭到童川的严厉批评:"你要是拒分,下次你的事我可一概不管。"

眉娇嘟噜着嘴,将鳝鱼装进竹篓,然后朝我嫣然一笑。

我们都相视而笑,而且头碰头,手拍着手,晃着身子,唱着当地的歌谣。

"天上一颗星,地上一个人;天上的星星怕太阳,地上的大人怕草绳;羞羞羞,怕草绳……"这种情景于我的人生,像稀有的蝴蝶标本,像恐龙卵蛋化石。即使成年后周游祖国大地,远走世界各地,惯见各种风情,但这种童年的记忆,一直保存在我的脑库,时时映现。

我回表叔家的路上,正碰上我的父亲。父亲说来看望我,可父亲同我待的时间极少,其实,他是来商谈拍卖爷爷留下的祖产,包括我现在居住的房子。

父亲跑到镇公所,请来几位房族的长老,围着八仙桌,讨论了三个晚上。

父亲从不让我参加他的座谈,说我还小,有些事情不该知道,怕知道太多对我的成长没什么好处。

父亲离开表叔家前,说过段时间就要接我回洪都。

回到洪都,发现父母时常争吵,他们争吵的唯一内容总是离不开爷爷留下的祖产。

母亲要父亲把祖产全部卖掉,父亲说留下老房子,老有所归、叶落归根嘛。

母亲说放久了说不准房子会被人拆掉。父亲说除了墙角给什么硬器碰蚀了一块，基本老样子，有秉辉住着，你放心就是。

有一次，吃晚饭的时候，母亲夹一块红烧肉放在我碗内，问我："如渊，你跟表叔住的那些夜晚，听见什么响声没有？比如，搬动家具的声音。"

"没有，从来没有过，老家静着哩，半夜醒来都有些害怕，妈，我在老家还交了个朋友呢。"我嚼着红烧肉卖乖地说。

"就你多疑！"父亲突然啪地把筷子打在桌子上，朝母亲吼了一声，"我跟你说过无数遍，小叔子很好，老房子很好，你偏偏没事找事。"父亲把背影不愉快地扭向母亲。

母亲哗地推开碗筷："我说又怎么啦，房子放在老家还不是空关着，又换不了吃的，哼！"母亲没说完，转身躲进卧室，从窄窄的门隙，隐隐传出母亲嘤嘤的喧泣声。

第二天，父亲问我，想不想老家。我说，想，童川还等着我玩呢？

"晚上不要睡得太死，当心着凉。"父亲在滕王阁码头送我上船时，特别关照我道。

我推开爬满蜘蛛网的窗户，窗外已是一片寥廓的苍白。

由于季节嬗递的缘故，沙洲上的芭茅只残剩下枯索的根须，大塘湖像块没有边缘的青铜，闪着清冷冷的光。

童川的母亲，因为冬季阳光的偏向，摇椅已挪到长廊的尽头,摇椅上多了床棉被。

我到表叔家的当天下午,镇里来了一伙外地的杂技团。

童川告诉我,他家有条高脚凳,上面可站三四个人。

走进童川的家门,我感觉一种浓郁的中草药气息弥漫而来,这种气息充满着阴暗和死亡的压抑。

童川的母亲打着手势招呼我时,我才有机会近距离打量摇椅上的妇人。妇人的脸,如一张捏皱的纸,脸黄而干瘪。病态的躯体,躺在摇椅上像一团流动的暮雾,唯一的是她那双表示友好的眼睛,让人容易接近。

童川家的厅堂四壁,挂满了形态异趣的古代仕女的画像。

童川告诉我说,全是他父亲画的,全是全是。

杂技的表演是在和爱镇的中心广场。

一个胖嘟嘟的小丑,口衔一节阴阳短棒,短棒上的瓷盘,上下翻滚,姿态变化多端,小丑耸动红鼻子憨态可掬。接下来的节目是"海底探宝",一位束腰打扮的红衣少女,依靠楼梯,两脚齐肩宽地站到一条长凳上,凳子下垫着丈五高的课桌。表演者腰向后弯,用口衔取脚踝边的一束布扎红花。

当观众为少女的绝技击掌叫好时,眉娇气喘吁吁地敲着凳脚,仰着汗涔涔的脸,看着我们。

"童川,我——家的——母——狗——"

"你家的母狗长崽啦?"童川兴奋莫名地跳下凳面。

"不——不是,我家的母狗和一条黑狗——"眉娇涨红了脸。

"发生了什么事情?"我插话道。

"在拉纤!"眉娇说话的时候扯着童川的衣袖,慌慌张张地冲出了看杂戏的人群。

杂技表演散场后,我路过童川的屋前,他的母亲用友善语气招呼着我的名字,并说出许多赞美我的话。

童川母亲有一副好口才,她的语言柔顺而慰帖。她知道很多事情,她能使每个孩子在她面前乖顺而服帖;她在说你好话的过程中,还会时不时地从棉被底下的坛罐里,掏出诸如饼干、喜果糖、柿饼,或者腊窖的萝卜条;她能使所有在她身旁的孩子毕恭毕敬,当你要离开时,她会用枯瘦的手指,在你的前额或后脑勺轻轻地拍几拍,说些下次再来玩之类的告别话。

那天,我享受了这种待遇。

在承受这种恩泽之后,我却总是弄不明白,一个人的前后变化,转瞬之间,会有如此巨大的不同,直教我对人生惴惴不安。

当我口嚼喜果糖,单腿弹跳离开童川的母亲时,左顺公拖着一条死狗,扑通扔在童川家的走廊上,捶胸顿足地向童川的母亲告状说,童川如何残忍地把他的狗弄死了。

这时我发现,童川的母亲眼神由友善而诧异,由诧异转惊恐,她支撑着身体,半坐在摇椅上,像犯了错误的学生那样倾听完左顺公的控诉。

她用一种尖锐的嗓音诅咒着童川的名字,然后稍作停顿,安慰着左顺公,说等童川他父亲回来,一定骂他打他教训他,接着又把童川比喻作各种怪样的不孝动物。

童川母亲的谩骂,喋喋不休,我感觉散发着一种恶臭,使人想起刚从猪膛里掏出的肝滴血的画面。

原来,当眉娇把童川拉到一条废弃的深巷,小巷的逼仄尽头隐藏两条交配的狗狗。

两条狗一字排开,屁股背向而立,潮红的舌头垂涎着丝丝口水。

眉娇指着狗说,上次我家的狗生一窝死崽,就这条黑狗捣乱,隔壁幺婆说,怀孕的狗交配会死胎的。

眉娇家的狗,体态匀称妩媚,毛色润泽如雪。镇民经常可以看到三五成群的公狗,在她家的屋前屋后徘徊,张望,或驻足企盼。眉娇从不让别家的狗接近,她的狗只属于童川的狮子狗。

童川的狮子狗体健魁梧,奔跑若纵。镇里许多人家都牵着母狗找到童川,要求跟狮子狗交配,因为他们知道遗传的道理。

但童川一律加以拒绝。

"我的狮子狗绝不能随便交配。"童川对所有牵着母狗的主人说。

"我们付钞票总可以吧!"一位母狗的主人说。

"把整座房屋给我都不行。"

"上个月我在饶州,还嫖了黄花闺女,你不就是一条畜生狗嘛,有啥了不起。"另一位母狗的男主人有些愤愤不平。

"去嫖你的畜生女人吧,反正我的狗就是不跟你们交配。"童川朝母狗的主人们甩出一句话。一声长啸,狮子狗如烈马一般,扬起前爪,随着童川消失在人群前。

童川的狮子狗只跟眉娇家的狗交媾,这是他们有约在先的。

"胎里的狗又会死的。"眉娇摇着童川的手臂,快要哭出来。

童川安抚眉娇说:"你暂且等着。"

童川回来时,手里操根棕绳,棕绳一头扎个活结。他攀登到巷头一堵残墙上,把棕绳的另一头越过一条粗壮的树干。

他立在墙头,叫眉娇躲开。

情场的迷醉,使黑狗记不得痛苦和死亡,会像黑夜来临一样不可避免。

童川很容易地把绳环套住了黑狗的脖子,然后通过树干当定滑轮,他腰身一蹲,黑狗便吊将起来,黑狗一条约尺许的雄性器官,接着从母狗丰腴的两腿之间,像长萝卜条一样拔了出来。

黑狗悬在空中做意犹未尽的嗷叫,但由于脖子的紧迫感,嗷叫声显得微弱而短促。

童川蹲在墙头,要眉娇快点把狗带回家。眉娇呼喊着狗的名字,母狗在原地打了一个旋,尔后吮舔着交媾的后腿。

"舌头吐出来了,它会死的。"眉娇乞求的眼神瞧着被童川吊起的黑狗。

"黑狗放下来,它还会找你家的母狗,眉娇,你赶快把狗领回家,快!"童川命令道。

黑狗死了是事实。但我可以证明,眉娇离开之前,童川确实松动过绳索,眉娇的印象里,黑狗的后腿似乎触及地面。

眉娇自己也不清楚，究竟是不是童川害了左顺公的狗，不过她坚持童川是冤枉的。

据曾经目睹过整个过程的一位镇民说，正当童川行将放下黑狗的时候，蹿过几个准备去观看杂技的顽童。他们劝阻了童川的善心，他们夺过童川手中的绳索，把狗捆绑在树干上，先当作练马步的靶子噗噗噗地踢。后其中一个想出怪招，用五号细铁丝插入黑狗的阴茎，每拔出一次，茎口就涌出一股血，围观的人接着便发出一次快意的豪笑。

黑狗的悲惨令童川目不忍睹。便对他们说："你们不要太狠了，我要去看杂技了。"说完便离开了现场。

顽童们发泄恶意后，觉得并不过瘾，从砖堆里，寻出一把铁锈的菜刀，剁下黑狗的阳器，塞进黑狗的嘴巴，黑狗在昏厥的过程里，被几个顽童拖着扔进一口废弃的窖井里。

左顺公从镇东头办事回家，这时，正从窖井经过。窖井里传出闷郁的嗷嗷声，他以为有人失足。待他用铁钩把窖井里的物体提出洞外，想不到温软血污的动物竟是自家的黑狗。

黑狗是在背回家的路上，气绝身亡。

左顺公之所以断定童川杀害他的黑狗，他拥有充足的理由。

他跟童川母亲告状说：其一，童川肯定报上次竹竿之仇；其二，整个镇上，只有你们家有这么漂亮的棕绳。

童川母亲把这件事婉转地转告了刚从外地回来的父亲。此时，童川正俯首帖耳地站在厅堂，由于时间久的原因，他时调时换用一只脚背,磨蹭着另一只腿肚。

他父亲提着毛笔,正在给一幅刚画完的古代仕女像落款。

父亲问站在背后的童川:"我外出饶州这几天,说说你做了哪些事?"

"烧饭、扫地、照顾姆妈。"

"就这些?没有啦?"

"厅堂的字画,我每天早晚掸扫一遍。"

"还有呢?"

"……"

"哑巴啦?"

"左顺公的狗,我……"

父亲的手臂扬过肩头,打断了童川的回答。

童川当即停止辩护。从小开始,父亲是不允许孩子在他面前作任何无意义的辩护,所有的一切对或错,都会归结于童川。

童川微合双眼,他感到父亲的声音,像铙钹在头顶敲了一下,嗡嗡乱响。

他暗暗地调动身体的各个部位——脸面,屁股,后背以及一切可能受到外来打击的突出地方,严阵以待。

挨父亲的打,他从小就知道,就像吃饭咀嚼到石粒那样令人随便,虽然父亲并不是凶神恶煞的模样。其实,父亲在外面十分风光,他身材高大,体态微胖,油光满面;父亲自学书法绘画,能说会道,在外面做事大方,总是深得别人的敬重。可就是在家里,父亲总是感到难以适从。

父亲很少用语言教训他。他教训童川,只借助外来工具,比如扫把,竹鞭,或者随便顺手能抓得到的东西。

有一次,镇里一户人家求父亲写副厅堂的对联,童川在旁帮忙把写好的条幅拿出去晾干。那次他父亲的墨由于用得过浓,童川平托着的手有些不平衡。于是,墨迹像四散的蚯蚓爬满了字体以外空白的地方。父亲顿时怒起,随着一声操,抓起手边的墨盘朝童川投掷过去。童川跳着身子躲过了墨盘,可没躲过如泼的墨汁,童川那天满脸漆黑,像从墨缸里爬出来的人。

父亲的手在扬过肩头之后,在自己浓密的头发上捋了一下,用手指掐着画卷的上下对角,问:"儿子,看看,这幅画,你觉得如何?"

童川摇了摇自己的脑袋,碎步凑近画桌,盯着画卷说:"爸,这幅画画得顶好,只是比以前所有的仕女像,面部要俏美。爸,'嘤鸣梨花'是什么意思?"

他父亲微腆着肚,含而不露地窃笑:"川儿,爸今儿高兴,没事了,你可以离开了。"

童川碎步地快速退出厅堂。

在灯光之外的阴暗处,他朝父亲啐了一口,"呸!画得真臭,女人胖得像猪。"然后如释重负地回到母亲的房间。

母亲这时正窝在床头,脸部表情幽暗迷糊,使人无法触及和接近。

母亲问他:"你爸没打你吧?"

"打我?哼,他给古代女人迷死了,哪里还晓得打人。"童川边说边蹿上床头,弓着身子钻进被窝。

童川的父母,五年前就开始分床就寝。父亲的理由是分床睡不会传染痨病。

鄱阳湖平原的冬天,特别阴寒潮湿。天寒地冻的天,当母亲嚷着晚上睡不暖身,他父亲嫌吵得烦,掀开棉被,总是命令童川去母亲床上去。

童川钻进被窝时,他母亲"天灭天灭"地自怨自艾。童川深夜给尿逼醒,看见母亲仍就倚着床头,模样如阴影一样蛊惑。

"姆妈,睡吧。"童川拽上被角,帮母亲盖着身。

母亲抚着童川的头,欲言又止。

老屋院子里的木槿,铁色的枝条上,缀着白色的碗状小花,镶金嵌银的蜜蜂,拍打孟春的空气,像直升机寻找地面的目标,瓮声瓮气,时起时落。

在这样的时候,童川的父亲夹着一张署名《嘤鸣梨花》的画卷,大步登上信江大塘湖码头停靠的班船。那天没有下雨,也没有出太阳,奶色的雾霭如破棉絮,飘散在湖面。

童川站在他母亲的摇椅旁边,自始至终注视着他父亲渐渐模糊的背影。童川对远离家乡的实验和模仿,在他十几岁的年龄,尤其清晰和值得纪念。

"你父亲此次外出,是去会他的梨花去了"。母亲对童川说。

"梨花?梨花是谁?"

"你父亲认识的一个新相好。"母亲说。

"画卷上脸相肥胖的那个女人?"

母亲盯视着空濛的大塘湖,长时间沉默无语。

"还能有谁呐?"母亲搂着童川,突然泣语起来。

眉娇的母狗,长了一窝崽,三只死胎,其中一只病恹恹存活一天半,接着命归西天。

眉娇沮丧地找到童川。

童川说:"让狮子狗再试一次。"他让狮子狗饱餐一顿后,教唆狮子狗爬上母狗的后背。

狮子狗作尽努力,最终疲软地趴在母狗身上,张着失却红润的舌头,呼哧呼哧大喘气。

狮子狗摇尾乞怜地瞧着童川。

童川抡起一块石头,朝狗身砸去,狮子狗"呕"的一声迈着苍老的步履,一瘸一拐消失在巷头的墙角。

童川望着消逝的狮子狗,忽地蹲下身,掩面嚎啕痛哭。

"狮子狗它老了,不能怪你。"眉娇安慰道。

童川呜呜地抽泣,发抖的身躯,让人想起那次阵雨中,由于外因的缘故而引起的颤抖。

"我不要狗崽,母狗让我父母卖给狗贩子算了,你不哭,行吗?"眉娇自己跟着哭起来。

"你他妈的王八蛋猪猡骚货女人——"童川朝一堵土墙挥拳摔去。顿时土墙倾圮,尘烟迸裂。

从此,童川成了镇上一群孩子们的灵魂和核心。

镇民们经常可以看到童川的身影前后,追随着身体日趋成熟的眉娇。

他们出入酒馆,任意赊账;他们总是把别人灌醉,躺倒在桌子底下,而他们自己则不动声色;镇民们晾晒的腊肉、鱼干,当天失踪,第二天就会出现在童川的饭桌前;伙伴们之间的殴斗场面,总可以听见童川吆喝雄壮的指挥声。

童川在和爱镇的声誉逐渐远播,甚至超过他父亲被饶州女人勾魂摄魄的艳闻。

和爱镇最有学问的陈博先生,为童川专门作了一首词:"和爱新市里,花秾妓好。引路人,竞来喧笑。酩酊谁家年少,任玉山倒。家何处,落日眠芳草。"

长大后,我才知道,这根本不是陈博先生写的,是他改编别人的词。

眉娇的父母最先听闻他们在外面的行踪作为。于是他们便禁止眉娇跟他交往,并把眉娇禁闭了三天。然而,还是不能收回眉娇的心。

眉娇的父母找到童川的母亲,要求童川放他们女儿一把。

童川的母亲愁苦着脸,说,"我有什么办法,孩子他父亲都从我的被窝里给别的女人拐走,何况……唉,该天灭的,天灭的。"童川的母亲充满着艾怨和天命。

眉娇的父母揣着失望,转而又禁闭他们的女儿。

一次晚上,在眉娇进屋后,他们把眉娇的房门反锁,门外重加了两把铁锁。每天只定时送饭送水。尽管眉娇在房间里既哭又闹,他们仍然坚持自己的策略。

五天后,父母发觉眉娇的房间里了无声息,从门缝窥视,原来眉娇安然地躺在床上,翻读小人书。眉娇对送进的食物,不像从前那样加以倾覆和拒食。每顿饭后,她把光溜溜的碗筷递给她父亲。还不停地说,她讨厌童川,也不再和他在外面野浪,童川是什么东西,她才是父母的乖女儿。

一个星期后,父母觉得眉娇回心转意,应该放女儿出房间,过平常的日子。他们摆了一桌丰盛的饭菜,他们谨慎地旋着门锁,推开房门。

他们大吃一惊:床上的人形是假的,衣橱的抽屉空荡荡地随意开着。

眉娇逃跑了!

地面上跌落一块破碎后的瓦砾给他们提供证据,眉娇是从屋顶的老虎天窗逃走的。外面肯定有人接应,瓦片暴露出翻动的痕迹。

其实那时,眉娇卷着衣物已和童川同居了三天。

十六岁的童川,一时集中了镇民的目光和话题。

每当镇民们窥视出他们的孩子,有着超出日常规范的某些行为方式的苗头时,他们就会马上作出警告,说,"不要学童川的坏样子,遭别人嫌弃。"

童川的母亲是在冬天的最后一天去世的。

关于童川母亲的死,年岁大的人说,有童川这样的乖戾儿子,不气死才怪。中年人认为童川父亲在外面找野女人,是导致她死亡的根本原因。孩子们的观点最为直接,你看她痨病缠身,活着有啥意思,死掉快活。

童川母亲死亡的那天,成群结队的苍蝇,绕过回廊,穿过厅堂,然后,通过后门像撒豆一样飞散。

母亲去世的那一刻,童川正醉醺醺地走在回家的路上,眉娇一路搀扶,一面拍打着苍蝇。童川提着一包鱼肉干,推开母亲的房门,母亲没有像往常一样询问食品的来历。她躺在床上,被子蹬在一边。母亲一手插入口中,一手掐着喉头,好像是从喉咙掏出或撕裂什么东西。

母亲死亡的表情,令童川终生难忘。

母亲左手的小拇指,有一道白色的肉环。她丈夫出走后,她把戒指从食指移戴到小拇指。母亲的身旁倾倒着一只杯子,杯口凝固着正欲坠落的水滴。

童川的母亲是吞服自己的结婚戒指自杀的。

由于童川的坏名声,镇民们都不肯参与丧事。

童川母亲的娘家也没有什么亲戚,据说有几个亲戚,都远在景德镇。我表叔作为邻居主动承担操办丧事的礼仪,还有左顺公和眉娇的父母。倒是童川的伙伴们,血气方刚担负起八抬王的职责,童川的母亲埋葬在仙剑岭,坟堆南边是童川的祖父,坟尖长满着杂草。吃陪葬饭的时候,伙伴们把面条挂在耳朵上或鼻子上,装充胡须,嘻嘻哈哈,全无死去亲人的那种悲哀。

我表叔说,童川父亲应该回家送葬。但在整个丧事过程中,童川父亲始终没有出现,我听到温和的表叔唯一一次骂人,他骂道:"这种男人,真他妈的是鸟人。"

童川的父亲踏进家门,时节已经过渡到端午节。

童川在母亲睡过的床上铺了一层菖蒲,眉娇递过几炷香,斜插在床头两侧,淡白的香烟袅袅绕绕。他面壁香火鞠躬三拜完毕,准备在厅堂的搁几上摆几个空酒瓶,摆几束驱邪避暑的艾莲。

童川的父亲这时候伫立在厅堂门外,用脚乒乒乓乓地敲打门槛说:"童川,爸爸我回家了"。

突然听到这种声音,童川手中的酒瓶"砰"地掉在地上,眉娇也从搁几后面惶惶地探出愕然的脸。

童川最终还是镇静地拾起地面的酒瓶,然后转过身,他看到那张与画像绝然不同的巴掌大小脸面的梨花女人。

梨花勾挽着父亲的手臂,朝着童川,斜脸含笑。

"果真是他妈的王八蛋猪猡骚货女人。"童川不动声色,在心底里恶狠狠地骂了一句。

梨花的眼睛在童川身上敲敲打打地逡巡一遍。

"哟!好帅气的小伙子。"梨花用赣剧唱腔的普通话很标准地说。

童川鄙视了梨花一眼,把目光射向梨花勾揽的父亲。

"川儿,爸回家来看你们。"父亲说。

"我没有爸,他早死了。"童川说。

"妈呐?"父亲问。

"我没有妈,我妈死了。"童川说。

"童川——!"

"闭嘴!"童川朝插话的梨花怒道,"你不配叫我的名字!"

"童川,"梨花继续说,"面对你父亲,你应该礼貌才对。我们不会呆很长时间,我们回家的目的是要你跟我们去,顺便——"女人环视着厅堂悬挂的仕女画像,"我们顺便把所有的画卷带走。"

"呸!没有谁会相信你们。"童川突然狂躁地操着酒瓶朝桌上一掼,然后用破碎后的酒瓶片深深抵触自己的腕脉,声嘶力竭地喊道:"我不想见到你们,你们给我出去!滚出去!"

父亲和梨花面对童川突其如来的进逼,面面相觑。

父亲的权威、尊严、图腾、荣耀、震慑,在尖锐的玻璃锥刺进腕脉的顷刻之间,随着从手肘滴落地面的稠浓的血,分崩离析。

父亲从儿子的眼睛读出自己熟悉的光芒。

父亲在空中扬点食指:"童川,你这样做,会后悔的!"

听到从童川身上传出玻璃锥戳进骨头的声音,梨花煞白着脸说,"童川,你要冷静,过几天,我们需要再谈谈,再谈谈。"

他们离开前,在门槛外留了一只人造皮革包。

童川当天晚上消失于家中,父亲从此再也没有见过儿子。

童川烧毁了厅堂所有的仕女画像,灰烬用马甲袋装着,塞在他父亲的人造革包里。

人造革包被孤零零地吊挂在中堂的梁环上。

据说父亲在人造革包里放了一定数量的钱。童川没有悉数取走,他只取走其中的一半,另一半托镇西头的左顺公逢年过节给他母亲买些烧纸钱。

我最后一次回到和爱镇，是由于我自己的争取。父母开始不允许，说这样会耽误我的功课，还说，这次是正式办理拍卖祖产的事宜，与探亲游玩无关。

也许只有这一次，在我童年的心灵空间，真实地维系着某种若梦若幻的牵挂和念想。除此以外，在和爱镇与洪都之间，我的每次出发或回归，无论是水路还是陆路，都被赋予与生存有关的概念，动机，钳制，深谋远虑，猜测与防守，在我不停的成长岁月，我于心不忍又问心无愧地运用这些与生活深切联系的内容，抵达自己所向望的目的及意义。

童年往事是那样令我难以置信，耿耿于怀。

在置办完一切祖产交接的酒席上，表叔私下对我说，童川和眉娇双双失踪的那天，天下了一场罕见的暴雨，雨水肆意横流，许多围堤遭到冲毁。他们消匿于和爱镇，就像当年他的祖父摇着舢板，撑篙一插，随岸为家一样悄无声息。

没有人知道童川他们去了哪里，童川留给镇民的唯一纪念，是在自家的两扇大门上，蘸着白石灰，分别题写了两个斗大的汉字：**申女**。

镇上的陈博先生，他在评论门扉上的字体说，**申女**两字，前者笔法纵乱，后者结构盈腴，只是对两字的含义，不甚了了。

陈博先生的孙子，这时站出来，指着门扉，告诉爷爷说："爷爷，你真笨，**申女**都不知道，就是公的和母的交配、性交、腐化的意思。我们伙伴之间，斗嘴相骂，就是用**申女**一词责骂对方的。哼,这都不知道,真笨。"

陈博先生嗯嗯地若有所思。

童川家的房子,由于年久失修,摇摇欲坠。

春节过后的第三天,镇公所决定把它拆掉,因为它对市容有碍观瞻。

(1995年冬,洪城—上海)

小镇西犯

跳跳觉得自己根本不配活在这个世界上。

他疲乏地倚靠在一棵樟树的根旁,望着横柯上悬着一根结着圈的绳子,晃晃荡荡的。

跳跳记得很真切,习老爷就是这么上吊死的,脖子往上一套,身子就笔挺挺地挂着。

跳跳想到死,是由于他没有爸爸。

一群孩子们聚挤在一座桥头,交头接耳地低声地议论着,不时的探头张望桥那边。原来,和爱镇梅朵嫂的儿子今天要到学校里去上学,他们在家里听大人们谈论过梅朵嫂,虽然在表面上大家都喜欢她,但心底里带些轻蔑。这些谈话影响着孩子们,但他们也不知道其中的究竟。

跳跳对他们也不认识,因为从没跟他们玩过。没有一起下过大塘湖捉鱼虾,没有一起跳过房,没有一起打过梭子,没有一起弹过玻璃珠了。他们中的一个叫胖纸的家伙拍着巴掌叫大家肃静,说:"你们知道吗?跳跳,嘿嘿,跳跳没有爸爸。"

这时，跳跳正从桥那边走过来了。

跳跳刚好到了上学年龄。他脸色白净，衣着朴素但很挺括，样子看起来瘦弱腼腆。桥头一群孩子用奇怪的眼睛瞧着他。

跳跳低垂着眼，想快步穿过人群。孩子们拥过来，挡住他的去路。胖纸指着跳跳，说："喂，外姓人，你敢和我们斗嘴吗？"

斗嘴，是和爱镇孩子们的一种游戏，就是后一个人说的事物必须比前一个人说的事物要大，最后说不出者就算输，处罚方式是输者钻胯或者帮赢者背书包。

跳跳感到一场战斗不可避免。

他问谁先说，胖纸神气十足，大拇指指着自己的胸脯说："当然是我先说。"

"我比你胖。"胖纸说。

"桥比你大。"跳跳说。

"山比桥大。"

"地比山大。"

"天空盖过地。"胖纸得意洋洋。

"眼睛盖过天。"跳跳仰起头说。

"眼睛怎么有天空大？"胖纸不服。

"眼睛闭上就盖过了天空！不信，你闭着眼试试？"跳跳反驳道。

胖纸气急败坏，试着闭了一下眼，果然天空没有了。

孩子中间出现起哄的声音。

"你叫什么名字?"胖纸明知故问。

"跳跳。"

"那你姓什么呀?"胖纸又问。

跳跳这时显得有些慌张,仍旧跳跳跳跳地回答。

孩子中间出现另一种起哄的声音。

"自己姓什么都不知道。"胖纸竖起一根指头,在空中一划,"在我们这个镇,姓都是跟爸爸的。没有姓,就是没有爸爸。"

没有爸爸?这是一件多么奇怪的事,没有爸爸他怎么生出来的。

孩子们知道山林的鸟河里鱼都要交尾呢。他们觉得跳跳是个怪物,大人们平时的议论在他们心里开始膨胀起来。

这个残酷的事实使跳跳感到一阵头昏目眩。

他一手扶住桥栏杆,倔强地朝他们叫嚷,"我有,我有爸爸。"

"你爸是谁,他在哪儿呀?"胖纸露出欲置人于死地的恶狠。

跳跳也不知道爸爸在哪儿。

自记事起,他就只和妈妈生活在一起,生活中只有妈妈一个人。爸在哪儿,跳跳根本不知道。忽然,跳跳在人群堆里发现一个和爱镇的孩子,也和自己一样,只和守寡的姆妈生活。

跳跳像抓住一根救命草,问:"你爸爸在哪儿?"

"他死了,"那孩子骄傲地说,"我爸爸他躺在仙剑岭的公墓里。"那个孩子有爸爸,仿佛一下子提高他的地位,他和跳跳不是同一阵地的人。这时,站在跳跳右旁的一个男孩子,像狮子摆着头,张着嘴巴朝跳跳嘲弄地大声说:"哈哈,你,没,有,爸,爸。"

跳跳觉得这孩子的脸像镇东庙里山鬼的脸,可怕又可恨。跳跳纵身抓住对方的头发,用脚踹他。

一场恶战开始了。一场恶战又结束了。

当跳跳醒过来的时候,一群孩子手拉手,围着他在唱本地的歌谣。

跳跳鼻青脸肿,领袖给撕裂了。他怪叫一声,翻起身来,抓起地上的石子,朝他们扔去,一颗孩子击中肩骨,逃走了;另一颗孩子击中脚踝,也一拐一拐地避开了;其他孩子怕遭受石头的袭击,哄的一下四奔各散。

跳跳望着消散的人群,哇的一声号哭,然后转身撒腿跑开了。

不知跑了多久,跳跳来到一座小树林,溪旁有棵古樟。跳跳想到死,是看到樟树的横柯上悬着一根结着圈的绳子。

他记起了一件事,前几天习老爷就是在这里上吊死的。习老爷的儿子不给他饭吃,他就沿和爱镇的街道乞讨,儿子就说他败了他的面子,把他赶出家门。当镇民们把习老爷放下来时,跳跳蹲在大人们的脚下,习老爷身子硬邦邦地躺在地上,看起来很安详,只是舌头长了些。周围的人说,习老爷在阴间里可以过安定幸福的日子了。

习老爷没有饭吃可以上吊。我没有爸爸,也应该上吊。跳跳依靠着樟树的脚根,疲乏地想着,一只脚高高地架着。

暮春的阳光很慵倦,跳跳体会到如躺在母亲怀里的一种舒适。树上有两只羽毛绚烂的鸟,在枝丫上相互追逐,并发出好听的咕咕声。跳跳眯着眼,旋着身子跟踪着。

噗,一只鸟飞走了。另一只鸟振了振翅膀,也追随着飞走了。

跳跳的心情又恢复到原状,上吊自杀的念头又袭击着他。

一只蟋蟀闯入跳跳的眼帘,跳跳翻起身,一扑,二扑,三扑,终于把它抓到手。

这是一只浑身铁色的蟋蟀。跳跳想,蟋蟀一个人出来,肯定也没有爸爸,他轻捏蟋蟀的两条小腿,举在眼前,盘问蟋蟀。

"你有爷爷吗?"

蟋蟀鞠了一躬。

"哦,有。"

"你有奶奶吗?"

蟋蟀挺着没动。

"哦,没有。"

"你有妈妈吗?"

蟋蟀鞠了一躬。

"哦,有。"

当跳跳问蟋蟀有没有爸爸时,声音发着抖,蟋蟀忠实地深鞠一躬。

蟋蟀都有爸爸,跳跳难过地撒下蟋蟀,想起了妈妈,不由得哭了起来。在他的眼里,景物都模糊地颤动起来,渐渐地变得阴暗起来。

不知过了多久，跳跳感到一只大手重重地按在自己的肩上。

他抬起头，见一个黝黑粗实的渔人叔叔蹲在他身边，背上别着一支猎铳。

"小家伙，什么事叫你哭得这么伤心？"渔人和蔼地问他。

跳跳眼泪一把鼻涕一把说："他们欺负我，说我没有爸爸。"

渔人觉得奇怪，谁都应该有爸爸的呀。

可我没有，跳跳哭诉着说。

渔人认出这是梅朵的儿子。他约略知道她的一些情况。据说人年轻，长相漂亮又排场。

渔人拉起跳跳的手，说："小家伙，别哭了，回家找妈妈去，谁都应该有爸爸的。"

跳跳不肯走，眼睛瞄着那根吊死人的绳子。渔人走过去，霍地一刀划断，一脚踢进小溪，跳跳望着绳子曲着身子随溪流漂走了。

他们走到和爱镇的西街，跳跳指着街道边的一座木屋说，那是我妈妈在晾衣服。

跳跳跑过去叫着妈妈。

渔人看着梅朵的姿态贤惠端庄，但脸上表情要拒人千里之外。渔人刚才在路上还有一些非分之想，现在逃得无影无踪。他手不停地来回摩擦着别在腰间的猎铳托，结巴着讪讪地对梅朵嫂说："你儿子在树林里迷了路，我把他送回来了。"

跳跳搂着妈妈,说:"不不,妈妈是我想上吊自杀,胖纸他们欺负我,说我没有爸爸。"

梅朵的表情有些痛苦,她用手揩拭着跳跳脸上的眼泪,然后用将晒的衣服掩着脸。渔人看着很感动,想离开。

这时,跳跳突然跑过来,拉着渔人的手说:"你愿意做我的爸爸吗?"

"跳跳,你胡说什么?"妈妈吼了一声,要把他扯回到身边。

跳跳一手被妈拉着,一手扯着渔人。"你要是不愿意,我再去上吊。"跳跳脸朝着渔人说。

渔人把这件事当作玩笑,微笑着答应了。

"您叫什么名字?"跳跳当起真来。

渔人说,你称我宋叔叔吧。

跳跳沉默了一会儿,牢牢地把宋叔叔的名字记在心里,然后兴奋无比地握着渔人的手,友好地说:"宋叔叔你是我的爸爸啦。"渔人临走时,跳跳的妈妈不停地拍打着被晒的衣服,一言不发。

第二天,跳跳昂首挺胸地坐在自己的座位上,用挑衅的目光扫射着围观他的人群。

他朝身后叽叽喳喳议论着他的人,像扔石子似的短促地射向他们:"我是有爸爸的,我爸叫宋叔叔。"

周围顿时响起一片爆炸声。

宋叔叔?宋叔叔是谁?我也有宋叔叔,还不止一个呢,你的宋叔叔是从哪儿偷来的。

跳跳没有理他们,他坚信着自己的爸爸,他傲视地端坐着。直到语文老师走上讲台上课,才平静了教室里的吵闹。课一结束,他就扬着书包跑出教室,去找他的宋叔叔玩。

渔人隔三差五地从梅朵的门前经过,并顺便送来几只野鸭或者其他鱼鲜时,已经有好些日子了。但每次送的东西都被梅朵婉然拒绝,要不就是叫跳跳送回。

渔人又送来几条大青鱼,梅朵说我们娘儿俩够吃的了,你拿回去吧。渔人说这些东西不值钱,信江里到处都有,还不是出一趟船的事。梅朵说你不怕别人说你的闲话。渔人说青鱼和闲话是两回事。

渔人记得,他送的东西梅朵第一次没叫跳跳送还。

跳跳遇到麻烦是一个去上学的下午,胖纸领着一群伙伴堵在桥头。

胖纸对跳跳说:"跳跳你撒谎,你没有叫宋叔叔的爸爸。"

跳跳说:"你狗屁,我有爸爸,他叫宋叔叔。"

胖纸说:"要是你有的话,你爸应该是你妈的老公。"

跳跳给窘住了,但他还是口犟说反正他是我爸爸。

胖纸冷笑说,即使是的话,也不完全是你的爸爸。

"不完全是你爸"这几个字,彻彻底底地把跳跳打败了。他垂丧着头,踢着路面的石子,怏怏地朝着和爱镇南街的渔场,去找他的宋叔叔爸爸。

跳跳找到宋叔叔,他正在擦拭着猎铳,旁边坐着几个渔场的同僚。

跳跳斜着身子坐在渔人身旁,眼睛紧盯着渔人,突然破着嗓子喊道:"宋叔叔,你不完全是我的爸爸。"

所有的渔人都被这声音惊呆了,注意地瞧着跳跳。跳跳委屈地说:"林四爷的孙子,就是那个胖纸说,你不是我妈的老公。"渔人擦着猎铳的手呆在那儿,空气一下变得寂静起来。

渔人的一个伙计打破沉默,说:"梅朵的人品其实相当不错,她迁到我们和爱镇时,是她自个儿的主意。据说她对从前的男人很好,她丈夫很仗义,有次帮别人出手,被判了三年,她等了三年。后来她的男人去豫章做生意,据说发了大财。她自己却一直在家伺候公婆,后来男人出车祸死了,公婆伤心得先后去世。她最后只得换环境,这样就搬到了我们和爱镇。"

渔人的另一个伙计说:"梅朵来我们和爱镇不到半年,家内亮堂,在镇公所打工,活做得好,看得出,屋里屋外都是一把好手,谁娶了她,是谁的福气。"

渔人的第三个伙计说:"宋太宗,你也二十七八了吧,该娶媳妇了。你喜欢梅朵,就不要闷在肚里,况且,梅朵带一个孩子也不容易,她正缺一个帮手呢。"

跳跳坐在大人们堆里,眼睛依次盯着一个一个说话的人。

宋太宗把火药装入铳膛,立起身,瞄准一只飞过树梢的乌鸦,"嗵"地放了一铳,乌鸦应声落地。

宋太宗回头对跳跳说:"告诉你妈,晚上我去找她。"

掌灯时分,宋太宗扛着比平时多的野味湖鲜,啪啪啪地敲着梅朵家的门。

梅朵从厨房里出来,见着宋太宗,脸色为难地说:"你不怕我坏了你的名声,过屋嫂可不是好养的。"

宋太宗借着灯光,盯着梅朵健康而彤红的脸,一把搂过她的双肩,说:"你别再折磨我了,我来找你,就愿承担一切。"

梅朵扑在宋太宗怀里轻泣起来。

跳跳提着瓶酒,碰着这一情景,愉快地叫着:"妈妈,我打酒回来啦。"

妈妈松开身,羞怯地退回一旁。

宋太宗用有力的手把跳跳举起来,对他说:"明天你去告诉你的同学,你爸爸叫宋太宗,要是谁再欺负你,我就要打谁的屁股。"

第二天,跳跳上学去得特别早,待同学们都坐在教室里,跳跳跑上讲台,庄重而激动地宣布:"我爸叫宋太宗,是和爱镇渔场的职工。他说,谁要是欺负我,他就要打谁的屁股。"

这一次,没有人敢再笑。

因为大家都知道,宋太宗是看护和爱镇渔场的神枪手,没有什么猎物从他的枪口逃过生,连一只麻雀都没有。

(1994年秋)

事发半夏

一

"你属于哪一种?"

"什么哪一种?"

"就是属于哪类骑士。"

"唐·吉诃德,佐罗,还是阿Q型?"

"都不是。"

我和杜子滕盘坐在体育操场的石级上,杜子滕莫名其妙问我。

杜子滕说,我再告诉你,《西游记》里有三类骑士:其一是孙悟空,天塌下来他也能顶住,他不一定体贴你,而你却由不得自己倾慕他;其二是猪八戒,献够了殷勤也没亏待自己,和他在一起你恼不起来;沙和尚为第三类,默默地为你担起所有的负担,你却容易忽略他的存在。单项选择,你属于哪一类?

"回忆是对生命把握的积累,撷集散落的记忆花朵,生命的花环就可能美丽辉煌,嗡阿吽班杂咕噜叭嘛悉地吽……",我故意王顾左右而言他,就是想回避杜子滕给我的难题,以继续沉湎于我的回忆。

"哈哈哈,你这个逃兵。"杜子滕说。

大概人类都有怀旧心理,才有重开老店饮陈酒,失去的才觉得珍贵。我的室友们此时正处在极度的怀旧情绪中不可自拔。

二

推开寝室门,我就觉得气氛异常。室友们神态不凡,就像从前电影里的地下党员,听到自己的战友被敌人谋害,而表现出义愤填膺的英雄姿态。

"诸位兄弟,发生了什么大事?"

"你还在蒙昧阶段,我们要换寝室啦,据说那里是阳光永远照射不到的处女地,老鼠与人共舞,还列着队看电视"。

"听风轩,凤凰的嘤鸣之声,听一天少一天啰,只可惜,看熊猫馆我们还隔着一层楼"。

室友们怨语连篇时,我记起刚上楼,在楼道拐弯的墙壁上,张贴着一列标语,一向被我们暗中指定为公害的管理员,今天却奉为圣明,说"同学们,我们热爱您"之类的令人耳燥心跳的违心话。

在我们这个年龄时期,集体情绪的波动往往潜伏着巨大的叛逆情绪,单个力量是无法操作的,稍有不慎,便会成为众矢之的。倘若这时我揭竿而起,寝室里肯定鼎底加薪,沸反盈天,若遵从我的顺承心情,又可能会是十分愚蠢的行为。我知道,校方的决定,任何情绪的波浪是不能冲毁的。

几天后,我的预感得到证实。

卡伦·卡彭特的 Yesterday Once More 在室友们整理杂物的喧嚣声中,艰难地谋求生存的空间,我浑身汗津,钻在书堆里,像地道里的一只兽。

这时,楼下老头亮着三十年代的上海话,说有我的"电务"。

"哎哟,搞什么搞,非常时期瞎捣腾。"我钻出书堆,汗涔涔地招呼室友们悠着点。

"喂,你猜我是谁?"拿起电话,传来吴越口音的女孩的声音。

我思忖片刻,一时想不起来:"对不起,我在语音方面缺少天赋。"

"你再想想嘛。"电话里侬声绵绵。

"帮帮忙,我正忙着搬家,一大堆杂物还在等着我。你是谁?找我有什么事?"

"看你猴急猴急的。"电话女孩说,"我读过你的小说《你说人生忧郁我不言》,我想和你谈谈小说主人公。"

读者找作者是常有的事,可我现在没空。我说:"你是不是找错了人,我根本没写什么小说。"

"就是你,千真万确,我可是花了一个星期才打听到你的地址哟。"

"你有什么话快说吧。"我语亏了一步。

"我要面谈,顺便拜见尊容。"女孩寸步不让。

"千万别!"我真的急了,"小说和作者是两回事,我可在电话里简单描述我的形象,客观自嘲瘦高若猴,艺术上自喻道骨仙风。你读过《DH 劳伦斯传》吗? 两脚笔直,步态轻快,自信,但自卑一目了然,然而,据说身上有一种让人看不透的东西会吸引别人……哈哈哈。"

"眼见为实嘛。"女孩容不得我辩解,说:"礼拜六晚上见,一言为定。"啪地搁下电话。

听电话的声频,我敢肯定,电话是从校内打来的。

"人约黄昏后了吗?"杜子滕瞪着乌鸦眼睛问我。

我原以为惠子会惊诧于小说里"我"的形象与现实中的反差,恰恰相反,惊诧的却是我。惠子一袭黑裙,端庄下黑眸如星,使人联想到萨克斯吹奏的轻柔的色彩和庄重的风。

"电话里的声音跟你的形象错位真大,"走了很长的路,我打破了沉默,"你为什么在电话里的声音那么嗲?"

"我在体验你小说里的人物,现在你应该明白为何读者把小说里的人物同作者相映衬。"

"你是在以其人之道还治其人之身。"我自嘲地说。

"我读你的小说,感觉有一种逼人的自恋情结的气息。"惠子说。

"人要是连自个儿都不喜欢,怎么会喜欢别的生命。"

"这是你对小说的诠释?"惠子黑眸闪烁。

在我们的前面,一对情侣于灯光之外的树丛绻绻地拥吻。

我对惠子说:"我们找个椅子坐坐吧。"

惠子有过两次刻骨铭心的感情故事。她和第一个男孩相恋两年，那是一个如风轻灵的男孩，那一段时间，她成了男孩手中的风筝，在一个多事的雨季，如风的男孩走了，远去了美国，她坠落下来，从此生命没有了根据。

惠子第二次投入感情时，她心中的男孩因不治之症病弱而逝。相当长的时期，她把读书作为唯一激荡生命河流的船，惠子的毕业论文就是《日本禅道与川端康成的自杀》。

"感情是女孩最秘谛的，你为什么和我讲这么多？"

"我也不知道。"惠子说。

"我的小说依合了你的某种心理情景？"我们排坐在河边的木椅上，夏夜里的岸柳，演绎着风的存在。

"你说出了一部分。"惠子说，"你还没淡忘你自己的小说吧。"

"我是不太读我以前的作品，我的思想总在下一篇结构里漫游，这是我的写作习惯。"

"怪不得。"惠子捋了捋秀美的发，黑眸里好好像闪烁着如星一样湿润的光。

"发现什么了吗？"我问。

"没事。"惠子又掩饰似地捋了下秀美的发。

"杜子滕，你知道波，一个人有任何疏忽都可能会刺伤另一个敏感的心灵"。

翌日，惠子托人送我一支 SPPOPO 牌日本笔时，我才深切地悔恨我的粗鲁。惠子附信说，这支笔是日本经理赠送于她的，她一直珍藏，今天转送于我，并叮嘱我有机会再读读自己的小说(在再读读自己的小说下加了着重号)。惠子说她要东渡日本,这是最后的选择。惠子还说我收到她的礼物时,她也许正在飞往东京的航班上。

"你有什么好自责的?"杜子滕不解地问我。

当我重读《你说人生忧郁我不言》时,我豁然顿悟:惠子的发型和一袭黑裙正是小说里露帮主的艺术形象。那晚我们分别时,惠子静静地拥向我说,她要去很远的地方,我们日后难再见面。我轻拥她的双肩:都是一个校园里的,见不着面才奇怪,时间不早,我送你回寝室吧。我违背了惠子的愿意。

"你这是一个生命对感情的吝啬,对自身清醒意识的短视。"杜子滕对着我摩拳擦掌说。

其实,当时有人揍我一顿,我才会觉得爽快。

杜子滕递给我一支烟,说:"我读过一本《形而上的渴望和迷惘》,人的回家,不仅是客体的回归,还有精神家园的寄托。"

"我可没有你那么人文,断了生活费,身上只剩下最后一张火车票,唯一的愿望就是早日到家,生存一旦受到威胁,情感就退却到生命的背后,我无意中充当了马斯洛需求理论的实验者。"

居高独望,操场上白粉的跑道,一圈一圈地环着,在满天星光下泛着灰白的光。在没有绳子拦在终点的时候,跑道是寂寞的。

杜子滕在石级上,做了倒立状。杜子滕是阿波罗的崇拜者,他臂力过人,双臂做健美的姿势,能听见肌肉生长的声音。杜子滕透过肌肉隆起的曲臂,目光咄咄逼人。杜子滕边向我嗖嗖嗖地发射几击空拳,嘴里边喋喋不休。

我和杜子滕关系密切,杜子滕独特的询问方式和生活习性,我是了如指掌,如同杜子滕洞悉我的习惯。

我做了个太极推手,把杜子滕挡了回去。

"你的回忆简直就像没有拦线的跑道。"杜子滕说。

"选择本身就是一种连续的过程。"我说。

三

我投稿,一般都通过邮局,不是我憷见编辑,而是一种写作心理的需要。据说梁晓生和叶永烈都有这种习惯,我虽不是大家,离大家很遥远,但心性与大家肯定有共性。这种嗜好往往也是我能够坚持文学创作的缘故。

位置于赣鄱平原中心的盆地城市,夏日闷热得就像密不可透的粗纱蚊帐,人就像蚊帐里寻找出路的蚊蝇,有头没脑,我怀着个人的目的,决定去洪都日报的编辑部走走。

在街道的拐弯处,风大如水,撩起女孩的裙裾似怒开的荷。女孩双手下按像邓肯的芭蕾舞姿。远远近近,几个穿裙子的女人起起伏伏踏着相同的舞步。

我记起一位名人的话,欣赏人体是人类的亘古时尚。

洪都阳明路的报社大楼,绿色的栅栏像春天里生长的草,传达室老太婆扁着没牙的嘴,给我遥指文艺副刊编辑室的位置。

编辑不在,自称实习生的女孩梦幻般地告诉我,说编辑明天才能上班,然后又拘谨地坐在办公室的一角。我想,女孩刚出道,聊起来不会尽兴,于是抬手告别,怀揣着文稿,又走出那童话故事般的电梯门。

街道上,轿车替代从前的吉普。蓝鸟、奔驰、劳斯莱斯、雪铁龙……我正要穿行在轿车的飞驰里,眼前一幢红色楼群刺激我意识里的一个人物:我的朋友格林。

门铃清凉地轻吟,门口探出格林容光焕发的脸和大呼小叫的神态。

格林穿一条宽松短裤,套件描着马帝斯变形夸张图案的文化衫,格林几乎把我簇拥进客厅,格林的热情让我想到门外的灼阳。我和格林分别,是在中学毕业那年,格林进了他父亲管辖的文化机构单位,而我上了大学。

"我经常在关注你,"格林掀开椰子罐头,"大学是诗社簪缨之地,温柔富贵之乡,上次我在日报上读到你的文章,你的笔锋越来越老辣了。"

"就那样,在大学没你想象的浪漫,除了功课,业余时间泡在图书馆里,炮制一些小打小闹的小豆腐块。"

"谦虚使人进步。"格林吮了一口果汁,"我看你依旧是中学时期的豁达。"

"格林,你在社会上蹦跶了两年,说话练得超过你的年龄,而且颇有你爸的遗风。"

格林优雅地摆摆手。

微笑的眼倏然一脸郑重:"方便的话,我们可以谈谈合作的事宜。"

格林不止二三次地说,他可以通过朋友帮我发表作品,不过,我的名字后面要附上他的署名,但我一直没应允。

我认为写作是种独特的生命体验,是自己负担起一种生存意义的劳作,是灵魂涅槃后的再生,我不愿为了某种急功近利,而违背自己的愿望。

我取出文稿,说刚才送稿给编辑部,编辑不在,于是取道来看看你。

格林从我手中取过文稿,浏览着,说:"文稿放我这里存着,我们的合作肯定会顺达的。"

"你可能误解了我的意思。"我收回文稿说,"我是顺道来看看你的。"

格林笑意灿烂:"我现在最大的收获就是学会隐瞒自己的真实思想同别人打交道,而对你,我绝对是坦诚的。"

"非常理解,"我说,"人和动物都会进化的,但要遵循客观过程,待我进化蜕变的季节,我们还有合作机会。"

"毕竟是大学科班出身,说话都有富有象征意义,"格林说,"其实你那么多未发表的作品,搁着也白凉,现在流行文化经纪人,我只不过填充一个角色。"

我想,再谈下去,说不定我会被俘虏或者被激怒,双方会出现尴尬。我说:"兄弟,我告辞,我妈喊我回家吃中饭。"

"我们所期望的并非绝对的不可缺少。"走出格林的家门,我对他说。

四

杜子滕不再做他的肌肉运动,他单臂支腮,硕大的头颅像静穆的山峰。远处咖啡屋投射的光亮,把杜子滕活脱脱地剪出罗丹的"思想者"。

"你能给暑假下个定义吗"?杜子滕问我。

"依人而论,因人而异。暑假就像镶嵌在大学墙壁上的窗,每个人观看的风景都是不同的,或恬澹或聊赖或美丽或沧桑。于同一个人,每年的风景也不一样,因为暑假的窗户是逐级而造的。"

"那么你的暑假呢?"

"不寂寞。"在星光下,我背靠铁栅栏,跳出了杜子滕构筑的语言工事。

遇到盖克,完全属于偶然。我去邮局要经过一条窄巷,我的单车前方突然一辆摩托扑面而至。在倾斜的一瞬,我们同时惊呼对方的名字。

盖克一身广式做派,盖克说南方城市都流行这种模样,特别发型,郭富城式。

盖克把一份卷宗递给我,说要我帮他写份起诉书。我问是哪方面的,他说材料上都有。

盖克一再叮嘱我说:"我信得过你,过几天我来取。"

材料内容是两家公司相互诈骗的事:一年前,盖克电器公司发货给广东一家贸易公司,广东贸易公司将十万元账款拖欠不还。盖克公司急中生智,伙同另一家公司,并以该家公司名义同广东贸易公司发生业务,以货到付款的方式,拖欠二十万不肯付款。对方公司上诉法院,要求追回欠款,盖克于是也如法炮制。

这是一起相互制约的骗钱官司。

几天之后,盖克找到我时,不说二话,就把我拖到一家颇为豪华的满江红酒楼。

"这些时间你干了些什么?"我问盖克。

"你最好问我,这些年我什么没干过。"

"你的汽车修理工不做了。"

"自从那次偷开公安局警车,遭到老爸的严重警告后,就没心思干了。"

"后来你就办起了这家电器公司?"

"废话。"盖克燃起一支555烟,"哪有这么快,我到南方打过工,唉!一个打工仔该做的我都做过,不该做的也干过,回家时在火车站还打了一架。当时几个当地人问我要喝茶的钱,我说钱是汗珠摔八瓣换来的,要钱自己挣去。地痞露出本质,噌地围过来把我的衣服给抢走了,至今手臂上的伤疤还隐隐作痛。"

这时,服务小姐甜甜地送上菜单,盖克要我点,我说客随主便。盖克极其娴熟地勾画完,接着说:"父亲说要我干点正经事,我开始跑起运输,我这个人喜欢新鲜,腰包涨了,我又卖掉了货车,父亲说我天生反骨,憋着气跟父亲闹了个通宵。"

"你的经历倒是挺有趣的,都可以写长篇小说了。"

"生活逼的。"盖克敬我一杯酒,问我,"你在学校有多少工资?"

"我哪有工资,是物价补贴,非师范专业每月三十三块五,哪能同你比。"

"金钱和知识不成一个层面的比价关系,没有知识,心底虚得慌。"

"是你自己的感受？"

"是我自己的感受。"

服务小姐送上铁板牛肉的时候，盖克说要请我帮忙，我起诉书快写好了。盖克说是场生意，他的一位朋友出差未归，盖克说借我的派头。

我说谈生意我是绝对的小学水平，现在是流行公关小姐的时代，你为何舍其取我？盖克说这场生意至关重要，公关小姐起不到实质作用，况且对方是位下体残废者。

生意谈得很成功。从盖克和对方愉快的笑声里我可以感觉出来。那次见面转辗了几个地方，最终在一个地下室见到对方，盖克谈的是一场黄金珠宝生意。

离家的前几天，我又碰到盖克，问他打官司的事情。

"私下和了，"盖克轻描淡写地说。

"为什么不上诉法院？"

"那太劳民伤财了。"盖克不屑一顾地说。

"上次你说出差的朋友根本没出差，你为什么还要我帮忙，他可是你的同伙。"

"你哪里听来的消息？"盖克微惊地说。

"你的朋友找过我。"我说。

"你没有说什么吧。"

"你说我能说什么？"

"兄弟，够义气，其实有些时候，在生意场不可与你最亲密的人产生共同的秘密。"

"您和我呢？"

"那就另当别论啦。"盖克爽快把他认为该给我的劳务费递给我。

五

"现在你该选择了吧？"

杜子滕在我的故事里，像一只流窜林莽的食肉动物紧撵着我这块美食不放。

"也许唐僧更适合我的选择。"

"你总是给我意想不到的回马。"杜子滕说，"这可是许多人都唾弃的人物，真不明白你的意思。"

"我们可以换种方式理解，唐僧就是一条线抑或一个圆，圈连着三种命题，而唐僧就是一个综合体的象征，我选择唐僧，意味着我面对你的选择，要么全选，要么一个也不选。"

"答案零分。尽管你有创意，但你没有遵循既定的游戏规则。"

"天问无解。"我自言自语。

这时，我突然忧伤地想起尚不知在何处游浪的唐如渊。

(1993年夏，听风轩)

自由中卫

一

在《废都》炒得火爆的1993年秋天的一个傍晚,我要去访谈一位著名作家。

这位作家的名字在我进大学之前,就十分地让我着迷。在高中摆得像多米诺骨牌的功课空隙里,我的唯一爱好,就是捧起一本他的书,坐在黄昏的阳台上,读着他名字下面的充满魅力的各种字体。

现在要去拜访这位心仪已久的作家,除了准备你是如何走上文学之路,以及对某某主义流派评价的问题之外,一身漂亮的打扮,是必不可少的,这既是我的嗜好,也是对采访对象的尊敬。

在我试穿衣服的时候,杜子滕像一个高深莫测的思想家,在我身边转悠。他竖起一个食指,说:"一个人要贴近这个城市的文明,主要不是外貌和语言,而是你的文化心态和文化内质。"

我把雪白的衬衫束在黑毛呢的裤子里,挺了挺肚皮,感觉十分美好。

这种美好足足让我兴奋了好几天,要不是几天以后Grace给我发烫的思想浇一盆冷水,肯定还会延续下去。

杜子膝深刻的语言骚扰,没给我带来任何精神负担,我把领带递给杜子膝说帮帮忙,他张开五指,说:"领带有五种结法。"

杜子膝这个艺术系的鬼才除了经常制造惊世骇俗的举止,就是泛滥他的博学。我和杜子膝作为朋友,就是他的博学很是迎合我的需求——常常被当成我的写作素材,但也有不合时宜的时候,比如现在。

"你究竟会哪几种?"我问杜子膝道。

杜子膝对我的责问,充耳不闻,继续说:"知道怎么打和会打是两回事,写出皇皇巨著《中国古代服饰研究》的沈从文,其实连的确良和卡其布都识别不清。"

至此,我不得不堵截杜子膝任意泛滥的博学。

我一把从杜子膝手中拉回领带:"算了,我还是另请高明吧。"

杜子膝最不允许别人对他的轻蔑,他伸出颀长白嫩的手指,给我打了个什么"杜子膝—温莎双结结法"。

我在原地旋转了一周,优雅地和杜子膝握了握手。然后凑在杜子膝的耳边,亲切地说:"刚才你的那番城市人论,好像是剽窃余秋雨先生在哪本书上说过的话哦。"

在楼道拐弯的地方,我还听到杜子滕气得哇哇怪声的吼叫。

"杜子滕雄浑宏阔的男中音真好听"。我暗自窃笑。

二

灌木,草坪,梧桐树,夹竹桃,人工河。

流动着的人文气息和物质气味,如薄雾浸润着暮色里的校园。

费费临窗站立,梳理着从集体浴池里出来时泛着润泽的长发,在女生楼下二十米周围,聚集或孤立许多影影绰绰等待情人的男同学。

费费"扑哧"笑了一下,她想起在沐浴时,对面一个瘦女孩讲的一个笑话。

瘦女孩说,一个男人走进了女子澡堂,女人们集体惊叫"流氓流氓",且全都趴在地上,结果那男人说"我是瞎子",于是女人们"哎哟"着爬起来,集体说"她娘的"。

瘦女孩讲得激动,胸脯跟着抖动起来,洒了自己一身水。

费费走出第八宿舍时,已经是一身轻装。时令虽然转移到了秋天,但这个城市里的夏末依旧富有温热的质感,特别对于校园女生来说,气温有转暖的迹象,裙子以及各种时鲜服装,如躲在幕后的演员听到口令,哗的一下次第开放,让你目不暇接。

费费穿着花格的短裙,一条同样花色的围巾,装饰性地搭在双肩。踩着弹性步履的费费，甩着一头教人看了产生不良倾向的披肩发，穿过等待情人的男同学们探究的目光。

费费被一些男同胞误认为是女朋友，俏丽的脸露出既得意又讥讽的笑意。

从八舍去外语楼要经过一条粉着西洋图案的小桥。人工河面上的睡莲绿得盎然，费费平日经过桥面时，心里总会泛出一些诗意的感觉出来，她嘴里轻吟着《忧愁河上的金桥》，习惯地伏在桥栏杆上伫立会儿，望着河的沿岸建筑物的门窗投射的灯光，色彩摇曳着倒映在河面，心里有一种抒情的欲望。

费费正要抬腿走人的时候，一场不小的灾难这时降落到她的身上：一辆黑色自行车毫无顾忌冲向她。

哐当！书本在短促尖细的惊叫中撒了一地，费费肩上的围巾飘在桥下的河面上，一漾，一漾。

三

从作家的书房出来，走上大街的时候，我唯一的迫切就是给 Grace 挂电话，告诉我此次采访的心得和体会。

Grace 是我大一认识的黄爱教授的女儿。

大一我最大的喜好就是听讲座，听各种不同的讲座：香功与催眠、大学生性教育、二十一世前卫科学、营销策略、混沌哲学、股票期货、名人的成功之道、诗歌的黄昏……逮着什么听什么。

讲座比上课贼劲得多。我之所以这么说,不是我个人的凭空武断,可是有根有据的,用杜子滕的话说,一是我们专业的滞后性。当人们朝计算机经济金融做强劲俯冲的姿态时,我们却还在古往先哲的著作上作沉思的考究状,我们是穿着高科技的鞋,走着布满尘埃的旧世纪的路;二是听讲座不用担心点名迟到。讲座精彩时拊掌,枯燥时睡觉,拙劣时堂皇地拂袖而去。

于我而言,基本上是冲着这一点。大一是我心性最洒脱的季节。记得有次听关于"二十世纪文学多极走向"的专题讲座。

这次抢占靠后的座位,我是抱着准备睡一觉的念头,原因是下午踢足球太疯,呆在寝室里睡觉又显然太不合时宜,我的上铺兄弟和他的老婆——我们习惯把女友称为老婆,头碰头倚在床沿窃窃私语,他们匍匐不动,当然只有我走。

此次主讲的是黄爱教授,那是一场非常成功的讲座。教授的渊博、睿智、先锋姿态,就像在我们面前展开一卷二十世纪文学的美丽图画,由不得你不掌声迭复。

我的困倦被教授精彩的讲座湮没了。

我的激越的冲动如尖荷冲出水面,在教授回答完最后一张流水线似的纸条时,我想我不能再等待了——在此之前,教授在我的想象中是知识的化身,文化的精灵,如海市蜃楼可遇不可及。

我拨开人群,冲到教授桌前(这种冲动给我的日后生活带来开创性的意义),我请教授留下地址,敲定采访时间——业余时间我是《潮声》报"星类族"的专栏记者,教授极风度地接受了我的预约。

几天之后,黄爱教授接待我两个多小时的访谈。聆听教授谈话如同今天沐浴作家的智慧一样,一种酽酽的太阳光芒的热量,深入我冰凉身体的每一块细胞和血管。

我思想的荒原奔腾着开垦和播种的声音,在时间的滋润里,泛出绒绒的绿色睿智,和教授握别,我才发现一位短发摇曳的 Grace 一直倚靠在教授的沙发后侧。教授说,这是小女儿,叫 Grace,正读高三。

我文质彬彬向她问好。Grace 娇挽着教授的手臂,摇曳着短发,仰望着父亲的脸,然后露出灿烂的微笑。

Grace 做了我的女朋友后,直教我想起徐志摩和林徽因音在英国见面时的历史情景。

在公用电话亭我连拨了三通,Grace 家电话依然是忙音。

Grace 真是令人不可捉摸。

四

费费睁开眼时,时间已经过去了一个晚上和一个上午。

费费不愿意从梦中走出,她轻轻地阖上眼,欲重温旧梦。

白衣白帽的医生靠到床前,旁边立着面露惶恐的唐如渊,医生告诉费费昨夜被自行车撞倒的事故,说:"你头部轻度撞伤,但并无大碍,需要休息休息。"

医生安抚完费费,然后侧身告诉唐如渊说:"你该回去了,这里由我照护。"唐如渊迟疑地应诺着。

第二天,唐如渊提着一托营养品,推开病房门,费费正在做着弯腰的动作。

他对费费说:"真的对不起,昨天我的车撞了你。"

费费直起身,甩了甩长发,打量着瘦高的唐如渊,说:"原来是你呀?不过,医生说休息一下就没事,下午就可以出院。"

唐如渊把营养品堆放在桌面上。

"金帝巧克力,全脂奶粉,乐口福……"费费变声地邪叫一声,"你想催我发胖吗?水果留下,其他的驱逐出境。"

唐如渊脸上挂着歉意,执意要送。

费费突然一脸正经,说:"你知道吗?"

"知道?知道什么?"唐如渊不解地问。

在唐如渊进病房前,费费的室友来看望她。她们刨根问底地问是撞伤的还是摔伤的。

费费说,什么叫撞伤?什么叫摔伤的?

"撞上呢,就是被撞上。摔伤呢,就是坐在男朋友自行车后面被摔伤。"

"什么撞伤、摔伤,反正我在忍受跌倒的痛苦。"

"幸福的痛苦,开心的痛苦。"她们其中一个起哄道。

于是,她们相互间大惊小怪地运用挤眉弄眼的形式,表明她们猜测的正确性。

"她们误认为你是我的男朋友。"费费削着一个苹果,说,"其实我给我的男友下了通缉令,这个星期不许见面。"

唐如渊"呵"了一声,突然感到有些心慌,连忙寻着笤帚,说地上的杂物真多,需要打扫打扫。

到了下午,唐如渊护送费费进了宿舍。当他离开女生宿舍时,突然传来费费从窗口发出"再见"的声音。

唐如渊挥挥手,心情泛着一种莫名其妙的激动。

五

我成了黄爱教授家的常客,是在我做了 Grace 的语文家庭教师之后的事。

生活中常常表现教人怪诞的景象,譬如医生家里有白血病人,富贵人家养着白痴,色盲挚爱绘画,偏瘫喜欢足球。

教授的比较文学研究是这个城市的泰斗,而 Grace 的语文尽管有父亲浓郁的文学熏陶,但作文成绩总只在班上平均分数线徘徊。Grace 的这个缺点是教授最不能容忍的,教授的事业准则决定他对女儿成绩的要求。

"Grace 离高考还有 267 天,倘凭目前成绩,语文高考肯定要拖后腿。"教授接过我新近发表的一篇论文,说出我第一次见面的困惑。

"Grace,出来一下。"教授朝身后一扇挂着张国荣海报的门喊了一声。

"爸,人家在复习功课呢。"Grace 手缩在奶白色的羊毛衫的袖子里,耸着肩,趿着鞋,踩着碎步贴到教授身旁。

教授指着我那篇论文稿,对 Grace 说我的那篇论文水准怎样怎样的高。然后说:"你看你的作文,老要爸担心。"

"没人家聪明呗。"Grace 嘟着嘴,把下巴搁在教授肩头。

"正经点,都高三了,还孩子气。"教授佯装生气推开 Grace 的肩,转身对我说,"希望你日后多多给她指点一下。"

我现在非常奇怪,我当时为什么那么专注教授说话的语序:教授说要我指导 Grace,而不是说要 Grace 求学于我。教授确定主动关系,把我放在主导地位,换句话理解,就是我必须要给予 Grace 作文指导。

第二天,Grace 按照我的要求在足球场上寻到我,把一大叠作文本递给我。我满头大汗对她说:"还真送来了?行吧,看完后再谈一下个人的观点。"

Grace 说随你的便吧,我慢慢等着。

我问:"你为什么取个 Grace 的英文名字。像你老爸是古典文学大师,至少得取个什么夏姬、柳摇金、苏若兰、裴玉娥、步非烟、花见羞、董小婉等古雅一点的名字。"

"你土了吧,怎么连 Grace 的意思都不晓得?知道什么叫优雅、恩泽和慈悲吗?"

我连连摆摆手:"还真没研究,土人踢球去了哈。"

Grace 坐在球场外的木椅上,沉思状看着我们在球场上乱跑。

我说过,大一是我心性最洒脱的季节,除了写文章,就是手插衣袋四处乱逛,抑或抱着足球满场疯跑。

在阅读完 Grace 的作文后,我觉得她的作文水平完全超出我想象的那般坏——不如说,超出我想象的那般好。

她的文字功底深厚,不仅构思奇特而且语言流畅,但她作文尾部评语遍布的是"词不达意","滥用比喻"等等,这些狰狞的评语是 Grace 作文失分的根结所在。比如 Grace 把挤公交车比喻"是一种生命的舞蹈",把城市的嘈杂声描写为"闪烁着粗糙的天然光泽",把宇宙飞船说成是"人类手势的延伸"。

"这是诗的语言。"三天之后,我约见 Grace 并对她说,"在大学里非常流行这种调调,但在中学里,正统的教育不允许你这种语言的存在,你有想象天才,但要拿高分,你就应该用一般的、普通的、常见的词语,知道吗?"

"我觉得这样使用舒服。"

"是的,你的感觉很准。"

"我父亲也这么说,但我认为这就够了。"Grace 一副把水泼出去的样子。

对待 Grace,我想,问题不是作文本身,而是她对作文的思想态度。倘若 Grace 稍稍端正,我又想,她的作文对付高考,根本不成障碍。

教授在繁忙的教务中,也许只能让他看 Grace 作文分数的表象,而不能触及我们这个年龄的背离现实的某种逆反情绪。

在整个作文辅导的过程中,我对 Grace 都实施理性的感化,直至高考结束。

六

绛红色的地毯白模特台铺叠下来,如瀑布静态地流淌。

台下差错地支着画架。十几个发型怪异的学生正在一丝不苟地作画。

唐如渊静静地走到形态畸形地扭曲的杜子滕旁,杜子滕把手指竖在唇沿"嘘"了一声。用下巴点了点台上的模特儿,继续工作着。

唐如渊用一种温和的目光打量起模特儿,台上的女模特儿神情安详而生动,大眼睛像鸟的翅膀一样扑闪扑闪。

女模特儿的乳房结实坚挺,小腹平坦而滋润。模特儿有极美丽的肤色,身上有一种温情脉脉的线条和阴影。

唐如渊来画室是受杜子滕的挑唆。

杜子滕的艺术敏感和才华,是他成为油画班班头的硬资质。

"人体是自然界中最美好的圣物。当你看到裸体时,你同时也领悟到世界上最纯洁、最自然的宗教情绪。"杜子滕扇动着薄薄的嘴唇,制造的陷阱之雾笼罩着唐如渊且吞并了唐如渊。

唐如渊记得半年前第一次逃出画室的情景,那时好几天都觉得体内盘藏着一条欲望的蛇。

杜子滕暧昧地用一块阴影,在三角区勾画出女模特儿的腹股沟。

最后,在画布的左下角镶上一方飞机图形的印模——杜子滕喜爱美国一支以雷鸟命名的空军部队的番号——这是杜子滕的习惯。

杜子滕做完这一切动作,画室内的人几乎都退空了。

唐如渊手支着画架,对杜子滕说:

"我惹出麻烦来了"。

"什么麻烦？"

"费费，她原来有男朋友的。"

"爱情是一株稀有植物，只要有空气和水的地方，都可以移栽。"

"关键是她扎根的土壤开始就不属于我。"

"我怀疑你是否真的喜欢她？"

"混蛋,谁他妈的把我的自行车闸给拆了。"费费倒在桥头上忧郁的痛苦表情，像刀刻一样戳伤唐如渊的记忆。

为了追费费，唐如渊的预谋是骑着自行车，叮铃铃地借着暮色与费费擦身而过，然后回首与费费的惊鸿一瞥，然后轻度碰擦，然后下车向费费道歉，然后认识，然后加深印象，然后成为男女朋友。

但是，自行车闸的失踪，破坏了他的一切构思，反而给他制造一件意料之外的伤痛事件。

杜子滕把紫蓝的窗帷一一拉开，阳光斜射进来，世界豁然开朗，透明的模特台上有一种残酷的逼真。

杜子滕挪移着画架，说要计划买批画料，估计倒贴生活费都不够，他问唐如渊联系广告公司兼职打工的事有无确切把握。

唐如渊御下画架上的肖像端详着，讥讽道："蒙娜丽莎的微笑是听见金钱掉地的声音吧。"杜子滕听后，马上抬出马克思，说经济基础决定上层建筑。

唐如渊漫不经心地说，等着吧你的宗教情绪。

七

在去群贤堂的林荫道上,我看见 Grace 和一群女同学走过来。

我斜插过去,挡在 Grace 面前。

Grace 的脸紧绷着,瞟了我一眼,一言不发。

我们立在林荫道中,我对 Grace 说我找过你几次,我想告诉你我采访作家的故事。

"我不要听!"Grace 剜了我一眼,气嘟嘟地扭着身,绕过我急匆匆地追赶着她的伴儿,她的鳄鱼坤包合着脚步的节奏一起一伏。

人流不断地从我身边经过。我突然记起 Grace 的书包进校时应该是蛤蟆式的,像背着个炸药包。

Grace 上大学时,喜欢蛤蟆包,她曾玩笑说,倘要自杀的话,只须拉着导火线,轰地炸响,一地鸡毛。

我说怎么成"一地鸡毛"了?你身上都是毛吗?

Grace 说是想到刘震云的一篇小说。

我说还不如说格非的"褐色鸟群"更具有诗意。

轰的一声"雨季的感觉"比你的更胜一筹。

Grace 的性格就是不一样。就如她填报志愿时,并没有承袭她父亲的家业,去报考中文系,而是选择计算机专业。

害得教授逢人便说他的满屋子藏书在他百年之后,只有无偿地捐献给国家了。

"你的确不一般。"在一次自习课后,Grace 傍着我走在通往教授楼区的路径。"幸亏你高考语文得了高分,要不然,你老爸该怎么责骂你。"

"如果考不上,你也有责任。真的如果考不上,很简单呀,打工去呗。"Grace 零负担地说。

"那我这个作文指导老师的脸往哪儿搁呀?"

"哈哈,往河上搁呀,可以搁成桥,任众人踩踏,做一个活雷锋。"

"太狠了吧这个。"

"好了,不谈这个好吗?"Grace 压着我的胳膊,仰着脸,微微翘起了下巴。

在我惊魂甫定时,Grace 做了下列动作:用手套住我的脖子,局促探出嘴给了我一个吻,然后推我一把,转身冲进了林木密布的教授楼区。

在这个城市,费费都是这么热烈,后来的生活便使我深刻地感到,这个故事将在我的另一部小说可以读到。

Grace 的漠然拒绝,教我一天都郁郁寡欢。

从校外回到校园,我沿着操场无聊地荡了一圈又一圈,很晚才回到寝室。此时,我发现杜子滕的床铺在漆黑的夜里,阒静空洞。

室友们的夜谈因我回来,戛然而止。

我打开被子,右上铺尖声奶气、外号"婆婆"的问我:"那本书在哪儿?"

"什么哪本书?"

"就是那本书。"

"哎哟,我笨,来个痛快明白。"

"《性与爱大全》。"右下铺的"胖驴"用粗重的声音补充道。

"哦!这书呀,昨天被你那个满脸粉刺的老乡借走了。"我说。

"天下英雄所见略同。"室友评价道。黑暗是罪恶和阴谋的庇护所,夜谈双方都看不见对方的眼睛和心的位置,可以把唾沫随意飞溅,可以用手捂着羞耻,并任凭这种飞溅穿我而过。

室友们习惯地接受黑暗中的夜谈方式,且每个人都乐善好施。

我睁着眼穿透着深不可测的夜,在我体内盘藏的欲望,于夜阑中张牙舞爪地缠在一起,咬噬着、争斗着。

整个晚上,我转辗难以成眠。

八

教授永远有教授的法则。简单的能复杂,复杂的可简单。在评价学生的作业时,教授对这项原则几乎运用自如。

唐如渊望着窗外的草坪上,三踢四的双方隔着窗玻璃哑声地轮着抢一个球。6号球衣临门一脚,球偏出门外。

"臭脚!"唐如渊在心里狠狠骂了一句。

"婆婆"这次意外地受到教授的嘉奖,正躲在桌子背后甜蜜地窃笑,并双手抱拳不断地朝周围同学敬礼。

"林飚。"教授把"婆婆"叫到讲台一侧,教授咬着"婆婆"的亲密状态,看起来让人产生嫉妒。

教授说林飚你很有鉴赏力,只是倒数第二段精彩的……后面的话唐如渊只能靠口型的启合来猜测。

教授拍拍"婆婆"的肩,"婆婆"讪讪地抓着头皮,窝在座位上,把头藏在衣领里不像先前那样得意。

据前排同学传闻,原来"婆婆"的作业论文正是抄袭教授署名"金倒翁"的那篇成名作。

消息传遍全班时,顿时,荒诞而快意的笑,从漫画般的口型里滚动式爆发出来。

同学们在笑声里传播着另外一个故事:某学生拿着作业寻到教授,问为什么不给他及格。

"为什么呢?"教授问学生。

学生义正词严地说:"我这作业可是原原本本从书上抄的。"

"原因就在这里。"教授客气地把这个学生打发出门。

唐如渊看见讲台上的教授站如一株弱不禁风的哀愁树。

这时,一条红色弧线,终点轻盈地落在唐如渊的窗下。费费一袭红色运动服,蹬着山地车,单脚点地,扬手招呼唐如渊。

唐如渊压扁着脸说我在上课。

费费打着手势说快快快躲出来,唐如渊猫着腰穿过最后一排座位的门。

原来,费费要去一家日本开设的公司应聘,希望唐如渊陪着去。

"你看我合适吗?"唐如渊眯缝着眼说。

"当然,难道你真是傻瓜,还要本姑娘下跪求你不成?"费费甩着闪烁光泽的披肩发,转身欲走。

"喂喂喂,下午我刚好没课。"唐如渊回答道,随之感到心里一块石头落地了。

"好呐,94路公交站,不见不散!"费费扔下一句话,一条红色的弧线如流星在唐如渊的视野里得意地滑走了。

九

业余时间我最大的爱好,就是习惯关注校园的各种新闻动态。

教科书上说,这叫培养新闻观察力、敏感力和洞察力。

一次在编辑部,我读到一份院系送来的油印简报。在"校园观察"栏目,刊登一篇《一小孩跌落河中,两研究生奋力相救》的文章。

文章大意说,一小孩不慎跌落水中,一研究生跳河相救,他们快上岸时,又一男子(经调查也为研究生)也扑入河中,结果发现他根本不会游泳。

报道说,小孩的父母深为两位研究生的英勇行为感激不尽,特别表扬后者舍己救人的精神尤其可佳。

放下简报,我庆幸自己又找到一条新闻由头。

这则新闻,用杜子滕的话说,在校风日渐人心不古的时代,在人们抛弃一个英雄的时代,舍己救人的高尚品德,就像在沙漠中挖掘到的珍珠那样弥足珍贵。

下午上完课,根据报道提供的地址,我敲开了第二位舍身相救的研究生的宿舍门。

"Ress MacDanald,Welcome to you!"研究生先探出半张脸,然后完全地把门打开。

对研究生的突然幽默,我一下子反应不过来。

"你不是罗斯·麦克唐纳?"

"No,"我入乡随俗承接一句,"My name is Gutiantong."

"你在练习口语?"——书上说,制造轻松的谈话气氛是记者采访的技巧之一。

我对勇救落水儿童的研究生道明采访来意,准备进入访谈程序。

研究生突然伸手阻止了我,他美国式地问我:"玻璃球里面肯定有一个比它更大的球,不是吗?"

"这个?这是超科学想象。"我回答道。

"河上架了桥,船肯定不能通过,不是吗?"

"这个?桥梁专家会考虑周全,设计周到的。"

研究生问完,直直地走到窗前。窗玻璃由于夜的底衬,外黑内白,照影如镜,研究生指着镜里的自己说:

"落水女孩肯定没死,不是吗?"

"是的,小女孩的父母对你感激不尽呢。还特地致函学校表达感谢。"我暗自欣愉我的采访要进入实质阶段。佛说,救人一命,胜造七级浮屠。

我用书上教我的方式,问研究生:"面对小孩落水,你最初是怎样想的。"

研究生瞅着镜子里的自己,目光泛出超然物外的静滞。

"海藻,飞碟,骨灰盒,纪念爱米丽的一朵玫瑰。"——研究生喃喃自语后,突然转身盯着我,指着镜子里的自己问:

"那个人肯定是我,不是吗?"

"是你。不,不是你。是你的……"我发觉自己有些语无伦次,思维混乱,于是干脆说:"他是你的影像,符合光学原理。"

研究生盯着自己,猝然举起一条椅子。"海藻、飞碟、骨灰盒、纪念爱米丽的一朵玫瑰花。"他念念有词,骇然之间"哐当"朝窗玻璃砸去,然后揪着头发朝着房门哈哈狂笑。

这时,一位穿着黑色衣裙的女人,面色忧悒地靠在门框上。

"实在对不起,他没法接受采访,明天我们要送他去精神病医院。"女人谦恭地道着歉对我说。

这真是一场意料之外的事实。

我抱歉地和女人打过招呼。等在与 Grace 约会的老地方——教授楼区入口不远的拐角处。

"你就是一只冷血动物。"Grace 抱怨地摇摇我的肩。

我艰涩地把报道和采访研究生过程说给 Grace 听。我说我的猜测得到证实,第二个落水救人的研究生肯定脑子有问题。

"你是怜悯他,还是说报道失实?"Grace 问,"但这又能说明什么?"

"生活有时教人无法诠释,无从把握,一面镜子会成为生命的审判台。"我说。

"我看你烦,不就是个业余记者,神秘兮兮的。"Grace对付我的致命武器就是运用撒娇的方式,瓦解我的严肃和沉默。

我用嘴堵住Grace的揶揄——这是我对Grace的有力武器,自以有了第一次局促的接吻后。

十

唐如渊和费费挤上回校的公共汽车时,费费仍在喋喋不休地谈论,她如何运用应试技巧赢得精明而苛刻的日本经理的信任。

他们赶到公司,一个平头日本人先叽里呱啦和费费聊了一通,然后微笑着拿出一张表格,说请您按要求填写。

费费要唐如渊代笔。唐如渊按表格规定,依次写下:

姓名	性别	年龄	所在单位	学生证号码
费费	女	19	圣光夏大学	9202229

平头日本人叫费费和另外三个应聘者,一起到经理室面试。

"先生止步。"日本人礼貌地拦住欲往内走的唐如渊。

"ありがとうございます。"("多谢。"),日本经理的谦恭,教费费感动得如怒放的玫瑰。

车厢里的人越塞越多,赶浪似的把他们冲挤到车厢后排的角落里。

公共汽车走在建设工地旁坑坑洼洼的路面上的夜色里,偶尔一来,吊在高层建设物上的白炽灯照射进车厢时,一张张表情各异的脸,表现着这个城市的人物对城市的不同理解。

费费说:"坐车像躺在摇篮里。"

唐如渊轻轻地抿抿嘴,说:"在摇篮里做梦的人,自己是不会知道的。"

公共汽车到小站时稳了一下,又朝前挪动着身子,车厢里似乎比以前更密集。

唐如渊昂扬着头,透吸着车厢上空的空气。

在车厢顶灯直射的范围里,有一张唐如渊熟悉的脸,隐藏在一位中年妇女的背后。

唐如渊叫不出他的名字,但知道他是隔壁寝室的理科学生。

一次杜子滕用不是心理学家却有十二分艺术家的观察力告诉唐如渊说:"你知道吗,隔壁那小子挤公交车上瘾了。"

唐如渊说你不是在虚构吧。

杜子滕一板一眼说:"一天两次,风雨无阻。专拣车挤的上,终点在外滩。其正所谓'摩擦癖'是也。"

唐如渊说你在诽谤人家。

杜子滕找出一本《性科学知识荟萃》,像指导小学生指着课本对唐如渊说:

"摩擦癖系指通过触摸、摩擦或搂抱异性的身体来达到性满足的一种性变态行为。在电梯、地铁车厢或公共汽车等人群熙攘的场所,那些有这种特殊病态癖好的人利用人挤人拥挤的机会,以自己的身体摩擦异性的身体以获得快感。"

还有,杜子滕说,《性精神变态》一书中,作者以非常简单的态度解释说,摩擦癖实际上是一种不能肯定自己性能力的两性人的一种手淫活动。

唐如渊后来有意无意地观察,隔壁学生一下课就神色阴沉地走出校门,坐车回到寝室后,便满脸流光溢彩。

这件事在附近寝室暗暗地流传,但因对周围没有造成什么实质的坏处,大家也就心照不宣地挤挤眼,夜谈时一句"林子大了什么鸟都有"地概括而过。

公共汽车大约越过一个障碍物,像蚯蚓似的拱了一下身。

那张熟悉的脸消失了。

唐如渊无意探出头,刚好压着费费,他听见费费细细地说"真挤"。唐如渊为自己不切实际的想象暗红着脸,眼睛扫着别处,接着附和一句"就是"。

当唐如渊和费费站在车厢后排习惯地相互抱着的时候,时间已是第三年的秋天了。

十一

我已经有一个星期没有见到 Grace 了。

其中为写论文,我去过一次黄爱教授家,教授说我的思路太乱,必须推倒原文,重写。

一直到我出门离开教授家时，Grace的那扇钉着艺术挂毯的门（有次我无意谈论港台歌星太俗气，此次去教授家，Grace的门楣换上了她爸爸从西双版纳带回来的一幅傣族少女晨光沐浴的挂毯），始终没有开启过。

教授说Grace近来情绪不太稳定，整天把自己关在房间里，还跟他乱怄气。

我没有告诉他我与Grace之间的隐私。我和教授一样困顿，只是我知道，Grace肯定是由于我的原因，但我不明白这个原因的背后内容是什么。

我长时间找不出撰写作家专访的突破口，这于我来说，是非常的不正常，我没有感到忧愁，也没有感到不高兴，心里有一种无法言出的滋味。

好像有一样什么东西在挠我，有一个摆脱不掉的念头，搅得我心里痒痒地非常难受。

主编催过一次稿，我在主编面前保证，两天内一定交稿。

星期天，室友们和他们的女友纷纷作鸟兽散状，有的去踏青，有的去逛街，有的去会老乡。寝室内空空荡荡。

我独自窝在床头，构思我的专访。

"吧叽"，杜子滕风风火火地闯进寝室，公文包往桌上一甩，口里骂着校园流行的咒语，把脸盆、衣柜弄得哗哗响。

我用笔指点着杜子滕说："你是不是被经理炒鱿鱼了？"

"奶奶的，这个广告公司简直……"杜子滕愤怒地把衣服砸上床铺，接着说，"狗屁！"

杜子滕说，他早上去广告公司，跑到三楼经理办公室，门关着,杜子滕敲敲门没有动静,但里面好像隐约传出女人吃吃的笑声。

杜子滕寻着缺着一角的玻璃窗,窥视着里面。办公室里端的屏风处窸窸窣窣,随着一声女人的嘻嘻声,从屏风背后跑出一个穿着内衣的女人,身后追逐着只套着背心的经理。

"光天化日,简直畜生!野兽!"杜子滕朝经理室恨恨啐了一口,冲回一楼。

"人倒霉喝口凉水都塞牙。"杜子滕回校时,那辆没有执照的凤凰自行车又给巡警没收了,还逼着交了份检讨书。

见他愤愤不平,我说:"杜子滕,欣赏人体是你的专业范围,你应该见怪不怪呀?"

"呸!这是庸俗下流龌龊艺术所唾弃的卑鄙。"杜子滕乒乓地把衣服一卷,"妈的"一声,准备冲去澡堂。

"杜子滕杜子滕,"我倏地翻身起床。

杜子滕瞪着眼问我干吗?

我说"咱们同去同去,洗洗霉气。"

杜子滕在水龙头下狠命地擦拭着脸,用力地扭曲着身骨,嘴里迸发出硬邦邦的流行歌曲。

浴室里人很少,浴池里只有一位老头正沉醉在温热的水里怡神养情。

我仰着脸让温暖的水,哗哗哗地冲击我的天灵盖。

顿然,我突然看见一泓清泉,在赤裸的土地上铮宗地向我而来。我颤抖着收拾身子,向杜子滕打声招呼,抱起一堆衣服,猫着腰冲出水龙头的范围,浴池的老头像惊醒的鱼,"哗喇"一下。

杜子滕张着水淋淋的手,莫名其妙地说:"神经病呀,我才开始咧。"

十二

唐如渊和费费的关系像其他事物一样,在校园的大自然里茁壮成长。

读书,约会,怄气,接吻。

公共汽车恪守纪律,以惯有的速度在苏州河边的街道,哐当哐当移动着庞大的身躯。

那个时候,在这个城市的东北角,一种云占据了半边天,雨的脚步已蠢蠢欲动。

"要下雨啦!"唐如渊看着窗外的天色说:"我们没带伞耶。"

费费的担心隐含着幸灾乐祸。当公共汽车驶进枣阳路时,他们彻底听清雨滴撞击窗玻璃和窗外水泥建筑物的声音。

那声音强烈地灌进了他们的耳朵里,公共汽车驶到94路站牌。"怎么办?"费费迟疑地贴在车门的边缘。

车身外的暴雨改变人们步行的习惯,使人的感觉发生某种程度偏差。

唐如渊拉过费费的手:"冲!"他们在大雨中奔跑时,决定选择去离校门不远的杜子滕的画室里躲避。

杜子滕给过唐如渊一把钥匙。杜子滕去周庄写生了,至少要一个星期才能回校。画室的靠窗侧有一间约十平方的小房间,摆放一张床和杜子滕的颜料。

这间画室是杜子滕通宵达旦作画时暂时憩息的所在。

他们气喘吁吁地相互扒下遭雨淋湿的衣服,并把它们分别挂在画架上。

费费从包里拿出梳子,整理着湿透的头发。她摸出小镜子,对着镜子里的自己问:"我这身形,做模特儿还够格吧。"

唐如渊摊完最后一件湿衣服,说,"当然,要不试试?"

费费嘻嘻地爬上模特儿台,富有动感地摆出各种姿势,嘴里说"模特儿的滋味真有趣。"

唐如渊在台下倚着画架欣赏地瞧着。费费微微泛湿的衬衫里面的蛇般身材,像蕴藏着涌动的森林,渴望着鸟的呼啸,鸟的飞翔,鸟的归宿。

紫蓝的窗帘被唐如渊一一地拉拢起来。

画室里一种极致的神秘气息,如一张窄小的朦胧的网,严严地把他们笼罩着。画室外的雷雨,在地面营造另一种叫人推测不清的迷雾。

唐如渊没有费费那样亢奋,他歪着身子顶在墙角,目光因愤慨,失望,偏激,自惭而产生的余烬,闪烁着教人深不可测的光芒。

画室里,突然传来唐如渊的拳头和画板碰撞的破裂声,在有限的空间里嗡嗡作响。壁画上一双变形面孔如原始人类的眼睛,静静地俯视着人间的瞬息变化。

唐如渊和费费对立着,像往事一样存在。

唐如渊仰视着天花板说："费费,我是你的第几任男朋友?"

"什么第几任?不知道你什么意思?你是不是后悔找我?"

"别装了,你现在是不是又和那个日本经理搞上了?"

"……是的。我不想隐瞒你。我这样做……我的隐瞒伤害了你。不过,我们这种结局迟早都会发生。这是我唯一的选择,也是我最后的逃避。"费费湿润的背影,给唐如渊的感觉判若两人。

唐如渊知道自己没法追回这个结局,从最初的预谋到最后的现实,自己充当的只是一种公设,一种媒介,一种传递器。

唐如渊曾极力反对某位名人的这种"爱情只能维持一种美好,不能保持一种圆满"、"美好是爱情的过程,圆满是爱情的正果"的观点,唐如渊相信并坚持自己的观点。

然而,生活的戏剧变化就像一阵突然的雷雨,让人无法接受。

"接受本身也许就是生活。"唐如渊自嘲地讥讽。

费费拉开画室的门。这时,一个青年男子瞟了她一眼,急匆匆地从费费面前一晃而过,躲藏在墙角的拐弯处。

费费鄙薄地啐了一声,轰地把门关上。

唐如渊挡开费费的肩,说:"你什么时候跟他回日本?"

"下周三,你去送我吗?"费费说。

唐如渊望着模特儿台上被风吹动的帏幄,冷冷地点点头。

十三

《潮声》主编老头乐呵呵地把一叠读者来信递给我,对我的专访在校园里引起的轰动效应,讲了和读者来信一样多的赞美词。

我知道,这个时候主编肯定有新的采访任务交给我。便说:"老板,有采访任务你就直说吧,近来我功课还比较轻松。"

我和主编关系十分融洽,我对主编的谦逊作风五体投地,主编对我的出手快捷、质量保证的采访稿也颇为器重。

主编说,学校近来在深抓校风校纪建设,为配合此次行动,《潮声》报将进行系列报道。

主编把我按到主编椅上,拿出一叠材料。

按照主编提供的线索,我在采访本上记述如下文字:

一、据外语学院男教师反映,该系一位女生和中文系男生有不正当关系。

二、外语学院女生控告这位男教师对她有猥亵行为。

三、为端正校风校纪,此事件宜作专题报道。(主编语)

合上采访本,我想,这肯定是一次轰动而有意义的采访。

访谈之前,我剥笋锤钉,决定把中文系的男生定为采访切口。

我是这样推断结论的——在男生和女生关系确定的事实下,女生和男教师的官司可能是一场浅薄的热闹。

调查发现，女生拒绝男教师的追求，在女生的背后有比男教师更有魅力的人物。这个人不是别人，正是唐如渊。

当唐如渊的档案和学年表现摊在我面前时，我对昨晚Grace质问我那个费费是谁，说我伪君子拂袖而去的背影以及种种误解，终于恍然大悟。

关于报道，出于私利，我将违背主编的意愿，确定只作简单的一句话新闻，倘若再做深度挖掘，我认为自己都会无聊透顶。

那天见到唐如渊，是在离校门口不远的224路的候车站台。

当时我们都怔怔地盯着对方，仿若一面镜子摆在离我们相等距离的地方。

我觉得唐如渊长得就像我自己。

我问他："你现在去哪儿？"

"费费去日本，我去机场送行。"

"你觉得这样值得吗？"

"自己的选择自己负责。"

"你以后怎么办？"

"从哪儿来，到哪儿去。"

公共汽车缓缓地驶进站台。唐如渊用我熟悉的动作把旅行包挎上肩。

我们同时伸出手，相互礼节性地握着。

这时，一位路人指着我们，说："你看他们两个大学生，模样长得跟双胞胎似的。"

附 记

  许多年以后,即校园歌谣《两只蝴蝶》流行的那一年,我偕同我的妻子,回到母校商谈关于设立奖学金基金会的事宜。
  其间,我路过足球场,一群和我原先一样青春的男孩,在争夺一个黑白相间的足球,透过铁栅栏,我出神地望着球场踢中卫的那个瘦高男孩。
  我对 Grace 说:他的球场位置虽然有些尴尬,但引起了我对青春往事的诸多回忆。

(1995 年春)

拔腿就跑

梦 见 你

唐如渊一觉醒来,觉得费费讨厌死了。

昨天整个晚上,唐如渊都在做梦。他梦到了费费,梦中的费费喊他的名字,还嘻嘻哈哈地拉着他的手。

好像记得谁说过,梦到一个人,是因为那个人在想你,你就应该去寻找。

唐如渊果断地蹬了一脚被子,他为自己拥有这种想法简直激动不已。

他凑近穿衣镜眼前,窥视到自己的眼眸处,燃烧着一种面目狰狞的火苗。他甩了几下桑巴屁股,朝一丝不挂的自己,扮了一个长长的鬼脸。

唐如渊决定先洗个澡,再去找费费。

唐如渊走下最后一级楼梯的时候,阳光正照射在这座城市最高建筑的顶层。他昂昂头,思量着今天肯定是个不坏的日子。

　　古北路站牌底下,排满了等车的乘客。公交车像孕妇般拖着蚯蚓样的身躯,一辆接一辆,深不可测地吞服着等候它的乘客。

　　一位唐如渊熟悉的邻居,在人群中冲他打招呼,唐如渊扬扬手给她回敬。这时一辆的士戛然而止,卧在唐如渊跟前。司机探出脑袋,询问唐如渊要车吗?他犹豫会儿,然后拉开车门,告诉司机要去的地方。

　　"妈拉个巴子。"的士纵身一跃的时刻,唐如渊确切听得司机操骂了一句,"你说烦不烦人。"司机自顾嘀咕道,"昨晚半夜三更,一个野鸡拷我的机,说她家里着火了。瞎扯淡,现在的女人,只要她想要,什么法子都想得出,并且比男人还凶。"

　　唐如渊的目光越过防爆玻璃,司机的脸色黛黑而疲惫。唐如渊说,这个时代,谁都有心情不好的时候。"简直糟糕透了!"司机调试着方向盘说,"五点钟摸黑到家,本想踏踏实实睡一觉,老婆却在被子里戳着你的腰眼,要和你那个,真他妈的难受。"

　　的士在天山路的十字街头拐弯的时候,唐如渊透过车窗,盯视一位少女穿着黑底碎花的裹脚长裙,肩挎蛤蟆包,甩着手行走在大街上。唐如渊突然"停停停"地要司机刹车。司机说还不到路程的一半。唐如渊说我要你停你就停。司机怔忡地望着他,递过发票说:"兄弟,我看你也很烦的样子。"唐如渊朝司机古怪地眨眨眼:"我只是想随便走走。"

　　唐如渊走在大街上,觉得自己是个快乐而自由的行人。

约莫走了半个小时的路程,来到费费的家门前。他一缓二急地揿了揿门铃,这时,从门框的上方有根金属线吊下把钥匙。唐如渊拉开铁门时,房门也同时打开。

门口堵着一位陌生的女郎,身倚门框,正漫不经心地对着小圆镜描着口红。女人瞟了一眼唐如渊,说:

"哟,你找谁?"

"你是谁?"

"是你找我,还是我找你?"女人说。

"你不熟悉我,怎么知道我找谁?"

女人的唇笔就着小圆镜飞快地拨了拨,然后把小圆镜推到唐如渊眼前。

"费费的表妹?"唐如渊换了一副口吻说,"费费在家吗?"

"费费?"表妹的唇笔在嘴唇边敲了几敲,"费费一大早出门了,拽了个马桶包,她说要寻找一个什么人。"

"你不是在开玩笑吧?"唐如渊觉得自己面对一场梦境。

"玩笑?"表妹摆出一点愠怒,"玩笑有这么开的?你才开玩笑。"

"费费什么时候能回家?"唐如渊问道。

"或许一二天,或许一二个月,至于一年也说不确切,她说一定要找到那个人。"

"谁?找谁?"唐如渊道。

"我怎么知道?费费又没跟我讲,何况我又不是她肚子里的蛔虫。"表妹指掌间的化妆盒啪地一合,嘟着两片桃红的嘴巴,"要找费费你自己找去,"表妹不耐烦地要闭门谢客。唐如渊用肘抵着门,说,"我是费费的朋友唐如渊,她走前有没有留下什么话或字条什么的?"

表妹说你是费费的朋友?

唐如渊嗯嗯地点点头。

表妹极不情愿地让唐如渊进入房间。

唐如渊扫视着费费的居室,确实寻觅不到有关费费存在的任何迹象。费费外出时经常使用的紫罗兰色的马桶包不见了,陶瓷挂钩似只僵硬的象鼻,冷清清地钉在墙壁上。

"费费临走时,说有样东西给你。"表妹从草编的饰物背后,取出一封信,"费费说你可以当场拆阅。"

信其实是张普通的明信片,在有风景画的另一面,唐如渊读到下面一句话:

这方的风比远方更远,所以我去寻找。

费费即日

一个礼拜之后,唐如渊仍然没有得到关于费费的任何消息。

唐如渊剪着手在房间里踱来踱去,他几乎一天几次给费费挂电话。开始表妹热情以待,接二连三就表示出不耐烦。

"你不相信我,就像你不相信你自己一样,哼!"

表妹最后干脆把电话挂起来,让唐如渊在电话那头垂头丧气干着急。

唐如渊踱到镜子跟前,凝视到自己的眼睛,闪烁一种受到某种事物压抑后的光泽。这种光泽照耀着他去做一件与寻找费费相联系的事件,而这寻找的唯一动机,来源于那天早上唐如渊突然产生的厌恶感。

寻　猫

　　你也许会认为唐如渊在酒吧初识费费是没有道理的偶遇,其实我也没有办法,事实本来就是这个样子。就像张三李四出生在中国,而简·方达、克林顿生活于美国。存在就是道理嘛。

　　此时,我们小说中的人物唐如渊的胳膊正支在吧台上,手掌虽握着一口高脚酒杯。酒杯的上面卧着一支红玫瑰,雪色的酒泡沫烘云托月,高脚酒杯的世界,演绎着一种迷幻的情致。

　　吧台的正前方,舞男舞女,由于强烈音乐节奏的驱使,在做着甩打和扭动的动作。唐如渊呷了一口酒,他侧着身子抿酒的优雅态度,被穿黑色露脐装的费费看中。

　　费费一样地举着一杯咖啡,蛇一样地游向唐如渊。

　　"我看你在吧台泡了近六十分钟。"费费声音亮丽地说。

　　"你在监视我?"唐如渊态度不变地啜了一口酒。

　　"我可不是国家特务,你是第十二次来吧台舞场?"费费问。

　　"确切地说应该是第十三次。"

　　"十三次不吉利,就算十二次好呐,可你没跳过一次舞,十二分之零,分母太大,分子太小。"费费道。

"我是舞盲,唔,一张白纸。"唐如渊抬了一下眼皮。

"一张白纸没有负担,可画最好最美的图画。"

"你是好为人师?还是要我请你喝酒?"唐如渊问道。

"给你画画。"费费侧着迷一样的脸孔,蛇样的腰由于服装的短缺,露出一段白色的肉环。费费被唐如渊挽着腰肢摆动脚步的时候,才知道自己犯了一个不可饶恕的错误。唐如渊的舞步同他喝酒的姿态同样优美。

费费不能画画,她有一种被欺负的感觉。从繁忙的舞厅当中,我们可以捕捉到费费的眼神,攀过唐如渊的肩头,一直关注到另外一位男子的身上。男子套了件钉着铜扣的黑背心,肌肉发达成块,黑漆的齐肩发,左脸颊爬了一条酱褐色的刀疤。男子上齿咬着半边下唇,追踪着费费的行踪以及挽着费费的唐如渊。

"我是不是有烟味呀?"费费昂起细腻白净的脸,嘴巴轻轻哈了口气。

"你不会是要我亲你吧?"唐如渊嘟起嘴,俯下头做了个接吻的姿势,但很巧妙地躲过了费费第二次送上来的哈气。

"男人都有一种鸟性,你在逃避一种鸟性?"费费踩着曼妙的舞姿道。

唐如渊没有说话,明显地感觉到费费坚挺的乳峰,在自己的胸前上上下下左右划动。

"你读过诗,要不,你读过哲学?"唐如渊摁开费费的肩头,却和费费的脚磕绊在一起。为挽救即将跌倒的局面,扶在费费腰部的手朝自己一拢,费费的腰肢由于惯性的作用,费费腮红的唇,不偏不倚扣在唐如渊的嘴巴上。

这是发生在一个地下舞厅的一幕。

这场迄今令人记忆犹新的事件,是由于唐如渊为寻找一只丢失的猫。

还是让我们接着看看这幅简洁的画面吧。

这时,一盏追灯的光柱刺破暗色的舞厅上空,突然定格在他们相互接触的脸上。随着一声"我操!"一条反射着铜扣光泽的身影,像闯入芦苇丛一样扒开众人。出其不意的唐如渊感觉到后衣领被人提起,接着一股旋风冲他席卷而来。唐如渊本能地推开费费,敏捷地躲过这一切,同时跳出圈外。

舞厅的音乐在这时戛然而止,日光灯次第开放。在人们的印象中,唐如渊跟一个男子摆开的角斗姿势,很像某部电影的一个镜头,周围的看客像魑魅一样,观望他们在大街上或舞厅里经常碰到的争风吃醋的打斗场面。

"臭小子,老子早就看你不习惯。"男子操着一口与他大块头不相称的奶声奶气,"你整体泡在舞厅,你什么狼心狗肺,你什么企图心?"

"狼心狗肺?我找我的猫,我的花斑公猫钻进了这家舞厅,然后钻进吧台,然后不见了。我找我丢失的猫,跟你何干?"

"猫只能找一次,你十二次找猫,我眼里看你就带刺,带刺,带带刺。"

"嗯?莫名其妙。"唐如渊朝贴在男子身上的费费眨了一下眼。

"就你那狗屁的优雅姿态？就你那酒杯的玫瑰？就你那猫？呸,你配？"男子前倾着身子朝自己破口大骂的时候,唐如渊看见费费的双眸暗含着晶莹的泪珠。

唐如渊推开舞厅的门,这个城市的下午,阳光依然灿烂。

他揉揉眼,走进金字塔式的阴影里,当他的耳畔响起费费的声音,费费哭泣的声音仍然那么动听。

原来,男子是个乐队的萨克斯手。一个晚上,当他醉醺醺回家发现萨克斯管消失在原来的地方。就天天坐在摆放萨克斯的地方想着它,那是他生命的感觉。三天之后,他觉得有种神奇的气息冲刷着他的大脑,他对优雅的姿态,蓝色音乐有着特殊的破坏心里。他痛恨一切美好的东西,作为他的朋友,费费初始认为他出于悲痛。为了熨平他的创伤,曲意迎合宽容他的各种要求。

他把玻璃杯敲破一只缺口,墙壁上写满"不要怕"的各种字体,窗帘中央剪着卐字形图案,当他私自配着药丸,弄坏自己的嗓子,并且把刀在脸上比划,然后抹上颜料的时候,费费知道他的精神彻底崩溃了。

今天是费费最后一次陪他来舞厅,然后送他去精神病院。在他看到唐如渊喝酒的样子,内心就冒出一种野蛮的倾向,他要让唐如渊失恋一次,他要让费费和唐如渊深深相爱,然后自己充当第三者,让唐如渊于失恋中忧郁愁苦,他喜欢唐如渊痛苦的模样。

费费拍拍他的脸:"游戏结束,乖,我们一起回家,好吧。"

青年男子点着梦幻似的脑袋,跟着费费走了。

唐如渊立在阳光的阴影里,足足呆了五分钟,眯起眼睛望着建筑物上的爬山虎,一种深深的惋惜袭击他的心头。

唐如渊自己也弄不清,自己是为萨克斯手,还是自家的猫?他在阴影里呆了五分钟,不知道自己是回家,还是继续去找他的猫。

地　图

唐如渊对自己生活的城市,像其他没有地方观念的人们一样,缺少太真切的印象。他必需借助地图来确定城市的方位布局。一张一九九六年新版的1∶50000000比例尺的地图,显示给唐如渊密密麻麻的信息。

城市地图钉在墙上,远观城市版图的形状,如一座没有个性的山峰,山巅飘忽着一大二小的云朵。一条吴淞河直挂下来把城市分为两半。吴淞河全长一百一十三公里,河道宽三百至七百米,深度平均九米,可容纳两万多吨的船自由出入。若是把河流比作瀑布,似乎有些牵强,吴淞河的实际流向,由南而北,汇入大海。

唐如渊对河流的关注,远远超过火车、飞机等运输工具的兴趣。他知道,费费晕车、晕飞机,但她独独不晕船。她迷恋船的程度就像所有的女孩对于服饰的喜欢。尽管费费也同样迷恋步行这种人工运动方式。一次唐如渊约费费去划船,她问划多长时间,唐如渊打量娇弱的费费,说:

"两个小时。"

"不去。"

"一个小时"。

"我不去。"

"半个小时?"

"我更不去。"

"不至于 24 小时吧?"

"对。不,一天。"

"一天?!"唐如渊确实领教过费费坐在船上的坚韧。中午过后,唐如渊双臂疲软,脑门发胀,无精打采地倚在船舷的当时,费费仍在笑声盈盈,摆着娇臂,轻漾游船。

费费半跪在船头,她凫水的姿态,唐如渊百看不厌。

费费蹲在船头,看水鸟高低飞翔。从费费散发着春光样的眼睑里,唐如渊读出一种不可捉摸的迷蒙。那天,他们临近傍晚才爬出船舱的。晨曦上船,日落弃舟的动态画面,在他的记忆里,不知道重复过多少次。费费对船的执迷,后来唐如渊也日渐同化,就不以为奇了。

唐如渊唯一内疚的是自己不该挑起划船这个事端。

他观察着地图,按照自己的逻辑对费费的行踪进行推理。

唐如渊坐在吴淞河的一条船上,他的目光越出行驶的船舱,沿河一带,钟表、皮货、南北货、菜馆、水果、点心铺列位其上,无论是白昼或者黑夜,吴淞河两岸按照其自身的规律生活和休息。他觉得自己无从改变这些,认为自己唯一变更的,是为寻找费费不断达到新的目的地。

唐如渊伫立在城市地图之前的背影，神秘而浮躁，他的红蓝铅笔，圈的是一块叫做洋泾岛的地方。

洋泾岛由吴淞河历经沧桑冲积而成。他小的时候，随老师去过一趟洋泾岛，在同学的围观下，他杀死过一条壮硕的鲈鱼，洋泾岛给唐如渊特别的记忆，是在鲈鱼行将毙命的时候，忽然翘了一下尾巴，甩了他满脸腥味的血水。

关于吴淞河，唐如渊另外一些记忆完全来自他的隔壁阿奶。在夹竹桃满树飞扬着粉红色花朵的时刻，阿奶和唐如渊对坐在弄里两棵夹竹桃之间。阿奶关于洋泾岛的故事，被唐如渊比作阿奶脸上的皱纹，条条节节，数也数不断根。洋泾岛曾经做过殖民地，阿奶说，洋人的制度和习俗统治过那个地方，至今岛上还氤氲着洋人生活过的气息。阿奶还说，由于追求商业利润，洋人与岛人相互学习对方的语言，语法的规范和正确性在岛上得到彻底的改变，任何纯正的汉语或英语，在岛上都会遭到致命的排斥和冷遇。

阿奶竖起兰花指，清唱下面一首歌谣的神态，唐如渊仿若置身于三十年代黑白电影的岁月里。

来叫"克姆"(come)去叫"狗"(go)
一元洋钿"温得拉"(one dollar)
廿四铜钿"吞的福"(twenty four)
是叫"也司"(yes)勿叫"拿"(no)
如此如此"沙咸鱼沙"(so and so)
"翘梯翘梯"喝杯茶(have tea)

"雪当雪当"(sit down)请侬坐

……

爷要"发茶"(father)娘"卖茶"(mather);

丈人阿伯"发茶佬"(fatherlaw)。

阿奶的歌声绕过夹竹桃树梢飘散在石库门弄堂里的各家窗户的时候,总时不时从某个窗口探出一个人头,朝歌声响起的地方张望,然后约定俗成收回脑袋,咕噜一句:"什么朝代的歌,难听死了。"

据嘴巴刻薄的人说,阿奶少年时有过做红庄女的经历,然而小小的唐如渊却不明白红庄女的意义,他惊诧的,是阿奶时时刻刻保持一丝不苟的发型和淑女气质的衣着打扮。

洋泾岛与城市大陆仅一箭之遥,一座斜拉索桥,两条地下隧道,平衡两者的距离,相同的城市灯光,一样的城市空气,管道里的自来水同样地流淌着漂白粉过重的气味。

迷　宫

相当长的一段时期,我曾经这样设想过,我要用我的笔像摄影机一样,不加主观地描写我生活的这座城市。在初步尝试几次之后,我认为自己实在是意气用事,因为往往一开始,我便有种急不可待地想结束的愿望。

把握这座城市,就像一只蚂蚁要吞并一只大象令人不可思议。城市简直是一支密集的故事体系,我只能攀在故事体系的某支弱小的须根上,如甲虫吮吸树液,谋取我所需要的营养。

古北路满条大街的收音机、电视机都在直播一场足球比赛的实况。足球在城市的位置,举足轻重,传播媒介散布足球的赛事甚至超过这个城市市长的政事活动。

唐如渊有段时间非常热衷逛街这种生活方式。

他一放下碗筷,舌头在口腔里打着旋,清扫一遍齿缝的饭垢,然后扑的一声把饭垢吐在早已准备的餐巾纸上。

唐如渊当时跟他父亲一起过日子,每当这个时候,都要问他出门干什么。

"随便走走。"唐如渊用这最简短的答案,回答所有跟他熟悉或不太熟悉的人们的询问。人们从唐如渊摇着身子的形象,不难看出他不是去办正经事的人物,人们问候他,只是出于一种无聊的习惯势力。

唐如渊这天贴着商店的墙根,手指敲敲打打。他试图挤近一台电视机前探望足球比赛进程。簇拥在电视机周围的观众像堵砖砌的墙,唐如渊踮踮脚尖,越过黑压压的头顶,只看见电视的羊角天线。一位观众由于调节一种更为舒服的姿势,留下一侧空隙,他逼着身子,挤进半条腿试图扦入空间,随着一声"哇"的臭球的呐喊声,唐如渊被无情地拱出人群之外。

他不甘心失去的机会,伸着脑袋,一跳二跳三跳努力朝里观望。拼贴他所看见的内容,一组长镜头的比赛场地,绿茵场沙沙的喧哗如一条声线掠过荧屏。

唐如渊揉揉酸胀的后脖颈,怨恨地瞪了一眼密不透风的背影,啐了一口,继续踱步在古北路的大街上。他侧耳听到足球解说员猖猖不息的声音,竟不自觉地产生一种恶意:下他妈的一场暴雨、来一场龙卷风,把足球像树叶一样吹走,看你们还踢什么踢?

唐如渊暗自诅咒的时候,城市的天空一如既往的灰暗干燥,透过被建筑物切割的夕阳,阳光里飘浮的尘埃,我们可以读出空气遭受污染的指数。他觉得嗓子干巴巴地疼,他来到一家街头的杂货店,这时,一个小男孩先他而到。

小男孩立在柜台之外,昂起嫩生生的脸,喊:"阿姨,我买一包洋火。"

"洋火?什么洋火。"阿姨探出半个身子。

"阿姨,洋火就是火柴。"男孩说。

"崇洋媚外的小古董。"阿姨低咕一声,"洋火一毛钱一包。"

"给你钱。"

阿姨接钱时突然愣住了:"你这小赤佬怎么捉弄人?你有洋火,还买什么火柴?"唐如渊瞧见小孩的手心正托着一包火柴盒。

"阿姨,我买火柴。"小孩一脸纯真。

"去去去,要那么多火柴干吗?火柴又不能当饭吃,小巴拉子,要小心火烛。"

"阿姨,给你钱,买火柴。"

阿姨狐疑地盯着小男孩钳着火柴盒的小手掌。小男孩的左手精致地卡住火柴外壳,右手的拇指脱出掌外,精巧地推出火柴内部的抽屉。小男孩取出一枚一角数字的镍质硬币。在阿姨神情恍惚之间,他取走了火柴,径自离开杂货店。

唐如渊眼瞅着刚才的一幕,嘿嘿地干笑两声,然后趋步向前,一把抓住小男孩的肩。

小男孩泥鳅样扭来扭去,一边嚷嚷:"我不跟你玩,我要回家,我赢了大头,大头要钻桌子底。"

唐如渊揉抻小男孩:"什么你赢了?"

"游戏。"

"游戏?"

小男孩见唐如渊不明白,竖着食指,表面神秘莫测地说:"迷宫"。

"迷宫?"

"我跟大头打赌,他给我一只空火柴盒,我保证,嗯,给他换回一整盒饱火柴,你们连这点技巧都搞不懂,哼!"小男孩扇动了一下稚嫩的鼻翼,睨视唐如渊一眼,摇头摆尾走出三米远的地方,突然停顿下来,双手做着端枪的姿势,突突突地朝唐如渊扫了一通机关枪。

唐如渊盯视小男孩消失在街角的小背影。唐如渊站在城市的街道,左半脸一轻一重抽搐二下,他觉得新鲜、刺激,而无聊透顶。

过渡地带

这个城市大大小小的报刊,一如既往地开辟社会政法、文化市场、教科文卫、国际体育、足球天地、行情信息栏目。用一位正统人的话说,透过城市文化的窗口,可以触摸城市的发展脉络。听唐如渊的口气,他说,报刊是社会的嗝和屁,只不过存在出口不一、香臭之分罢了。

我读报刊,纯粹是出于散漫的习惯,逮着什么读什么,偶尔兴趣,便记录入档,且冠之题为:《×年×月×日报刊摘录精萃》。

食品中掺放罂粟壳值得重视。

——《瞭望》

斯堪的纳维亚的《奥丹的文字》一诗中曾写道:"没有人给我面包,也没有人给一滴牛角水喝,我看着下面,我注意到了古代字母。我一边哭泣,一边记住了他们。然后从树上下来。"

——斯·茨威格《巴尔扎克传》

伤疤诉说一段不堪回首的往事。

——《中外书摘》

李春波的机智表现为:他大胆而又不失分寸地运用了书信体——这种很容易使人产生共鸣的唱歌形式,从而使"乡愁"主题和"家园"情绪得到了别具一格的表现。

——《音乐生活》

蛇精格非。

——《文学角》

是谁把非洲推进苦海?

——美国《新闻周刊》

床上用品呈现四大系列。

——《羊城晚报》

老舍为何没领到诺贝尔文学奖。

——《炎黄春秋》

江西省于都东紫阳观院内有一眼泉水,每逢双日显甜味,逢单日则泉水变酸。

——《劳动报》

一车间无视国家规定,被迫加班忍无可忍。

——30位打工妹投书本报倒苦水

——《新民晚报》

中国城市多为垃圾包围。

——《中华工商时报》

紫檀佛珠

中饭之前,唐如渊回到家,看见父亲绾着衣袖在厨房忙上忙下。他猫着腰企图躲过父亲的视野,不料脚下碰翻一只小马凳。

他偷视父亲肥硕的背影,欲继续走,父亲的声音从厨房传出:"如渊,酱油没有了。"

唐如渊啪地松掉手头上的小马凳,说:"爸,你的意思要我帮帮你。"

"废话,酱油瓶摆在盐罐旁边,盐罐旁边就是酱油瓶。"父亲忙碌中甩给唐如渊一张钞票,"够吗?"

唐如渊摊开钞票刮了酱油瓶两个鼻子。

"你要存私房钱?"父亲调了调煤气灶说。

唐如渊说:"我才不是这个意思。"

"你是什么意思?"

"不是这个意思。"唐如渊晃了晃瓶,瞧着残剩的酱油瓶底变速地旋转,"怎么会是这个意思呢?"

在打酱油的路上,唐如渊第二次邂逅费费。

费费脸色恬淡,盘腿坐在街角,捻着佛珠算算术。

他奇怪地绕着费费转了一圈,费费才撑开眼皮瞟了他一眼。

唐如渊蹲在费费面前,说:"你做尼姑啦?不过我看你咋都不及格,脚下至少有只钵头吧?"

"九百九十九,记着,九百九十九。"费费掐住当前的一枚佛珠说,"整个上午了,这串佛珠数都数不过来。"

"不会吧?"唐如渊拎过费费的佛珠,双手像弓着毛线一样,瞅着紫檀木制造的佛珠说,"没有数不过来的数。"

唐如渊一屁股坐在街角,一二三独自捻数。

他端坐于街角的姿态,散发一种神秘莫测的佛韵。

费费屈膝坐在唐如渊的旁边,等待他给自己算出结果。

有这样一个细节,唐如渊掐着紫檀佛珠的手指,由轻灵而沉郁,沉重而凝滞。"九千九百九十三。"唐如渊的数字在不停地挺进,不断上涨的数字令费费加倍地失望。

费费托起双腮,透过屈起双膝的狭长空间,眺望着街头心事各异、流向不同的人群。街道出现一位和尚,和尚弓腰撅股,蹬着一辆山地车,骑车的和尚出现在费费直视的范围时,她隐约听见金属崩裂的声音破空而来。费费从众多的声音中分辨出,是链条断裂的声音。和尚停立于街头,极不情愿地从车座上别下腰,返身拣起一条黑色的链条。黑色链条被和尚搭在肩头,和尚手握龙头走向一家修理铺。

"剪刀剪刀,"费费一把掠过唐如渊捻着的佛珠说,"剪刀掏出来。"

唐如渊掏出一把指甲剪。

费费说,"我要剪刀。"

"我没有剪刀,只有指甲剪。"唐如渊扭开指甲剪说,"要剪手指甲还是脚趾甲?"

费费说:"傻蛋,剪断佛珠串线。"

城市的街头出现这样一幅画面:费费和唐如渊,促膝坐在街头一隅,费费捋下一粒紫檀佛珠,唐如渊接过一粒紫檀佛珠,他们一共数到九十九颗,最后一条尼龙线被唐如渊扔进垃圾箱。

唐如渊抖动裤袋的佛珠,对费费说:"九十九颗,太简单了,简单得不可思议。"

"就你笨,不剪断串线,数到死都算不完。好啦,我领你去参观一位朋友的画展吧?"费费说。

"我要去打酱油。"

"看完画展再去打酱油啊。"

"嗯？我既要打酱油，还要看画展？嗯，还是先看画展吧。"

于是费费领先，他们一前一后，穿过城市中午的阳光，他们在石库门一棵夹竹桃繁茂的树叶下停住脚步。

费费敲开了一扇描着包公头像的门楣，在闩上门的刹那间，唐如渊感到一种彻骨的黑暗顿时淹没了他。

就在唐如渊试着调节视觉差的时候，却听见啪啪啪三下拍掌声，灯光斑斓处，三个人并排立在"后行为艺术画展"字样横幅前。

费费已经轻纱缥缈，她从三人当中来到唐如渊面前，说："牛东宝画家是后行为艺术的创始人，他和他的模特儿多多今天做首场的现场创作。"

画家热情握了握唐如渊的手，自我介绍说："我，牛东宝，画家。"接着，指指身旁的女人："她，多多，画家，后现代派的。欢迎莅临，欢迎创作。"然后退到旁边做准备工作。

唐如渊环视到他们的头顶上空，飘浮着两块床单般大小的布毯，它们的重量各自悬在一只蓝色的气球上。据唐如渊目测，布毯平落下来，覆盖地面的气垫床绰绰有余。

牛东宝和多多的后行为艺术开始表演。多多立在气垫床上，娇肩一缩，绛红色的睡衣如水摊了一地，她用脚尖挑起睡衣，甩出床面。牛东宝腰系树叶缀成的裤衩，他在多多五米开外，端起一把猎枪，随着一声"嘭——"，子弹注定击穿气球。

许多时间过后,这样一幅慢镜头,唐如渊仍然记忆犹新:

巨大的红色布毯,从天空弥漫而下,多多立在床垫上的动作灿烂多姿,亢奋地期待着某种光荣的诞生。牛东宝把空子弹的猎枪,朝堆满画布的墙角一甩,很久很久才听见猎枪和画布愚钝的碰撞声,画家跨出右腿,接着又迈动左腿,像万米赛跑接近终点的比赛者,头发由于风的缘故,水草样朝画家奔跑的相反方向疾驰。画家身上的树叶,一片片地飘落,多多摇曳多姿,如同深不可测的隧道,牛东宝像列呼啸勇猛的列车,冲向含苞待放的多多。红色布毯笼罩他们之前,他们的身体合二为一,他们轰地倒在气垫床上。唐如渊的记忆里,红海上下起伏,咆哮一团,烈火熊熊燃烧。

三十分钟之后,他们的喘息声如退潮之后沙滩岸边的贝壳,沉寂而孤单。

三十分钟之后,红色布毯的边角,抖抖索索探出画家牛东宝汗涔涔的脑袋,朝唐如渊和费费站立的方向嚷道:"靠,愣着干什么?要我帮你们扒衣服不成?"接着,汗涔涔的脑袋被多多粉嫩的手臂拉进布毯。

费费立在另一块气垫床上,费费的脚尖同样地甩出掉在踝上的睡裙。唐如渊端起猎枪的时候,才感到自己的腰间系着一丛树叶。他的目光凝视头顶上的蓝色气球,"嘭——",星准如期而至。一块巨大的黄色布毯不要力量地朝下飘荡,在黄色布毯罩住费费的瞬间,唐如渊感觉到费费的眼神,热烈而迷茫,费费小母猪样叫嚷起来。

唐如渊在原地站立如松。

"你没有相信我。"费费卷着布毯像只黄蝴蝶,一扇一扇地走到唐如渊面前,费费的表情艾怨而郁悒。

"我很冷。"唐如渊搂着自己的肩膀说。

"为什么不上我,你这是在逗我吗?"

"我感到有些恶心。"唐如渊抚着胸口,翻着白眼说。

"你有毛病?"

"我有毛病,我要呕吐。"唐如渊扔掉猎枪,提着裤子朝门口冲去。

"你没有钥匙,出不了门。"费费转而莞尔一笑,手指头晃着一串钥匙。

黄色布毯现在时装样披在费费身上,她像朵黄色的美人蕉在唐如渊身边一晃一晃的。

唐如渊套好衣服,双臂交叉于胸,走近费费跟前,竖起食指,说:"我现在不喜欢你们这种艺术。"

费费笑脸相迎,从双乳之间掏出一叠钞票,说:"感谢你参与我们的艺术创作,你的配合非常成功,你的行为证明:人不仅仅是适应环境的动物,人在相同的环境之中,会表现出两种绝然相反的艺术行为。"

唐如渊似笑非笑地瞧着费费。他接过钞票,向上抛了一下,接住,然后塞入胸前的口袋,得意地朝费费打了一声忽哨。

唐如渊走出大门的时候,瞟见画家牛东宝仍压着多多的屁股,不断地隆起又下沉。

唐如渊在离家门很远的地方,望见父亲搓着手掌,焦灼地在门口时隐时现。

父亲问:"酱油呢?"

"酱油?"

"五块钱呢?"

"钱在这儿。"

"我给你五块钱是要你打酱油。"

"我没打酱油。"

"你干什么去啦?"

"我打酱油去了啦。"

"你就知道吃、吃、吃。"父亲轰地撞上门。

父亲倚在门背后,发现自己手中握着一叠钞票,马上反身拉开门,见儿子手擦裤袋,正在悠哉游哉地远离家门。

"回来,给我回来。这钱?"

"我,打,酱,油,去。"唐如渊晃着长腿,一脸朝天地喊道。

香　蕉

关于唐如渊寻找费费的消息,会如此广泛地散播,连他自己都始料不及。

唐如渊每天收到大量的来信,从信中我们可以感知到,人们对唐如渊的行动表示极大的关注和热情。

他们中有人称愿意为唐如渊的寻找行动提供赞助——一辆山地车,条件是必须时刻不停地佩戴厂家的广告绶带。

有人说如果允许的话,可以对唐如渊的寻找行为进行跟踪报道,持这种观点的人认为,这事件本身,不仅悲壮而且具有跨世纪的精神意义。

有人建议唐如渊去电台、电视台或报刊登载寻人启事,甚至帮忙把寻人启事的条文都拟写好了。

唐如渊把这些来信往桌子边轻轻一拨,他不想让属于自己的私人事件投入他人过多的目光。他对费费出走以后的蛛丝马迹,敏感而执着。在众多的信件中,唐如渊抽出一封署名香蕉的信。

香蕉是个水果批发商,那天唐如渊路过十六铺水果市场,香蕉正被一汉子追打着,追打香蕉的汉子提着秤砣,汉子奔跑过程中,秤砣掉在地上,汉子一无所知仍在追打。唐如渊捡起秤砣暗自藏进裤兜,幸灾乐祸地观望着正在追逐的香蕉和汉子。香蕉被绊了一脚,汉子叠在香蕉的身上,汉子举砣欲打时,发现手空无物,香蕉瞅紧这段空档,掀翻压在身上的汉子,纵身潜逃。

唐如渊几乎忘却这场斗殴的情景,肩头突然被人拍了一下。

秤砣?唐如渊掏出秤砣还给香蕉,香蕉诡秘一笑,攥紧唐如渊的手,把他拖进路边的酒楼,撮过一顿之后,香蕉感激涕零地说,唐如渊对他有救命之恩。

唐如渊意外地做了香蕉的救命恩人。

香蕉的信封是极为普通的那种,邮戳着墨过重,依稀可辨O海:1996.8.7,200051(简联)字样。

如渊兄：

你好！

如果我没有记错的话，你已经快两个月没吃我的水果了吧。前两个礼拜，我从浙江海门进了三车皮西瓜，两天一销而光，净赚一万。一万，不是一千。刚好应了一句古话：水果不烂，赚过一万。

你别看现在的城市人穿着现代，行为文雅，可咬起东西来，哈，像原始森林里饕餮无厌的野兽。不错，城市人就是饕餮无厌的东西。我这样说，你肯定说我偏激不逊，得了便宜还卖乖，其实一点也不。有件事我至今隐瞒着你：我以前是个诗人，诗人的经历一直是我心头上的痛。我一生创作过三首诗。记得其中有首《缠住我的脖子你的手》，曾在诗歌界口碑一时。

我的女友就是那个时候不可救药地爱上我的。翡翠，一个婉约的宝贝（不好意思，我把我们的蜜称透露给你）她像橡皮糖一样黏着我，整天张着猫样的眼睛绕着我转。然而，你知道吗？神差鬼使，我却疯似地喜欢红玛丽。红玛丽高挑、白净、性感，她喜欢穿一条红色灯芯绒西裤。修长的两腿，简直无与伦比。我曾暗自许诺，为了红玛丽的两条美腿，我宁可放弃神圣的诗歌。红玛丽跟我热恋过一个月零五天。上过五次床，她就一脚把我蹬了。

红玛丽的性欲很强，但原因根本不在这里。红玛丽蹬我的主要理由，说我很穷。因为穷，红玛丽把我蹬了。记得我跟红玛丽最后一次上床，干完事连卫生纸都买不起。我哭了，我哭我的爱情，我哭我的穷。"钞票的巧克力溶于人生一切的水。"(此诗句是我告别诗坛的最后宣言。)……如渊兄弟,数苦难人生,俱往矣。从诗人走向水果大款,是我的奋斗史。我以我曾是个诗人的身份向你保证,我有钱我不干坏事,我每隔一天进舞厅,与其说是出于习惯不如说是打发空虚,噢,说到舞厅,该死,我该打住。

如渊兄弟,费费出没红樱桃舞厅,消息的来源是我连续两次上舞厅的结果。5日(或6日)晚上,我在舞厅卡拉OK,一个曾经要跟我要好但遭我拒绝的服务小姐,扭着小蛮腰对我耳语说,红樱桃舞厅来了个叫费费的新妞,嗲着呐。我旁边的几个哥们闻言跃跃欲试,纷纷说要尝尝刚出笼的肉包子。我们一直等到半夜,才见舞厅的经理陪着一位妖艳的女郎款款步入舞池中央。呸,小姐原来是隔壁道子的姐姐。我们懊悔不迭,服务小姐说,说不准明天出场。

第二天去红樱桃舞厅的路上,我突然想起你的女友叫费费。费费怎么跑到这个地方来呢?晚上我同样等到午夜二点,经理陪着的仍是道子的姐姐,后来我在包房沙发上不知不觉瞌睡起来。仿佛之中我听见隔壁男女的窃窃私语。

男的听口音是香港人:"您叫什么名字?"

"费费。"

"芳龄几何?"

"唉呀,你摸摸不就知道啦。"

我不想转述这种旷男怨女的污言秽语。我当时的唯一想法是以静制动,看清狗男人的面容,纠集几个兄弟揍他娘的一顿。天知道我自己不争气,竟又打了个盹。睁开眼隔壁空无一人。咖啡杯仍冒热气，我拔脚冲入舞厅，看见香港男人挽着费费正走进电梯。电梯在我到达之前合上了门，你知道嘛，竟合上了门。我快速奔下二楼，守在电梯门口，乖乖，电梯的人都走空了，怎么样都等不到他们的影子。

我确定看见费费跟那个狗日的男人走进电梯。

如渊兄弟，费费的背影，我印象特别深刻，披肩发，黑套裙，白色高跟鞋，手头好像提着个马桶包。

如渊兄弟，事不宜迟，寻找费费请到红樱桃舞厅来。

香蕉　匆匆于8月5日

补充说明

细心的读者很容易地发现，唐如渊的父亲已经出现于我们的小说之中，而且是以家庭主妇的形象出现。这种现象，其实与这个城市的男人生存状态有关。男人烧锅抹灶、洗衣买菜，男人梳妆打扮、涂脂抹粉像女人一样普遍。他们动作娴熟、经验丰富。在日常生活中，他们不会呵斥而会奉承，不会沉思而会喋喋不休，他们单纯而精明，他们出现在电视镜头或公共场所时，总给人以文质彬彬的形象，但由于过分泛滥他们的语言细节，让人觉得轻浮而不真实，他们的现实生活跟女人一样平等、自由而博爱，尤其在唐如渊这样缺少女性的家庭，父亲的角色当然不断地朝母性接近。

唐如渊出生的那天是他母亲难产去世的同一天。

母亲捧着大肚子,不肯剖腹,她不喜欢光洁的腹部,一生不变地存在一条蚯蚓样的伤疤。母亲这种极端的爱美天性,给了她一定把小如渊生产出来的坚强勇气。

小如渊对外面的世界惊恐而害羞。同时表现出他的极端不安分,来到这个世界时他随手扯了一把,母亲于是子宫外脱,出血不止。

唐如渊的诞生以母亲的死亡为代价。在以后的日子里,唐如渊做错事的时候,父亲从不打骂,或责问事由,父亲温和地坐在唐如渊的面前,与唐如渊促膝,一手抚摸唐如渊的肩头,说:"告诉我,你是怎样生出来的?"

这时的唐如渊出奇的乖巧和安静,脸上表情古怪,嗫嚅不堪的嘴唇顺利地坦承自己的错误原因。

他们父子关系以一幢祖传的房子而宣告暂时的分居。

祖产其实就那么一座简易的棚户,平时根本没有人居住,只是在征用土地的时候,其才显示出极为珍贵的价值。政府依据政策的承诺,在城市的西南方向开发新村,配给父亲一套二室一厅。父亲又出于唐如渊日渐长大成人的方面考虑,把房子给了他,于是父亲过着独立的单身生活,唐如渊也过着独立自由的单身生活。

晚报新闻

本报讯:本市街头最近发现有人以千元面值的巴西纸币,冒充加拿大或意大利纸币,蒙骗无知群众,连日来已有多名男女上当受骗。

　　据警方透露,近一个时期,本市街头陆续发生多起行骗案。行骗者往往先以问路为由,同路人搭话,继而表示有外币(加拿大或意大利币)不知何处兑换,因急于用钱,愿以低汇率兑换,在利诱之下,有不少人贪图小利,也不辨究竟是何种外币,便以数千元甚至数万元同行骗者兑换,结果换来却是仅数十元的巴西纸币,及至发现上当,行骗者早已不知去向,有的心存不甘也只能向警方报案,不少人只能自认倒霉。

　　古北路和古南路垂直相交,相交线的内角区,坐落着南北新村,在南北新村的古南路向,竖起一家书报亭。书报亭的主人是位老太婆,她主要的职责是负责新村居民电话传呼、信件及报刊的收发。

　　唐如渊一大早询问老太婆有没有他的信件,老太婆说才什么时候?不过,老太婆说,十分钟过后有个你的电话。

　　唐如渊倚在电话旁,随手撩起一张过期一天的晚报。他的心里吵吵闹闹读完上述一条新闻。

　　"傻B!"唐如渊忽地把晚报扔回原来的地方。

　　"说什么你?"老太婆从报纸堆里浮出愕然的眼睛。

　　"阿姨,我说它呢。"唐如渊指了指报纸。

　　"小伙呀,报纸又不是人,有什么B好耍?"老太婆怪诞地瞄了唐如渊一眼,皱了一下眉头,熟门熟路同他搭讪。

　　唐如渊佯装奇怪的眼神盯着老太婆,老太婆侧过脸,右手妖媚地拍打了下空气,然后绕着手指瞄着他。唐如渊不知道越剧迷的老太婆还要说什么,伸手阻止老太婆,一手点了点刹时响起的电话。

"我们找唐如渊同志。"

"您好,我就是。"

"唐如渊同志,请问你认识一个叫费费的女人吗?"

"是的。费费?费费在哪里?"

"费费在哪里?我知道我还……"对方的声音这时被场外的一个声音所提醒。对方停顿一下接着说,"她在哪里并不很重要,请你接听电话后,半小时内到虹浦机场化验室来一趟。"

唐如渊撂下电话,拔腿就跑。

老太婆敲着报纸喊电话费没给。

唐如渊甩给老太婆一张钞票。

老太婆敲着桌子说找你零钱。唐如渊说,存着用吧,老太婆。

虹浦机场医务室一位领导模样的人接待了唐如渊。他只问了唐如渊的姓名,便把他带进一间洋溢着福尔马林气息的房间。

领导模样的人跟等在房间的医生耳语了几句,医生白净的脸朝唐如渊甩了一下眼神,说:"走,跟我们去化验室。"

唐如渊跟着医生走进一幢玻璃房。玻璃房子内摆满了试管和曲颈瓶的化学仪器。医生说,请你看一个血样试验结果。

医生端出一个长方形的盒子,盒子两极各有八个小圆坑,圆坑里盛有不同容积的试剂。

医生从试管架上取出写有标签的血样,一一对应滴入小圆坑,唐如渊看见血液跟圆坑里的试剂,像久别重逢的朋友,融为一体,完全调和,色泽匀称而鲜丽。但是,其中有个坑里的血液和试剂像结仇的仇人,相互为敌,各自为政,过会儿之后,还可以看到这个坑里的血液异变成粉粒状,已经失去了血液鲜活亮丽的光泽。

"这是一滴病态的血。"医生转过脸对唐如渊说。

"什么病态的血?"

"一滴艾滋病病毒携带者身上取下来的血。"

"你是说我是艾滋病患者?"

"你想做现在还不具备资格。"

"那你是什么意思?"

"这个试管的标签你读读。"

"费费?"

"不错。"

"你能肯定这是费费身上的血?"

"每个过境者,都得在我们这里进行血液检查。"

"你能肯定是费费身体上的血?"

"我们从不冤枉一个好同志,也不放过一个坏同志。"

"你能百分之百确定这一定是费费吗?"

医生的眼神突然变得有些愤怒,他用背向唐如渊的方式缓解自己的激动,按照程序整理他的化验仪器。很长时间,双方保持沉默。

唐如渊关注到医生修长的手指,不像先前那样果断和熟练,觉得医生的手指像玻璃器皿一样,反射着苍白而透明的光,甚至还觉得医生摆放试管盒时,指头显得力不从心,略显出些微的颤抖。

医生擦净最后一支试管,眼睑的愤怒渐渐平息,白净的脸上平添一层苍茫的雾色。医生逆着一束阳光缓缓地竖起指头间的试管,试管反射出一连串耀眼的光斑。

唐如渊行走在声音嘈杂的街道,试管反照的光斑仍在他的眼里闪烁。

医生惨白的嘴脸像玻璃器皿一样,在唐如渊的耳畔光怪陆离地翕动:费费在发现自己被检查出艾滋病时,狡猾逃出工作人员的视线,仓皇逃离机场,工作人员只拍下费费钻进车门的侧影照片。

医生在叙述这场情景时,习惯地捻动玻璃试管,雪白的光斑投射到玻璃壁,于是出现了一系列炫惑的光色。

"费费正在这个城市的某个地方,藏匿或潜逃。"医生的食指扦入试管瓶口,帽子一样晃了晃说。

见 到 你

城市的风以阴柔的低姿态,撩拨着行人的风衣下摆或真丝围巾。

我站在城市的某个窗口,以我青春而敏感的耳朵,谛听到在这城市一座流行的肯德基餐厅,唐如渊和费费的一段对白。

"你不过是个孩子。"唐如渊说。

"六月就十九岁了。"费费说。

"哪一天?"

"二十八日。"

"我们都属于巨蟹座。"

"那是孤独的象征。"

"你几次跟人说孤独了。"

"一些拉文化屎的艺术家。反正你不是第一个。难道你不孤独吗?"

"两个人在一起就不孤独。"

"你说跟你父亲在一起就不孤独?"

"父亲刚娶了我的后妈。"

"你说跟我在一起就没有孤独?"

"是的,跟你就不孤独。"

我无法掩饰我敏感的耳朵。在城市里,我的耳朵灵敏而尖刻,我不仅谛听到唐如渊在冬季的街道随意而浪漫的脚步,还谛听到股票升跌的声音,银行失窃的声音,婚外恋的声音,人车撞击的声音(血液的声音特别刺耳),打桩机撞击地层的声音,以及城管警棍敲打在盲流身上的声音。

孤独是城市的象征,哭闹是城市的标志。对于城市的打量,我不习惯使用我的眼睛,我的眼睛总是看见人们的悒郁和乖张,这样让我感到心疼。我眼里的城市不应该是这样的,欲望和陷阱象商业条幅一样在建筑物上四处飘扬,我的眼睛形同虚设,我的耳朵偏狭,在潮汐的声音中,我分辨出唐如渊跟费费的另外一种对白,这次他们坐在地毯上?沙发上或床上?是白昼还是黑夜?好像在我的关心之外。因为城市的白天和黑夜,同样地令人迷惑,难以理喻。

"你这样怪怪的眼神看着我干吗?"费费说。

"我总觉得有什么话要对你说。"唐如渊凝望着费费道。

"是嫌我刮掉眉毛的样子吧?"

"不是。"

"是嫌我这双高跟的松糕鞋?"

"不是。"

"是嫌我……"

"什么都不是。"

"那你要对我说什么?"

"是什么,我,现在也说不出来。也许,三天以后,也许三年以后,也许三十年以后。"

"吞吞吐吐,你真恶心,我看你就讨厌。"

冬天行将结束的时期,我们再也很少看见唐如渊,无所事事在这个城市漫游的唐如渊。城市可以匿藏一切,城市可以暴露许多。

直至梅雨过后的第二年夏季,唐如渊和费费的谈话,越过溽热的城市空间,再次撞击着我的耳膜。这次倾听对我造成的直接后果,是我再也无法沉静,我觉得我有必要逃离我伫立的现场。

"你为什么要劳心劳力地找我?"费费问。

"寻找你,我才有目标。你就是我生活的目标。"

"你今天能找到我,明天就不一定能找到我。"费费说。

"为什么?难道你是神仙?"

"因为,我是个热爱做梦的人。"费费说。

"我也爱做梦。有次做了个白日梦,梦见我朋友的腹部划了一刀,里面跑出一大群袋鼠。"

"神经病哦你。我问你,你最喜欢什么?"费费说。

"猫。"

"猫？嘻嘻嘻,开玩笑,猫脏死了,猫没有我洗澡以后这么干净。"费费说。

"是的,你洗完澡最干净,香喷喷的,像一只母猫。"

"什么呀,馋猫。我不喜欢灯光。快,吹灯。"费费央求并命令道。

（1995 年秋）

卷二

山河故人，
踏莎行处觅心安

野野的湖

"鄱阳湖区域文化的个性是什么?"

一位随我到鄱阳湖康山围堤观鸟的朋友探究性地问我。

"你有什么新的总结?"我反问道。

为了不伤害我的自尊心,他用一个中性词做了归结:"鄱阳湖是条很野的湖。"

一

"很野的湖?"

我问为什么?因为我知道,按我家乡人的理解,野,就是无知,没有文化,没有驯化,没有修行,缺乏必要涵养。野湖,就是荒凉的湖,寥落的湖,无知的湖,没有文化内涵的湖。

朋友论证说:"鄱阳湖既没有太湖的柔美滋润,也没有瓦尔登湖的哲学抒情,同样没有洞庭湖先天下之忧而忧的政治情怀。"

朋友接着说:"鄱阳湖为什么叫人感觉很野呢?千百年来,缺乏文人骚客的足迹和抒情。可能是鄱阳湖实在太旷渺,太荒野,文人跑不到湖边,便停下了脚步,有时甚至连打望的勇气都没有,就打道回府了。譬如929年前的苏东坡,他写过一篇名为《李思训画长江绝岛图》的诗:'山苍苍、水茫茫,大孤小孤江中央。'虽然描写的是鄱阳湖,但他并未游览鄱阳湖的景观,仅仅是看到一幅画,触景生情罢了。

"鄱阳湖的文化特质是什么?为什么没有在中国的文艺届占一席之地?尽管她有朱元璋强悍的军事演义,尽管她有数代彪悍渔民的生活演绎,尽管她有瓦屑坝填江淮和湖广的乡愁,尽管在古代她是北方进入江右的唯一水道,尽管发生过无数文人轶事和民间传说,尽管她滋养了平原里的千百万子民,那她为什么没有太湖吴越文学的柔媚?没有白洋淀文学流派的坚挺?没有密西西比河文学的浓稠?"

面对朋友的诘问,我把赣文化的历史翻给他看:

林士弘、刘恕、洪适是鄱阳湖的,晏殊是鄱阳湖的,唐宋八大家有三个是鄱阳湖的,白鹿书院是鄱阳湖的,汤显祖是鄱阳湖的,八大山人是鄱阳湖的,陶渊明是鄱阳湖的,对了,还有《滕王阁序》是鄱阳湖的。

朋友眨巴眼睛,微笑地端坐着,好像对我的辩解甚是不屑:"你说的都是古代的荣光。鄱阳湖的近代呢?现代呢?当代呢?鄱阳湖的文学大家在哪里,文化大家在哪里?"

我知道,朋友的诘难不是寒碜我,也不是奚落我,更不是讽刺我。朋友仅仅是作为一个文化人在为我思考,替我着急。

鄱阳湖确实很野,她的诞生是因为地质升降而成大湖。

她具备一种天生的野性,这种无疆的野性使她成为中国最大的脸面。对个体说,这种野性还常常窜进我的梦里,传递并膨胀着我的文学野心。

福克纳把只有一张邮票大小的奥克斯福小镇写成世界级名片,马尔克斯把马贡多小镇描绘成了纷扬不拘的幻宫,还有贾平凹的商州,莫言的高密东北乡,苏童的杨树枫故乡……二十余年前,文坛大师的榜样曾巨大地鞭策着自己,我曾构想着自己的一系列关于鄱阳湖风情的"和爱镇"系列小说。

后因踌于世物,才力不逮,当年的愿望遥远难企。但在我稍稍整理个人的从前作品,发现一个奇妙的现象,不管是何种题材的作品,鄱阳湖的水性像幽魂似地潜伏在我的作品中。

试举几例:

> 我一直认为一座城市、一个乡村如果只有街道而缺少河流,就像一座山只有光秃秃的山石没有潺潺流水一样缺乏灵动和灵性。当然这完全与个人的文化滋养有关,我从小就生活在水系纵横的平原,生活中每一个细节都与河流湖泊相生相息,休戚与共。所以见到河湖,见到水流,就有一种自我的任性肆意之感。
> ——**散文《一条温暖梦境的河流》**

> 我的脑海里长期存在着这样一幅情景:三条人影行走在夏天的早晨,在绿色的曙光下,地虫的嘤鸣,像夜空的

星星一样闪耀,泥土如同潮湿的空气一样芳香,时不时的一大水滴,从树叶上或枝丫上,落在溪面发出轻轻的脆响。童川走在前头,在细长的田垄道上,一步一蹭,肩头的鱼罟笼头,一蹦一跳。丰收的喜悦,如曙光一样富有意义。

——小说《少年和爱》

暮春的阳光很慵懒,跳跳体会到如躺在母亲怀里的一种舒适。树上有两只羽毛绚烂的鸟,在枝丫上相互追逐,并发出好听的咕咕声,跳跳眯着眼,旋着身子跟踪着。噗,一只水鸟飞走了。另一只鸟振了振翅膀,也追随着飞走了。

——小说《小镇西犯》

一只永远的白鸟/啼鸣一致的语言方式/如云朵在动人城市的上空/筑巢的歌流遍长空。呵,绿树环抱的丘陵/水系密布的家园/白鸟将穷尽一生的翅翼/逼还远离

——诗歌《恋园的白鸟》

在我父辈的故里——鄱阳湖平原。这个区域境内阡陌纵横,历史上既得益于水,又常遭水患。但对于一个没有高山峻岭,只有湖泊河流的子民来说,数千年日落日出,数千年春耕秋收,再好的景色也有看厌的时候。这个时候,无论是学富五车的文人还是凡夫百姓,都渴望需要一种想象来给水墨样凡庸的生活描上一道彩虹,都需要

一种人文的景致来增添梦中的憧憬,都需要一种浓缩的典故来添加茶余饭后谈资,都需要一种景观来培养教育后代热爱故土的素材。

——散文《好把沧桑问夕阳》

作为一个从少年时代便离开故土,生活在异乡的现代人,我的内心深处,有一个倔强的声音时时警醒我,为适应新的人情风土、世道人心,最好地方法就是学会放弃,摆脱故乡的思维方式给我的诸多影响。但尽管如此,总有一种水性的影响力无形地淹没着我。同我一样,还有许多生于斯,长于斯的知识人,可以说是鄱阳湖文学的文化精灵,他们靠水,而批判性地、扬弃地吃水,个个成为中国水乡文化的翘楚。

二

笔者曾游历过两个地方,一个是日本福冈县宗像市的水稻种植体验园,另一个是美国弗吉尼亚州的威廉斯堡,它们各自独特的文化建设,可资鄱阳湖文化构建以借鉴。

宗像市是福冈县北部的一个小城市,因临近朝鲜半岛,曾是日本与朝鲜和中国的通商据点。其除了拥有宗像大社、镇国寺、织幡神社等文化旅游资源外,给我印象最深的是水稻种植体验园。这个体验园由当地村民组织经营,主要提供稻田供都市里的人(以中小学生为主)插秧和收割,并收取不菲的劳动体验费。我为这家农民算了一笔账:一亩稻田一年的纯收入为60余万日元,换算成人民币是4万元,这其中还不包括稻谷本身的收成和套种其他农作物的收入。

威廉斯堡是英国殖民者在北美最早的定居点,为北美最大、最富、人口最多的殖民地,曾为弗吉尼亚的首府。1780年弗吉尼亚州议会外迁,威廉斯堡由于水路不便,日渐萧条,遂沦为弹丸小镇。直到20世纪20年代,当地政府在大财团的支持下,对占地173英亩的小镇重新定位,恢复威廉斯堡殖民时代的原貌,保存美国早期的历史记忆:修旧如旧的各类建筑、铁匠铺的丁当打铁声、修理作坊里车床的撞击声、身着传统制服的短笛手鼓声,以及熏肉工场里火腿和山核桃木的混合芳香……无不散溢着18世纪的气息,使人如临其境。这个一万余人的小镇现在成为该州游客人数最多的文化体验圣地。

在体验以上两个国家不同的区域文化之后,至少给笔者几点启示:

区域文化虽然不能像大都市那样具有地缘优势和集聚效应,但并非没有机会和出路。日本的宗像市和美国的威廉斯堡都是小城镇,它们独辟蹊径,前者是发现客观存在的城乡差异,利用农耕优势,大力推行体验经济;后者是尊重客观历史,珍惜历史遗存,发掘权威性、唯一性的历史资源,着力实施历史文化体验。

在区域文化建设中充分利用自己的区位优势,挖掘一系列的文化支撑体系,如名人资源、名宅资源、古镇资源、县治衙门文化、书院文化、宗教文化、农耕文化、手工业文化和后工业文化等,创造核心文化价值,培育独特的文化吸引力。

无论是宗像市的水稻种植体验园还是威廉斯堡古镇,其实在打造经营之前,与周边的城镇没有太大的区别,都不具备独特性和排他性,正是差异化的构建,才使它们拥有自己的无可替代的文化优势。在区域文化建设中,一是要形象定位的差异化,二是要规避大都市的"虹吸效应"。

创造一种众生追求的生活方式是文化建设的最高境界。宗像市最早是港口贸易为主,之后大兴宗社文化旅游,在此基础上,以稻作文化为切口,生发了水稻种植园,发展体验经济,这是旅游经济的创新,是旅游文化的创造。

威廉斯堡本来就是殖民地的州府,历经"兴旺—落寞—再兴旺"的流变,这是旅游文化的守旧,更是历史文化的传承。区域文化建设,在经历观光旅游、休闲旅游大发展之后,可以发展体验经济为追求,推动游客对本土文化、历史及生活的全面参与度、融入度和体验度。

三

日本和美国的区域文化建设,对鄱阳湖区域文化有何启迪?

我手头有一组数据:鄱阳湖面积占江西面积的30％,人口占50％,经济总量占60％。

从这段数据看出,鄱阳湖的确很大很野,是一种大野。鄱阳湖不是没有美,是种大美。鄱阳湖不是没有文学,是种大文学没有被发掘;鄱阳湖不是没有文化,是旷古的文化没有被创建。

要把鄱阳湖进一步打造成文学之湖,文化之湖,打造"文乡泽国"的区域文化,打造富含乡土特色和现代元素之湖。笔者提出五条策论:

其一,打造"环鄱阳湖作家群"。把以鄱阳湖平原为大背景的作家归并和串联起来,譬如40年代作家陈世旭、50年代作家胡平、雷达、胡辛,60年代作家史俊、涂国文、王一民、毕必成,70年代作家刘瑜、熊培云、周美兰、范晓波等,挖掘作家群、学者群的历史渊源和传承,让社会关注"鄱阳湖作家群"文化现象,成为社会了解鄱阳湖的一个重要的文化符号。

其二,扩张鄱阳湖的文学外延。把滕王阁、庐山文化以及部分长江文化纳入其中。滕王阁是鄱阳湖文化的密集之阁,但素来给人感觉是江的文化代表。在鄱阳湖文学的外延上,要湖纳百川,结成江湖一家。

其三,弘扬战场文学和红色文学。战场和战争文学是鄱阳湖的老传统。战场文学不仅仅是残杀,是死亡,是胜败。战场和战争文学是忠诚、人性和大义大德的代名词。赤壁大战,如果没有苏东坡《赤壁怀古》,也就不会有赤壁的千古绝唱。朱元璋和陈友谅大战,一样可以千古留名。红色革命,同样万古流芳,关键是要发现鄱阳湖的大美,碧浪滔天的充满人性的大美,要有大思路和灌注现代理念的大构想。

其四,发展鄱阳湖的水文学和鸟文化。鄱阳湖的水文学是什么?乌篷船、毡帽是吴越文学的标识,鄱阳湖的文学标识是什么？虽然有无数的文学作品来描述，但缺乏统一的文学意象。譬如稻田、稻穗、稻香、渔船、麦秆冒、水草、阡陌、田畴，美丽的天鹅、袅娜的水鸟等，应该是鄱阳湖的水文学和鸟文化经典代表。

其五，邀请顶尖名家畅想鄱阳湖。中国名胜之品牌多是文人打起来的，无论是扬州还是黄鹤楼，无论是花城还是滕王阁，地以人传，人以文传，文人和知识分子是鄱阳湖品牌的制造者和传播者。

鄱阳湖是中国第一大淡水湖，鄱阳湖区域文化理应成为中国最大的文化湖。只要我们经过五年、十年，甚至二十年的用心培育和打造，一定会像毛主席老人家描述的那样：喜看稻菽千重浪，遍地英雄下夕烟。

(2006年初稿，2014年春改)

扁舟寻楼

一

历史上的诸多事件都潜藏着偶然性，在不经意间就会创造出一种跨越时空的文化奇迹。

耸立于赣江和抚河汇合处的南昌滕王阁，就是在偶然间诞生，在不经意之间名播天下。

李元婴兴建滕王阁是在日常生活中随意间的性情所致。

李元婴为唐高祖李渊二十二个孩子中的老幺。他的二哥李世民登基后，封他为滕王。十年后，李世民驾崩，儿子李治继位。李治对李元婴这个叔叔有些不顺眼，尤其在他父亲治丧期间，这个叔叔竟然召集下属"燕饮歌舞，狎昵厮养"。于是，颁下御书严词加以谴责，随后将其逐出苏州，再而洪都为官。其实，是李治希望他这个叔叔离长安的权力中心越远越好。

李元婴作为皇亲国戚，地位还是相当特殊，正是这种与众不同的身份,让他无论是在正史中,还是野史中,都有着不太好的名声。

从正史上看,李元婴就是个花花公子,一无是处。在政绩上几乎是个白丁,在生活作风上品行不端。李有次看中了一位下属夫人郑氏,便心里阴暗地将她骗至家中,欲行非礼,却被郑氏用鞋底打得满脸是血,十多天不敢出门见人。

李元婴常常不问朝政,他最大的喜好是去江边郊游打猎,上山坡寻欢作乐。但由于山坡上场地狭小,很多歌舞无法表演,特别是遇到刮风下雨,那就更为扫兴。就是在这种玩乐的偶然之间,更为不扫舞乐之兴,不减饮酒寻欢之乐,滕王决定在郊外的长洲上创建一座阁楼。

滕王阁,就这样闯进了中国人的文化视野。

如果说李元婴完全是个纨绔子弟,那也有点冤枉他。

滕王幼年聪慧异常,具有多方面的才能。他是一位很有造诣的画家,擅画蝴蝶,有"滕派蝶画鼻祖"之称。宋代诗人李师道评价说"滕王峡蝶江都马,一纸千斤不当价"。将滕王画的峡蝶与江都王画的马相提并论。他同时是位音乐家,善歌舞。李元婴创建滕王阁,最初的本意就是搭建一个歌舞的平台,把北方优秀的歌舞音乐传播到江南。

滕王阁的文化意味和岳阳楼等其他江南名楼最初的军事功能相比,恐怕是李元婴的一种文化创举。

李元婴的一生中,一直东奔西跑,在许多地方都做过不大不小的官。在交通不便的古代,要到这么多的地方去任职,绝非一件易事。尤其是在政事多变的初唐,李元婴经历高祖、太宗、中宗等四代皇帝而保住王位和脑袋,也算一个奇迹。有史家分析,李之所以装癫卖狂,胡作非为,只因政治上失意,以至纵情酒色给人以假象,遮蔽上层权力集团的注意力。在政治权力一元化的古代,以这种手法常常能避开不必要的政治灾难。在这点上,也许李元婴是个非常聪明之人。

如果说,滕王阁是李元婴的偶然之作。而滕王阁名垂千古,成为中国江南三大名楼之首,同样是因为另外一个人的一次偶遇。

他就是中国的历史上排行在"初唐四杰"之首的王勃。

山西人王勃,出身于望族,自小诗文出众,十四岁被推举出仕,十七岁就被授官朝散郎,到沛王府担任修撰。王勃年岁不大,但才高气傲,在官场上不谙拍马奉承,结果被唐高宗逐出了沛王府。

离开沛王府的王勃,他决计远离官场,历游中国。祖国的名山大川使他大开眼界,诗文功夫亦日见长进。后来他出任貌州参军,因为牵扯到一件命案,他的父亲受牵连被贬至荒凉的海南。王勃死罪虽被赦免,但还是被革去了官职。

王勃才高志更高,决定南下海南去与父母亲团聚。

时值九月初九重阳节,王勃来到了洪州。他本想顺道拜会一下洪州都督阎伯屿。尽过礼节之后,就继续南下,但他却被好客的主人挽留住了。

阎都督是个风雅之人,他把李元婴创建的滕王阁进行了重修,并邀请了许多社会名流和文人学士到滕王阁上登高远望,欢宴赋诗。阎都督也是个喜好张扬的人,他有个侄儿,苦读诗文十数年,他想让侄儿为滕王阁作序,再让大家吹捧一番,以此混个脸熟,扬扬文名。

酒过三巡,都督府的一个幕僚提出为重修后的滕王阁作序。阎都督故作姿态,劝众人说:"王勃才情过人,此序应由他作,如何?"其实,他想王勃该会谦让一番,这样就顺理成章地由他的侄儿来作序。席上几位名士都抚掌附和,一致推举王勃上场。

才高气盛的王勃已经知道阎都督举办此次盛会的缘由。他想,哼,这正是个好机会!

王勃略一思索,便奋笔疾书起来。

于是,一次偶然的拜访,一篇《滕王阁序》成就了王勃,更成就了滕王阁的千古大名。

> 落霞与孤鹜齐飞,
> 秋水共长天一色。

> 老当益壮,宁移白首之心?
> 穷且益坚,不坠青云之志。

这些精妙诗句,成为我辈从小作为开蒙时在父辈的监督下必须背诵的经典范文。当买了自己第一本藏书的时候,就把自己的书房取名"青云书斋",喻为从少小开始要"不坠青云之志"。王勃为滕王阁作序后,又有王仲舒作记,王绪作赋,历史上称为"三王文章"。这应了一句古话:人以文传,序以阁名,阁以序而著称。

二

从个人游历经验来观照,觉得长沙和我的故乡省会南昌有很多类似之处。

譬如都毗邻一个大湖,南昌是鄱阳湖,长沙是洞庭湖;都有一条大江,南昌是赣江,长沙是湘江;都有一座江南名楼,南昌是滕王阁,长沙是岳阳楼;都曾被誉为夏热城市,南昌是火炉,长沙也是火炉;都是革命的圣地,南昌是打响中国革命第一枪,长沙是革命的根据地……当我行旅至长沙,仿若到了一个似曾相识的故乡。

然而,虽然人文景点有很多对应之处,但当我以一个外省人的身份去感受长沙时,却被她厚重的历史和鲜明的个性所折服。

对一个城市的考量,有多种方式——经济总量、文化底蕴、历史厚度、军事地势等,有的城市集上述于一身,有的城市是单项冠军。考量的角度不同,方式不同,对这个城市的评价就会有不同的结果。

长沙我暂且不表。在长沙两小时圈内,北部的洞庭湖作为楚文化的摇篮,以湖光山色和江南著名的岳阳楼,吸引无数文化名人和不辞劳苦的行旅者。

岳阳楼和武汉的黄鹤楼最初的功能一样,是出于军事的需要而构筑。

相传岳阳楼的前身为三国时期东吴名将鲁肃为检阅水军操练而修建的阅军楼。南北朝时期,巴丘一带始建巴陵县城,阅军楼随之改为巴陵城楼。后巴陵废县改郡,对巴陵城楼进行重修,使这一十分简陋的军事设施,成为供人游览的场所。初唐时又称南楼,接着又更名岳阳楼。

洞庭天下水,
岳阳天下楼。

这幅挂在岳阳楼大门前,由明代诗人魏允贞题写的著名诗句,是岳阳楼最绝妙的广告词。

岳阳楼为我国古代建筑中之罕见。登楼凭栏远眺,可饱览洞庭湖"天水一色,风月无边"的景色。历代著名诗人都曾登楼抒怀,留下千古名句。

不过,使岳阳楼名扬天下的功臣首推诗仙李白。

759年,李白在流放途中,突遇闻大赦获释,千里江陵一日还,他下江陵,过岳阳,邀请友人泛舟洞庭湖赏月,登临岳阳楼饮酒,留下了《与夏十二登岳阳楼》等不朽诗作:"楼观岳阳尽,川迥洞庭开。雁引愁心去,山衔好月来。云间连下榻,天上接行杯。醉后凉风起,天上舞袖回。"此首诗文成为岳阳楼的成名之作,使岳阳楼真正从岳阳之楼成为湖湘之楼。

使岳阳楼提升为天下之楼的,是北宋著名文学家范仲淹。他的《岳阳楼记》,不仅成就了他中国政治文化名人的地位,更成就了岳阳楼为天下名楼的地位。

据说当时巴陵郡守滕子京乃才学之人,在岳阳楼落成之日,凭栏远眺,不禁诗兴大发:

> 湖水边天,天边水,秋来分澄清。
> 君是小蓬瀛,气蒸云梦泽,波撼岳阳城。
> 帝子有灵能鼓瑟,凄然依旧伤情。
> 微闻兰芷动芳馨,曲终人不见,江上数峰青。

滕子京是好客之人,当他的朋友范仲淹来到岳阳时,他马上约请他为岳阳楼赋诗作记。范仲淹凭368字的《岳阳楼记》,打造了岳阳楼的江湖地位。特别是他以文化人的政治情怀,获得了普通天下人的心灵共鸣和文化共振。

"先天下之忧而忧,后天下之乐而乐",无论是庙堂之人和山野平民,都把这句话当作管理朝政和行为处事的人生准则。这对岳阳楼是一种幸运,是芸芸众生意外获得的人生指向,也是一种幸运。

三

对武汉来说,有两个字是绕不开的话题。

一个字是"火"字。武汉之火,很多人理解为火炉城市。而我认为,武汉之火,本质上说的是武汉人敢为天下先的火气。

在人类的发展历史上,其实就是两个词:毁灭或创造。武汉,似乎有一种天生的蔑视权威的传统。这大概是楚人的传统。

李白说"我本楚狂人,凤歌笑孔丘",成为第一个嘲笑孔子的楚人;第一个发出"王侯将相宁有种乎"的是楚人;在汉阳创建湖北枪炮厂的是楚人;创建中国南北的第一条卢汉铁路是以楚地汉口为起点;打响辛亥革命第一枪的是楚地……这种狂人文化的胎记,数千年来代代相续。

从历史上看,每逢历史转折期,武汉人便能爆发出特别的历史光芒。所以孙中山先生在其《建国方略》中,就曾对武汉有过一个构想:"合汉口、汉阳、武昌三镇……则有如东方之纽约"。作家陈忠实先生对武汉赞美有加:这座城市很特别,既有南方的柔媚,亦有北方的粗犷,南北交汇,东西对接,什么地方的人都能在这里找到适合自己的地方。武汉作为今日楚文化的中心地,表现出"火"字的文化特征,乃题中之议。

另一个字是"水"字。武汉之水,指长江、汉江令其柔媚丛生。长江从武汉穿心而过,在龟山脚下和汉水一起"分三镇"。长江以南是武昌,长江以北是汉口和汉阳,而汉口和汉阳又被汉水隔开。

于是,武汉人的生命里,和着恒久穿城而过的波澜壮阔的大江,静默永恒。

2003年夏季的早晨,我站在汉江入长江的入口处,看到汉江清澈澄碧的水流缓缓涌进长江的雄浑苍黄,突然想起一位客居日本的武汉学友对江水的依恋:我的血里,有江水的呼吸。

这城市是沿水而生成的,我是水系的子民呵。

一个城市有了水便有了灵气,而水如此之多,灵气也便满溢。

黄鹤楼是武汉具有地标性的文化象征。

美籍人类社会学家大贯惠美子在《作为自我大稻米：日本人穿越时间的身份认同》一书指出：东方民间故事有"陌生大神把财富作为礼物奖赏给具有善良行为人"的传统,在神话中,自发的利他主义被陌生的神以财富作为奖赏。

黄鹤楼名称来源即同此例。

作为江南三大名楼,黄鹤楼不像南昌的滕王阁,是出于地方长官的休闲理念和文化需求,黄鹤楼是用于军事之用的守望楼。

黄鹤楼高耸在蛇山之巅,抬眼仰望,飞檐叠翼,红墙黄瓦的黄鹤楼在夏日阳光的辉映和松柏幽绿的衬托下,显得格外壮观。拾级而上,上了一层楼台,大门两侧劈头盖脸出现一副对联：

由是路入是门,奇树穿云,诗外蓬瀛来眼底。
登斯楼览斯景,怒江劈峡,画中天地壮人间。

读到此副对联,由此预感到,黄鹤楼虽然最初承担的是军事功能,但其实是一座骚人墨客楼。

千余年来,黄鹤楼虽命运多舛,屡毁屡建,但始终不废,特别是有了无数文人的抚慰,就一直坚挺在中国人的心灵之中。

黄鹤楼得以名播天下,既得益于它的方位和建筑,而更得益于历代文人对它的咏唱。唐代诗人崔颢来到黄鹤楼,诗兴勃发,写下了千古绝唱:

　　昔人已乘黄鹤去,此地空余黄鹤楼。
……
　　日暮乡关何处是,烟波江上使人愁。

　　后来,李白途经此地,亦登楼观景,看浩浩长江,奔流入海;观龟蛇二山,浮云莽莽。古代诗人有到此一游的脾性,于是也提笔写了一首既成就了扬州,又张扬了黄鹤楼的传诵名篇:故人西辞黄鹤楼,烟花三月下扬州。孤帆远影碧空尽,惟见长江天际流。

　　黄鹤楼是传统与现代、诗化与意境构筑的建筑精品,它巍然耸立在山川灵气、水天吐纳的节点,十分恰当地迎合人们喜好登高远望的心理趣味,符合亲近自然的空间意识和崇尚宇宙的哲学观念。

　　登临黄鹤楼,不仅仅能获得一种愉悦,更能获得一种心灵与自然的融通,这大约就是黄鹤楼给我们的意义。

(2005年冬初稿人济山庄,2014年冬改)

布衣南通

一

对于"南通"这个名字的概念,最初是跟棉布有关联。

我的故乡赣鄱平原是全国著名的粮棉生产基地。改革开放前,当地人种植稻米满足吃饭生存问题,播种棉花是为了纺纱织布,从事副业赚取家用的,以应对日常花销和人面喜事。

我外婆家是当地小有名气的富裕之家。不是我外公承接上辈福泽,而是因为我外婆是位织布能手。她年轻的时候,一天能织一匹布,梭子在双手之间,穿梭几个小时都不落地。外公是个生意高手,棉布一编织出来,就把匹匹棉布打扎成包,用独轮车驮着,北上饶州的商镇,南下抚州的集市进行销售。外公硕健的身影,洪亮的吆喝声响彻在赣东北平原的各个角落。

外公把外婆用双手编织出来的棉布化成手头的活钱,然后用赚来的利润购买棉花棉絮,外婆把棉絮纺成棉线,再用织布机织更多的棉布。后来,外婆还请了一些小工,有的负责定购棉花,有的负责纺线,有的负责洗染,家庭工厂生产、流通、销售一条龙,确实让外婆家里过上了一段殷实的生活。我的母亲从小耳濡目染,也学会一套纺、洗、织的技能。这套技能为日后支撑我父亲在南昌航空大学读书具有支撑性意义。

可这段好日子在改革开放后,外婆的生意就受到威胁。

原来县镇里有商人从外省购进成批成批的棉布,这些棉布不仅色泽细白,穿起来不糙身,最要命的是,和手工编织的棉布相比,价格更便宜,深受二级批发市场和消费者的青睐。我记得很清楚,在一捆一捆的棉布包装上,打印着"南通××棉纺织厂"的标记。

外公的生意日渐衰落,衰落的原因就是由南通生产的棉布的挤压和冲击。外婆已经90多岁了,我经常看到她一个人望着高高悬挂楼顶上爬满蜘蛛网的织布机,露出从辉煌到败落后的忧伤眼神。

我牢牢地记住了"南通"这个名字。

再次唤醒我对"南通"的记忆,是我到上海读书的时候。

20世纪90年代初,整个上海的经济刚刚复苏,浦东大地开发开放,处处喧哗骚动,打桩声不绝于耳,浦西标志性的事件就是内环线的基脚正在不断延伸。无论是浦东正在搭建脚手架的基建上,还是浦西已经完成过半的建筑物的外墙上,经常见到一行字:"南通××建筑公司"。

南通?怎么又是南通?

南通到底是什么样的城市,那个从未谋面的城市,为什么会叫我的外婆忧伤,为什么会频繁地出现在上海建筑物的街头?

二

去南通就成为我的一个向往。

狼山是南通东一座山,它不高,海拔只有百十米,但千万不可小瞧它。狼山雄踞于长江岸边,当你站在山巅之上纵目四眺时,这时你会仿佛觉得,你不是站在一座百多米的小山上,而是置身于九霄云外,俯视万里长空:苍茫天际的江海平原,从你的脚下,一直伸展到无边的远方,一泻万里的长江像一条闪光的缎带,从遥远的天际蜿蜒而来,然后又浩浩荡荡奔腾入海。

这时你唯一的感觉就是想浩叹抒情一下,不过,你的情怀早在千年之前的宋代,大诗人王安石就已经帮你说出来了:

遨游半是江湖里,
始觉今朝眼界开。

吾之乡贤王安石闯荡宦海和江湖无数年,当他站在狼山之巅,能抒发这番感受,确实因为狼山是与众山相异。

狼山的存在,使出自平原水乡的我领略到山的雄奇,也为南通的人文精神注入了一份峥嵘。

如果说狼山仅仅是因为地利的优势，才获得赞叹，确实小瞧了它。就像一个将军，如果只会舞刀弄枪，胸无用兵之谋略，那他不过就是匹夫之勇。

"天下名山僧占多"。狼山在1300多年前的唐朝就开始盛行佛教，奉祀"大势至佛"。

在我们的日常生活中，有些事情会令你感动无比，有些事情你会熟视无睹。有些事物哪怕尽管很小，也会令你有他乡遇知己的亲近和贴心，会教你有灵感与灵感对接的畅快和激动，这种境遇的产生，很大部分是决定于个人的知识积累，情感体验或修养背景。

我曾是传记迷，特别爱读传主在自己的领域特立独行，狂傲不驯，极富天才的人物传记。譬如张艺谋、黄永玉、大前研一，譬如马拉多纳、马克思、黑泽明等等。

还有譬如范曾。

阅读范曾，是因为我年少的时候曾喜好过美术，但因学业重负和天资不逮，绘画没有学成，却喜欢过范曾的人物画和他的文字。

范曾对中国悠久的文化艺术有24字的自评："痴于绘画，能书，偶为辞章，颇抒己怀，好读书史，略通古今之变。"他认为，一个优秀的中国画家，必然对中国的哲学、历史、古典诗词、书画皆有深入了解，否则，不可能登堂入室，只能临摹古人，描摹大自然。赵忠祥有一次与范曾做电视节目，他们有过一段对话：

范曾说:"画分九品,可分为正六品与负三品。一品,谓之画家,作品赏心悦目;二品,谓之名家,作品蔚然成风;三品,谓之大家,作品继往开来;四品,已成大师,凤毛麟角;五品,谓之巨匠,五百年出一位;六品,可称魔鬼,从未看到。负一品,不知企为何物;负二品,看之愈久,离其意远;负三品,与美不共戴天,应即诛之。"

赵忠祥问:那么,你认为你属于这九品当中的哪一品呢?

范曾颇为自得地笑着说:"哈,我是坐四望五,以待来日。"

我没有见过范曾,但在狼山意外地与范曾有过一次文化精神的交流。

在狼山的古木葱茏之中,有座江东佛门第一刹——广教禅寺。

该禅寺有间法乳堂东大雄宝殿。在殿中上方,书有"十指成林"匾额,仔细一看,乃"扬州八怪"之一的郑板桥遗墨。当目光环顾四壁时,在白瓷砖墙面上立着两米多高的18位罗汉,眼睛觉得一热,壁画上的那一笔一勾,那线条神态,怎么会那样的似曾相似,经过思维短暂的空白后,突然开朗,哦,是范曾的大手笔。

范曾为了刻画这些高僧,整整用了半年多的时间才落笔画成。

他使用了中国画传统的线描手法,工笔与写意结合,笔力雄健古朴,线条明朗遒劲,既有金石之气,又有云蒸泼墨,私认为可以与云冈石窟佛像相媲美。

三

南通有两座著名的墓,一座墓让后人记住他年轻蓬勃的诗才,一座墓让后人记住了南通。

后人记住他横溢诗才的,是唐代骆宾王墓。骆宾王的墓地很简陋,黄土一抔,苍苔数点。倒是题刻的一副楹联,给予他再恰当不过的评价:碑掘黄泥,五山片壤栖。笔传青史,一檄千秋著。物质的存在会随着时光的流动而消逝,对于骆宾王来说,不灭的就是那大气磅礴、震惊海内的檄文。

这是中国文人之幸,也是中国文化之幸。

南通的另外一座墓叫啬园,比骆宾王的墓地气派得多。墓主就是曾和南通共生共戚、息息相关的大人物——他就是张謇。

可以说,没有张謇,就没有南通。

一个人和一个城市这样紧紧相连,这在中国实在罕见。

有人说,到南通,其实就是去拜谒张謇。

这句话并非言过其实。

1853年7月1日,张謇在偏僻的长江口北岸海门常乐镇呱呱坠地,南通地区是一个偏僻的半岛,当时苏浙皖虽然战火连天,但他的家乡却是熊熊战火中的一片静土。

张謇兄弟五人,他排行第四,民间称他为"张四先生"。

1868年,已经15岁的张謇准备开始他一生的首次科举考试。他自己也许没有想到,他这样一考,竟然考了26年,直到41岁时才中了状元,授翰林院修撰。

1894年,甲午战败,国事日非。通过对中国现状的思考,和对国外列强社会经济发展的分析,这位以天下为己任的晚清状元意识到,要改变国弱民贫的现状,不在于兵,也不在于商,而在于工农业和教育的发展。

此刻他把思考的目光投向了故乡南通。南通远离政治的中心,也无官场权贵。在两江总督张之洞的支持下,张謇在南通开始了"实业救国"的近代化试验。次年,他集资50万两银子,创办大生纱厂等其他一系列实业。

南通成为中国最重要的棉纺基地。

1901年,张謇与我的一位乡贤、扬州大盐商周扶九联合创办通海垦牧公司,对沿海滩涂进行开发,这是中国第一家现代化的大农业企业。47岁的张謇看着昔日的荒滩变成了良田,他踌躇满志、意气风发地写道:

> 海之门兮芒洋,
> 受有百兮谷王,
> 辅南通兮江云云而淮汤汤,
> 翠郁起兮垦牧之乡!
> 我田,我稼,我牛,我羊,
> ……
> 谁其辟者——

南通张!

与此同时,张謇凭着他的中年意气还着手创办了学校、图书馆、剧场、医院、公园、气象台等等,直把南通变成了一座现代化气息甚浓的城市。

1921年前后,张謇的事业达到了顶峰,成为影响中国政局的重量级人物,被公认为"东南实业领袖"。

在张謇之前,南通就是一个苏北凡庸的小城。张謇之后,这个长江之畔、不算太知名的南通才真正变成一个具有中国意义的现代城市。

当下中国的策划界,有一批智谋者高扬经营城市旗帜,为中国城市的发展担当智囊团和思想库,出谋划策,挥斥方遒。不知道他们在匆忙的实践中,是否记得起,早在100多年前的南通,就有一位智者,开始在创造性地开展城市建设,倡导区域整体协调发展的理念,提出中通、泰、盐经济区的构想,构筑南通"一城三镇"的空间格局,以一种诗人的情怀经营着中国的近代城市。

张謇的一生是辛劳的,也是壮阔的。

他没有实现父亲对他科考入仕的期望,但是他为无数的人留下了幸福的安康,以至今天这座城市的人们还生活在他营造的氛围之中,著名学者胡适曾这样评价他:他独自开辟了许多路,做了三十年的开路先锋。

张謇曾说:"天之生人,与草木无异,若留一二有用事业,与草木同生,即不与草木同腐"。张謇不仅给后人留下他的事业,还把他终其一生的光荣与梦想留给了南通,也留给了未来。

张謇是令人难忘的一位理想主义者,那么,在当下推崇商人的时代,张謇的名字为什么不像有些人那样流传呢?

原来张謇曾是立宪派的领袖,支持过袁世凯上台,他在政治上的迷失和莽撞,大概是他声名受到局限和损害的根本原因。

"南通是张謇的南通,张謇是南通的张謇"。这句结论性归语既是对他功绩的褒扬,又是对他的一种惋惜和叹息。

一个本该流播全国的名字,却只能在南通局促地回旋。

在从南通回来的路上,我仍然想起我外婆枯坐在结满蜘蛛网织布机下流露的那种忧伤。凭外婆的知识结构,她也许难以理解,现代工业代替手工业是产业更替的必然规律,是历史的必然规律,也是中国经济发展的必然规律。

(2005年初稿北京,2014年冬改)

发现徽商

以长江为界,安徽之南北,"一文一商"两大现象撩起我极大的探究兴趣。

在长江以北,是历史上著名的桐城派。

多年前,我曾登临安庆的振风塔,当我爬过168级台阶登到塔顶时,顿时感觉到古人造塔选址的智慧。站在塔顶,我遥望到浩天的长江,我更看到安庆桐城一派繁盛的文脉。五千年中华文化的沸点,不同的时间定格于中国大地不同的地域,17世纪时定格在了桐城。这一次停留,影响了此后中国文坛两百余年,而于桐城的影响则成为永恒。

而在长江之南,是曾经辉煌中国历史数百年的徽商。

"如果你有一乡的眼光,你可以做一乡的生意;如果你有一县的眼光,你可以做一县的生意;如果你有天下的眼光,你可以做天下的生意"。这是徽州红顶商人胡雪岩的一段语录。

当胡雪岩在说这句话的前后,正有无以计数的徽州商人,在中国的大江南北,在九州的大小城镇做天下人的生意。在他们故乡——徽州的山岙里,正有无数的雕梁华府平地拔起,无数的牌楼石舫昭然张扬。

一

1891年,中国徽州山区诞生了两位重量级人物:一位是教育家陶行知,另一位是著名学者胡适。

陶行知诞生于安徽歙县西乡黄潭源村,胡适的家乡是徽州绩溪县上庄镇上庄村,两家相距不过五十公里。陶行知先生在讲到自己的家乡时非常自傲,他说:"察看它的背景,世界上只有一个地方和它相类,这个地方就是瑞士。"

胡适谈及家乡时也是毫不谦虚。他宣称,没有他的家乡人,那里只会是一个村落,在中国版图上,"无徽不成镇"。

那么,他们的家乡究竟在哪里呢?

甚为遗憾,在当下的中国行政版图是找不到它的。

只有稍通历史的才会明白:这个地方就是1987年从中国的行政区划中被抹掉了的古徽州。

徽州古称新安郡,唐时易名为歙州,宋时更名为徽州,辖今安徽歙县、黟县、休宁、绩溪、祁门和江西婺源县,府城设于歙县城内,俗称一府六县。

从此,徽州这一地名被沿用了866年,虽朝代变更,但未曾更改。

你信步走进徽州一个村落,就会翻动一页历史;随处踩动一块石板,就会触动一个朝代。

为了慢慢体会旧时徽州的人文风光,我们先从赣东北的婺源开始,进行一次寻找徽商之旅。

半亩方塘一鉴开,天光云影共徘徊。
问渠哪得清如许,为有源头活水来。

这是南宋著名理学家朱熹赞美家乡婺源的诗句。

婺源乃千年古县,至今保留着明代以来最完整的古建筑群,不论是恢弘豪华的商宅官邸,还是精美绝伦的木雕壁饰,都闪烁着它曾经辉煌的历史风尘。

千年古道,驿站断桥,粉墙黛瓦,小桥流水人家的古村落,凝练着精深的徽州古文化。置身婺源,感受最深的是它的"集粹性":自然和人文景观交融,清新与古朴之韵并存,静与动之美兼备,俗与雅之趣皆有。

亲近婺源的自然,给人于远离尘嚣超脱之感。

婺源因未通铁路,所以须从景德镇、上饶和衢州等周边城市高速路口进入。

在婺源古村落中,最能体现婺源文化的要算汪口儒家宗族的俞氏宗祠。宗祠气势宏伟,祠内、堂上的砖雕、石雕、木雕三雕,工艺精湛,被誉为"艺术殿堂",据说有富商愿意出价100万购买祠堂木刻的任意一副,但被宗族的人拒绝了。

站在这样一座建筑当中,昂首四望,除了叹息自己的贫乏,无法用更合适的言辞去形容了。

宗祠历经400年风雨,除正堂侧梁两只狮子被文革时削掉了头以外，均保存良好。因婺源为朱熹故里，理学又为旧时显学，所以该族推崇理学。

婺源有个理坑，原名理源。数百年来，这偏僻山村秉承勤学苦读之风，人才辈出，先后出过尚书余懋衡、大理寺正卿余启元、司马余维枢等七品以上官宦 36 人、进士 16 人、文人学士 92 人，著作达 333 部 582 卷之多，其中 5 部 78 卷被列入《四库全书》，可见理坑昔日的辉煌。

有哲学家道："语言是最后的故乡。"

婺源的古雅也存在于语言中。婺源村落地名的由来，方方面面浸润着儒家学说的文化底蕴。人们在取地名时，极其讲究；有依地形地貌和方位，讲究的是风水龙脉，也有的融合了当地的人文、风情、习俗，极富诗情画意；还有是对旧日辉煌的眷恋，对未来的希冀与祝福。

在徽州考察，你可以发现徽州商人其实很有市政建设谋略，尽管那个时候山坳里还称不上城市，但徽州乡村的村路建设，排水设施，私家书院，公共戏台等等，充分彰显徽州商人超前的城市管理理念和创建能力。

在婺源的思溪延村，徜徉期间，你会发现这个古村落拥有独特的走廊设计，即使下雨，你到任何一家串门，都不会淋上雨。还有鲍家花园，简直就是一个现代休闲公园，园中带园，亭台楼榭，大湖长水，绿树依依，无形中成为当地村民的公共活动空间，在这些古建筑的粉墙黛瓦里，渗透出的是历史的悠悠情思。

婺源，很容易让人忘记时间的存在。随着脚步和心灵穿行在那些精致的美景之中,感觉自己融化在这寸寸节节的人文风光之中。

二

安徽歙县,是徽商的发源地。

作为中国历史文化名城歙县,是古徽州府的所在地。

歙县有"东南邹鲁,程朱阙里"之称。这些众多的石建筑,是古代文人光宗耀祖的思想理念之显现。如一面旗帜,在历史的时空里迎风招展。透过徽州数千栋古朴清雅的古民居,百余座古祠堂和气势雄伟的牌坊群,我们瞭望到,在这些文化现象的背后,是一群纵横驰骋中国商界500年,创造了中外历史上之神话的商帮——徽商。

徽商是旧徽州府籍商人或商人集团之总称。

曾称雄于中国的经济发达地区——长江中下游及淮河两岸,控制着横贯东西的长江商道和纵穿南北的大运河商道。

在中国商业历史坐标上,徽人经商,源远流长。在东晋时就有徽商活动的记载,以后代有发展。徽商崛起于南宋,到明朝已经发展成为和晋商并举的一支劲旅。明成化、弘治年间形成商帮集团,其时最大的徽商已拥有百万巨资,超过1602年荷兰东印度公司最大股东勒迈尔投资8100英镑的数额。

清代扬州从事盐业的徽商,资本有四、五千万两之巨,而此时的清朝,最鼎盛时期的国库存银只有七千万两。特别是清朝中叶,徽商一跃成为中国十大商帮之首,"两淮八总商,邑人恒占其四",尤其是在盐茶业贸易方面,徽商独执牛耳。

走在徽州的山山水水间,我有一个疑问挥之不去。在这个穷山恶水的地方,为什么会出现徽商?为什么称雄于中国大地?最后又为什么星流云散呢?

我在步步行走中寻找着答案。

土地贫瘠产出少。《徽州府志》载:"徽州保界山谷,山地依原麓,田瘠确,所产至薄……大都一岁所入,不能支什一。小民多执技艺,或贩负就食他郡者,常十九。"徽州山多田少,土地瘠薄,农业收入不足以自给,只好转而从事手工业和商业,以求自保。《江南通志》称徽州"咸有溪山之胜,然岭谷险陋,壤地硗瘠,水湍悍,少潴蓄。不雨易枯,骤雨则山涨暴至"。

人口移民压力大。徽州地处新安流域盆地,这种天然闭塞的地理环境,成为战乱时的避难地和移民区。移民社会是徽商诞生的第二要因。从汉到唐末年,北方有很多难民南逃至此避难。中原的士族,在战乱时期也不断迁移到这个"世外桃源"。从两晋起,历代迁移到徽州的民族达78个。迁移到徽州的士族们失去了原有的特权,但找到了强化凝聚力的东西,那就是他们的宗族精神。这里的汪姓大都是当地山越人中的土豪。与日俱增的人口和山多地少的客观环境压力,"吾郡在山谷,即富者无可耕之田,不贾何待",缺乏发展农业的基本条件,是迫使徽州人大量外出经商谋生的基本原因。

资源型区域。丰富的森林资源和遍地可取的自然资源,乃徽商从事贸易的首要资产。徽商经营行业以盐、典当、茶木为最著,其次为米、纸、墨、瓷器等。婺源人多茶商、木商,歙县人多盐商,绩溪人多菜馆业,休宁人多典当商,祁门、黟县人以经营布匹、杂货为多。宋代,徽纸已远销四川。朱熹的外祖父祝确经营的商店、客栈占徽州府的一半,人称"祝半州"。一些资本雄厚的大商人还在徽州境内发行"会子",歙县商人江嘉在徽州发放高利贷,牟取暴利。明成化年间,徽商相继打入盐业领域,一向以经营盐业为主的山西、陕西商人集团受到严重打击,于是徽商以经营盐业为基点,雄起于中国商界。

水路东南通。长江和新安江是徽商走向商业世界的天然销售通路。新安江源出歙县境内的黄山、绩溪境内的大鄣山、休宁县率山和婺源县浙源。徽商在这条不算太长的名川上,假借舟楫,把生意做到了天下的边边角角。新安江之下游富春江流经杭州。杭州"行民多半商贾",又是一个对外贸易港口,明中叶徽州商人赵子明与明末清初郑成功均由此将丝织品用船只销到日本等地。像这样一座商业繁盛、舟车便利的大城市,自然会吸引各地商人来此经商,杭州遂成为徽商从事海内外贸易的重要据点之一。长江和运河作为天然的交通,为徽商贯通南北东西,提供了商业运输所必备的网络信息系统。

创新思变精神。南宋以降,中国经济重心正向南移,这种外部的契机和徽人冲破"重农抑商",冲破世俗偏见的思变精神,催生了徽商的鼎盛。台湾作家龙应台讲过这样一个故事:有个朋友从以色列带给她一蓬枯草。这颗草像死掉一样,没有水分,没有生气,很难看。朋友告诉她,这叫沙漠玫瑰,浸泡在清水中,几天就会复活;倒掉水,又会渐渐枯萎。藏上一两年,再置于水中,她又会复活。徽商就像这沙漠玫瑰,严酷的生存环境让这些草根人物练就了摧不垮、锤不扁、打不烂的强健生命力,演绎出惊天动地的生命赞歌。

求实精神。"前世不修,生在徽州,十二三岁,往外一丢。"旧时徽商出去经商,往往必带这么几件东西:网兜、绳子和米粉。到一个地方肚子饿了,他只要找当地的人要点水一冲,调一下就可以吃,一分钱都不用花。网兜是用来背东西的,那么绳子呢?如果网兜破了,绳子拿来补一下。徽商出去八成以上是赚不到钱的,很多人说必要的时候,可以拿这个绳子上吊。

贾而好儒。婺源有座思溪延村,被誉为儒商第一村,村庄很多书院。你会发现,一个旧时的木头商人,能在深山小村构筑书院,也就从商人蜕变为名副其实的儒商。透过延村古朴清雅民居上的砖纹,我们观察到,在这些文化现象的背后,是一群纵横驰骋中国商界数百年,创造了中外历史上之神话的徽商商帮。

徽商为什么喜欢贾而好儒呢。道理不复杂:商人为获得与经济地位相称的社会地位,需要以"儒"为外衣来包装自己;子孙在朝廷中做了大官,更容易官商结合,把生意做得更大。徽商他们之所以能活跃于全国市场,即是由于徽商好儒,他们重视文化教育事业,使后代能适应环境并发展其事业。

徽商不同于一般商人,较早地从环境中熏陶了从商求富的观念。另一方面官商结合,在壮大自己商业势力的过程中,最后也毁灭了自己。追逐财富只是徽商的手段,谋求功名做官才是归宿。从经济学的角度分析,只有实现商业与产业的结合才有可能使商业传统延续下来,但"官本位"的徽商却做不到,因为他们已经没有财力去投资产业。

三

数百年的徽商,在历史的天空中,如流星闪烁而过。

独独留下富丽雍容、清雅绝伦的风情、文化和道统,他们像一个梦融化在徽州的层山叠水中。徽州,成为中华大地一个名播海内外的文化地理概念,一个独立而卓然的民俗单元。

于是,到徽州寻梦成为无数人的一种梦想和归宿。

我的乡贤、著名戏曲家汤显祖,一生向往徽州,但终未能成行,晚年心意阑珊地写道:

一生痴绝处,无梦到徽州。

徽州化为一种典型的文化标本,它延续着中华民族先民们在农耕社会的文脉,勾画了先民们亲近土地的心灵版图。

我仿古人来到徽州,沿着徽州的山水褶皱间,寻找徽州远去的人,远去的事。山川的阡陌上油菜花灿烂无比,我就这样和徽州有过一次心心相印。

站在徽州回乡的路口,无论是向左,还是向右,我的前后,都是徽州,永恒的徽州。

(2005年冬初稿,2013年夏改)

契阔湘西

我对于自己想亲近的人或事,从来不太主动去接近,远远地关注似乎更符合我的心境,这其中特别包括湘西。

在没有到湘西之前,沈从文就是我心中的湘西。

相当一段时期,我沉迷于三位作家:贾平凹、沈从文、加西亚·马尔克斯,应该说接触沈从文比贾平凹早些,然后是加西亚·马尔克斯。商洲干朴的阳光、彪悍的民风,以及空气里弥漫着触手可及的忽哨,让我执迷不悟,也许是生长在南方的缘故,让我对湘西的世界,有着一种近乎天性的亲近感。麻阳、红傩神、辰溪、吊脚楼这些读起来很简单的名字,对我来说,潜伏着无穷的传说和幻想。《百年孤独》我一直是把它当作小说来读,我喜欢马尔克斯飞扬漭沱的思绪,他能把马贡多的故事演绎得真假不辨,孤独和英雄、美丽和死亡、恐惧和蝴蝶,我觉得马尔克斯的天空四季都永无休止地下着霉雨。沈从文的湘西,我却把她当成山、水及森林来敬仰。

唤醒世人对湘西的瞩目,我认为一是沈从文描绘下的湘西世界,叫世人重新审视湘西并着迷湘西;另外一个就是张家界的被发现和她举世绝无的景观,召唤着行旅者趋之若鹜。一个是文人笔下的世界,一个是自然景观的天地,幻化成湘西一副奇崛、美丽而神秘的山水画。

出发去湘西,怀化是湘西重要的中转站,北上鄂京,南下云黔多为长途客,行李松散,衣着随便的多是本土居民。

由于晚点,火车到怀化的时候已是子夜,走出深冬的怀化站,雪没有像东部平原那么绞绞如织地落,但怀化有一种让人无法捉摸的恍惚,望着怀化朦胧的灯火以及在这种灯火下蠕动的旅客,年少的沈从文在刚入伍时于怀化镇的那段光景,毫无顾忌地冲出我的思想:"白日里走到街上尽头去玩时,常常还可以看到一幅动人的图画:前面几个士兵,中间一个十二、三岁的小孩子,挑了两个人头,这人头便常常是这个小孩的父亲或伯伯。"要不是友人的推搡和催促,我准会跌坐在沈先生的《怀化镇》里不能自拔。

其实,白日里的怀化已寻觅不到沈先生的踪迹,沈先生的怀化镇,已被工业烟囱和现代霓虹灯所占据。当我远离湘西,回到广告和圣麦乐充斥的浮躁都市,我无法忘怀在火车上碰到的那个买冰糖桔的农民商人。

怀化至吉首,要坐一段道班车,车停麻阳的时候,挤上了一位紫色脸膛的精壮汉子,他肩挑一担冰糖桔,他把一只箩筐叠在另一只箩筐上后,便悠然地倚在我对坐的窗前,用搭在肩上的毛巾擦汗。

此时,精壮汉子见我用漫无边际的眼光瞧着他,紫色脸膛突然厚实地笑起来,问我:"你肯定是到湘西来看沈从文的?"

我当时颇为惊讶,反问,你怎么知道?

汉子的眼神显出些微的狡黠,说:"我每天几趟去吉首,见过不少像你这样装束的人,凡是到湘西的客人都是冲着我们的沈从文来的"。

直到现在,我仍然还记得那位农民商人,说起沈从文就像谈论如何栽培冰糖桔那样熟悉和老到,其中还有不少沈从文的趣事和逸事,我不知道这是偶然还是碰巧,我只知道当那位农民商人用湘西乡音说"凡是冲着沈从文来的都喜欢麻阳的冰糖桔,我们的沈从文好好喜欢冰糖桔"的话时,我由不得慷慨大方地掏出钱买下一大兜麻阳冰糖桔;我不知道这是不是商人的精明和阴谋,打着名人的旗号来推销自己的产品,但我至少明白,一个热爱生活、热爱人民、热爱故土的文学家,无论时光多么久远,他德高的声誉和望重的形象,在百姓的心目中是不会轻易被遗忘的。

湘西通篇给人的感觉是雄山漫岭。

吉首距凤凰只需 70 分钟路程,凤凰城地势峻急,民居多依傍地形而筑。据史书载,凤凰古称"镇筸",向来为兵家必夺之地,湘西人有崇武风尚,"筸军"历来悍勇善战,曾是曾国藩组建的历史上著名的湘军的中坚脊梁。筸军由于腿短,特别善于山战。可能是随岭脉建筑的缘故,凤凰的街道显得迂回逼仄。冬日的凤凰,氤氲、清寒而宁静,在落日黄昏时节,当你站到那个巍然独在万山环绕的古城堡高处,眺望着沱江绕着吊脚楼汤汤而去,似乎依稀想见当年角鼓火炬传警告急的情形。

在凤凰城,清静的沱江潺潺细声,宛然流淌。

沱江两岸山色暮霭,江面一片人间灯火。

目力所及是一坐桥横跨在沱江两岸,下拱如虹,名曰虹桥。桥上有楼,共三层,主层有很多小店面,卖书的,卖仿古品的,卖雕花的,来来往往的既有本地凤凰人,更多的是络绎不绝的游人。

凤凰被称为世界上最美的山村,其之美丽,除了人文历史,自然山水,我觉得还有一个,就是沱江岸边的吊脚楼。

凤凰吊脚楼群坐落在古城东南,前临古官道,后悬于沱江之上,是凤凰古城具有浓郁苗族建筑特色的古建筑群之一。凤凰吊脚楼群属清朝和民国初期的建筑,如今还居住着十几户人家。

"吊楼"为土家族等民族传统民居,多依山就势而建,呈虎坐形,以"左青龙,右白虎,前朱雀,后玄武"为最佳屋场,后来讲究朝向,或坐西向东,或坐东向西。吊脚楼属于干栏式建筑,但与一般所指干栏有所不同。干栏应该全部悬空的,所以称吊脚楼为半干栏式建筑。

为什么会有吊脚楼?

查阅史料发现,由于历代官府对土家族实行屯兵镇压政策,把土家人赶进了深山老林,其生存条件十分恶劣。《旧唐书》记载:"土气多瘴疠,山有毒草及沙蛮蝮蛇,人并楼居,登梯而上,是为干栏。"加上土地稀缺,当地人只好在悬崖陡坡上修筑吊脚楼。

吊脚楼多为木质结构,早先土司王严禁土民盖瓦,只许盖杉皮、茅草,叫"只许买马,不准盖瓦"。一直到清代雍正"改土归流"后才兴盖瓦,这类吊脚楼比"干栏"较成功地摆脱了原始性,具有较高的文化层次。

最先吊脚楼一般以茅草或杉树皮盖顶,也有用石板当盖顶的,现在吊脚楼多用泥瓦铺盖。吊脚楼的建造是土家人生活中的一件大事。吊脚楼建造极其讲究,装饰也极有讲究,在立屋坚柱之后,还要钉椽角、盖瓦、装板壁。富裕人家还要在屋顶上装饰向天飞檐,在廊洞下雕龙画凤。

吊脚楼最基本的特点是正屋建在实地上,厢房除一边靠在实地和正房相连,其余三边皆悬空,靠柱子支撑。吊脚楼底层不宜住人,是用来饲养家禽,放置农具和重物的。房屋规模依据家中殷实状况来建设。吊脚楼有诸多好处,通风防潮,避暑御寒,是土家和苗族独特的建筑工艺,具有很高的工艺审美和文物研究价值。

吊脚楼蕴含着丰厚的文化内涵,除注重龙脉,依势而建和人神共处的神化现象外,还突出空间宇宙化观念。土家族诗人汪承栋对吊脚楼作过一首诗,端得有意趣:奇山秀水妙寰球,酒寨歌乡美尽收。吊脚楼上枕一夜,十年做梦也风流。

沈从文故居,是栋极其简单的平房,墙壁是古老的薄砖灌沙斗,整座房子泛着沧桑世事的青灰。循着青灰的木纹,隐约可见沈氏家族的鼎盛和殷富,萧条和没落。

站在沈氏故居前,我看到羊角之年的沈从文,提着装有几本经书的竹篮,摇头晃脑背诵古文的神情;听到孩提时的沈从文与铁匠斗比蟋蟀大小的声音;看到羸弱的沈从文在古板威严、终身不得将军志的父亲管教下,那种少年独有的忧郁落寞。

我读沈从文,除了他的湘西,还读他对人世间这本"大书"孜孜不倦的勇气和坚韧,对人世间这本"大书"的豁达与宽容。

当我读到下面一段对话时,我的心灵常常被震撼。沈先生20岁那年跑到北京去做他的文学梦,有天在前门外面酉西会馆的一间潮湿且长年放射霉味的小柴房,沈先生正用旧棉絮裹住双脚,流着鼻血写他的小说,这时,敲门进来一位清瘦、下巴略尖而眯缝着眼的中年人。

"找谁?"

"请问沈从文先生在哪里?"

"我就是。"

"哎呀你就是沈从文,你原来这么小,我看过你的文章,好好地写下去我还会来看你的。"

中年人是郁达夫。之后不久,郁达夫在《给一位文学青年的公开状》中,曾感慨万端又大泼冷水地记述了这个青年身处绝境的惨状。凭我对世事的经验,我现在仍无法理解郁达夫当时的真正用意。沈从文没有在梦想中倒下去,他用沉静大度、优美从容的天纵才气,在文学的山岗上留下一片美丽的森林,这片森林就像湘西的武陵源,吸引着世界的目光。

沈从文先生仙逝后,葬在城南的听涛山下。从东门穿过回龙阁,有一条石板小路通向他的墓地。墓没有冢,只竖了一块天然的五彩石。正面镌刻着"照我思索,能理解我;照我思索,可认识人。"另一面刻着"一个战士,不是战死沙场,便是回到故乡。"从书体来看,乃凤凰著名画家黄永玉手笔。

在经历湘西苍山莽原时,有一种景观让我眼热心跳,那种景观与山体、与森林沐浴风雨,这种景观打发着群山的万古寂寞,经受着日月雷电的洗濯,这种景观就是黄墙黛瓦的庙观。

在城市边缘的半山腰、村镇之间的平地,一座或几座庙观往往煌然而立。我拜谒过镇江的金山寺,和吴江东山的尼姑庵,江南的庙宇,由于承担太多的旅游功能而被热闹化,嘈杂的歇脚声打散了江南庙宇的肃静与庄严,而湘西的庙观却弥漫着浓重的自然宗教情绪,耀黄是湘西庙宇给人的远观感受。

湘西的庙宇大则占地几十亩,雕梁画栋,辉煌鼎盛,整日香烟飘绕、磬声持续,小则几块砖石砌起来算数,内供观音或者土地神,外插几面彩幡。湘西人有敬神守法的传统,但就因为敬神,人们对湘西好像仍有一种误解。

早在半个世纪前,沈先生就对人们一谈湘西就是"男人杀人,女人放蛊"观念做过勘误,但到现在,特别是身居都会的人们,说到湘西,脑海里出现的就是满脸横肉的土匪形象,可见人们由于相互之间的不了解,人的观念是多么的顽固循旧,人的心灵距离是多么的遥远和苍白。

我到吉首郊外鸭溪的竹圆庵请了一回神,请神其实就是许愿。

我从小心态天生不羁,总是逃离束缚和管制,但当我双手合十虔诚如佛地跪在黄布蒲团上时,我顿觉一种从未有过的澄明、安宁和顺从。

我看到许多请神的人们神情满足地走出庵门,我也看到庵里尼姑们勤快的脚步,以及青衣青帽里透露出的强烈生存气息,我感觉到湘西人的敬神,不是迷信,是崇敬;不是盲目,是一种对生存和生活强烈的理念和信念。

　　敬神是湘西人的一种特质,一种美好的特质。在我走出沈从文故居,与一位神态清明,手脚灵敏的阿婆的一段对话,至今仍在我耳畔回响。

　　"阿婆您今年高寿?"

　　"八十有三。"

　　"您每天卖萝卜干能赚多少钱?"

　　"十几块钱。"

　　"您这样忙上忙下累不累?"

　　"累啥?我每月能赚300多块,很好哩,就是累了去庵里请请神,精神爽着哩。"

(2007年初稿吉首,2014年改)

京华征象

丁亥新年,全民欢腾。今日偶得空暇,把昨年曾在北京的旅居生活整理了一番。不梳理不打紧,一梳理吓一跳。整合出来的竟是一篇对京华的挑剔之作。吾爱京华,但文为心声,吾更爱实事求是。

一

初到北京,我最喜欢的天桥。

就像蔡国庆唱的歌:"北京的桥啊千姿百态,北京的桥啊瑰丽多彩。"但生活过一段时间之后,觉得北京的天桥真是一条"天桥"哦,爬起来那么漫长,那么的费神费力。

北京有 300 座天桥,仅在 20 几公里二环路,就有西直门桥、官园桥等 32 座。在中国所有城市中,绝对荣登榜首。通过自己的爬走实证,北京的天桥存在几大病症:其一不符合残障人士行走。无论是高度还是长度,天桥基本上是按照健全成年人的尺度参数来考量的,非常不适合残障人士使用。望着高不可攀的天桥,一位残障者浩叹:"一个台阶对我们来说就是一座山峰。"

其二设计不合理和过度浪费。在日本,笔者观察到,仅在轻轨或地铁立交驾设天桥,只有在城市之间的干道或高速路有公路立交桥。北京许多街道的过街天桥,比如与长安街平行的横贯东西的平安大街长7000多米,可过街天桥和地下通道却不多。专家研究,天桥的最佳间隔距离是300米,否则就超出了人的忍耐极限。三元立交桥建设费用约为5000万元,广安门立交桥建设成本超过一个亿。一位北京司机说:北京的天桥,整体设计缺乏全局观念、缺乏循环理念,有些天桥设计简直就是变态。

二

北京的公交车是笔者见到最神奇的设计:为了售票员卖票方便,在售票员旁,横圈着一根铁管,这根铁管却围占着3个座位空间。

可就是这个方便,却让一个售货员占了7.2万个工作岗位。

在北京,每天有24153辆公交车奔跑在京城的每条街道,年运送乘客达38亿人次。我问过每天往返于颐和园到天桥的一位司机,他说,每天往返要跑8个来回。笔者为这个售货员算过一笔账:按照一个座位一趟4元计算,8趟应该是32元,每月30天,一个月就是920元。一个售票员占3个座位,应收票款是2760元。北京有24000辆公交车,每月的应收票款是6千6百万,就是说,每月公交公司因为这个座位要少收6千6百万,一年就是7.92亿。

不算不知道,一算吓个心脏病。

如果北京公交车全部实行无人售票,一个售票员的座位,公交公司一年要多进账7.92亿。按一辆车一个售票员的岗位来算,北京一个售票员座位占了7.2万个岗位。

北京公交真是太神奇!估计全中国都找不到这样的稀奇案例。

北京公交还有令人不爽的是,换乘北京公交车,简直就是一场长征。北京目前公交车站平均站距是500余米,但乘客换乘一次公交车平均要步行332米,其中有16%的乘客换乘距离甚至超过了1000米,就是说,乘客要走超过半站的路程才能到达要换乘的车站。

三

北京给自己重新定位了。

北京为了和天津差异化发展,被定位为"国家首都、国际城市、文化名城、宜居城市"。北京是文化之都,是新中国文化的鼎盛之地。其表现之一就是北京随处可见的报刊亭。北京市区有2400多个报刊亭,零售着北京文化。从外形上看,北京的报亭设计突出了北京现代化国际大都市的地位,在材质上注重环保和结构的实用。

在熙熙攘攘的街市中,一种令人烦恼的刺耳声从文化的书报亭丝丝冒出,这就是2400多个报刊亭上的小喇叭。文化本来是养人,而在北京,报刊亭上的小喇叭却成了文化的骚扰者。

北京人的文化怎么这样烦人。

四

北京人爱喝酒。

夏天喝啤酒,冬天喝白酒。一般群众喝二锅头,官府官员喝五粮液或者水井坊。北京人喝酒是一种享受,不论男女。在北京遍地的小酒馆,最摄人心魄的是:在一张餐桌上,竖满了酒瓶,仔细端详,原来是一群年轻貌美的女子围着一大脸盆的水煮鱼片呢。北京爷儿们的生活更离不开酒,没有酒,便没了乐子;没有酒,群众的日子就如同白开水;没有酒,活着就是趴着,没什么人生意义。就像肖复兴写北京人喝酒,三五天就来一次。在北京,三五朋友聚在一起,除了敬客人,还自己跟自己闹腾。每每饭局进行时,总见食客穿梭厕所——不是内急,而是躲到厕所呕吐呕吐,随后摸摸嘴巴,涨红着脸继续搏杀。还有就是邻桌的小姑娘就被抬出包间,据说第二天还在医院挂盐水。

北京人喝酒是交心,喝完酒后是分心,酒桌上的豪言壮语,在酒后烟消云散。对上海人来说,这个不可理喻,也很难接受。其实,更难忍受的是,每天早上行走在北京的街道,满城遍地都是呕吐秽物。

这太影响观瞻了。

五

北京有国内最长的地铁线,据媒道,到 2010 年,北京的地铁总里程达到 300 公里。在北京,坐地铁、坐公交车是上班、旅游最好的方式之一。

然而,好的方式未必有好的乘坐心态。

无论是坐地铁还是乘坐公交车,在北京的公交上满眼的怪象却令人咋舌:北京的车身、车厢拉手、车内的各类广告,清一色的竟是医院医疗广告,什么"男科、妇科诊疗中心"、"北京国医阁疑难病研究院妇科诊疗中心"等等。笔者特地算过,在一节地铁车厢内竟有 60 多块,90% 都是医院医疗广告。在几乎布满医院医疗广告的"健康环境"车厢中,乘客"享受"着乘坐地铁的"快乐"。这种快乐实在令人窒息,实在大煞风景。

"快乐"之余,顿生一种疑惑:按照供求理论,医疗广告的供多了,肯定是北京人的求同样多,难道北京人的性功能都出现了障碍?北京人是性病缠身?

此种猜测,肯定会令北京人大为不快。可为什么北京车上的医疗广告会有这么多呢?

六

在北京坐出租,有几次痛苦的经历。

一次是从西单坐车到教育宾馆,一般来说,起步价时间就能到达。那天一上车,跟司机说到教育宾馆。司机说,我不知道地点在哪里。我说我可以带路。司机同意。走到100米的拐弯处,前面车堵,司机看了几眼,突然对笔者说:太堵了,不走了,你下车吧。

我说堵没问题,车款照付。

不行,不走,下车。司机以不容置疑的口气说。

初到北京,见光头司机目露凶光,我实在不想出什么意外。

后来,我查了北京的规定,出租车司机拒绝载客或者中途中止客运服务的,将被处以1000元至2000元的罚款,并可暂扣营运资格证件1个月至3个月。情节严重的,吊销营运资格证件。

我想投诉,可北京出租车管理公司的投诉电话,不是占线,就是没人接。

还有一次,我的一个朋友带着孩子来北京旅游,从机场打出租一路顺畅到沙滩北街,竟花了170元。我从机场到西三环边上的紫竹院公园才90几块。我决定投诉,像上次一样,投诉电话一样不通。

北京有将近7万辆出租车,北京至少有7万个政治家。家事、国事、天下事,事事张口就来。在北京坐出租,确实是一种生活的乐趣。一次打的经过西直门桥,司机说,这座桥就像八卦迷魂阵,每次经过,简直叫人"如履薄冰"。又一次,北京抓了某贪官。出租司机说:人家美国大选,先让候选人公布财产,比比谁家有钱。选那个有钱的当总统,不会为了几亿元就出卖国家。咱们呢,都是没钱的人熬出头才当官,不狠捞才怪。

不过,据说现在北京出租司机,不谈政治了,也不懂政治。为什么? 老一代的北京司机退休了,新来的司机大都是延庆等山地的,不仅不熟悉北京的街道,更不熟悉北京的政治了。在北京坐出租,没味了!

七

上海的石库门,北京的胡同,是两大城市日常生活景象的标识。

北京的胡同最早起源于元代。胡同,蒙古语就是水井的意思。北京最多时有6000多条水井。胡同、四合院以及由胡同组成的围棋棋盘式的结构,曾温暖着代代北京和北京人。

现在呢? 据统计,北京胡同却以每年600条的速度在消失。一个北京文化人忧伤地说:石头没有了,人没有了,门钹没有了,壁虎没有了,蝴蝶花儿没有了,落在地下的柿子也没有了。四周围再也没有一点生命了。

北京之价值不仅仅在其政治中心,在其现代化,而在于六朝古都之文化积淀。胡同是北京的细胞,细胞一个个掐碎了,六朝古都的形象也就破碎了。再者说,破坏古城就是破坏经济。斯德哥尔摩10年前跟北京一样,到处乱拆,拆到最后就剩下很小一块的市中心老城区,大概只有0.8平方公里,可在最后1秒钟政府下令:不准再拆! 结果就这块地变成了最棒的地方,全世界每年有上千万人来看这个老斯德哥尔摩。它的旅游利润占整个斯德哥尔摩税收的60%。

北京另一个令人震撼的是建筑乱戴帽,身上胡穿洋裤褂。在北京品牌宣传上,天坛和紫禁城是北京的标志形象。但北京的现实并非令人满意。为什么拥有5000多年文明的北京,却要像十几岁的孩子般莽撞行事,很多新建筑还戴上旧帽子,穿上一身俗气的洋裤褂呢?

八

有人总结说,上海是洋气和小气,北京是大气和土气。北京人干什么都带大字:官大、街道大、级别大,还有派头大、口气大、架子大。

北京文化其实是两种文化,一是官文化,二是爷文化。官文化,嘿嘿!国家最重要的衙门都摆在这里,它是首都。在北京郊区,笔者还看到专门有个村叫"衙门村"。

北京都是"中央的人",相对"地方上的",优越感也就自不待言。有个四川人到北京出差,迷路了。便问大街上看自行车的大爷。大爷问:"您是哪里来的呀?""从四川来的。""哦?"大爷仰了一下上身,"四川人民生活还好吧?"四川人摸不着头脑:啥子跟啥子嘛?

北京"板儿爷"聚在一起,高谈阔论的同样是国家大事,消息不是来源于中南海,就是众部委。他们口若悬河、头头是道,让人觉得他们不是出租司机、店员、鞋匠或买西瓜大碗茶的,而是中央政治局的顾问或智囊。北京人的自豪感,绝非地域自豪感,凭个人生活体验,北京人估计是中国人当中少有地域文化狭隘心理的,北京人最不"排外",既不排外地人,也不排外国人。他们对于乡村还天然地有一种亲切感,这估计是一个农业大国的首都人才会有的情感,绝非那些石库门长大的上海人所能理解。

九

没到北京前,就知道北京污染重。什么沙尘暴,什么钢铁厂呀。到了北京,才知道北京污染这么重。每次骑车从紫竹院到西单,一二个小时的路程下来,不仅头昏脑涨,而且喉咙还经常痛。都是污染惹的祸。

后来读报纸,《太阳报》说:"一条昂首起飞的巨龙,口鼻中呼出沉重的黑气。"这是欧洲航天局利用卫星在中国上空拍摄到的大气层图像。该图像显示,近十年中国经济急速发展的一个副产品,中国首都北京的空气污染已居世界之最,该市以及附近华北地区的上空,成为世界上最大的汽车废气污染沉积中心。北方干燥,加上北方多用煤发电,产生出二氧化硫的污染物。这些二氧化硫与二氧化氮重叠,造成地面苓雾。人类长期暴露在这些污染大气中,可导致肺受损。

北京城区的面积比上海大,但汽车机动车保有量已突破300万辆,是上海的四、五倍,而且还在以每年高于40%的速度增长。一位家住北京郊区怀柔的朋友曾这样告诉笔者:"如果站在怀柔的山上看市区方向,会发现一个巨大的灰黄色云团笼罩着整个天际。进了城,就像钻进了烟囱,空气是苦涩的煤烟和汽油混合的味道"。

十

外地人,或者是生活在上海的北京人,对北京的服务,总结就是一句话:店大欺客,店小也欺客。

在北京无论是吃饭、住店、买东西感觉都像是"求爷爷",商家服务爱理不理。因工作需要,笔者曾在圆明园附近的一家"××宾舍"旅居半月,这个宾馆来头不小,曾是乾隆五世孙的四合院,雕梁画栋,环境雅洁,叫人唯一令人不爽的就是服务。点完菜,不过半个小时,不催促哀求,菜是不会上桌的。开始以为是对咱们有意见,后来观察,对任何顾客都是同等对待(简直是虐待)。

店大欺客,店小同样欺客。一次下班,顺路到西单商场一家预售火车票售票点买票。我说买张票,服务员说:"下班了,不卖票"。我看看表,离她们规定的6:00点下班还有5分钟。"不是还没到点吗?""电脑关了,卖不了票了"。女售票员耷拉着眼说。我观察了一下,电脑屏幕还在闪烁。我几乎要爆炸,但还是小心道:"你人还在呀?开下机不就举手之劳吗?""我说不卖就是不卖,我说到点就是到点,我说关机就是关机。"售货员急吼吼的样子,"啪"地关了售票口的小窗户。

有人把店大欺客解读为中国历史文化遗产,把店小欺客解读为北京特殊的历史文化遗产。皇城根下的人,拿惯了派、摆惯了谱、耍惯了横,似乎习以为常。但是,现在是嘛时代呀? 2008年奥运会就要到了,北京的服务意识和心态不仅仅是面对国人,还要接受地球人的检验呢。

(2006年春)

圣地秘境

风

凭个人的生活体验,到现在为止,有两处地方的旅行超出了我以往的体验:一个是日本的乡村景观,一个是西藏的自然环境。

日本的乡村就像一座盆景,一石一树,一桥一屋,都是经过人工的精心修剪购置,颇是养眼,叫人有把玩的冲动。而西藏就迥然不同,雄浑的高原,壮美的雪巅,摄人心魄的蓝天白水,寂静得令人窒息的山脉,每一处的风景,全由大自然本身来雕琢,只要你站在西藏的任何一个地方去欣赏的时候,你突然会感觉,自己被它的魅力和气魄所吸纳,我们本身被融化成一棵树,一块石,一粒沙,一片冰雪。

拉萨与上海大约地处同一纬度,沿着北纬 31 度,经过成都转机飞行共约 4 个小时,就可以到达世界上海拔最高的贡嘎机场。贡嘎机场海拔三千六百余米,我是中午 11 点到达该机场,虽然是夏天,但贡嘎还是给人一种清寒之感。

贡嘎机场坐落于雅鲁藏布江南岸,这里原本是青藏高原不知名的小地方,当 1966 年改为机场时,这里就显得繁盛起来,虽说热闹,但只要走出候机楼,透过沿街的商铺酒肆,就可以看到藏民居住区和金黄的青稞麦地了。

独自到一个陌生地方的旅行,我在潜意识会常常伴随着一种轻微的紧张感,这种感觉不是来源于周遭的陌生人群、地理地貌,就是因为陌生的虫鸣和空中飘荡的气息。

很奇怪,当我一到拉萨的时候,我竟然感觉很安心,好像前世今生相识过似的。

拉萨比上海晚 2 个小时,拉萨的两点正是太阳当空直射的时刻。拉萨的阳光有一种闪光灯似的质感,明晃晃的。当我走在正午阳光下的拉萨,几乎忘掉了一位朋友的告诫:拉萨的阳光具有杀伤力,当你把手摊在阳光下,十秒钟能彻底消毒,五分钟后,紫外线便会灼伤你的皮肤。果然,还没等我走完一条小街,我就感觉到拉萨的阳光就如一种金属般的质地感硬硬地打在脸上,一种火辣辣的刺激感顿时满脸遍生。

在西藏你可以随处见到飘舞的经幡、转经、和磕着长头朝圣的人群。虔诚的朝圣者总是先把手高高地伸向天空,然后全身匍匐在地,他们心的方向,就是高高的拉萨。

拉萨海拔三千七百米,是世界上海拔最高的城市和藏传佛教的中心。民间流传着条条道路通拉萨的说法,每年有成千上万虔诚的朝拜者,来朝拜这古老的寺院、庙宇和宫殿。对于他们来说,灵魂就像高原的风,轮番往来,永无休止。

他们大多数人，一生中都要去一次心目中的圣地，让灵魂得到安宁和净化。

布达拉宫是拉萨城的象征，是佛教信徒们的朝圣之地。

拉萨肇起于松赞干布时代。1432年前的583年，只有15岁的松赞干布，他带领吐蕃王室贵族和臣僚，以及成千上万的兵将战骑，从一个叫甲玛的地方开拔，浩浩荡荡来到拉萨。当拉萨平原匍匐在松赞干布脚下的时候，拉萨还仅仅是个"涡汤"，并无一瓦一房。松赞干布胸有成竹，望着眼前一片旌旗簇浪、气高帐展的景象，心里仍旧没有满足，他在想象着要尽快建造一座最宏伟的王宫的计划。

一天，松赞干布巡视并攀登上巍峨耸立的红山时，见到一座山洞，在山洞的石壁上画着一幅石像，他一眼便认出这画像就是释迦牟尼。从此，在佛光普照之下，布达拉宫就在红山上一层一层地构架起来了。

布达拉梵语是普陀，即"佛教圣地"。出于保护布达拉宫的考量，要参观该宫城，必须提前购票，而且每次只许20个人参观，约半小时一班由中巴直接从山脚送到宫内。红宫和白宫是布达拉宫主要游览场所，宫体主楼全部为石木结构，上下部分由"雪"（藏语"下面"的意思）和龙王潭组成，山上和山下的全部建筑相加，占地约六百余亩这才是完整意义上的布达拉宫。

布达拉宫的建筑布局暗含九宫八卦排列。据说，倘若敞开宫内的所有大门，别说生人，就是熟客进去，没有十天半月，也找不出回家的路。

红宫是历代喇嘛的灵塔及各类佛堂,其中以五世达赖罗桑嘉措的灵塔最为考究。五世达赖的尸体用香料和藏红花等保存在塔瓶里,用金箔包裹并镶嵌着1.5万多颗金刚钻石、红绿宝石和珍珠、玛瑙。盖殿为红宫最大的殿堂,殿内上方悬挂着乾隆御赐匾额"涌莲初池",门楣上部,殿堂四周和院内回廊绘壁画,其中以五世达赖赴北京朝见清顺治皇帝的壁画最为著名。

白宫是达赖的宫殿,措钦厦为白宫最大的宫殿,是达赖举行坐床、亲政大典等重大宗教政治活动的场所,白宫之巅有两套寝宫,终日阳光普照。

走出布达拉宫,我感觉就像梦游一般,许多印象模糊而又真实。在脑海中一种亮光在心里显得特别亮堂:那就是从窄小的窗户透进的阳光。布达拉宫的木梯小巧而陡峭,窗户都极其窄小,据说这种设计就是要体现"举世浑黑,惟有佛光"的宗教主题。

走出布达拉宫城,我跟随着无数朝拜的藏民,绕着红山脚下的转经路走了一圈。在熙熙攘攘的人群中,有一种情景叫我结实地感受到信仰的力量:一位体健而高大的藏民,身着一套黄色的藏袍,两手各持一块手掌大小的木屐,三步一个等身长的朝圣者,上下起伏,围绕着布达拉宫山脚,用身体丈量着自己与心中佛祖的距离。我仿佛看到,布达拉宫是信徒们用肩膀和双手扛起世界上最年轻的岩石,构建了这座世界上最不可思议的宫殿,那是一种穿透时空连绵不绝的信仰的力量在支撑。

我很喜欢罗布林卡这个名字,作为肇始于七世达赖的夏宫,它是西藏人造园林中规模最大、风景最佳、古迹最多的园林。徜徉于苍松翠柏、玲珑别致的凉亭水榭之间,有一种身处江南名园的感觉。

雅

数千年来,充满灵性的藏民,依凭大自然赋予的力量,在这片地球上最高的土地上,生息繁衍,创造出独特的文化和神秘的宗教,使这里成为人类憧憬和向往的秘境。

拉萨人烟稠密,

琼结人儿美丽,

我心心相印的人儿。

这是六世达赖仓央嘉措给他的情人达娃卓玛写的爱情诗。写这首情歌的原因,是他在龙王潭的阁楼上,遇上了他心爱的姑娘。

六世达赖仓央嘉措,是西藏历史上著名的人物。

他于1683年,生于藏南门隅地区一户世代信奉宁玛派佛教的农民家庭。

他的故乡,是西藏唯一能种水稻的地方,有丰沛的雨水,像江南一样温暖湿润。14岁那年的春天,仓央嘉措被选定为五世达赖的"转世灵童",拜五世班禅罗桑益喜为师,剃发受戒,取法名罗桑仁钦仓央嘉措。同年10月25日,于布达拉宫举行坐床典礼,成为六世达赖喇嘛。

仓央嘉措家中世代信奉宁玛派(红教)佛教,此教教规允许僧徒结婚生子,繁衍后代。而达赖所属的格鲁派(黄教)佛教严禁僧侣结婚成家,靠近女人。

这种清规戒律,对于仓央嘉措来说,无疑是一种折磨。

旷达豪放、温馨如春之故乡人文环境,赐给了仓央嘉措浪漫情怀。他放弃身边的教规,以宗教领袖的身份,在布达拉宫后面的龙王潭里,建筑楼阁,邀请拉萨的青年男女,饮酒狂欢,载歌载舞。

在这里,他写了很多的情歌,让大家演唱,这些情歌很快在西藏传播开来,深受人们的传唱。

在龙王潭的一次聚会中,仓央嘉措认识一位来自琼结地方的美女,她叫达娃卓玛。

仓央嘉措喜欢上这位美少女了。白天,他们相伴相知,歌舞畅游;黑夜,他们常常择地幽会。仓央嘉措刻骨铭心地喜欢上达娃卓玛。

如果纯粹用当下人的诗歌审美情趣来评价,也许会认为仓央嘉措的情歌直白单纯,但在西藏雪域高原那种粗犷冷酷的环境中,能孕育出这种江南式婉约细腻的爱情诗歌来,那就至高至尚了。

作为六世达赖的仓央嘉措和平民牧女的爱情最后无疾而终。

被爱情快乐着的仓央嘉措发现他的达娃卓玛有天突然失

踪,在哪里都找不到她的倩影。他亲自跑到她心爱的姑娘家里,门上却铁将军把门。跟邻居们打听,原来,达娃卓玛被她父母带回老家去了。

仓央嘉措再没见过达娃卓玛,达娃卓玛成了他梦中的情人。

作为情歌大师,六世达赖喇嘛仓央嘉措在西藏声名广播,千百余年来,被藏民称为情圣,誉为诗人。他写过数百首情歌,他的情诗被译成 20 多种文字,传遍世界各地。据说,他的诗作给当代画家、音乐家提供着不竭的灵感和创作资源。

但作为六世达赖喇嘛,仓央嘉措的经历又充满了传奇和磨难、痛苦和失落。在历代的达赖喇嘛中,仓央嘉措为什么会这么叛逆?除了最初的个人宗教信仰外,其实他是上层政治权力斗争的产物和牺牲品。

五世达赖圆寂后,他亲自培养的亲信第巴桑结嘉措为了掌控西藏的政治大权,隐瞒五世达赖圆寂的消息。"伪言达赖入定,居高阁不见人,凡事传达赖之命以行",竟然密不发丧达 15 年之久。

后来,康熙大帝在蒙古亲征准噶尔叛乱时,从俘虏的口中才得知五世达赖早已去世,马上降旨向桑结嘉措问罪。桑结嘉措惊恐万状,此时才将五世达赖去世的实情禀告朝廷。同时在全藏找寻五世达赖的"转世灵童"。

十四岁的仓央嘉措就是在这种状况下,奇迹般地成为五世达赖的继承人,走进了布达拉宫。十四岁的仓央嘉措只是情窦初开的乡野少年,一个忠实的平民信徒,骤然端坐黄教领袖的高位之上，政治斗争非他所长，他顿生一种失真失重的感觉。

仓央嘉措，这也许是一种不可逆转的命运暗喻。在他二十五岁那年，西藏发生政变，他以"谋反罪"和不守清规，被人告发到康熙那里。

康熙下奏文决定将仓央嘉措解送北京予以废黜。

他在"解送"北京途中，传说行走至青海湖滨时去世。也有记载，说他是舍弃名位，遁身远去蒙藏印等地周游，后来在阿拉善去世，享年六十六岁。

颂

藏传佛教信徒认为，拉萨是世界的中心，宇宙的核心就是拉萨。

从布达拉宫出发，有许多窄窄的巷道如同穿越时空的隧道，将旅人引入神秘的大昭寺。

拉萨城的扩容是围绕着大昭寺而繁盛起来的。

大昭寺的崛起与两个女人密切相关。1300年前的时空版图上，松赞干布迁都拉萨后，他亲自率领强悍的吐鲁番军将，东平白兰诸羌，北讨党项、吐谷浑，西伐南征，战火远至汉唐和天竺境内，吐蕃疆土日益扩大，统一西藏大业正在完成。

泥婆罗是进入天竺的必经国家，这个国家是佛教的发源地，也是一个强大的国家，在预攻之前，松赞干布突然思考并决定了一个重大决策，那就是通过联姻外交来制止战争，减少摩擦。

他亲修求婚信函,泥婆罗国王被松赞干布的谋略所震撼,他把自己唯一的公主热达娜迪瓦许配给吐蕃的赞普,以求国家安宁——这位公主就是现在我们所说的尺尊公主。

许多年之后,松赞干布又用同样的谋略,迎娶到盛唐的文成公主。大凡伟人既爱江山又爱美人,为了拥有自己的寝宫,松赞干布要为尺尊公主修建一座庙宇,这时的文成公主展示了她作为唐蕃联盟的智慧化身,在此建造万人朝拜的大昭寺。与此同时,松赞干布下令修建了小昭寺,摆放文成公主从长安带来的释迦牟尼的金像,并作为文成公主的一个宫殿。

大昭寺拥有众多的宗教历史壁画,描述了文成公主携带释迦牟尼十二岁等身像进藏的故事。1300多年了,远方的牧民用身躯丈量着行程。青色代表水,红色代表火,绿色代表风,黄色代表土地,而白色代表天空,沿途的五彩旌旗指引着他们,到达最终的目的地,在大昭寺金顶之下,向佛祖表达自己的祈福。

大昭寺的落成,除了叫吐蕃赞普在戎马生活中,有了一座温暖的心灵归宿外,无形中还繁荣了一个世俗的热闹的生活空间——八廊街。

如果说布达拉宫、大昭寺代表的是佛界生活,那以八廊商业街为中心代表的就是世俗生活。

八廊街是围绕着大昭寺周围的那整个一片旧式的、有着浓郁藏族生活气息的街区之中,僻巷悠悠,曲途自通,宫夏套着石屋,回楼依傍古寺。若从空中俯瞰八廊街,它极像倒写的汉字"凹",八廓街的准确叫法是"帕廓","帕"是中心之意,"廓"是转之意,经大昭寺转经,就是"帕廓"之意。

拉萨有位贵族,曾在一首长诗中这样描述这条善男信女若浪如潮的转经路:

> 高高年寿衰媪翁,
> 步步艰辛身难从,
> 深深顶礼林阁道,
> 忆拉萨,转经人潮动。

大昭寺建成后,周围就有人定居下来,各地信徒也云集于此烧香拜佛。人多了各种需求自然而来,商人们就不失时机地沿大昭寺做起买卖。在八廓街店铺密集程度,绝不亚于上海的任何一条商业街。

拜谒布达拉宫、哲蚌寺、色拉寺等寺庙,我有一种恍惚如梦的境遇,而游走在八廓街,欣赏着来自不同水域的红男绿女,挑选着异域色彩的银杯木碗,购买着泛着酥油清香的唐卡和铜像,我却有一种溢满内心的世俗的快乐和幸福感。

在大昭寺,我听到一个流传已久的故事:一位牧民老太太千里迢迢走到拉萨,为的是在大昭寺供奉一盏酥油灯。她不辞劳苦,那为何不多供几盏灯呢?

原来,她是一位穷人,倾其所有也只够在一盏用糌粑捏的灯里倒入她省下的酥油。尽管庙祝师嫌她小气,催她快快离开,别举着小小的一盏灯,挡住了慷慨无比的大施主。但她面色从容,把小心呵护的糌粑灯放在了纯金的灯盏之间,望着自己的那盏小灯,她心满意足,快快乐乐地回家了。

有句成语叫"精诚所至,金石为开",说的是只要努力了,就会有好结果,就会成功。而这位老妇,她的快乐,不在于金石打开的结果,她要的是一种虔诚,一种藐视荣华富贵的一心一意的虔诚。

也许我本来就是一个俗人,一个雪域圣地的过客,即使来到佛意弥漫的圣地,即使见到拈花微笑的弥陀,即使听到这个老妇人的故事,很久很久仍是不能顿悟人生,立地成佛。

(2003年夏初稿拉萨,2003年秋改)

忘却的纪念

一

为编撰《王伯群与大夏大学》,我们决定远赴王伯群的故里——贵州黔西南州兴义市景家屯实地考察。

景家屯离兴义市区约十余公里,远远瞭望,山峰屹立,颇有云深不知山村之感。王宅坐落于两山对峙的山坳里,虽为州级文物保护单位,却满目断壁残垣,野蔓丛生。独步其间,心灵震撼又忧伤。可就在这块史诗般荡气回肠的废墟之地,王家出了三位民国大人物,演绎着乱世家国梦:大哥王伯群,官至民国政府交通部长,政治家、教育家,二弟王文华,黔军总司令、陆军上将,堂弟王文彦,黄埔一期、第37集团军副总司令、陆军少将。

1905年,20岁的王伯群离开此宅,我们无法想象,当年王别离故土,此宅是怎么的一番热闹显赫,又是怎样的一幅风清云淡的山居画卷图?

二

在兴义市景家屯流行一句"一寸土,一寸金,一坝走出三将军"的说法。其实这不完全,王伯群还有个妹妹叫王文湘,嫁给了离景家屯30公里泥凼镇的何应钦,一生追随夫婿,戎马倥偬。她积极投身政务,与何香凝等一道,担任孙中山广东革命政府的妇女部主要委员。

王文湘支持哥哥的办学事业,大夏大学丽娃河彩虹桥完工庆典时,亲临现场剪彩致贺。王伯群与保志宁的婚姻,就是由她一手促成并于1931年完婚。

在整体走访王伯群故里后,发觉当地人对王家故人旧事比较漠然,当地政府对名人资源未予足够重视。一行刻字,一块石碑,对三位大将军、大教育家如此简单的纪念,这无论是对文脉传承、乡土教育,还是对文化旅游资源而言,都是一种缺失、浪费和不负责任。

走在回程的山路,心中不停地咏唱八个字——委实可叹,殊为太息。

三

王伯群和何应钦祖辈,都迁自江西。也许是外来移民的缘由,都有一股开疆拓土,光宗耀祖的迁移梦想。

王伯群父亲王启元,悍勇智谋,甚通文墨,成为当地有名的团练首领。王自小跟父亲研文习字、易书二经,兼学阳明学和四书等。

及至少年,王被送入兴义县城的笔山书院,随著名的书画文史大家姚茫父、熊范舆等专攻《孟子》《左传》和数理学,王的国学功底、酷爱书画和写得一手好书法,都是在笔山书院修炼习得。

关于王与姚茫父的故事,有段佳话。三十年后,为答师恩,王亲自编撰并自费为老师出版了31卷的《弗堂类稿》。

四

笔山书院为黔西南州民族师院的前身,遗址落拓破旧,静水微澜。为找到这个遗址,我们与出租司机问遍了路人,跌跌撞撞,曲里拐弯,终于在斑驳墙面的居住区发现了它。

110年前,20岁的王伯群作为贵州首批公费学生,从笔山书院出发,赴日本中央大学留学,直到硕研毕业。

从一帧百年前与同学的合影,我们可以依稀看出,来到现代化的东京,王伯群仍保持一种大山孩子的质朴和腼腆。但从他一弯胡须,我们又能发现他善于适应新生活,积极拥抱新形象。

在日本,王加入同盟会,并结识他日后事业中最重要的三个人:孙中山、章太炎和梁启超。

五

在贵州省城贵阳,我们走访了1917年王伯群投资兴建的

"王伯群故居",这栋法式建筑,现在是贵阳四大著名的古建筑之一,且排列首位。

在故居旁边有条路,叫护国路。此路原名会文路,政府为表彰和纪念王伯群组织参与护国运动的特殊贡献,而特地更名之。

故居由于长期荒置,从内至外,弥漫着一种被现实遗忘的历史尘埃。但从其一砖一瓦的肌理纹路中,闪动着一百年前,王奔走在京津沪、滇黔湘组织和参与护国运动匆忙而执着的革命身影。

辛亥革命后,王从日本留学归国,先是抵沪参加组织中华民国联合会,提倡民生主义。1914年以贵州代表参加北京政治会议。次年,与蔡锷等于天津密谋倒袁的护国会议。

之后,与弟王文华劝说舅父刘显世宣布贵州独立,发动讨袁护国战争,并赴湘助弟作战。

1916年1月,贵州宣布独立。护国运动胜利后,王出任贵州督军府总参赞、黔军总司令部秘书长和黔中道尹等职。

徜徉在王伯群故居,蓦然发现擅长经营理财的王有建造豪宅别墅之喜好。1930年,王在上海建造了被誉为沪上十大私宅的愚园路旧宅(今长宁区少年宫)。这个喜好,为他日后带来了一些不必要的麻烦和污名化的非议。

六

盯着一张100年前的王伯群与同僚合影的照片,我研判了很久。照片中的王伯群,31岁,1916年被北京政府任命为黔中道尹。

站在前排中间的他,一袭绫罗绸缎,长袍马褂,双手倒剪,气宇轩昂。从外貌辨析,分明是旧时代的地主贵族范式,与革命颠覆者的形象相去甚远。

但就是在这长袍马褂之内,蕴藏着一颗救国救民的民主革命者的理想、远方和诗意。

王在贵州几年,除为护国运动主帅外,还有两件事值得记载:一是,担任道尹时,录取和提携后来成为杰出的共产主义先驱、中共领导人王若飞留学日本。二是,运用专业所长,创办群益社并担任董事长,致力于发展贵州实业。

王伯群擅长经营理财之能力,为他在1924年捐资创办和擘画大夏大学,以及1927年担任国民政府交通部长期间推行的系列改革举措,提供了强大的支撑力和源动力。

七

王伯群作为同盟会元老,一直追随孙中山从事革命活动。在组织参与"护国运动"后,旋又参与孙中山的"护法运动"。

1918年,他从山城贵阳出发,入广州护法军政府,任大总统府参议兼军政府署理交通部长。

我见过一张1919年王代表军政府,赴上海参加南北议和的历史照片,会场人人俨然。会议桌左侧为南方代表,从左至右为王伯群……章士钊、唐绍仪、胡汉民等。与会者个个都是风云人物,或英雄,或枭雄,振臂一呼,四海云集,脚跟一跺,天下震荡。

五年之后的 1924 年,孙倡议南北协商,和平统一。王随同孙北上,颠沛流离,奔走各方。

真是机缘巧合,历史就是这么有趣,当因厦门大学学潮而退学的何应钦的弟弟何纵炎,寻求在上海的王伯群帮助时,大夏大学就这么偶然而又必然地绽放在中国教育史的土地上。

孙中山和王伯群在革命中结成难忘战友,可谓莫逆之交。孙曾赠送王一对五言联:让人非我弱,得志莫离群。给王以莫大的鼓励和鞭策。就这十个字,字字金贵,一字万金。前年这副对联出现在朵云轩的拍卖场上,拍卖价为 890 万元,一个字达 89 万,还不包括手续费和成交税。

八

完全可以说,在 1944 年之前,王伯群是对贵州教育贡献最大的一位教育家。

大夏大学自 1937 年底入黔到 1946 年返沪,在贵州办学 8 年。大夏迁黔前,贵州教育仅 7 所中学,无一所高校。

8 年间,大夏毕业 1576 人,校友遍布贵州省的各行业、各部门。理学院改变了贵州缺少理科教师的局面;建筑、土木系为贵州路桥建筑培养工程技术人才;商学院、法学院为贵州培养工商和司法精英;伯群中学是贵州最好的中学……

大夏直接遗留下来的学科遗产,在贵州师大得到见证。

1941年,为充实新成立的国立贵阳师院,教育部当局把大夏的教育学院和师范专科划归新学院。

在贵师大档案馆姜萍馆长的带领下,我们参观考察校史馆,深切地了解了这段丰富而曲折的变迁史。

九

作为著名教育家,王伯群还有两段鲜为人知的经历:一是担任上海交大校长;二是担任吴淞商船学校校长。

1928年2月,受王伯群推荐,国民政府大学院院长蔡元培兼任交通部第一交通大学校长。蔡厉行改革,主张"教授治校",提倡"学系"建制,为交大发展夯实了根基。但由于政务繁忙,四个月之后,蔡辞任校长。应国民政府安排,王伯群兼任交大校长。他承续蔡的治校方法,为增强实力,整合资源,他把第一、第二、第三交大进行合并。是年底,交大转归铁道部管辖,孙科接任校长。

1928年秋,王伯群倡导恢复吴淞商船学校,次年9月定名为"交通部吴淞商船专科学校",王出任复校后首任校长,一年之后卸任。他曾亲自题写"忠信笃敬"校训,悬挂在学校礼堂入口处。后来,这所学校分拆为上海海事大学和大连海事大学。

十

用近代民主革命先驱、教育家还不足以概括王伯群,他还有一个身份:政治家。

1920年,王担任孙中山广州军政府署理交通部长,第二年被任命为总统府参议和贵州省长。北伐胜利后,为上海财委委员。1927年,担任南京国民政府政治委员、首任交通部长和国民党执委。

在交通部部长任上,王致力于发展民族交通事业,拟定交通改革方案,主张振兴铁路,创办航空,统一邮政,发展电讯等。

1931年底,国民政府改组:规定五院院长、各部长和委员长不能同时兼任国府委员。各部部长纷纷辞职,王亦辞任交通部长。

直到1944年逝世,王一直担任中央执委、中央政治会议委员和国民政府委员。

十一

在去贵州走访前,意外接到一通陌生电话。电话是贵州省文史馆梁茂林馆员打来的。他说文史馆拟开展"笔山书院与近代贵州"项目研究,王伯群是其中重要人物,试问我们是否可以商谈或合作之可能。

我说,我们正在着手遍查和研究王伯群和大夏大学史料。

一拍即合。在梁先生的安排下,我们受邀赴贵州省文史馆访问。馆党组书记王德玉、副馆长沈志明热情地接待了我们。

文史馆召集一批当地著名专家教授与会：何应钦研究专家、省社科院历史研究所所长熊宗仁，文史专家庞思纯、梁茂林、谭佛佑、贵州师大张羽琼教授和文史馆部分处室负责人等。

从王书记详细介绍中，我们了解到，兴义市的笔山书院创建于1813年，是贵州独特而亮丽的文教现象。尤其是辛亥革命以来，出现了一大批如王伯群、何应钦、王文华、刘显世等政治、经济、军事、文教杰出人物，分别登上贵州以及全国各行各业的舞台。他希望双方就"王伯群和笔山书院"项目能开展多方面的研究。

此次贵州访问，收获良多，对校史研究拓展了新思路，但亦喜忧参半。忧的是，由于历史和政党政治的原因，王伯群一门三将军，在贵州几乎被遮蔽，乏人知晓。喜的是，贵州有识之士，终于扒开历史迷雾，重新发现王伯群作为历史名人的文化价值和精神财富。

这个喜，同样是我们发掘王伯群史料，传播校史杰出人物的动力和归宿。

十二

史学研究有两派，一是史料派，一是史论派。我认为，人物研究应该是"史料＋史论＋田野＋实证"派，研究汪道涵我是用这种四合一的方法，研究王伯群也同样坚持四合一的方法。我坚持认为，通过现场感知和体悟，能激发内心对研究人物的饱满情怀。这种方法,比纯粹的书斋更为律动,更具张力。

1944年底,迁往贵阳的大夏大学遭遇日寇南下西进的逼攻。大夏决定再次西迁至赤水。王伯群为筹措搬迁经费,冒着胃疾前往重庆中央政府寻求支援。12月20日,他突然胃部大出血,经抢救无效,不幸逝世,终年60岁。重庆各界于长安寺举行公祭,蒋介石、冯玉祥、于右任等前往祭吊。次年2月,葬于重庆猫儿石公墓。

但悲不见九州同。不能随校回迁上海,应该是王伯群最大的遗憾。

为祭拜王伯群和查询当年史料,我们决定赴重庆祭奠王故校长。

找寻王伯群墓地可谓一波三折。由于从网上查知的信息和重庆江北区文物所提供的信息相左,在猫儿石区域,我们几乎问遍了所有人,都回答说不知道有这个墓地。最后我们救助当地派出所,里面的片警竟无人知晓。柳暗花明,天意相助,感谢警署的一位辅警。据介绍,他在此生活了20多年,这一带周围原有造币厂等企业,后均被拆迁,他亲自给我们指路。两个小时,我们终于找到猫儿石山头的王伯群墓地。

见到猫儿石山,我们一下惊呆了:山体周围均为开发工场,粉尘盈天,噪声价响。我们穿过乱石岗,爬过臭气熏天的破屋区,一步一步攀上蚊虫横飞、杂树横出的山石路,终于在一丛杂草枯枝里,发现一座石头水泥墓。墓身灰暗,面对嘉陵江,静静地卧在那里,好像一位孤独老者,诉说着70年的星流云散和落寞往事。

我们费了好大劲,劈开杂树横柯,隐约见碑文阴刻"中华民国三十四年二月吉立,中央执行委员国民政府委员显考王公讳伯群之墓",落款是一子四女的名字。

因为去得匆忙,天气暴热,竟然来不及准备一束鲜花。我们稍微整饬了一下墓地周围,怀着崇敬和追念,深深地鞠了三躬。

惆怅地回望着猫儿石山,偌大的山头,孤零零躺了七十年。我想,唯有昼夜不息的哗哗江水,也许是他灵魂不孤单的永恒伴奏。

十三

白俄罗斯作家、记者斯维特兰娜·阿列克谢耶维奇获得2015年诺贝尔文学奖。瑞典文学院常务秘书Sara Danius说,她创造了一个"情感的历史、灵魂的历史"。

是的,当文学尊重历史,历史就被赋予情感、灵魂和温度。在我们循迹追寻王伯群烂漫的童年、痴学的少年,进步的青年和革命政治的中年,以及致力于大学发展的老年之后,我想我们编撰《王伯群与大夏大学》应该有自己的心中法则了。

两年前,我们青灯黄卷,沉迷故纸堆,爬梳档案,发掘价值史料,教学相长,倾听专家意见。两年后,在上海人民出版社的支持下,《王伯群与大夏大学》终于由打印稿变为书稿,由书稿变为样稿,由样稿成为样书,由样书变为历史著作。

《王伯群与大夏大学》系首度解密王执掌大夏大学馆藏原始档案,全面呈现民国著名私立大夏的实况,是国内研究出版王伯群和大夏大学最客观、最权威的第一部著作。

终于,一切尘埃落定。

但,一切还未落定,似乎一切才刚刚开始。当我们捧着新书封面时,突然忧伤和不安起来:这本记载校史和中国教育史的书籍,应该有历史创造者王伯群及其家属共享喜悦。

然而,王伯群1944年就已逝世,其妻儿刚解放那会儿就移居美利坚。70多年,星移斗转,一别音容两渺茫,他们如何才能分享这份喜悦,又如何才能找到他的后人和亲属呢?

醍醐灌顶,端详着《王伯群与大夏大学》,发现该书本身给了我们启示和法宝……

十四

我们决定发布"寻找大夏校长王伯群后人出席《王伯群与大夏大学》新书发布会"启事。

寻找之后,尤其经《青年报》等媒体报道后,收到很多热心的校友、同行和市民帮助,他们来电来函,或提供信息,或提供线索,或提供名单。几天后,王伯群遗孀保志宁的外甥袁志麟夫妇和大夏大学第三任校长欧元怀之子欧天锡先生主动来访。

袁先生为保志宁堂妹保志康之子,是保志宁在上海处理房产的主要联系人。袁先生介绍他与王家的关系,以及与保志宁及其子女王德辅、王德龄等交往的诸多事体。

他谈到一个细节,就是当年外界盛传保志宁在沪江大夏读书期间,因长相漂亮,男生追求者众,难堪其扰而被迫转学。历史真相是:她英文成绩不太好,压力大,一年级读完之后,自己要求从沪江转到大夏大学的,而她的堂妹保志康倒一直在沪江就读。

在大夏大学读书期间,保志宁各项成绩优秀,热心团体和公益活动,担任过学生女生部部长。1931 年与王伯群结婚,生有一子四女。

十五

20 世纪 30 年代,上海坊间流传说,46 岁的国民政府交通部长、大夏大学校长王伯群续娶 22 岁保志宁。保提出过 3 个条件:第一,赠其嫁妆 10 万元;其二,婚后供其出洋留学;其三,为其购置一幢花园别墅。

现在位于愚园路上的王伯群住宅,即长宁区少年宫就是王为保结婚而修建的别墅。此洋楼为意大利哥特式别墅,邹韬奋在他主编的《生活周刊》说,建造此楼约需要 50 万大洋。上个世纪 40 年代,王随大夏西迁贵州,此楼被曾担任校董的汪精卫汉奸占据,故又被称为"汪公馆"。

后来史实证明,坊间传说的王保的婚姻条件都是谣言和捏造。王伯群并非"娶了一个校花,丢了一个高官"。他们之间的纯真爱情,陪伴着他们的一生。此别墅占地约 12 亩,亦非需要 50 万银元。因为 1930 年建造的华东师大群贤堂,总共才花费 11 万银元;300 亩校园和建筑,总价值才 150 万。

王伯群 1932 年初辞任交通部长,皆因国民政府有要求,凡当选为国府委员者,不得担任各部部长。王当选为国府委员,自然得按规则辞任。按照现在的级别来算的话,他应该是由正部长升为副国级待遇。

此别墅为作王伯群私邸,他们夫妇总共居住不到二三年,随着"淞沪抗战"爆发,被迫举家西迁。80 余年来,别墅见证了政权更迭,大奸与大善,温馨与冷酷,喧哗与躁动……20 世纪 60 年代后,别墅改为区少年宫,便时时处处充满童真与烂漫、天真与欢笑。

我们想,如果 10 月 15 日的《王伯群与大夏大学》新书发布会,放在王伯群住宅举办,会不会更有意味,更会教人浮想联翩?更有一种尊重历史、稽古创新的现实道义和意义?

十六

美国作家内森·英格兰德写过一本书,书名叫《当我们谈论安妮·弗兰克时,我们谈论什么》。

推人及己,当我们在谈论王伯群和大夏大学时,我们在谈论什么?我们要谈论什么?什么能让我们重返历史,在混沌与清澈中洞察真相,获取真知。

《王伯群与大夏大学》新书发布会,如人所愿,在王伯群住宅,即长宁区少年宫红花楼 105 室内举行,有 20 余家主流媒体云集这座长满故事的古堡式建筑之内,一起探讨过去的未知和曾经的传奇。

在新书发布会前一天,我们收到远在美国的 81 岁老人王伯群长子王德辅先生的贺词。他说:"我谨代表王伯群全家向华东师范大学《王伯群与大夏大学》新书发布会表示诚挚的问候和衷心的祝贺!我为我们家庭成员无法前往上海参加此次意义非凡的发布会深感遗憾。"

他还说:1943 年,我父亲王伯群写过这样一段家训:

"……我的家庭和家族的每一个成员都应接受适体的教育,自立自强,做一个对社会有用的人。唯有如此,方能获得社会的称许,方能为家庭、家族和国家作出贡献,成为一个致力于使吾国屹立于世界民族之林的好公民。"

贺词情真热烈,读后令人动容。

(2015 年 10 月)

卷三

越陌度阡，
吾紧紧怀抱和爱

西飞三城

晚清理学家、礼部尚书、体仁阁大学士徐桐说过很有趣的一句话:"西班有牙,葡萄有牙,牙而成国,史所未闻,籍所未载,荒诞不经,无过于此。"作为一名大学士,居然不懂两国名为翻译,对曾在 16 世纪称霸世界海上霸权的西班牙如此无知,想想实在是昏庸颟顸得可以。

一

说实在的,个人对于西班牙的了解,除了历史教科书上概念化的西班牙内战、皇家马德里足球队、毕加索、大陆性气候等概念外,对这个远在西方的国度,几乎没有更多的深度认知。

飞机到达比利牛斯半岛上空,从机窗口俯瞰,整个西班牙大陆呈干燥式瓦黄色。特别是抵达马德里的时候,荒野干旱的地貌,令我一路心生疑惑,西班牙不像路过的芬兰,整个是绿油油的,首都马德里怎么会建筑在这个荒凉的平原上?

在这个几近高原的国家,土地到底能存活什么农作物?西班牙肥沃土地只占 10%,基本适于耕种只有 40%,其余一半国土难于或根本不适宜农业。

16 世纪,西班牙勃然成为欧洲帝国,巅峰时期管辖从菲律宾到奥地利的大片领土,包括美洲、尼德兰、德国到许多地区、突尼斯、意大利的大部和整个利比里亚半岛。1588 年,西班牙无敌舰队被毁于英国战舰和海难,八年后,西班牙帝国宣布破产,后来在 1607 年、1627 年、1647 年和 1653 年宣布破产。

英国航海家维卢比认为,西班牙陷入悲剧时代,主要有七大原因:糟糕的宗教;专制的宗教裁判所;大批的妓女;贫瘠的土地;懒惰的人们;驱除犹太人和摩尔人;战争和殖民地。

而美国历史学家罗德尼·斯达克认为,西班牙帝国的分崩离析,首先,是皇帝规定了沉重的赋税。譬如卡斯蒂利亚的税收超过了欧洲的任何地方,在 1590 年,该地农民丰年总收入三分之一要上缴;其次是大量榨取教会的收入。譬如查理五世获得其领地内的教会什一税的三分之一。最后是帝国有来自秘鲁和墨西哥的黄金和白银,以及从亚洲运回的香料和丝绸。大批的财务流向意大利的热那亚,更多财富分散到帝国各方。威尼斯的大使评论道:东印度群岛的黄金来到西班牙,就像雨点打到屋顶上一样,它倾泻在屋顶上,然后就这样流走了。

那么,是什么机缘让西班牙在称霸世界 400 多年之后,再次创造了世界第八大经济体的奇迹?

马德里似乎已预备好了答案,等待我们去破解。

马德里没有像罗马、巴黎那样伟大的建筑,博物馆除了普拉多之外,很少有叫得出大名的。

建都之前,马德里平原一片荒凉。

1561年,菲利普二世策马来到这里,并把它定位首都。这个小镇先前叫马赫里特,摩尔人认为它地处中央,具有占山为王的宝地属性,于是,沿着曼萨纳雷斯河的两岸饮马建镇。从此以后,无数的贵族、教士及其扈从、冒险家和形形色色的下层百姓,纷纷从全国各地迁集此地。

法国波旁王朝占据后,在这里铺设林荫道,修建喷泉,构建今天的皇家宫殿。接着马德里人揭竿而起,成功赶走拿破仑的军事占领,马德里得以迅速发展,出现一批像托莱多、阿维拉和塞戈维亚等六个卡斯蒂利亚时代的卫星城。

然而,马德里注定不平凡,当共和派据守的马德里被佛朗哥攻破时,遭遇过严重的破坏和创伤,在"二战"中的三年里,马德里威武不屈。但是,在此后的仅40年里,独裁者佛朗哥对它实行惩罚性的统治,直到1975年佛朗哥死后,马德里才重新以无限的热情,跃上了欧洲的舞台,西班牙才得以改革开放,跃上了世界的舞台。

马德里整个城市布局有点像苏州,一半是新城区,一半是老城区,分界线是卡斯蒂利亚大道。北端是新兴的中心,南端为老马德里。在新区的贝尔纳维多体育场边上,耸立着毕加索大厦和欧罗巴大厦两座马德里最高的建筑。他们的存在,昭示着马德里的城市布局向北转移。

摩尔人在曼萨纳雷斯河左岸修建了王宫,在王宫和维亚大道下端中间就是马德里的真正中心太阳门和马约尔广场，现在定位为马德里的奢侈品一条街，有大型百货公司和电影院，我们居住的索玛宾馆就在这条街上。马德里原来上班只到下午两点，后来政府为发展旅游业，满足外国、外地游客的需求，通过苦口婆心、不厌其烦的劝说，总算有几家大型超市和百货店开门到晚上十时。

在街头，树立着一座马德里象征的雕像——一只贪婪地吃着杨梅的熊的雕像。马德里人爱熊，西班牙有个世界著名的首饰品牌 TOUS，标识就是一只可爱的熊。

走过马约尔大街就是马约尔广场，周围都是餐馆和酒吧，附近布满了教堂和周日的跳蚤市场。在皇宫周围发现围满了摆地摊的人，其中很多是来自咱们中国的人在摆卖扇子，5 欧一把，10 欧三把，典型的中国式的生意经。观察了一下，居然生意很红火。我问过，从国内运来，一把扇子的成本最多 5 元人民币，到了西班牙，即是地摊，价格也整整飙升了 10 倍多。

马约尔广场是马德里最重要的广场。在过去，这个广场一般用于斗牛、执行绞刑或欢迎本国或外国要人的盛大游行。而最著名的绞刑是 1621 年处死一个叫卡尔德隆的仆人，他是一位臭名昭著、腐败透顶的部长的仆人。据说这个仆人命很大，也很桀骜，几次都没有被绞死，以致现在西班牙人的词典里，有"像绞刑架上的卡尔德隆一样傲慢"的俗语。

西班牙广场是马德里的另一个中心广场，这个广场是为纪念世界级的大文豪塞万提斯而兴建。在雕像上方稳坐着《唐·吉诃德》作者塞万提斯石像，顾盼自豪，无数游客都喜欢跟这个风靡世界的可爱可笑的唐·吉诃德的雕像拍照,以示到此一游。

西班牙广场只是市中心的一个大公园,并无独特的景致和宏伟的建筑,四周全是商业大厦,只是公园以国家命名。从而观之,一个风景旅游地的兴衰,是否有一个好故事或者一个名人是决定因素。

二

萨拉戈萨像我的故乡省会南昌一样,是座英雄城市。

但从个人的感官而言,萨拉戈萨这座城市的英雄气质显得更加刚硬和坚挺,因为其誓死抗争的是外辱入侵和强权霸道。

萨拉戈萨原为伊比利亚人城镇,屡遭外族入侵。先被罗马人强占,接着变成为摩尔人的都市,后又转身为西班牙古国卡斯提尔王国的重镇。可能就是这种屡被践踏和侵略的历史,锤炼了萨拉戈萨人钢铁一样的意志和战斗气质。

19世纪初,拿破仑率领30万军队悍然南侵西班牙,并进攻萨拉戈萨,小小的古堡城市竟然坚守抵抗数月之久。

1809年1月27日,拿破仑的名将拉纳包围并攻入萨拉戈萨。但在城中,拉纳军队却又遭遇了前所未有的英勇抵抗。每一栋房屋都是堡垒,每一间茅舍、马棚、地下室、顶楼都是战斗的钢刀。即使被占领,萨拉戈萨还是坚持抗战了三个礼拜。在萨拉戈萨英勇抵抗的感召下,西班牙反法烈火熊熊燃烧,给拿破仑造成沉重的心理负担。

　　萨拉戈萨作为西班牙东北部一座历史名城,它正好地处马德里和巴塞罗那之间。她虽然不及马德里的古典繁华和巴塞罗那的热烈艳丽,却以西班牙独特的文化底蕴吸引着众多的世人。

　　萨拉戈萨地标性建筑是皮拉尔大教堂。教堂有圣母玛利亚的美丽传说。"二战"期间,纳粹的飞机轰炸这座城市,企图炸毁这座教堂,两枚炸弹投在了皮拉尔大教堂屋顶,居然没有一枚爆炸。两枚哑巴炸弹现在仍悬挂在大教堂的墙壁上,向世人述说着圣母的神奇。

　　皮拉尔大教堂有许多神秘遗迹。其中之一就是有诸多古典数学家对教堂装饰的特殊符号进行过研究和考证,竟发现这些装饰显示出中国最早的古代传统理念和道教易卦道义。

　　从西班牙乘高速列车到巴塞罗那,沿途一派高原戈壁的景象,害得我沿途不停询问,当地老百姓除了种植橄榄,还能种植什么农作物?陪同的爱娃小姐含笑不露地告诉我,到了萨拉戈萨你就知道了。

　　萨拉戈萨竟然是座水的城市。

　　不是因为她有埃布罗河、Gállego 河和 Huerva 河,更是因为这里举行以水为主题的世博会。

　　萨拉戈萨不愧是战斗力威猛的城市,在 2004 年 12 月 16 日,成功击败申办的希腊的 Thessaloniki 以及意大利的 Trieste,成功夺得 2008 年世界博览会主办权。在市区高耸一块广告牌,大红的底色,大大的"Z"字,上书"萨拉戈萨:会展的城市",会展经济是萨市的支柱产业。

萨拉戈萨地处周围环山的半干旱地区,阿拉贡地区一直在与沙漠化做着顽强的斗争。作为世界首要的江河管理整体机构埃伯罗水文局的所在地,萨拉戈萨创建了一个"战略性水资源要地",很幸运,由山峰的雪和冰川化作的水汇聚在一起,流淌到埃伯罗谷地的半沙漠平原,创造出一片片绿洲,构成由一系列不同的、人沙共存的文化景观。

萨拉戈萨世博会主题是"水与可持续发展"。吉祥物是水生物 Fluvi。Fluvi 身体呈半透明胶状。本次展览共有 100 多个国家、十数个企业和政府组织参展。几乎所有展馆都是通过高科技的大屏幕进行核心展示,除讲述本国治水、用水的发展过程,还宣传本国知名的江河湖海及历史文化和著名景点。

世博会实际上是个竞技台,或者说是名利场,不仅仅是外显的建筑物的竞争,更是综合国力之间的竞争。据中国贸促会代表介绍,中国馆建造花了 300 万人民币,而隔壁的日本馆,却烧了 2000 多万美元。至于非洲和太平洋岛屿等一些发展中国家,根本无钱参展,有些是主办国出资租借个小房间,简单装修,摆几台电视,放些风土人情纪录片,还有的在展厅摆个地摊,贩卖土特产,赚回家的路费。

三

城市跟人一样,总有另类。

深圳是广东的另类,温州是浙江的另类,大连是辽宁的另类,青岛是山东的另类,上海是中国的另类。与马德里相比,巴塞罗那是西班牙的另类。

巴塞罗那历史比首都马德里还长。先是腓尼基人在蒙塔博斯的小岩岬开创这座城市的雏形。后是罗马人用简陋的工具在此夯建港口,接着非洲的摩尔人占领并统治了400余年。在西班牙帝国成立首都迁都马德里后,巴塞罗那才正式失去了一国之都的卓然地位。不过,作为中心都市,巴塞罗那仍拥有加泰隆尼亚人特立独行的旺盛精神,凭着其商业和生存的原动力,一跃发展成西班牙最现代化的城市。

独立的过去和进步的现在交相辉映,使巴塞罗那拥有特殊的二元化特性。巴塞罗那的另类存在,我归并为三大因素:一是因为艺术家,二是因为足球,三是因为女郎。

我去过很多城市,大多城市因为建筑地标而被人记住,被人传诵,譬如因为世贸大厦而记住了纽约、因为卢浮宫而记住了巴黎、因为故宫而记住了北京、因为大桥而记住了伦敦……但在巴塞罗那不同,首先是盛产艺术家,然后沿着艺术家的手指,去欣赏这个城市,并记住了这座城市的建筑,这在世界上任何一个城市都是稀有的一种现象。

如果你是一个异乡的游客,到了巴塞罗那,扑面而来的名字,一定是那个叫安东尼·高迪的人。

以建筑著称的巴塞罗那,有这么几个标志性的景点你是使命必达的——圣家族教堂、米拉公寓、巴特罗之家、吉埃尔礼拜堂和古埃尔公园。这些经典建筑全是出自于天才建筑家安东尼·高迪之手。

圣家族教堂建设动因源于一位叫朱塞佩的书商,他是圣徒约瑟夫崇敬会的创始人,挣了钱发了大财之后,聘请一位设计师主持建造。但开工不久,由于些许矛盾,个性的建筑师踢翻凳子拂袖而去。伟大的高迪这个时候出现了。他生前的最后 12 年,谢绝一切工程,闭门造屋,专心致志于这一教堂的建筑。

高迪终生未娶,建筑就是他的情人。在圣家族教堂设计时,他以巴比伦塔为蓝本。在内部装饰时,他把《圣经》故事现实化,却同时把自己也神话了。当我在 120 多年之后去朝拜的时候,这座远观如城堡的教堂仍在建设,成为巴塞罗那人的建筑游戏,也成为全世界旅人的建筑游戏。

高迪的奎尔宫、奎尔公园和米拉公寓 1984 年被列入世界文化遗产,一个人的作品,全方位被世界所承认,也许只有高迪做得到,不是天才谁还能做得到? 其实,对于巴塞罗那来说,是否列入世界遗产似乎并不重要,因为这些建筑是深入市民血液的财富,他们像爱护自己的脸面一样照顾好它们。

从巴塞罗那米拉勒斯 tagliabue 建筑工作室的窗口望下去,在小区的广场,几个七八岁的男孩正在踢球,他们模仿球星的样子,或顶,或挑,或传,闪避腾挪,他们的身影其实很古老,古老到一百多年前的 1899 年。就是那年,巴塞罗那足球队成立了。

巴塞罗那的市民,拥有足球的快感似乎远远超出对金钱财富拥有的意义。足球与巴塞罗那形影不离,以至于巴塞罗那称为 Cules(古雷斯)。古雷斯的寓意很搞笑,本意是臀部,引申为"比较龌龊"的意思。20世纪20年代,巴塞罗那人在泥土飞扬的小球场踢球比赛,人们狂热围观,无数的观众坐在长条板凳上,被神秘莫测的足球动作陶醉得忘乎所以,他们哪里还兼顾到每个人自己的后面风光外泄。那个时代,球场简陋,没有围墙,从外围瞭望过去,好家伙,无数的半个臀部显露在外,白花花一片,成为当时巴塞罗那的一大奇观。

巴塞罗那很像中国的上海,或者日本的大阪,除了官话,日常生活都说自己的方言。巴塞罗那球队可不像上海申花,球星出不了几个,输了球打架却很内行。

巴塞罗那俱乐部是世界上非常著名的俱乐部之一。

俱乐部素以高价聘请大牌球星而闻名国际足坛,譬如20世纪50年代的库巴拉,70年代的克鲁伊夫,80年代的我最喜欢的球星马拉多纳,以及90年代的罗马里奥、罗纳尔多和现在的小罗等等,个个都是入侵记忆的响当当的代表人物。巴塞罗那的文化由于地缘关系,更接近法国。人们衣着得体,彬彬有礼,不善言语,唯一使他们脱去沉稳和斯文的地方,只有坎帕诺足球场,这个容纳近十万名观众的球场,这个欧洲第一大足球场,能见证他们的喧嚣、狂热、喧闹和疯狂,以及无所顾忌。

如果要问,这个世界上吸引男人眼球的天堂在哪里?

很多人会抢着回答:阿姆斯特丹、泰国、兰桂坊、三里屯。其实都不是,吸引男人眼球的天堂是巴塞罗那。

最初对于西班牙女郎的认识,是法国作家梅里美的小说《卡门》。感觉这个西班牙塞维亚的吉卜赛女郎,从灵魂到肉体都洋溢着勃勃生机。

　　卡门也许是一个游荡于社会之外的小人物,她的生死犹如旷野中的荒草,枯黄青绿,无人关注,但她生命中的率真和自然,放射出令人炫目的人性光辉。

　　卡门这种人性光辉,像阳光般地照射在西班牙,弥漫在地中海岸边夏季高温干旱,冬季温暖多雨的巴塞罗那。

　　在巴塞罗那,除了海滩沙岸,比基尼女郎是男人最眼热的宝贝外,在巴洛克风格建筑的小巷里,在现代建筑的街道,在兰布拉斯大街上,在大教堂的广场上……西班牙女郎,加泰罗尼亚女郎,巴塞罗那女郎,她们性感的身材、健康的肤色、金色的长发、美艳的脸庞……流光溢彩,她们丰富了地中海周边的城市,她们热情奔放的美,她们迷离魅惑的美,她们快乐活力的美,她们健康形态的美,装饰了无数旅行者的梦,也装饰了我的相机梦。

　　　　　　　　　　(2008年夏初稿马德里,2008年冬改)

宫廷拜会

拜会费利佩王储

2014年6月2日,西班牙国王胡安·卡洛斯一世决定退位,让位给王储费利佩。6月19日正式继承王位,成为新一代西班牙国王费利佩六世。

看到这则新闻,我想起了七年前,拜会费利佩王储的一件往事。

2008年6月26日,人民网、中国新闻社等国家级新闻媒体,同时刊登这样一则新闻——《西班牙王储费利佩将出席北京奥运会开幕式》:6月25日,西班牙王储费利佩在萨苏埃拉宫会见中国青年精英代表团。邱小琪大使和西中基金会主席亚多、西外交部亚太司司长萨拉里奇参加会见。费表示,他将率团参加北京奥运会开幕式。这将是世界各国人民的盛会,是中国展现自己的窗口,西班牙坚决支持中国办好奥运会。

对读者来说,这可能是一条普通的国际新闻。但作为新闻源的现场当事人,深刻地感受到新闻背后的政治敏感,以及政治背后的外交智慧。

按照行程,25日中午11时费利佩王储会接见我们,按照事先的安排,一大早就被负责此行的爱娃女士叫醒。九点半,在经过近一个小时的车程,过三道安检,穿过一片辽阔的御苑后,终于抵达地处郊外的萨苏埃拉宫。

萨苏埃拉宫建筑群外表看上去像一座兵营,建筑依山势构筑,在幽邃山石之间忽隐忽现,四周树木成阴。王宫是座两层红砖房子,比市区气势恢弘的王宫要简陋得多。进到宫内,虽不见金碧辉煌,但室内弥漫着高贵气质。西班牙国王胡安·卡洛斯加冕后拒绝搬入豪华雄伟的马德里王宫,而是选择规模和普通富商的住宅相近的萨苏埃拉宫。1975年独裁西班牙40年的佛朗哥去世,胡安·卡洛斯国王把西班牙从专制政体安全平稳地过渡到一个君主立宪的民主体制,被人们称为20世纪的一个奇迹。经过三十几年的建设,西班牙发生了天翻地覆的改变,一跃成为世界第八大经济体,胡安·卡洛斯王室赢得了西班牙全体国民的尊敬和拥戴。

国王有两女一子,费利佩是唯一的男丁,是王位的当然继承人。费利佩曾在马德里学习法律,此后留学美国学习国际关系,后在部队服役,以陆军少校和海军上校的军衔退役。他在萨苏埃拉宫一楼设有自己的办公室,日常工作主要致力于发展西班牙与拉丁美洲国家的友好关系,起着特别亲善大使的作用。还经常代表王室出席和经济、科技有关的外事活动。

40岁的费利佩相貌出众,为人随和,被众多西班牙人看作是"完美的王子"和"准备最充分的王储"。

据说拜见王储,按照宫廷礼仪,必须提早到达王宫,并事先都要经过基本且严格的礼仪训练,由于费利佩多次来过中国,且对中国人民怀有好感,我们就免了这个礼节。在候见室等待期间,一位穿着宫廷制服的工作人员告诉我们:王储会见的时间为半小时,过程是先自我介绍,然后拍合影,之后大家站着自由交流,请勿私自拍照。

我们进入会见大厅刚一字排开,身高近两米、英俊潇洒的费利佩王子带着微笑从内门走了进来。感觉他就像邻家大哥似的,大家稍感紧张的心情慢慢轻松下来。

费利佩王储致欢迎辞后,他热情地张开双臂请大家互动交流。邱大使简要介绍了中西关系近况,感谢西班牙在奥运会和中国抗震救灾上的支持和帮助,邀请费利佩出席北京奥运会开幕式。

费利佩王储听后非常高兴,他说自己酷爱体育,曾做过帆船运动员,参加过巴塞罗那奥运会。之后,我们大家一一结合个人的专业,依次提问。整个会见由于交流热烈,会见时间延长至一个小时。

就是这样一场看似礼节性的会见新闻,却潜藏着巨大的新闻价值和政治意味。

西班牙王储会见我们一行的新闻,当天以《西班牙王储会见中国青年精英代表团》为题出现在外交部的网站上。接着,人民网、中新社等国家级媒体马上纷纷转载,这些主流媒体却是另辟蹊径,发掘出一条本文开头列举的重大新闻题材。

原来,当时美、法、德等国家领导人到底参不参加北京奥运会开幕式,一直摇摆不定,都没有一个明确的答复,此时外界众说纷纭,整个国际形势非常微妙和敏感。西班牙王储费利佩将出席北京奥运会开幕式的新闻,对诸国来说,无疑是一种宣言和不可言说的昭示。

外交是政治,新闻是外交,且是富含力量的外交。

萨马兰奇先生的微笑

2010年4月21日,中央电视台播放了一条消息:国际奥委会前主席萨马兰奇先生因心脏病在巴塞罗那吉隆医院逝世,享年90岁。

听到这个不幸的消息,心情怃然黯淡起来。

我再次回忆起在巴塞罗那,与萨马兰奇先生会晤的那一刻。

在西班牙马德里,我们先后走访了PRISA传媒集团,考察INDRA高科技公司、Santander银行、马德里商学院、塞万提斯学院等西班牙著名公司、大学和文化机构。

在马德里的最后一天,中国驻西班牙大使邱小琪先生在官邸宴请我们。其间,他高兴地告诉我们一个好消息:他的好朋友——国际奥委会前主席萨马兰奇先生将在巴塞罗马专程接见大家。

在途经萨拉戈萨小城,参观水专题的世博会之后,我们便直奔世界级的罗曼蒂克的旅游城市——巴塞罗那。

第二天一大早,我们的第一行程就是直赴加泰罗尼亚储蓄银行总部。

当时很纳闷:会见萨马兰奇跑到银行来干什么?

到了才明白,萨马兰奇先生为该银行的董事长。

会见安排时间为上午九时,在等候的过程中,我们参观了加泰罗尼亚储蓄银行文化总部,这是座建造于上个世纪20年代的建筑,属于后现代主义流派的建筑风格,整个看起来,赤裸裸、光秃秃。如果不是介绍,当时真以为是座没有粉刷的烂尾楼。

西班牙人在艺术上真能玩,能玩出如此大胆、前卫而浪漫的建筑,能忍受如此放浪形骸的建筑作品。放在国内,估计会像对余秋雨似的,给予肆无忌惮的砖头和唾沫,甚至无休止的炮轰。

九点整,萨马兰奇先生准时出现在会客厅。由于身体原因,秘书告知我们说,会见只有十分钟。

站在我眼前的萨马兰奇先生,中等身材,花白的头发,略显萧疏。虽然87高龄,但看起来精神朗爽,目光炯炯。他始终面含微笑,和颜悦色。

无法想象,站在我们面前的老头,就是声震寰宇、闻名世界的曾经的奥委会掌门人。

会见期间,萨翁始终并没有坐下,而是跟我们一样,笔挺地站着。他主要是愉快地畅谈了对中国的了解、对体育的看法,以及对我们这批西中理事会成员的寄望和鼓励。

在对话交流中,我记得问了一个问题:听说你与中国的一个农民结下了不解之缘,经常通信往来,主要是谈论什么,为什么这样做?

他回答道:全世界很多不同国家的人,都给他写过信。他喜欢并坚持和许多国家的人民通信,写信是一种不同体验的文化交流。我喜欢他们,就像他们喜欢我一样。

萨翁与我们的会见时间超出了原先的规定一倍时间。在秘书的一再催促下,他和善地笑了笑。最后走到我们中间来,在专业摄影师的镜头下,和大家合影。之后,他依次跟我们握手道别。

我们并排静静地站着,并没有像崇拜明星一样,争着和他合影,生怕打扰了他。我们一直静静地站着,心怀崇敬目送萨翁倔强而又蹒跚地走出会客大厅。我们目送着一位享誉世界级的老人,慢慢走出后现代主义流派建筑的大门。

萨翁走了,走向如地中海般碧波万顷的永恒。

听邱大使讲外交风云

在参观普兰多博物馆和王宫,与西班牙政府平等部长、著名的 IE 商学院院长等座谈会面后,六月二十五日,中国驻西班牙邱大使在官邸设晚宴招待我们一行。

其时,大家都难抑兴奋,一是期待对外交使馆官邸的探究;二是期待了解西班牙王储费利佩要会见我们的注意事项;三是吃了几天的西班牙大餐,实在期待能有顿中餐。

邱大使除了任西班牙大使，还兼任安道尔大使。半个多世纪来，邱大使是中国派驻国外最年轻的大使之一，若以出任大使时的年龄为序排列，在建国以来所有出任大使的806位高级外交官中，他恰好与资深外交家黄镇将军同时排在第5位。邱大使生于广西陆川县，北外西语系毕业后进了外交部，三年后，到中国驻古巴大使馆工作，在他不到40岁的时候，担任中国驻玻利维亚大使，2003年到西班牙马德里履新。

中国驻西班牙大使官邸坐落在马德里LA MORALEJA高档别墅区，占地达一万平方米，新官邸一年前正式启用。大使馆的大小豪华与否，实际跟国力是成正相关关系的。

邱大使精力充沛，口才雄辩，幽默风趣。

参加晚宴的还有西外交部亚太司正副司长等。晚宴是中西融合，中国菜肴，西式餐具。邱大使介绍，厨师都是钓鱼台国宾馆派来的。邱大使和西亚太司司长先后致辞，从南美外交风云往事到西班牙外交趣事，就像正式外交会见场合一样，致辞后还有相同时间的翻译。整整两个多小时的晚宴，本以为是一顿轻松随意的聚餐，却分明感觉是外交晚宴，本可以大快朵颐的中餐，却被无数的外交故事所填满。

邱大使讲了一个在古巴做外交官和卡斯特罗交往的有趣往事。他说，由于受中苏、中美大国之间关系的牵制和影响，中古两国关系从20世纪60年代中期始到80年代初期，一直处于僵持状态。除没有断交之外，其他关系基本冷却。双方人员往来，见面不能称"同志"，只能称"先生"。

在中苏关系缓解后，双方关系开始冰释前嫌。一次，南非的一位领导人访问古巴。卡斯特罗在革命宫为其举行小范围的招待会。按惯例，所有社会主义国家使节都在邀请之列，只有中国大使被排除在外。宴会开始之前，卡斯特罗突然提出要邀请中国大使参加。

邱大使说，他是第一次近距离地观察这位叱咤风云、令帝国主义闻风丧胆的古巴民族英雄。至今，他对卡斯特罗天才的演说才能赞不绝口。卡斯特罗喜欢长篇大论，即使长达七八个小时的演说，他从不用任何讲稿，他的演讲极有鼓动性，每次令听众如醉如痴。

外交官从外面看，纵横捭阖，折冲樽俎，风光无限。外交官除了肩负国家使命，远离故土和家庭外，有些甚至还要献出生命。上个世纪80年代中期，邱大使出任玻利维亚大使。玻国首都拉巴斯是世界最高的首都，海拔相当于拉萨的海拔，高达3630米，机场海拔更高，竟达4200多米。拉巴斯被说成是外交官的坟墓。一下飞机你就觉得脚下飘飘的，就像踩在棉花上一样。由于高海拔的原因，拉巴斯平均缺氧30％，外交官几乎每天吃饭不香、睡觉不稳。由于条件恶劣，有几位外交官员因公殉职。

中西是在1973年在巴黎签署建交联合公报，双方正式建交。邱大使在任期间，外交成就斐然，促成了两国国家元首实现互访，先后成功举办了4届中西论坛，双边贸易额从2003年的35亿美元增加到280亿美元。双方在电信、金融、可再生能源等领域的合作成果显著。中西互办文化年（节），中国"国宝"大熊猫"冰心"和"花嘴巴"在马德里安家。中国海军舰艇编队首次实现访西。

"国与国之间要超越意识形态，相互之间互相尊重，才能友好发展。"邱大使最后阐述了他的外交理念。餐毕，一位深谙外交道理的朋友告诉我，外交无小事，外交官餐桌上说起来的看似趣事，实则是给对方处理某些外交事务的意见或者善意的提醒，这就是饭桌外交。在晚宴上，我确实体会了一把风云际会的外交政治。

因为事先有过告知，关于餐桌上的故事、趣事，听过算数。故我也遵守外交官的16字方针中"严守纪律"四个字，有些故事不便在此记叙。

(2008年6月，巴塞罗那)

范塔斯斗牛

说起西班牙,我们习惯以斗牛士和弗拉明戈舞来指代。

西班牙《国家报》曾评论曰:"牛的世界介入了政治的沙场。"

一

在拿到西班牙的整个行程安排,仔细阅读后,心生纳闷:怎么没有斗牛比赛呢?斗牛不是西班牙的国粹吗?

基金会主席亚多的第一句话为我们解开了这个迷。

他在致辞中说"西班牙不仅仅有斗牛"。基金会就是要让中国和世界了解一个多样化的全面的西班牙,西班牙更有世界级的企业、世界级的博物馆、世界级的建筑艺术、世界级的文化创意。

尽管此次出访没有安排斗牛,但斗牛对于东方的我来说,仍然充满无数的神秘和变数。

于是，我决定自费观看一场期待已久的斗牛比赛。

马德里范塔斯斗牛场是露天式的，是西班牙最具规模的，也是一个永久性的斗牛场，兴建于 265 前的 1743 年，这座古罗马式的建筑，外观壮观堂皇，可容纳近 3 万人观看。斗牛活动最早只是宫廷贵族们的取乐游戏，后来逐渐演变成民间和民族性的娱乐活动。现在西班牙有 400 多处斗牛场，每年至少举办 5000 多场活动，吸引 3000 多万外国游客，为西班牙带来 20 亿欧元的旅游收入。

范塔斯斗牛场根据座位和阳光照射不同分三个等级，票价从 2.15 欧元到 130 欧元不等。即使是下午 7 点，马德里阳光还是相当的热烈，让我想起了拉萨的太阳，十分钟足可以使你面部脱皮。

我们选择了偏阴处的中档票价的座位。

开幕仪式带着浓郁的传统色彩，当主席台上的主持人高举铜条敲出第一声清脆的锣声之后，左上侧的乐队立刻吹起了嘹亮的小号，我对面看台下一对腰门同时打开，三支队伍鱼贯而出。两边是斗牛士助手和人高马大的荷矛骑士，中间前三位是参加本次斗牛的斗牛士，他们披着桃红色的"穆莱塔"，带着黑色海螺帽，在铜管乐队演奏的《卡门》乐曲下，威武、潇洒地绕场一周。

整个阵容看上去显得强壮、帅气，衣着华丽，他们上身是金碧辉煌的紧身短衣，下穿镶着闪光亮片的斗牛裤，裤上绣有耀眼的花边，裤管很短，仅仅过膝，十分贴身，显现出男性的雄壮粗犷之美。

当又一次锣声敲响之后,马车和斗牛士们迅速闪回门内。

这时,穿着蓝衣黑裤的高大男子举着一块写有519的牌子出现在场地中央。告诉观众,第一次出场的为519公斤的公牛。全场观众顿时把目光投向正面台下的奔牛门,忽然之间,一头威猛的彪悍黑毛公牛,气势汹汹地直奔沙场。与此同时,从5个小门走进斗牛助手,他们依次抖动着桃红色的"穆莱塔"挑逗它,挑衅它,只见那公牛见红就冲,见红就撞,当公牛冲过来时,助手们就飞快地躲进设计好的铁门中。

随着一声长长的粗厉的小号声,身穿紧身短衣长裤、头戴勇士帽、手执长矛的骑士跨着蒙着双眼的皮革保护的大马出场。在刺牛助手的帮助下,全身武装的骑士端坐马上,选好时机,瞄定角度,然后果断地用丈余利矛直刺公牛前背,为了避免直接刺死公牛,在矛上5、6寸的地方装有横档。但见公牛背上出现碗口粗的洞口,鲜血汩汩外冒,公牛痛得四蹄疼跳,绕场狂窜。

这时号角又响,骑士飘然退下,短镖手上场了。他双手拿着两根倒钩的花镖,接近公牛,趁机插入牛的肩部,然后在掌声中迅速避开牛的冲撞。在公牛的勇猛攻击下,短镖手每次插进两支,共插六支。插镖讲究快、准、狠,因花镖带钩,插入牛体后甩都甩不下来,疼痛难忍的公牛带着花镖,血淋淋地全场狂奔。

公牛受到新的创伤后,在雷般的掌声和尖锐的呼叫声中,斗牛士出场了。只见他手持红斗篷,在胸前划了个"十"字,朝观众做了一个优美的手势后,展开红斗篷,以优雅的姿势,一蹭一蹭地逼近公牛，一场真正刺激、紧张、激情和仪式般的斗牛开始了。

当疯狂的公牛低头用锋利的牛角冲向斗牛士的时候，斗牛士不慌不忙提着斗篷，优美的一个躲闪，猛牛的利角擦着斗牛士的衣角而过，这生死之际的优美一闪，让全场的观众如醉如痴。

斗牛的过程，简直就是叫人窒息的过程。斗牛场上，斗牛士或侧身引牛扑空，或原地旋转引牛围着斗篷转圈；他还以抖动的方式，引得公牛跟着斗篷忽前忽后，忽左忽右地低头冲击。特别是斗牛士最后一击，简直匪夷所思，令人叫绝。

在公牛筋疲力尽的时候，看台上顿时响起了呼喊声和此起彼伏的掌声，原来，斗牛士要做最后的拼杀了。只见斗牛士在公牛的几步开外，提着宝剑，瞄着牛肩，静神屏气，突然单腿弹跳，宝剑直刺公牛前肩，那一剑入心，公牛竟然轰然倒地。

公牛的鲜血顿时把黄沙染成了猩红一片。

此时号角在雨般的掌声中再次响起。一位助手快速跑到倒地的公牛前割下牛耳，马车也及时跑来，把上千斤的死亡公牛，绕场半圈，急促地雄赳赳地拖走了。

一场斗牛比赛分三个阶段，总共约两个半小时，每个阶段有两头牛被刺杀。按照斗牛规则，最后出场的斗牛士如果在25分钟或三次入剑未能刺死公牛，主持人将通知斗牛士终止刺杀，但不幸的，此牛会再次赶进牛圈被其他人刺死。

出了斗牛场，太阳也已西斜。

冒险而华丽的斗牛叫我感到有些胸闷。我非常理解三位同伴的行为：一位证券公司的投资总监由于无法忍受公牛被杀的血腥残忍，半途退场了。另两名女士虽然坚持看完整场比赛，但出了斗牛场闷得半天没有说话，难过得晚餐也无法下咽。

二

斗牛场对斗牛士来说，是生命的冒险。

对公牛来说，出场之时便是死亡之日。

于是，几百年来，斗牛引来了动物保护者们的非议和抨击。

就斗牛问题和个人感受，我讨教了当地的一位西班牙人。他告诉我说，斗牛是西班牙人的天性，不能把人和动物混为一谈，只有人和人才存在道德问题。他说，最野蛮、残酷和不道德的不是斗牛，而是应该是那些拳击运动，拳击手残忍击打对方头部，那可是人啊！而那些看客竟然鼓掌加油，喝彩助威，简直罪恶难赦。

听完解释，我理解他的观点，我又不赞同他的观点。

通过转播看斗牛和现场看斗牛，是两种不同的心境。在电视上是担心斗牛士被挑，而我在现场是担心公牛被刺杀。

遵照规定，一场比赛总共要杀死6头牛。在两个半小时内要见到6头威猛的巨牛被戏杀，此时，对斗牛士尊重和对公牛尊重的边界变得模糊，且相互交替。当公牛明显处于弱势时，人类本能的同情心勃然盼望公牛奋起反击，冲毁一切规则与障碍。当公牛顶倒高头大马,斗牛士荒乱逃逸的时候,观众会报以狂热的喝彩声;当公牛躲过投标手发射的花镖的时候,斗牛场会爆发尖锐的忽哨声;当公牛遭受利剑重创,仍然冲撞不屈的时候,对显示出非凡勇气和高贵气质的公牛,观众会报以热烈的欢呼与尊敬。

一个东方人在西方的斗牛游戏中产生如此奇妙和奇崛的心绪,那么西方人的社会土壤究竟为什么生长出斗牛,而且还如此执迷和执着,痴迷和狂妄?

据考证,斗牛运动最早起源于古希腊爱琴海的克利特岛。在希腊神话里,克里特迷宫——克诺索斯宫里住着国王诺斯牛头人身的儿子"米诺牛"。公元2000前,克里特人在祭祀中流行用剑斗牛的活动。克里特人对斗牛情有独钟,他们眼中的牛是财富和权力的象征,斗牛意味着占有财富、获取权力。随着克里特文明由强变衰,斗牛活动也随之消失,但斗牛文化的光彩并没有随之失去,属于地中海文化的伊比利亚文明的土壤同样埋藏着斗牛运动成长的基因。

世界上不仅仅西班牙有斗牛,几乎所有经历过农耕文明的国家都有不同样式的斗牛活动,包括中国南方,包括葡萄牙、法国南部,至于西班牙斗牛是否源于克里特文明,史无记载。

最为令人迷思的是斗牛这个野蛮的"文明",为什么独独在西班牙光大发扬,并独被世界所瞩目、接纳和承认?

根据个人的意趣和阅读,破解西班牙斗牛之所以存续和传承,之所以称为西班牙之国粹,之所以斗牛称为西班牙国家形象的主要元素,有四大主因。

仪式性祭献。西班牙人普遍信仰天主教,比利牛斯半岛盛产牛羊,在天主教仪式中牛被作为特别的祭品。在西班牙的塞维利亚等地方,被刺杀的公牛有一半用于作为向圣母玛利亚表示敬意的祭献物品。现在西班牙的一些小地方,斗牛结束后,被刺杀的公牛的肉由当地人聚餐分享,或者分给各户带回家。在马德里和巴塞罗那各有一家餐馆,专门提供被刺杀公牛的肉烹制的菜肴。餐馆还向顾客中的斗牛迷提供牛的姓名、体重、斗牛士的名字,以及举办斗牛的地点和时间的卡片。法国著名学者皮特·里维斯认为,斗牛活动实际上是一种人们祈求福祉和人丁兴旺的繁育礼仪。

象征意义。在西语中,Corrida Detoros(斗牛)被译作Iidia(利迪亚),意为"拼搏"。在古代的斗牛公告中,总会写上:"既然走入斗牛场,就应该是个出色的斗牛士。"

斗牛被赋予激情、勇猛、彪悍、华丽、高贵、荣誉等精神指向与文化语义。就像克劳所说:渗透在斗牛文化的价值就是西班牙人的荣誉、尊严、自豪和个人主义。西班牙人觉得自己生来不是为了实现任何社会目标,而是自我实现。如果斗牛士战死沙场,将会得到隆重的厚葬。死伤只是斗牛带来的副产品,勇敢豪迈的斗牛士精神才是西班牙民族最值得珍惜的。二十年前,塞维利亚的斗牛士蒙托里奥被公牛顶死后,从凌晨3点开始,他的棺木被"粉丝"抬着,从教堂到斗牛场绕场一周,接受观众的注目礼。当棺木被送回他的故乡巴伦西亚的时候,再次被粉丝们抬着绕走斗牛场,接受家乡父老的敬意和永别。

社会功能。斗牛不是一场竞争性运动,因为斗牛场不存在输与赢;斗牛也不是一场戏剧表演,尽管斗牛场会出现惊心动魄的情景和戏剧性场面。有研究发现,西班牙斗牛活动有其独有的社会功能,斗牛活动一般是安排在下午的领圣餐弥撒后。净化仪式结束后,通过观看激烈的、残酷的、奔腾的斗牛比赛,可以使信徒们的心情从过于神圣的氛围中解脱出来,从对上帝的自惭形秽的自卑感中重新振奋起来,从而感受到世俗生活的多姿多彩,感受到日常生活的残酷和严峻,就像被挑死的斗牛士,也会被宰杀的公牛一样,永远地消失,难再重生,也永远不会重生。

历史变故。在历史上,西班牙几度绽放美丽的花朵,为欧洲的文明增光添彩。同时,西班牙是世界上少有的大起大落的国家。哥伦布发现新大陆,西班牙占领墨西哥城、战胜印加帝国、建立布宜诺斯艾利斯城,西班牙俨然成为世界霸主。1588年,西班牙的无敌舰队被英国摧毁,强大的帝国灰飞烟灭。之后,西班牙被拿破仑征服和瓜分、被美国抢占海外殖民地、爆发内战和40多年的独裁。历史不是个好东西,历史的变故让西班牙人变得脆弱、冲动、愤懑,以致易走极端和沮丧。斗牛便成为国民集体性的嗜好和迷恋。

西班牙的斗牛穿越两千多年历史时空,斗牛作为西班牙最具代表性的民族体育项目,代表着西班牙人粗犷豪爽的民族性格,已经化为一种国家标识的记忆符号。

(2008年秋)

脚入马镫

站在堂·吉诃德面前,我觉得周遭忽悠忽悠地怪诞起来。

我的疯癫在于在堂·吉诃德的有趣,和他的浪得虚狂的伪骑士精神。

我想,堂·吉诃德也一定觉得自己很疯癫,很有笑料,当然,他肯定认为自己的虚狂,问题不在于自己,而是他身后的时时刻刻处于疯癫状态的叫塞万提斯的老头。

塞万提斯一生的故事,跟堂·吉诃德一样,爆笑、荒诞而奇妙。

塞万提斯的出生与仙逝都是个有趣的谜,跟具体日期无关,但每次跟教堂相关,至今大家还搞不清楚他具体出生的时间和死亡的时辰。有人考据说,他诞生于1547年10月9日,但那天不是他呱呱坠地的时辰,而是他在天主教堂洗礼的时间;有人说他的逝世时辰和莎士比亚同一天,从记录的时间上来看是1616年4月23日,然而,那个时代和西班牙历法根本不一样,英国使用的是儒略历,而西班牙使用的是公历,风牛马不相及。

在这么两个人生最重要、最关键的时刻都搞糊涂了,人生怎么不幽默,生活怎么不诡异,世界怎能不癫狂?

塞万提斯的老家在马德里附近的埃纳雷斯小城,他的父亲是个外科医生,不过在450多年前的西班牙,外科医生也就是个江湖郎中,职业相当于现在的护理员。不过,别小看是个护理员,父亲的职业对于塞万提斯来说,是个免费周游世界的好载体。游荡不定的野性生活,让寂寞的塞万提斯爱上了书籍,冶炼了他幽默落拓的性格,父亲比较疼爱这个家里1/7的孩子,在为病人诊断的时候,见富有人家藏有书籍,他就顺便夸口说自己的孩子多么地爱读书,好心人家便忙不迭地拿出藏书来送给小塞:孩子,看,看吧。

于是,这样的场面留在西班牙的印象里——父亲在屋里给人家望闻问切,他便坐在门槛上读人家的书,便在回家的小道上口诵神圣的诗歌,便在梅塞塔高原的油灯下抒写勃发的青春梦想,直到他19岁那年定居在马德里。

塞万提斯没有上过大学,没做过天之骄子,不等于日后没有可能成为天下骄子。不过,做过天之骄子,大多数倒是没有变成天下骄子,很多反倒变成了娇子,娇生惯养了,娇子不孝了。有一天,正要出门的塞万提斯见到一辆豪华的马车挡在家门口,生性诙谐的他半开玩笑说:"哟,先生,莫不是要请我去参加皇宫的盛宴吧?"

像日后一家酒店老板的妻子安娜莫名地爱上他一样,世界就这么奇妙。这时,车夫弯着腰,右手贴在胸前,恭敬地说:

"不。哦,是的,先生,是尊贵的大主教请你光临。"

塞万提斯怎么也想不到,他的诗名已经在马德里的坊间广为流传,竟然还得到西班牙大主教的赏识。不久,他像当年的孔子流浪到齐国做人家的家臣一样,他成为大主教的侍从。在他22岁那年,大主教带着他游历意大利,这个时候,塞万提斯的诗兴像欧洲大地的莱茵河,汹涌澎湃,无数优美的诗篇在意大利古城飘荡和飘扬。他得到罗马大主教胡里奥·夸维瓦赞赏,并收他转做自己的家臣。

就像世界没有纯洁的地方一样,中世纪的塞万提斯遭到其他侍从的嫉妒和诬陷。一年之后,在大主教调和与斡旋下,他加入了西班牙驻意大利的军队,被迫变成一位丘八。其实,这对塞万提斯来说,是件难得的幸事,难得的好事。在当时西班牙,就像当下大学生竞考公务员一样,人们普遍认为,参加国家军队为王室效忠是一条通往荣华富贵的不二法门。

后来读者普遍知道,塞万提斯是位残障作家——他的左手因为在战斗中被炸伤,医治无效,左手神经失去知觉。此场战役是对抗土耳其的勒班多大海战。

官方曾这样大意记载过我们作家的英勇事迹:在这场海战中,塞万提斯正在发着高烧,状态疲软,连长警告他:小塞,你给我退回去,必须给我好好躺在帆船的房间里去!充满幻想、崇尚冒险、倔强的塞万提斯对着上司高呼:不!誓死不当怕死鬼,为上帝和国王而战!而战!

海战结束后,胡安将军对他的英勇表现大竖拇指,额外奖给了他四个金币。

塞万提斯经历将近五年的军旅生活,打遍了地中海沿岸各国。二十八岁的那年九月,他坐上"太阳号"帆船,从那不勒斯凯旋回到西班牙,在海归途中,意外地被土耳其士兵俘获,意外地遭遇了长达五年的囚徒生活。

打得赢就打,打不赢就跑,我们意志坚定的塞万提斯决不是坐以待毙的主,他屡败屡战,曾先后组织策划四次逃跑计划。不是他有勇无谋,而是多次坏在身边的叛徒告密上,狱友的反叛,猪一样的队友,令他屡战屡败。每次当局问罪下来的时候,我们的塞万提斯英雄情节不像中国房价——虚夸的,泡沫的,而是像上海的汽车牌照拍卖价,是坚挺的,坚实的。他每次都是自告奋勇,独自担当一切的罪与罚。最后塞万提斯峰回路转,一位叫胡安的修道士花了500金币,把戴着镣铐的塞万提斯从君士坦丁堡救赎了出来。

十年,整整十年之后,流落异乡的他才回到阔别已久的马德里的老家。

尽管他是个英雄级人物,付出英雄该做的一切行动和牺牲,然而,他却并没有受到英雄级的待遇。为偿还赎身的债务,糊口养家,他只得远走葡萄牙做了一个小小的官僚,在风雨如晦的艰苦的岁月里,他会因为交不起个税被投入监狱,会因为工作时常出差美洲,会因为养育私生女和年轻窈窕的太太,时常靠写剧本换取粮食。

苦难是所最伟大的大学。他的第一部小说《条纹棉布》广为流传之后,立足潮头,冲浪在前,马上把一部在世界上顶呱呱的《堂·吉诃德》推上书市,使他一改形象,一跃成为与但丁、莎士比亚、歌德等齐名的世界级作家。

历史的坏处有惊人的相似之处。《堂·吉诃德》第一部出版时,市面上惊现一部山寨小说,即所谓的《堂·吉诃德2》。为了清理门户,证明实力,在66岁那年,他再用魔幻的多重叙事方式创作出了《堂吉诃德》第二部。

塞万提斯成了这个世界的超级男生:首先是发行量惊人,《堂·吉诃德》几乎被翻译成世界上的所有语言,发行仅次于《圣经》;其次是排他性。他是嘲弄的高手,他以一种"虚构之外的游戏",直指现实,且杂糅着独特的宇宙观与世界观,他俨然成为19世纪欧洲现实主义小说的导师、标杆和领跑者。

有人说伟大的时代产生伟大的作品。

但对于塞万提斯来说,也是伟大的人物搅和着伟大的时代。

16世纪,刚好是西班牙从乱世动荡到风云激荡的时代,征服、冒险、猎奇、浮躁、虚狂成为每个人的宗教和信仰。西班牙沿着哥伦布手指的方向,催生了殖民主义的兴盛,对美洲的无节制、无限制的掠夺,使西班牙变成称霸欧洲的强大封建帝国,也使西班牙成为豪华的短命帝国。

西班牙老了,塞万提斯先生也老了,他曾在自己的著作上题赠德·莱默斯伯爵道:

> 我的脚已伸入马镫,
> 带着对于死亡的焦虑感,
> 伟大的先生,我谨向您献上此书。

塞万提斯丰富了西班牙的过去,更富有了西班牙的现在。

在马德里,我们专程参观了西班牙塞万提斯总部。塞万提斯目前的身份,相当于孔子在中国的地位。中国最近几年在全世界设立孔子学院,而塞万提斯学院早在1991就开始创办,国王卡洛斯亲自领衔挂帅名誉院长。创办此院,旨在多元文化的世界里,推动西班牙语教学、传播西班牙及其他西班牙语国家的文化。塞万提斯学院目前在全世界拥有40多所分院。

从塞万提斯的横空出世,我突然想到一个问题:中国风云激荡30多年了,为什么就产生不了一位中国式的塞万提斯呢?不是伟大的时代造就伟大的作家吗?我们为什么只有在网络世界胡搅蛮缠的搅屎棍式的所谓"××后"的神经作家,却鲜有跨越时空的经典大家呢?

塞万提斯一生贫穷,在他去世的前一年,西班牙大主教拜访法国大使,于是有下面一段扣人心弦的对话:

> 你们的塞万提斯现在怎么样?
> 他老了,是一位兵士,一个小乡绅,很穷。
> 这样的人才,西班牙为什么不供养着他?
> 假如他是迫于穷困才写作,那么,
> 但愿上帝一辈子也别让他富裕,
> 因为他自己穷困,却丰富了所有的人。

是呀,塞万提斯很穷,却养活西班牙文学,养活世界文学,养活了人类的精神需求。

当代所谓中国作家富豪排行榜里所谓的作家,手头富有,作品却只能苟活自己,有时作品自己都难以苟活。

我突然怀念我的塞万提斯。

(2008年夏漫记于马德里,冬修订)

平安京

一

如果说东京是日本年轻人的现实归宿,而京都,是日本人的乡愁,日本人的精神故乡,日本人的心灵风物诗。

我是四月初来到日本,刚安顿好行旅,便急于跑到屋外,去观赏被誉为日本国花之樱花,但呈现我眼前的是樱花树,并非花瓣满枝灿烂,而是只有零星几朵樱花萎蔫地挂在枝头,大部分花瓣雪花样地落入泥土中,潮湿的泥土里弥漫着一种淡淡的芬芳。

见我稍有失望的神态,一位日本朋友告诉我说:你稍来晚了几天,此时的樱花前线正掠过九州地区。不过你不要着急,你不是要去京都吗?五月份正合适,那时的樱花前线正挺进在京都。

古老的京都和灿若星辰的樱花构成了我的一种美好的想象。

五月到来的时候,我早早打好行旅包,为了体验不同的日本交通,整个来回路线我选择了游船、巴士和新干线三种交通工具。傍晚,从北九州市的新门司港乘旅游船出发。我乘坐的是二等舱通铺。我发现乘这个舱位的日本人不少,且多数是父母带着孩子,孩子们不跑不闹,总是静静地做着自己的事,打理自己的包,铺着自己的床铺,悄悄地说着自己的话。

同乘的一位朋友告诉我,日本人虽然富裕,但从不娇惯孩子。铁板为床,一块毛毯,没有枕头,就这样要纵穿1200余公里的濑户内海。次日早晨抵达大阪的泉大津港,然后再到达奈良。奈良是日本第一个定为国都的地方,是日本的佛教圣地,给人的感觉是恬淡而沉静,其实奈良的历史比京都还要悠久,但后来由于迁都京都,京都便日渐强大,京都的光芒更为耀眼,奈良反倒成为了京都的一个背影。

二

在短暂游历奈良之后,我就乘车北上,直接赶往离奈良约半个小时路程的京都。

京都自794年作为日本的首都以来,有1200余年的时光一直是日本的政治、经济和文化中心,京都的整个都市规划是模仿移植中国隋唐时期的长安和洛阳。京都有个别名叫平安京,她把自己的都市规划按"洛"字分为五种写法:洛东、洛西、洛中、洛南和洛北。京都深受中国政治文化和律法的浸染哺育。然而,游遍京都之后,我却发现京都既熟悉而又比较陌生，虽然拷贝古中国，却是脱胎于另外一种新生。

在京都建都 500 余年之后，即 12 世纪末期，镰仓开启了幕府时代的序幕，京都作为政治地位随即没落，从此属于民间的工商业开始繁盛之后，京都在日本的织田信长和丰臣秀吉的手中，将他打造成世界闻名的文化之都。说京都是文化之都，实至名归，全日本世界文化遗产有 35 处，而在京都就有 17 处，在 150 万人的京都，光博物馆就有 177 座，大学 37 所，神道、佛教寺院和基督教堂达 2000 余所，每年来这里观光的人数达到 3700 万。

在京都，有座最负盛名的古刹叫清水寺。日本不少古典文学作品中，都提到这座寺庙，可见其声名显赫。清水寺位居于洛东区的峭壁悬崖之上，在要到达清水寺庙之前，有三处景点不可不游：二年坂、石墙小路和清水坂。二年坂是从高台寺延续至长宁坂的一条约 200 米的石板小路，在小路两旁，红毂格子和虫笼窗式的古老的町家式的建筑沿山路两侧连绵而筑，绿树石板，曲径通幽，虽然显得逼仄，但感觉是一条极富韵味的坡路。走到这里历史仿若被拉回，回溯到千年之前的古日本，二年坂独特的历史原貌，被选定为日本国家重要传统建造物保存地区。

石墙小路地处静谧的古宅民居之中，是清水寺周围最富风情之地，别具一格、气氛独特的酒家和酒吧星罗棋布，我是黄昏的时候来到这里，这时石墙小路两侧的店家已经星星点点亮起了红灯笼，漫步其间，闻声观景，一种从盛唐民间侃侃而来的温馨和安适，顿时弥漫心灵。

要到清水寺,清水坂是上下的必经之途,清水坂连接到清水寺的参道,在京都的观光点上是最为热闹的地方,这条参道的左右,店铺林立,所有店铺均为出售京都特产:水烧瓷器、京都酱菜、京烧点心……来到清水坂,不买土特产,不叫到了京都。我买了几盒元祖点心,这个点心在上海的时候我很爱吃,我没有查过,元祖点心是从上海传到京都还是京都传到上海,反正个人特别喜欢。

当我独自攀上清水寺的时候,我才真正知道清水寺为什么这么有名。

在我的故乡有座名震江南的滕王阁,王勃曾写有《滕王阁诗》,诗云:"画栋朝飞南浦云,珠帘幕卷西山雨,闲云潭影日悠悠,物换星移几度春。"滕王阁是独览浩渺烟波的赣抚平原,清水寺是傲视繁华如梦的京都盆地,一个是真实自然的水墨世界,一个是浓笔绘就的油彩天地,当我站在黄昏底下的清水寺,神接千载,思通万里,恍若自己就是一个得道成仙的古人,妙哉妙哉!清水寺还因为有一个著名的泉水而声名远播,那就是代表智慧、健康和长寿的三股经年流淌不息的音羽瀑布,据说只要喝了其中的任何一股或全部,清水寺都会了你心愿。在我的书房,至今还保留着一瓶从清水寺舀来的智慧泉水,总希望它能给天性愚钝的自己带来一份心慧和睿智。

每到一个城市,我都要查看这个城市有没有河穿过,如果有河流,我的游兴就会大增,因为我一直认为城市如果只有街道缺少河流,就像一座山只有光秃秃的山石没有潺潺流水一样缺乏灵动和灵性。当然这完全与个人癖好有关,我从小就生活在水系纵横的赣鄱平原，生活中每一个细节都与河流有关，所以见到河流，见到水，就有一种自我的任性肆意之感，见到贯通京都南北的鸭川，就叫我找到了这种感觉。

鸭川可以说是京都的母亲河，这条河流曾流淌着京都的一段隐痛的往事。我曾阅读过日本作家菊池宽写的小说《自杀抢救业》。他在小说里说，京都自古以来自杀者即相当的多，而寻死法以投河鸭川居多。德川时代，在鸭川住着一位老媪和他的女儿，由于没有正当职业，日子过得穷困潦倒，不久有个机遇，让老媪的生活突然滋润起来：每当夜深人静的时候，总是从河边传来跳水的声音，老媪爬起来一看，见有人在河里扑腾，她就连忙操起一根竹棍，把寻死者打捞起来，人被救上来了，寻死者家属为了感谢她相救，这时就送几块钱给予道谢。老人就靠这个职业，过了几年好日子。后来发生了一件事，彻底改变了她的命运：她唯一至爱的女儿，被一个男人拐跑了。于是她感到命运的绝望，自己也投到寒冬冷酷河水湍急的鸭川中。

我眼前的鸭川，完全没有以往的哀怨和冷寒。季春的阳光照在波光粼粼的鸭川，泛着透明的光亮。鸭川已不是从前的鸭川，经过修饰和整顿的鸭川，没有自然泛滥的污水，河流两旁垂柳倒悬，绿意盎然，洁清如练的河水，静静流淌，时不时得可以看见野鸭、鹭鸶在日式建筑相衬的河面起起落落，好一幅都市河鸟图。尽管已是季春，但我却莫名其妙地像躺在李白的"心闲目未去，独立沙洲旁"的诗境里。

鸭川最热闹要数"鸭川川床节"，每年的6月15日起的3

个月之间,在三条和四条街之间的鸭川西岸上,先斗町的餐馆搭起高达2.3米的纳凉床,床上点起古式提灯,都市的人们边品尝美食边眺望对面的东山,菜肴可口,凉风习习,是京都优美的夏日风物诗。

三

日本朋友告诉我,到京都旅游,你只要攀看一座寺庙,游走一条河道,徜徉一条花径,参观一座古城,你就可以安心回归了。

一条花径说的就是充满禅意名字的街道——哲学之道。一座古城就是两条城。哲学之道是从洞山山麓的若王子神社至银阁寺之间约2公里的散步小径,因哲学家西田几太郎曾经在这里散步思考,故名之,沿路的樱花是日本画家乔本关雪夫人所赠。哲学之道是京都人日本人赏樱花的绝佳途径。日本人素有赏樱花的传统,这种源于宫廷欢宴的习俗,如今已是平民百姓最大众化的乐事了。日本人内敛含蓄,谦恭有礼,一般不肯表露自己,但唯一叫日本人放纵狂欢的时候,就是樱花时节赏樱花的时候,在哲学之道有许多市民百姓在樱花树下铺上席子或塑料布,带上酒菜,又喝又唱又跳,与平日判若两人。在哲学之道的银阁寺,我碰到一位从北京来的年轻摄影师,他说,他拍照片从来没有这么累过。我问他是不是跑了日本好多地方?"没有,"他说,"在京都我足足转了6天,哇塞!京都几乎每一个细节都可以摄入镜头,以前是为选择一个角度绞尽脑汁,在这里不需要,处处皆可入景,我连食指都拍肿了,从前可从来没有过这种感觉呀。"

京都的每一处建筑都是一个故事,都记载着一个家族的繁盛往事,两条城就是幕府时代德川家族的繁盛史。德川家康将军为了守护皇宫和自己下榻,修筑了这座东西500米、南北400米的城堡,为防外人入侵,城堡周围挖有壕沟,弯弯曲曲的走廊下,铺设了举世罕见的"莺声"地板,当我脱下鞋,蹑手蹑脚地行走在将军府的回廊上时,一种清脆而细腻的声音回响在我的周围,倍感一种莫名的被窥视感。两条城在日本近代史上有着特殊的地位和意义,1867年,德川幕府的十五代将军,就是在这里宣布"大政奉还",从此揭开了日本明治维新的帷幕。作为将军府,两条城的颜色与中国宫殿大红大紫的色调不一样,多为棕褐色调,整个让人看来显得幽深和神秘。两条城是我拍照片最多的地方,因为我想探究为何明治维新后,日本会强盛于世界,日本人又为什么会弥生一种野蛮绝道的民族心理。

古物慈朴,新物情浓,是京都的一种写照。在春意烂漫的时节游完京都,我又幻想起来:秋天的京都又是一番怎样的景象呢?

(2002年夏初稿,2003年秋改)

亲历暴走族

优美的环境，整洁的街道，人与人之间的礼仪，人们对真善美的追求，可以说是大多数到过日本的外国人，对日本的一种最真切的感受。

我作为享受日本文部省国际交流协会的奖学金，曾到日本福冈县的一所大学做学术访问。大学给我安排的公寓是位于日本199号国道线旁边，住宿的地方与学校只有一路之隔，上课非常便利。宿舍虽说是在路旁，在平时并没有想象的那样嘈杂，这可能跟日本人的开车习惯有关，在日本，驾驶员一般不轻易按喇叭，即使堵车，每个司机都极富耐心，从不加塞和揿喇叭以示烦躁。

我正要对自己的住宿条件表示欢欣的时候，到了双休日的两个晚上，国道上有一种声音却给了我一个下马威。每到星期六和星期天深夜的11点以后，在国道上传来一种摩托车排烟管发出的又响又破的声音，这种声音在空旷而安静的城市上空回响，叫人从心底里产生一种恐惧和烦躁。

整整两个晚上我无法入睡,到了星期一,当我拖着疲惫的身影来到学校的时候,渡边先生见我这个样子,问我是不是太想家,晚上失眠,我说不是,是晚上的摩托车太吵。"哦,那是暴走族搞的。"渡边先生带一些厌弃的情绪告诉我说。"暴走族?什么叫暴走族?"渡边先生说这个话题太长,以后慢慢地跟我谈。

自从知道"暴走族",我便产生对暴走族探究的极大兴趣。电视可以说是了解日本社会最直接、最便利的窗口。富士电视台以"凶恶化的暴走族"为题,专题报道了暴走族在东京大田区制造的一个事件:几十名暴走族全身武装,手持大旗,肆意地狂走在汽车专用车道上,由于双方拥挤,摩托车相撞,造成2名少年死亡。这个死亡事件,引起了社会问题专家和法学专家的广泛关注和讨论。据初步估计,日本目前至少有10万暴走族成员,他们遍布于全日本的都道府县。

"暴走族"小考

"暴走族"的这个名称随着时代的发展而不断地改变,他们最先是叫"雷族",后来改叫"游行族",再后来被人们称为"暴走族"。据说,现在有些暴走族们讨厌这个名字,要改为"珍走族"。

暴走族从一个小团伙,发展成为一种青少年热衷迷恋的运动。那么,他们为什么会这么迷恋,这么执着,为什么喜欢飙车呢？在社会上，为什么又被人们认为是游手好闲，流氓阿飞的一个团伙呢？

读者如有兴趣，让我们去试着解开到目前为止，日本"暴走族"历史的谱系。

1959年，雷族在明治神宫外苑前集会。

1966年，游行族开始登场。

1968年，暴走族登场。

1969年，名古屋电视塔事件。在名古屋电视塔周边，暴走族围攻普通平民。爱知县的县警出动机动队，现场出现大规模的骚乱。

1970年，电影《轻风骑手》公开放映。长发披肩驾驶着摩托，俊美潇洒的主人公形象，引起了许多年轻的憧憬和向往。从此，长发披肩开始在年轻人中大为流行。

1972年，富山事件。在富山火车车站前，几名暴走族出现交通事故，警察出面处置，2000多名暴走族围攻警察，骚乱时间达6个小时之久。

1973年，《祝愿颂歌》开始流行。以身穿带锁腰带的矢泽永吉和大仓为偶像的《祝愿颂歌》开始流行。暴走族憧憬着身穿皮衣皮裤的不良青年的形象。

1974年，东名高速海老名事件。海老名服务地区，出现100余名打扮得像希特勒的暴走族，手持角材、火焰瓶等工具，袭击了另外一伙叫"早猫"的暴走族。

1979年，"幽灵"暴走族和"极恶"暴走族大抗争。约100人的"极恶"暴走族同1300余人的"幽灵"进行暴力角逐。"幽灵"以少抗多的勇猛故事,在暴走族之间广泛流传。

1983年,户冢游艇学校问题。在户冢游艇学校发现有3名学生失踪,2名教师行踪不明,据调查,该事件均与暴走族有关。

1989年,每日新闻社职员吉野正弘突然死于飞来的车祸。原因是因为他披露和报道了暴走族的真相,并倡导全社会来开展反暴走族运动。

1990年,警察厅向民众发表演说,全国的暴走族已经超过10万人。

1999年,广岛县胡子讲事件。

2001年,太田市抗争事件。在群马县太田市暴走族之间发生内讧事件,一男性遭刺杀,附近枥木县足利市的暴走族闻讯,马上组成一支队伍前来增援,双方发生争斗事件。

青春的盲动

据福冈县警察本部调查:参加暴走族的年龄一般为15、16岁的时候,18岁左右引退;私立中学的占28.5%,公立职业中学的占20.5%,成绩不好的占85.5%,憧憬暴走族的占96.6%,受高年级同学影响的占57.1%。家庭经济状况不好的占71.3%,恶化的占26.7%。

现已引退,在一家大荣超市做营业员的前川晃洋,曾是新皇会广岛影一族总队长,他讲述了自己的故事。

"初中部的时候,每当见到暴走族的前辈,觉得他们非常神气，我总是点头哈腰地表示崇敬。上了高中，我非常想加入暴走族，但高中有严格的规章制度，不许任何学生加入，所以我想退学自己加入暴走族，想是这么想，但这也不是一件普通的事，但最终我还是决定中途退学，自己找了一份工作，开始了暴走族的快乐生活。我每天晚上和朋友一起，开着摩托车满街地飙，早上4、5点钟回到家，睡1、2个小时左右，然后去上班。现在想起那种生活，真是有意思极了。

他说，一般情况下，加入暴走族的年龄层次是在15—16岁，正是初中毕业的时候，退出的年龄是在18岁。加入暴走族成员，大多数是没有上高中就进入社会参加工作的年轻人。既要做暴走族又要工作的，这需要花费十倍的精力，但是，既然是自己选择的道路，也只有全力以赴了。他说，像他们那个年龄，对事物好坏难以辨析清楚，那时就那样地热衷于加入暴走族，当时认为对一个人的一生来说，又有几次选择呢？

对于现在年轻一代的人来说，他们可以说一无所有，他们拥有的只有血脉膨胀的体力，即使警察把他们当成敌人一样的人来监视，他们仍然按照自己的意志一意孤行，依然我行我素，这就是这个年龄充满魅力的原因所在。他们决不按照大人、父母设计的人生道路去走，他们想过自己设计的生活，他们太想知道自己的能力和通过自己的方式来表现自己，青春没有回头路，不会有第二个18岁，所以，他们就有一种强烈的青春冲动和破坏力。

广岛暴走族的行头最炫最酷

稍微注意一下,就可以发现最近广岛暴走族的行头风格最为特别。

从前,不管哪个队伍的暴走族绝对都是卷曲的黑发,身穿特攻服,和崇拜自己的女生神气活现。随着时代的变化,一头漂亮的头发成为一种时尚。

泽田真幸介绍说,在装束和发型上,广岛的暴走族和关东的暴走族相比,要时髦得多。从三年前开始,这种发型就已开始流行,而且在女孩面前大有人气,这主要是受田中宏创作漫画《bad boys》影响,漫画的主人公是"为仁义而战的",《bad boys》的美国人的形象在暴走族中大受欢迎。同时,一有其他的漫画人物出现,马上就有人去模仿,比如有本叫《极乐蝶》的漫画,主人公叫"舞姬",这个"舞姬"领导着300人的队伍,并且还有自己的办公场所,受漫画的影响,许多女生也认为这个"美国佬"太了不起了。

说起头发,染成什么样的头发都有。有人把头发剃成"莫希干发型"——就是那种像美国土人莫希干族,把中间头发留下不剪如同鸡冠一样的发型;有人的头发细细地卷起,披肩长发打扮得像美国的迈克尔·杰克逊的样子;有打扮得像拳王阿里的模样,有些发型就像骑士一样具有风度,他们每个人都仿佛觉得自己就是一个强者的形象。广岛暴走族的发型具有独特的风格和特征。除发型之外,广岛暴走族的另一个特征就是每个人都身穿一套特别耀眼的特攻服。

与黑白相间为基调的关东暴走族服装不同的是，广岛暴走族的服装多为红色和紫色为主。在服装背部缝着一套豪华绚烂的刺绣，并描绘着以千手观音、鬼面以及风神等为主题的图像。这样一套刺绣特攻服，至少需要花费20万日元。有一头威风八面的发型和豪华绚烂的特攻服，他们就像战国时代的枭雄，感觉自己拥有一种特别疯狂的美学概念。有这样一套漂亮的行头，当行走在公共场合和马路上的时候，这帮暴走族们得意洋洋，威风凛凛。

亲历暴走族的告别仪式

在我的要求下，泽田真幸决定带我去参加一次山口县暴走族的告别仪式。

在去之前，他告诉我，在没有允许的情况下，千万不要拍照。暴走族们有自己的规矩，除非他们认识你并把你当作朋友，才可以拍照合影或采访。

12月的一天，下午7点钟左右，我们就早早来到海乡馆前面的广场。海乡馆是山口县最大的海洋生物馆，生物馆正门有一块偌大的广场，可以聚集几千人，平时这个广场是市民游乐的地方。12月的山口，已经是冬天了，然而天气并没有想象的那么寒冷。

我们一到海乡馆，就感觉到集会广场的空气中弥漫着一丝奇异的气氛。

我们看到各自的暴走族举着不同的旗帜，围着圈圈居在自己的队伍中，有人在确认每个暴走族参加集会的编制。本次参加集会的暴走族是以"狂走联盟"和"广正联合"为中心的，有来自山口、福冈、广岛等地区的暴走族。他们包括观音联合、飨神会、红枫会、月华美人、广夜会、神鬼楼、清光会、帝广连、武神、平和联合、暴走 K-DS、魅勒、夜叉姬、夜猫会、妖神会等暴走族组织围聚在一起。在他们的周围，有武装到牙的警察，生活指导员、电视台记者、新闻记者、暴走族的前辈、暴走族发烧友的女孩等，他们像我们一样在静观事态的发展。

然而，几个小时之后，并没有发生什么特别的事情，新参加集会的暴走族时不时地出现，不过，那个时候更添一份紧张的气氛。

到了晚上 10 点，我们看到所有参加集会的暴走族，在几个领导人模样的暴走族指挥下，围成了一个大大的圈，然后，每个人按照自己所属的集团和职位，对着所有人报着自己的名字，说完之后，再对着同伴扯着喉咙说"请多保重！"参加集会的所有成员，这时也对这个成员说高呼"请多保重！"就是这样，他们 200 多人手拉手，顺着次序一个一个地喊着，大约过了一个小时，等所有成员喊过之后，全体成员再高呼一声"请多保重"，整个上空，弥漫着吼叫问候声。

暴走族的告别引退仪式全部正式结束。

在整个大部队的告别仪式结束之后，每个暴走族分别按照自己的队伍编制，再举行一次像刚才一样的告别引退仪式之后，就全部解散。

就这样，期待以久的山口暴走族的告别引退仪式全部结束了。

"这次我们见到的暴走族的告别引退仪式，没有暴力行为，没有给任何人带来麻烦和骚扰。"泽田真幸说，"这次告别仪式是非常文明礼貌的一次。和山口的暴走族相比较，东京新宿和涉谷的暴走族就厉害得多，那里的暴走族，每个人喝得醉醺醺的，肩搂着肩，唱着校歌，骚动不安，对市民影响很大。"

那天晚上，据说山口警察本部出动了几百名机动队和警官。

次日，在一份报纸上，我看到这样一则消息：县警察本部部长评价这次对暴走族的对策行动时说，他们成功地"控制和遏止了放纵暴走族的行动"，为了取得这次胜利，他们出动了100人以上的警力，他们的警员遍布海乡馆广场的每个角落。之后，他们开始讨论今后无论是在公共场所还是海乡馆广场，不允许有异样的事情发生，并制定法律法规，禁止暴走族的任意追放行为。

广岛暴走族事件

说起广岛暴走族事件，当时的场面历历在目，到现在想起来他还心有余悸。

1999年11月18日夜，广岛市的繁华街——中央大道是步行者的天堂。

在胡子讲神社的大节日"胡子讲"期间，暴走族和要求取缔他们的警察机动队发生了冲突。暴走族的少年们用酒瓶和罐头投向警察进行抵抗,中心街道一片混乱。

11月18日晚上8点,超过几百人的暴走族开始云集到中央大道周围的公园,有数百名群众对他们实行包围,空气一下子弥漫紧张开来。11点左右,混乱的局面更加加剧,几乎把所有的人都卷入到里面去了。在节日期间,县警出动了1400名警察和搜查员,事前先逮捕了45名暴走族。

暴走族与检查机动队冲突,相互对峙了三天三夜。在拥有法治国家的日本,这确实是极其罕见的一次暴动。这次"胡子讲事件"被媒体以"平成版的为仁义而战"广为报道。受媒体报道的影响,全日本人都在谈论这件事。

为什么会发生"胡子讲事件"事件?

这得从"胡子讲"节日说起。胡子讲是广岛市胡子神社举行的一个大节日活动,该节日是从每年的11月18日至11月20日。作为广岛的三大节日之一,是人们祈求生意兴隆的一个祭礼活动,这个节日和东京的"酉之市"意义相当。广岛的暴走族每年要在"胡子讲"这个时候举行引退告别仪式。他们认为告别引退仪式就如"男之花道",在万人空巷的"胡子讲"举行,在无数的观众面前,可以引来无数的人的关注和注目。这个节日被暴走族认为是最好的一种方式和机会。

在广岛在大街上,人们之间大都是彬彬有礼,不太容易见到吵架的现象,除非像在"胡子讲"这样非常的大节日,由于相互拥挤难免会发生小小的争吵。沉湎于日常生活的人们,在紧张工作了快一年的时候,都非常渴望有一个大众节日,希望在胡子讲的舞台上,祭祭神,跳跳舞,让自己放松放松,所以一到节日,人们就表现出极大的热情和极强的主人翁意识。

"哇!暴走族的气质和威风果然和以前大不一样!"

当人们看到暴走族出现的时候,都凑向前去观看。据警方发布信息称,当年共逮捕暴走族达752人,是全国人数最多的一个县。

日本最大的暴走族事件为什么会发生在广岛?我一直百思不得其解。

为什么?因为广岛在日本并非最大的城市,暴走族也不是最多的县,应该是发生在东京、大阪或横滨这样的大城市。日本人都有东京情节,大阪人以说大阪话为荣,横滨以工业发达为傲,包括暴走族在内,无论是哪方面,他们都远甚于广岛。

一位日本人给我分析暴走族事件,为什么是发生在广岛,而不是其他地方。他说,广岛人有极强大的本土观念和地方保护主义思想。为什么广岛人有这种精神呢?主要是广岛曾被美国原子弹轰炸过。这虽是一出悲剧,但广岛人就像一只不死鸟,经过自我奋斗,自我涅槃而为世界有名的城市,这种充满男人雄性的气质和精神,在日本被广泛传颂。这种气质和精神本来是一种优良的传统,然而,如果对青少年引导不好,这种自夸的精神就会朝反面方向发展。广岛人的暴走族就是一个独特的反面例子。

(2003年春)

耕友寮

耕友寮是大学为安排外国留学生居住的宿舍,更确切地说,是安排公派男性留学生居住的宿舍。

日本大学在对待学生住宿上,跟国内的大学很有区别。国内大学对自己的学生实行自我消化,统筹管理。而日本的大学不是这样,大学有属于自己少部分的宿舍,但大部分住宿功能是由民间来承担,民间和学校配合非常默契,互为条件,互持信用。除耕友寮外,还有像本村庄、光贞台男生宿舍,若叶ハィツ女生宿舍。

一

耕友寮不大,甚至可以说很小,总共才四间房,外加公共厨房、浴室和卫生间。记得接待我的工作人员把车停到耕友寮时,起初我还以为是他要上厕所。但当他告诉我说,这就是我居住的宿舍时,我当时有点儿懵。在上海住惯了大房子,一见到这么小的宿舍,左右都不习惯。走廊局促,若是对面走来一个人,双方都得侧着身才能通过。一位留学先辈开玩笑说,日本人的礼貌就是在这种谦让中培养出来的。

耕友寮的留学生来自不同的国家,大家碰在一起,便生出故事无数。

西科斯图和奥斯卡是来自墨西哥的留学生,虽然来自同一个国家,但性格迥异,前者是墨西哥土著,壮实敦厚,平时不苟言笑,独来独往,唯一和他经常保持联系的,是一位来自社区的志愿者——一位开着凌志轿车的独身的中年妇女。后者据他自己介绍说,是西班牙人的后裔,长得白皙颀长,能跳一曲斗牛士舞,就是他的这一身独门绝技,使得他的屁股后面跟着一群异国他乡少女,其中包括来自咱们武汉的一位楚女。他们本来是自费生,但由于日本人对其他有色人种有一种特殊的天然媚态,他们也就住进了耕友寮。

西科斯图住在我的隔壁,平时下课回来,总是默默地呆在房间,但每到晚上10点钟,他的房间就传来震天雷的吼声,日本的房子墙壁薄,不隔音,到了这个时候,我就不得不放下书本,跑到屋外去避一避,顺便给自己放放松。四月的九州,樱花正在山涧旷野遍地烂漫,宁静的夜空里,繁星闪烁,樱花飘出的暗香在身边浮动,撩拨着你的鼻翼,沁人心脾,叫人忘却远离家人的思念和刚才隔壁噪音带来的不快。

两个礼拜之后,我实在忍受不了西科斯图每晚的骚扰,我决定跟他谈谈。

在一次下课回家的路上,我说请他喝爽健美茶,这种茶是日本青年中非常流行的一种茶饮料,几乎在每个学生的书包里都藏着这种饮料。西科斯图憨厚地笑笑,爽快地答应了。当走到自动贩卖机前正要取饮料的时候,西科斯图突然说:"能请我喝咖啡吗?"

"行行。"为了能与他沟通,我连声地答应。

"每到晚上,你都很喜欢热闹?"坐在学校休闲长廊的椅子上,我试探地问西科斯图。

"什么热闹?"西科斯图吃惊地反问我。

就是这样。我把左右拳头对在一起,嘴里发出"蹦蹦"的撞击声。

"哦!是的,我每天晚上都要捶打自己100下,上下垂跳100次。"西科斯图欢快地说。

"为什么要捶打自己?"我不解地问。

西科斯图腼腆地抿了一口咖啡,跟我说了他的缘由。

西科斯图出生在离墨西哥城3小时路程的 Kvere Tato 市,家中五个孩子,除他以外,全是女孩,他排行老三。父亲是个工程师,母亲是家庭主妇。因为他是家里唯一的儿子,所以是全家寄托希望最大的人,父母姐妹为了送他出国上学,他的几个姐妹很早就休学在家,并在家的附近找了工作。他本来想去美国,但由于美国防墨西哥人甚于防虎,最后父母决定把他送到太平洋彼岸的日本。送他到日本的理由,一是他生活所在的城市有几家日本大公司,二是日本人对欧美国家的人有一种天生的好感。

"我来日本,美国不让转机,我是从加拿大转机才到日本的。"西科斯图带有一丝怨恨的口气说,"我每天晚上的吼叫是为了锻炼自己,给自己鼓劲。"

"那你是为了国家才来日本留学的?"我有些崇敬地问他。

"呵,不是,是为了家庭。送我读书的钱都是父母出的,我得对他们负责。"西科斯图马上接过我的话头说,然后一仰脖子,把剩余的咖啡喝完说,"对不起,我得回去读书了。"

撩起书包,西科斯图噔噔噔地转身离我而去,快走出长廊的尽头时,他转过身,挥着手朝我说:"我已决定不在宿舍里捶打自己了,你放心,今后我不再会打扰你的。"

二

虽然是住在一个寮里,但我很少见到奥斯卡,即使见到他,屁股后面总是跟个女孩。

开始是不同的日本女孩,后来换成了一个中国的女孩,之所以说她是中国女孩,是有次我跟他们打招呼的时候,她回答我时不是用日文,而是用中文说:跟我打招呼说中文好啦,我是武汉来的,我爸在日本10多年了。

在日本,国内女孩如果不说话,你是无法判断是哪国人的,特别是长江流域的中国女孩。

奥斯卡喜欢开 party,每逢周末,邀三请四地有一大帮男女挤在耕友寮的公用厨房里,喝酒抽烟聊天,听音乐和跳舞,开始我也参加了几次,后来实在觉得有志趣的差异,不想参加。每当他要邀请我的时候,我就借口有要事,跑到图书馆里去看书。其实,奥斯卡也知道我不太喜欢这种聚会,但他怕影响我,特别是怕我向校方报告,因为耕友寮有条规则:公共厨房是不许开 party 的。故每次聚会,他还是礼貌地跟我做做样子。

一次我从图书馆回寮,因为有点饿,我到厨房煮方便面吃。推开门,见奥斯卡一个人孤独地坐在蜡烛旁边。

我问他为什么不开灯。

他说:"我喜欢这样。"

我说我想 cooking,需要开灯。他说好吧。

待我把方便面烧好,我见对面的奥斯卡,英俊的双眼含着泪水。

"你想家啦?"我问。

"想家?为什么?"他回答说。

"你看起来很伤心!"我问。

"你能借我 5000 元钱吗?"他突然问我。

"你怎么一下子想借这么多钱?"我吃惊地问。谁都知道,在日本生活,每个留学生都是掐着指头来计算生活费的,留学生之间也不太相互借钱,这是约定成俗的一种规矩。如果你把钱借给了别人,那这个月你就得重新设计和安排你的生活费用,没有钱,你就无法购买食物,就无法活着,这是非常现实的问题。

"我一定在两周之内还你。"奥斯卡伸出两根指头,信誓旦旦地保证说。

我是头一次见奥斯卡这么忧郁和着急,我想帮他,但我得问问他借钱的理由。

奥斯卡说,家里的钱没有寄到,这个月打工的薪水老板由于出差,也没有领到,晚上开 party 缺钱,不能买酒和果品,女朋友不肯参加聚会,他觉得特别没劲、孤独、烦恼。

我在心里盘算了一下我在这个月的用钱状况,如果他在两周内一定能还我的话,而且月底学校里的奖学金也可以到位,我就可以解解他的燃眉之急。听到我可以借钱给他,奥斯卡兴奋得满面通红,高举着长长的手臂,抓着钱,耶——地欢呼了一声。

在借完奥斯卡钱后,我对他说,在我们上海,谈朋友的时候,花钱是"劈硬柴"。

"劈硬柴?"什么意思?

见他不明白,我左手抓起一把筷子,右手做刀状样劈下去,然后"哗"地松开手,把倒下的筷子打着圈放起来,再然后把筷子分别放到桌子中央。"劈硬柴"就是每个人自己掏钱,每个人都在请别人喝酒聊天,这样你自己就不需要花太多的钱谈朋友,就没有钱的负担。

哦,是这样,"劈硬柴"太伟大了!奥斯卡忘情得拥抱了我一下,然后把钱朝屁股口袋里一塞,飞也似地冲出厨房,找他的女朋友去了。

奥斯卡如期地把钱还给了我。我听西科斯图说,奥斯卡也向他借过几次钱,后来看借钱实在不是好办法,他自己又去找了一份工,并且还用打工赚的钱和他的女朋友去了一次武汉。怪不得有次奥斯卡跑到我的房间,用极不标准的中国话对我说,毛泽东的武昌鱼,好吃好吃。

三

耕友寮就像铁打的营盘,学生就是流水的兵。转眼就到了七月,西科斯图和奥斯卡完成了他们在日本的留学生涯。西科斯图没有和我打招呼就径自回国了。据学校的一位工作人员说,他和他的志愿者——那位独身的中年妇女关系有些暧昧,大概是想躲避她的纠缠,便一个人悄悄地回墨西哥去了。放假的几天前,一位穿着碎花裙的中年妇女一天三次来找他,我告诉她,西科斯图已经回国了,她听后显露出一种难以置信的表情。

奥斯卡回国的时候,就热闹得多,花花绿绿的朋友一大堆。临上车前,我握着他的手说,下次要讨好女朋友如果缺钱,尽管可以来找我。他听后,哈哈大笑,并爽快地和我击了一下手掌,说"找的就是你!"

日本大学的假期特别多,一年长假就分春假、暑假和冬假,还有黄金周、天皇纪念日等等,如果你自己不抓紧时间,在学校你就有可能学不到什么东西。所以,在暑假我除了作一个短期的旅游计划外,基本上就蹲在耕友寮看书。

耕友寮虽然不大,但因为是地处市郊,一放假就显露出它的寂静来。日本学生都回家了,欧美学生结束学业都回国了,中国来的学生大部分都是私费生,放暑假正是打工的好时机,学校的图书馆一放假就是 24 小时关闭着。这时,一个人面对的除了寂寞就是落寞,读书也就成了排遣寂寞的最好方式。幸亏耕友寮的各色电器比较齐全,防暑降温也就不像在上海生活那么严峻了。

到了下个学期,也即秋季入学的时候,耕友寮一下就来了 5 个新生:新西兰的,匈牙利的,墨西哥的和一个刚从上海交流回国的日本学生。冷清的耕友寮来了这么多的人,马上就变得拥挤和热闹起来。新西兰的库巴是最为活跃的一位,因为他能操四国语言,他祖籍是韩国,7 年前随父母移民到新西兰学习英文,大学学的专业又是日语和中文。库巴听我介绍说是中国来的,马上摆出一招金鸡独立的武术招式,"少林少林"地叫着。匈牙利的左利是位身高 1 米 95 的家伙,别看他人高马大,比起和他同来的小个子西蒙,可要腼腆和文静得多。他和库巴一样,虽然是到日本留学,但非常喜欢中国的文化,尤其是中国的"太极拳",在他印象里,每个中国人都是武术高手,能飞檐走壁,一拳能打死一头象。我作为耕友寮的前辈,在耕友寮外的操场上主持了一场小型的迎新晚会,到会的还有来自加拿大、韩国、新西兰的一大帮新到的女生。

每个人自备啤酒和香烟。加拿大的安妮娅的自我介绍令我记忆深刻,她说她从小生活在波兰,她知道中国的毛泽东说过"我们一定要解放台湾",她来日本是因为喜欢东方文学,她最喜欢鲁迅的《狂人日记》。不知道这个安妮娅是讨好我这个东道主,还是真的喜欢中国文化,反正那晚我高兴得不得了,把我珍藏了几个月准备留给师弟的热水器慷慨地送给了她,并附带一包茶叶,告诉她说这样可以泡中国功夫茶喝,她像捧着宝贝似的,乐得屁颠屁颠。

在所有人表演完后,库巴和左利朝着我"汤桑汤桑,太极太极"地叫着。尽管我不会打太极拳,但在老外面前不能丢脸,不能因为我,让他们对中国武术失去信心。为了弘扬中华武术,其实早在筹划晚会前,我先在心里搜肠刮肚地回忆在国内看过的电影画面,然后自编自演,神气活现地表演了一套所谓的陈氏48式太极拳,在套路最后,还把自己在大学时代练就的鲤鱼打挺和劈叉功夫,掺杂在里面头晕目眩地表演了一番,直把两位中国武术爱好者,看得五体投地,在晚会结束后,他们追到我的房间,问我能不能收他们为徒,他们要学习"少林太极"。

我告诉他们,少林是少林,太极是太极,它们是两种不同流派的中国功夫,我故作神秘地说:"中国武术讲究修炼、修身、修德,要练就我这等功夫,非三、五年不能修成。我问他们,能坚持三、五年吗?

"什么,三、五年?"他们面面相觑,异口同声地回答:"能。"

我知道自己就会这一点三脚猫,但见他们求功心切,为了让他们知道中国功夫的厉害,我们告诉他们,我们从基本功做起,明早5点起床,开始练习蹲马步。

什么叫马步?他们满脸疑惑地问。

马步就是像马一样站着练步。

"哈依!明白,师傅。"他们仿照电影的一个动作,朝我作了一个揖,心满意足地回房休息去了。

他们一走,我想:完了,他们跑到日本来,不学日本的茶道和花道,却想学中国功夫,不知道他们回国后,怎么向他们的老师交代。

　　在去掉最初接触的新鲜感后,耕友寮的每个人都按照自己的生活方式,开始了各自在日本或喜或忧或酸或甜的留学日子。

(2002年冬,北九州市)

问题与判断

我曾遇到一位从日本回国探亲的冯教授。他告诉我说，他一直觉得自己肩膀上的担子很重，为什么？他有个心病，就是认为日本的学生对中国了解太少。在日本大学生眼里，中国对他们来说就是由长城、瓜皮帽和长辫子组成的一个模糊形象。听了冯教授的故事，我一直难以置信，怎么可能呢？"日本和中国咫尺之间，一衣带水，况且我们堂堂中国……"见我情不自禁地表示不服气的样子，冯教授制止我说："你先别发感慨，去了你就知道了。"

一

"中国还在科举取士吗？"

想不到，刚到日本的第三天，我就遇到这样一个提问。

如果这个问题是日本的中学生提出来的，我们也许会微微一笑，然后以学富五车、才高八斗的姿态，娓娓向他们解释说,现在中国早就不是这样的了……等等。但如果这个问题是出自一位大学的校长之口呢?想必谁听了都会瞠目结舌。

凡开学之初,学校要为来自不同国家的留学生举行一场规矩而庄严的开学典礼。我们的校长亲临典礼,并作重要讲话。仪式结束后,按惯例还要进行一场 Party。这个 Party 其实就是让大家有个相互认识和交流的机会。当满头白发的校长穿着笔挺的西服,高雅而亲切地举着酒杯来到我面前的时候,我毕恭毕敬地向校长鞠了一躬。校长听我是从中国来的留学生,甚是健谈。他说他去过中国的北京和西安。我说我是从上海来的,他说很遗憾,上海没去过。当和蔼的校长呷了一口酒后,突然亲切地问我,"中国还在科举取士吗?"

我以为我的耳朵出了问题,当我再次征询校长的问题时,我发现我没有听错。也许当时思想准备不足,没有完整地向他介绍中国科举制度的演变和 1905 年就被废除的历史。我只是连忙简单地解释说:"没有没有,科举取士取消快 100 年了,现在中国实现了高考,上大学的人很多,上海和北京等发达城市的毛入学率和日本差不多。"校长用真诚而又怀疑的眼光看看我:"是吗?"

在日本,我第一次真正体会到冯教授讲给我的关于他的忧愁和心痛。

这个被问场面到现在我仍然记忆犹新,也让我心痛。相当长的时期,我一直有个想法,就是要给校长写一封信,向他详细说明中国科举制度的演变历史,让我们的校长不再问这种一百年前就已废除的陈年旧事。

二

　　大声说话，在国内被认为是一种中气饱满的表现。只要我们稍加注意，无论是在机关、餐厅、街道等公共场所还是在家里，我们都可以听到人们朗朗的、嘈嘈的、噪噪的谈话声。用福克纳的小说《喧哗与骚动》这个词来形容也许并不为过。当我们习惯了这种环境，也许我们并不认为这是一种怎样的习惯和行为。

　　但在日本，和我的经历有许多相似的国人，大概都会明白这是一种怎样的习惯和行为。

　　每到了一个新地方，我们都想去找与自己有各种关系的朋友或亲戚。听一个朋友介绍说，附近的一所大学有我们的一个校友，在那里做教授。我们如获至宝，马上就动身去校友的研究室找他。校友的研究室是在一排房子的里端，想象着我们马上就可以见到校友，在走廊上我们一路狂喜，纵声谈论着见到校友时该说什么问什么。但当我们来到写着校友名字的研究室时，让人进出的门却紧闭着。我们懊悔地叫着回到自己的宿舍。

　　第二天，我接到校友的电话。还没等我开口，校友问我："你昨天到我的研究室找过我？"

　　"是的，可您不在。"

　　"你是不是大声喧哗了？"

　　"大声喧哗？没有呀，只不过是边走边说了话。"

"今天我刚到学校,其他科室的教师当着我的面说,昨天有两个学生找我,不用猜,听嚷嚷肯定是中国人,还有老师在我的信箱婉转地留言说,请中国人说话不要大声喧哗。"

"是——吗——?"我几乎无言以对。

校友大概猜出我的心思,安慰说:"不过没关系,日本就这个样子,他们有自己的习惯,以后注意一下就可以,我刚来也跟你一样,带着中国人的老习惯。"

这虽是一件小事,却深深地电了我一下。我开始反思我们的习惯,并一步一步遵从日本人的习俗。

回国后,我的一次经历,却又让我遭遇一次尴尬。我和一位政府机关的朋友通电话,还没说上两句,我的朋友在他的办公室,突然震天吼地朝我训斥:"嗨,我说,你说话声音能大些吗?小声小气的,怎么像个女人?"

我当时一下子懵了,我不知道我到底是怎么啦!?

三

鼓噪和谈论中国威胁论,不仅来自日本的政府和媒体,还来自于民间。

无论是在公民馆、去日本人的家里做客、还是跟学校的老师聊天,听说我是学经济的,一般是三句不离本行,日本人总是有意无意会问:"现在中国的经济,すごぃ(厉害)呢",从他们的口气里,我隐隐约约感到一种藏在日本人内心里的不甘、嫉妒、防备和恐惧。

每当这个时候,我总是解释说,中国的经济是在发展,但跟日本比还差的很远。譬如以综合国力而论,中国的国内生产总值只相当于日本的1/4左右。日本的人均国内生产总值为3.55多万美元,比美国还高出4.5％。从国家防务开支来说,日本已超过500亿美元,超过德、法、英三国军费总和。日本已成为继美国之后的世界第二军事大国,从实力看,日本显然是一个"强者和强国"。

"你说的数据是真的吗?"日本人这时总是不肯相信。

"这些数据都是写在你们的书上的呢。"

"哦——"日本人这时总是表现出若有所思的样子。

日本为什么会有怀抱着"中国威胁论"不放?

将人们对国内现实的不满情绪引向国外。从外来看,苏联的解体,朝鲜半岛局势的缓和,中国经济的成长,对十年经济不景气而又复苏乏力的日本来说,内外上下一对比,两者之间的落差开始出现。对经济的好转,如果政府乏力,民心就会浮动,天生危机感的日本人就莫名其妙地滋生一种被威胁的感觉,并把这种感觉强加给中国。

日本是个只崇拜强者的民族。先前是"脱亚入欧",现在要"脱亚入美"。日本一些政客和极右势力的野心极其膨胀,他们想在经济和科技大国的基础上,将日本变为一个军事和政治大国。强调外来威胁,树立对手,可以顺理成章而且可以毫无约束地发展日本的军事力量。

"中国就会抢走日本的一切"。日本政府官员和一些媒体认为,日本长期通货紧缩的主要因素是"中国廉价商品如潮水般涌入日本","日本工厂迁入中国会引起日本经济空洞化,这就意味着就业机会日趋减少"。其实这是一个很简单的经济规律,产业外移的内因在于其在本国失去了竞争优势,如不转移就会遭受关门倒闭的厄运。产业转移后,这些国家的经济结构调整才有机遇,发展新兴产业才会有足够的空间。在国际上,制造业的外移,美国和欧洲的产业转移比例均高于日本。

德国哲学家康德曾说:"有两样东西我们对它的思考越是深沉和持久,它们所唤起的那种越来越大的敬畏就会充溢我们的心灵,这就是头上众星的天空和心中的道德法则。"

日本却有一批从不敬畏道德法则的人,他们坚持"皇国史观"的国粹主义、极端民族主义,他们唯我独尊,无视日本侵略他国残害无辜的历史,从不知忏悔是什么东西。中国威胁论的叫唤,可以掩盖他们内心的恐惧和慌乱。

中国威胁论,实质上是"威胁中国论"。

四

中国崩溃论和中国威胁论是一个硬币的两个面。

在日本,我在电视上看过这样一个镜头:一位漂亮的日本女孩走在东京大街上,这时一个黑人走向他,问她可不可以做个朋友。女孩问他是哪里的人,黑人说是非洲籍。女孩马上说:"对不起,だめ!(不行)"。过了会儿,又有一个黑人向她打招呼,问他们之间可不可以做朋友,女孩问是哪里的人,黑人说我是美国人。"本当？（真的吗？）"女孩的眼神马上爆发出一种奕奕的光芒，闪电般地跳到黑哥身上，说可以做她的男朋友。

在意识形态上，日本人就像这个少女，喜欢趴在美国人的身上。

谈起中国崩溃论，这种说法源于美国。美国华裔律师章家敦出版了《中国即将崩溃》一书。他认为，随着中国加入世贸组织，中国的贸易有可能出现逆差。随着全球经济的不景气，全球对外投资会减少，相应对中国的投资也会减少。经过一番"论证"后，他得出的结论是，与其说21世纪是中国的世纪，还不如说中国正在"崩溃"。

听起来似乎有点痴人说梦，但章律师首次提出"中国即将崩溃"的观点，却在美国引起巨大震动，美国国会还专门为此开了听证会。美国《中国经济》季刊的创办人和主编斯塔德维尔在他出版的《中国梦》一书中说，中国经济就好像一座建立在沙滩上的大厦，很不牢固。

美国人这样一瞎讲、白讲，日本人也跟着牙牙学语和囔囔叫唤。其实，日本人的这种心态就像白雪公主的后娘，阴暗龌龊，其丑无比。

五

作为见学（参观）的重要内容，我们曾去丰田汽车九州株式会社参观。

丰田汽车公司坐落在福冈县鞍手郡宫田町大字上有木平山上,从外表上看,我们完全看不出这是一家汽车制造厂。在门口,我们没有见到像国内那样大得吓人的公司招牌,只是在要进门参观的时候,我才发现,在楼梯的右上角,贴着一块小小的木牌,上书"欢迎您参观丰田汽车九州株式会社",让一些同行想拍照都找不到好角度作背景。

丰田公司所有的生产都是封闭式的。在进门之前,导游小姐一再叮嘱我们,一旦进入厂房,请不要拍照,因为这是工厂的规矩。

为了方便参观,丰田公司特意在厂房里的半空中,架起了一道空中走廊。行走在空中走廊上,我们几乎可以见到丰田汽车整个装备过程,但只有一个地方我们没法直接见到,那就是丰田汽车发动机的装备和设计。据说这是丰田公司的机密,外人无法告知,所以我们只能通过大型的电子屏幕观看。我发现这里全是由机器人来完成整个操作过程。站在走廊上,见到在不同流水线的工人,也像机器人一样,起承转合,有条不紊,腾挪推拿,娴熟自如。据领队介绍说,在这里工作的技术工人,可能是世界上汽车装备技术最精熟的技术工人之一,他们的待遇也是非常高。

在丰田公司参观,给我印象最为深刻的是公司专门开辟了一间偌大的汽车展示厅,在这个展示厅展示了丰田公司不同历史时期具有转折意义的汽车实物模型,专供参观者拍照留念。大厅门口,还专门摆设了一架印戳机,参观者可以在自己喜欢的信封或纸上盖上"丰田汽车九州株式会社参观记念"

的印戳。

也许这就是世界著名公司贯彻企业形象的英明之处,尽管只是细节。

参观完后,最后还有一场仪式就是与丰田公司宣传部长的互动环节。

我问了三个问题,前两个问题是关于丰田在中国投资建厂的状况,最后一个问题是"我们之中有学经济管理的,有学机械制造的,如果学成之后,我们可不可以为贵公司服务?"

宣传部长答曰:"按照我们日本的法律规定,中国人是不能进入这个领域里工作的,当然也包括其他一些外国人。"

六

一次笔者打出租车,听说我是去办留学日本的签证,这位健谈的司机长叹一声:"日本鬼子真是厉害呀,先是用刺刀侵略中国,后来又用电器侵略我们,刺刀的侵略,我们可以把鬼子赶回去,可对电器的声光色,我们却乖乖地投降了。80年代的时候,我们全家为了买一部先锋音响,花掉了我们全家三年的积蓄,现在想起来,我们哪里是为国家工作,简直是为日本鬼子打工嘛。"

出租司机也许有他自己的真理。

我们在观看日本电器在大陆做的广告时,常常会对日本广告采用儿童声音和女孩子声音,或采用儿歌形式的现象熟视无睹,很少有人去深究其使用这种形式的背后用意,就是一些善于刨根问底的人,往往对于深层次的原因也难得其解。日本电器公司没有生产儿童专用的产品,为什么要用儿童声音做广告呢?原来,用儿童做了广告,就是为了叫中国的孩子从会听的第一天起就开始收听日本广告。等他长到20岁时,正好是日本电器的消费者。

听到这个缘由,我有一种毛骨悚然的感觉,而且我还有一种无以言表的困惑。

一次在上《实践经营学》课,教授在讲到美国经营史的时候,突然放下课本,讲述了他的一次见闻,教授说:"上个月我去中国参加了一场学术研讨会,晚上看电视,电视正在播放一场联欢晚会,一位钢琴家正在弹奏《黄河大合唱》,我为演奏者的澎湃激情而感动,可是有个细节,我要告诉同学们,演奏者用的钢琴,可是我们日本产的雅马哈。美国只用了200多年,就建设成为世界最强大的国家,而中国花了4000年(日本学者认为中国只有4000年历史),却还是现在这个样子,4000年又如何呢?"

七

我的两个朋友受到过日本人对国民性的指责。

一位是大连的朋友。她在一所大学读研究生,有天晚上,她在教室看书,由于急着回宿舍,忘了关灯。第二天,她发现问题搞大了,她就读的教研室的全体教授围坐在一起,讨论昨天晚上究竟是谁没有关灯,当问清楚是中国学生时,这时一位教授当着大家的面,当众指着她说:"我就知道是中国人干的,哼!中国人的国民性。"

一位是北京的朋友,他在一家海鱼加工场打工。他人高马大,做工一直很卖力,也深得那位喜怒无常的工场长的喜欢。一次,工场长的顶头上司到分场视察工作。这位顶头上司手持一根玻璃尺,测量每个工作人员加工的海蟹的脚是不是符合统一标准,当检测到他削的几只海蟹的脚长宽稍有失误时,顶头上司没说任何话,他自己从口袋里掏出一把工具刀,从筐子里拿出一只蒸熟了的海蟹脚,刷刷两下,就完成了一只脚的加工。

我们看到这位顶头上司削出的海蟹脚,长和宽像画出来的一样,皮削掉了,里面的肉质却丝毫未损。见到这一切,谁都没有说话。

顶头上司朝我的朋友鞠了一个躬,说:"辛苦了。"尔后转身走了。顶头上司走了,他们却发现工场长没走,他紧绷着脸,突然吼叫一声:"这么一件小事,教过你们多少遍,就你们中国人做不好,真是不可教化的国民性!"

大连朋友气愤地向我叙述了她的遭遇,私下里她也气愤地跟说他的日本教授进行了辩论,她承认自己的错误,但她说,她个人的错误与中国的国民性无关。至今,这位教授仍然不置可否。

对于北京朋友的遭遇,我们都很愤闷。事后我问他,你一直不是做得很好嘛,怎么会在关键时刻出状况呢?北京的朋友说:"日本鬼子真是太死心眼了,手工的东西又不是机器做的,怎么可以用标尺去比划呢。"

八

日本人对台湾是中国不可分割的一部分这个事实,从来就是含含糊糊,持暧昧态度。

在日本有所大学,学校按惯例每年都要举行"华秋祭"的全校学生活动,由于有外国学生参加,学校需要悬挂每个留学生国家的国旗。没有征得中国留学生的同意,学校竟然把台湾省的省旗当成国旗悬挂起来。见到这种情况,有留学生当即找到负责老师,说台湾是属于中国的,要求负责老师只可悬挂中国五星红旗,这位负责老师当时怎么也不同意,说这是学校的规定。留学生见无法说服老师,就连忙写了一份抗议信,递送给了学校校长,校长最后担心事情闹大,就同意只悬挂五星红旗。

我碰到这样一位善意而谬误的日本人。

我和匈牙利、台湾的几个同学去一个日本人家里做客。在闲聊时,这个日本主人问我名字,但主人不知道怎么写。看到我的汉语名字时,"哦,我明白了。"主人说,"你的台湾朋友知道你的名字怎么写吗?"

"当然知道!"我充满信心地看着台湾朋友。

"对不起,我真的不认得耶!"她说。

"不会吧!"我怀疑地看着她。

"是的,我们用的是繁体,你写的是简体,我怎么会认得呢?"

"那发音呢?"我用汉语拼音标注了我名字的发音。

"发音是一样的,但你们写的汉语拼音我不认得耶,台湾用的是古代体的发音标注,跟大陆完全不一样。"

"啊!有这么回事?"

日本主人见我们相互都在吃惊,他不紧不慢地插话说:"如果我说,你是台湾人,你是中国人,把你们分开叫,一是我说不出口,二是你们可能会生气。我个人不否认台湾是中国的,但你注意到一个现象没有,就是台湾的学生不认识自己国家的汉字,大陆学生不认识台湾的拼音。几代之后,由于文字语言的障碍,你们的语言文化就会分裂。就像现在的日本和新加坡一样,虽然都在用中国传过来的汉字,但我们属于不同的国家呀!"

我听懂了这位日本主人的意思。他善意的提醒,我觉得是要思虑一下这个问题。关于他的谬误和局限,这位善意的日本人也许没有看到,香港不仅使用繁体,还使用英语。香港回归后,现在不是很好吗?

九

日本的公民馆在一定程度上说是外国人之家。留学生初到日本,处处陌生,这时最好的地方就是去公民馆,在这里可以接触到许多志愿者。

志愿者队伍以家庭主妇、退休人员、学生居多,他们帮助你了解日本的事情,教授你学习日语,定期举行各种PARTY,以最优惠的价格让你参加旅游。

我参加过一次由公民馆"草之根国际交流协会"举办的日本"皿仓山—海乡馆—长俯一日之旅"活动。福冈县皿仓山脚下的小仓城有座日本最早的门司港火车站,当年这座火车站的一大功能就是转运从海外进口的香蕉,尔后发往日本全国。

日本人对自然的敬重和对文物的保护,从海乡馆和古老的村庄——长俯村可见一斑。海乡馆其实就是海洋馆,日本人对海有一种天然的顶礼膜拜,认为海是心灵的故乡。长俯村,始建于193年,是日本衷哀天皇和神宫皇后西国平定之后建造的丰浦宫,虽然历遭兵燹,至今还是留下了一座古村落的原貌。长俯村的坛具川河,教我们两眼发亮,在清清的河水里,漫游着无数的大金鱼。也就是这群金鱼,让我经受日本人的一顿盘问。

见我们欢快的样子,几个日本人揍到我们面前,躬了一下腰,问:"在中国有金鱼吗?"

我说:"有。"

"中国会有金鱼?"

"当然了,我们家里还养着呢。"

"有这么大吗?"

"没有,是小金鱼。"

"哦,还是没有吗?"

"公园里有这么大的观赏鱼。"

"我说的是河里。"

"河里一般来说不喂养这种观赏鱼,但有其他的河鱼。"

"中国人就知道狡辩,你看,泰国的学生多老实,没有就是没有。"这时另外一个日本人插话说。

听到这话,我直觉得一股莫名其妙的恶心冒上来。

十

日本人难交心,这是许多在日本的外国人的一种同感。

日本人有一种天生的内敛,心扉总是不肯打开,我们在国内通常见到的哈哈大笑,在日本人的身上很难发生。豪放和豪爽好像不属于日本人,女人笑起来总是抿嘴而笑或者是掩嘴而笑,笑不露齿是日本女人的传统美德。男人的笑是融合在全身的,脸上挂着微笑,他们一笑起来是全身颤动,但嘴巴也不会发出太大的哈哈声。

一位老华侨开玩笑说,日本人是不敢哈哈大笑,为什么?国土太小,九州的一声笑,连北海道都能听到,在人人都讲礼貌和谦让的日本,谁还敢冒天下之大不韪。

和一个不太纵声欢笑的人打交道,当然会有困难。但我发现有一个法宝,很快就能和日本人交朋友,那就是跟日本人谈吃,谈吃中国菜,然后再烧中国菜吃。日本是一个好吃的民族,现在日本人的吃法很欧美化,牛排喜欢烤着吃,茄子喜欢炸着吃,海鱼喜欢生着吃,饭后必定烧罐咖啡。日本人可以说是肉食动物,每顿必牛排或猪排,牛排和牛奶强壮了大和民族,现在日本人很自豪,他们在报刊上撰文说,他们的平均身高和身体素质已经超过了中国人,他们不再是鬼子了。这个说法是真是假,有待考证,但日本人好吃肉食却是事实。

日本在饮食上的"脱亚入欧",成为一个"香蕉人"毕竟改变不了亚洲人的胃。在店门前广告牌或者悬挂的灯笼和旗幡上,写着诸如"荞麦面"、"盖浇面"、"麻婆豆腐"、"青椒肉丝"、"水饺"等之类来招徕顾客,中国的传统饮食仍然是普通日本人追逐的美食。中国现在还很少世界级跨国企业,但中国的饮食对全世界的人来说,被当作美食铭记在心,何况深受中国饮食文化浸染的日本。

日本人的饮食有些像江浙人,清淡而微甜。有次日本朋友请我去他家里做客,我带了一瓶"老干妈"送他。这位朋友像看文物一样欣赏着这瓶辣酱,就是不肯下筷子,在我再三游说下,他才用筷子点了一下,然后浸泡在一大碗清汤里,喝了一口的时候,还"嘘嘘嘘"地直叫辣辣辣。

想结交日本人做朋友,特别是日本女性做朋友,很奏效的一条,就是请他吃中华料理——青椒肉丝,只要你肯开口,她们立马就会跟你走。

(2003 年 3 月)

漫画大师

没到日本之前,晓得日本是漫画大国。到了日本,才知道漫画被民间列为茶道、歌舞伎、相扑之后的第四大国宝。

一

在国内认为日本是漫画王国,那只是听说。等到了日本,无所不在的漫画,却让我超过对樱花的体验。搬到新居的寮,在打扫房间的时候,累的不是灰尘,而是前辈留下的堆满房间旮旮旯旯的漫画书。这些厚得像电话黄页的漫画书,搬起来不甚重,看说明原来用的是再生纸。整理完足足有五大箱,本想全部扔到垃圾箱,后来想,有把它们赠送其他人或小学校也许不错。一位朋友见我持有这种想法,不屑地说,谁还要你这些破东西,他们多得扔都扔不完。

"是吗?"我将信将疑。

当然,我的这位朋友说,不听老人言,吃亏在眼前,你还是先把自己安顿好,日本房子小,不要叫这些旧书鸠占鹊巢。他不容我再想,啪啪啪地打好包,把五箱漫画书全都甩到了专门的垃圾桶里。看着那些可爱的漫画书将要与剩菜剩饭为伍,我心里冒出丝丝不快。但在后来的生活中,还真庆幸我这位朋友的痛快,因为在日本,漫画书真是无所不及,随手可触。

我就读的大学有一所叫 Book Market 的书店。这个书店,开始我以为像国内大学周围的书店一样,满是考研、托福、GRE、世界名著、学术等书籍,载满了学子们的期待和梦想。进去一看,全然不是这个样子。整个书店八成都是漫画书籍,其余的都是写真集、游戏卡和旧书。这些漫画分三个等级:儿童漫画、少男少女漫画和成人漫画。初进书店,带着国内的那种端和装,心态怎么样也放不下,不肯翻阅和购买。有一次,心里产生一种离家的寂寞和乡愁,竟不自然地走到了这家离宿舍不到 300 米的书店,漫无目的地拿起漫画书翻将起来。这一翻不打紧,一翻,我竟渐渐地沉迷起来。

我发现,日本的漫画书,完全是另外一种概念。

臧克家的《村夜》有云:太阳刚落/大人用恐怖的故事/把孩子关进了被窝……小时候,我是一个小人书迷,《三国演义》《西游记》《红楼梦》《井冈山的革命斗争》……二毛钱能叫我的童年在街头的小人书摊前,白天不知夜的黑,乐趣无极限。日本的漫画书与我小时候阅读的连环画,那简直是一种颠覆。

有一本叫《东京大学物语》的系列漫画,故事很简单,说的是男女大学生之间的友谊和爱情,女主角有着大大的眼睛和纤巧活泼的鼻子,纯情可爱,而男孩子则会被赋予雕塑般的完美体型。不看故事情节,单看那些精美的画面就足以叫人赏心悦目了。

日本漫画的绘画手段与我们的连环画截然相异,这种新漫画其实就是电影画面语言的一种书版再现。在这本漫画里,它几乎运用了影视制作中的所有技法:正拍、变焦、俯拍、快镜头、慢镜头、长镜头、特写镜头,以及切换镜头的方式和蒙太奇手法等。具体的表现手法主要是依靠对一页画纸的分格处理。如大场景的长镜头,体现在画面中就是所占的面积较大,有时甚至使用整张画纸来表现一个场景;短镜头则以小面积的面画夹杂在整页画纸当中;快镜头使用速度线,它不仅可以制造动感效果,且随着宽窄、长短、密度以及方向的变化可渲染气氛、表现人物的心情;而慢镜头往往与特写镜头结合使用,例如一个转脸的慢镜头特写,可用3个定格画面来表示:全侧脸—半侧脸—半正脸,同时伴以眼睛的变化,充分体现了人物内心世界而不需要加以任何文字说明——绝对地用画面语言来诉说故事的心情起伏。

这些绘画技法,颠覆了我从前的阅读心理,画面的现场感和生活感,我恍惚又回到了秋风骏马的大学时代,竟教我不忍释手。

二

怎样才能说明日本是漫画王国,有一组数字最能解释问题。

日本现有漫画周刊、半月刊80余种,月刊2246种,共2326余种。每月出版漫画单行本约500种,占全部书刊总销量的45%。仅在去年,日本发行漫画杂志就达15.9475亿册,单行本7.835亿册,纯利润近6000亿日元,相当于360亿人民币。日本漫画及其相关产业的资产达到6000兆亿日元。日本1.26亿人,每人平均一年的漫画图书和漫画杂志的消费数量达到近13册。从数字看成绩,真是"一花一世界,一沙一王国"呀。

在日本,漫画成为一种大众文化,比电影、小说有时甚至比电视或音乐更受欢迎。在日本的7-11等不同名称的24小时便利店,都设有一排长长的杂志架,杂志架上的漫画眼花缭乱,堆积如山,只要新书一到,很快就会销售一空。在日本,可谓无漫画不成书、刊、报,日本发行量最大的报纸《每日新闻》,每天都可以看见老百姓针砭时事的漫画投稿;在文学界颇有名气的《文春周刊》,也每期必登形形色色的漫画;不管是经济,还是文化方面的书籍,也同样配以与文章相般配的漫画,漫画已经渗透到日本人的灵魂和血脉中。我曾无数次乘坐电车和地铁,无论是从福冈到大阪的长途旅行,还是从折尾至小仓的短途观光,我都能看到乘车的日本人,穿着得体,一丝不苟、全神贯注地捧着一本漫画,神情怡然自得。

记得有一次晚上,我正乘电车从博多回家,电车在香椎站停靠。这时走进位中年男子,摇摇晃晃的,一看就知道是下班喝酒回家的 salary man(工薪族),电车门刚刚关上,这位中年男人突然摔到,手上的包也甩出老远,我连忙跑过去扶他起来,在帮他拾包的时候,我发现从包里滑出了几本书,我仔细一看,竟全是漫画。

随着电子网络阅读的迅猛发展,有人曾忧虑纸张媒介的阅读物会被冲垮,说这种话的人,也许没有考量到一种民族心理的阅读指向,日本电子媒体异常发达,但日本的男女老幼竟是这样地喜好纸质的漫画。广泛的民众的阅读基因,是日本漫画繁荣昌盛的土壤,但无数漫画大师的妙笔生花,是日本漫画枝繁叶茂的阳光和水分。说到漫画,必定要说到日本众多的漫画大师。据说现在日本的漫画大师就有 1000 多名,至于从事漫画创作人的则不计其数。提起现代漫画界,不得不说到三个人物:日本现代漫画的鼻祖——北泽乐天,漫画之神——手冢治虫,动漫之王——宫崎骏。

日本现代漫画的历史可追溯到明治明期,据说是法国画家乔治·比戈把现代漫画引进了日本。在此基础上确立日本现代漫画的是北泽乐天,1906 年,北泽创办了日本第一份漫画刊物《东京小精灵》,以后又创办了《东天小精灵》、《家庭小精灵》,可算是开日本漫画风气之先。

在少年时期,有一部《铁臂阿童木》的电视动画片,每天候得我心猿意马,看完今天巴不得明天就像书页一样一翻就到,还有这部动画片,也叫一些民族文化的守望者,反思国内关于孩子电视剧的高低得失。《铁臂阿童木》的父亲就是被日本人誉为漫画之神的手冢治虫。1928 年 11 月 3 日出生于大阪府的他,是家中的长子。他生长在一个开放的家庭,从小就接触漫画和卡通,充满机智和想像力。从他本身也非常喜欢昆虫,从他的笔名中带有一个"虫"字来看,就不难得知他对昆虫的喜好程度。一个爱自然的人,一定也爱人生、社会,他年轻时的志向是学医,因为他经历过战争对生命造成的恐惧。后来他也成为一名医学博士,但最后还是选择了他最爱的职业,弃医从画了。

手冢对日本漫画的贡献在哪里?就是他掀起和开创了一场漫画及动画片革命并取得这场革命的胜利。手冢改变了日本对漫画原有的概念,以各种新的表现手法树立了内容丰富的漫画,将漫画变成一门充满魅力的艺术。不仅如此,他的作品对文学、电影,以至各种领域,都带来了不小的影响。

他把小说及电影艺术的风格带进了漫画世界,《森林大帝》和《铁臂阿童木》,就是这种新型卡通连环漫画艺术的代表。对于他的贡献,日本《朝日新闻》这样评论:"日本漫画所以普及的唯一解释是日本有个手冢治虫,别的国家是不会出现这种情况的。如果没有手冢,难以想象日本漫画会于战后大放异彩。"

正因为他的史无前例,日本漫画界还以他的名字设立了漫画界的最高奖项——"手冢治虫文化奖"。

宫崎骏在日本漫画界是一位集大成式的人物,他把漫画和动画片结合得最为完美,最为精致,最有市场,他在日本被称为"寂寞高手,动漫诗人"。

2002年,无论是打开电视看娱乐节目,还是逛书店,几乎都能听到一首《千与千寻》的主题歌,这首歌非常优美、蓝色透明而且意味深长。这部由有他导演制作的《千与千寻》是日本最为畅销的动画片。他有一个工作室叫 Ghibli,宫崎骏将自己的工作室如此命名,也有要为日本动画界带来新旋风的意思。Ghibli 工作室坚持使用质朴的动画语言,在日本动画史上不断创造"草根"奇迹,由于它从不以盈利为前提,而且痛恨当时风行的粗制滥造的动画 TV 长剧,因此,Ghibli 几乎就是靠精工细做的剧场版活着。他曾制作过一部《风之谷》动漫,优美精致的画面,丰富多彩的人物,幽默诙谐的对话,积极向上的精神,特别是片中体现因人类的愚昧战争和过度掠夺而反噬自然,巨大的菌类组成的腐海因为人类产生的毒素而散发着毒气,被环保主义者作为圣经宝典珍重不已,宫崎骏被捧为"环保主义"的教主。

三

日本有句口号:"让 3 岁到 80 岁的人都有漫画看。"

日本经过半个多世纪的磨练和积累,从开始的同人志形式发展到今天的企业化规模,从技法和表现手法上形成了日本风格漫画体系,并对世界漫画业的发展起到了积极的推进作用。漫画作品所涉及的范围包罗万象,从童话故事、科幻、冒险、爱情、体育、卫生、历史、科学、经济、宗教、娱乐到文艺小说、纪实文学、政府文献、学生课外辅导材料……无所不有。派别上主要分为少女漫画、技击漫画、科幻漫画、体育漫画、历史漫画、商业漫画、色情漫画等。日本漫画作品的影响力,销售量之巨大,在世界都处于前列。

日本漫画作为一种产业，其市场规模达到了令人难以置信的程度。日本漫画能有今天的业绩，是因为一开始漫画就形成了一套立体的产业生态链。

　　20世纪80年代初以降，日本各大出版社纷纷加入这个行列，日本漫画出版物主要由漫画杂志和漫画图书构成。漫画市场销售量的70％被小学馆、集英社、讲谈社等五家先行出版漫画的大型出版社所垄断。其中集英社的《周刊少年JUMP》年发行量超过340万册。至于小型出版社那就更是不计其数，如今在各大出版社之中很难区分哪些是出版文字书，哪些是出版漫画书的。

　　日本漫画铺天盖地，专营漫画的书店很多，日本漫画缺少中国漫画"讽刺"和"歌颂"的内容，而多了讲故事的功能。日本是个很注重历史的国家，也是一个喜欢改历史的国家，历史漫画在日本最有名的是改编自中国名著《三国志》《封神演义》《项羽与刘邦》《西游妖猿传》等题材的作品，枯燥复杂的历史典章和难懂的古典文学一经漫画家的手笔就变得轻松易读起来，日本人对中国历史的谙熟，漫画的功劳不可小视。

　　就影响来说，日本漫画已经遍及全世界，尤其是亚洲。台湾专营日本漫画的书店和图书馆据说不比卖槟榔的少；日语翻译在香港身价很高，最大的作用也是翻译漫画；泰国、印尼和马来西亚都大批量地将日本漫画翻译成本国语言。至于习惯于通过动画来认识漫画的西方，日本漫画也已经被动画界主流所认同。美国、法国和意大利等国家都频繁举办相关的漫画展，发售"同人志"。

日本有家日本漫画学院，该学院成立于1974年，是专门培训漫画人才的。目前在韩国、台湾、北京等国家和地区合作成立了漫画学校。有许多大学开设有漫画专业和学系，日本还有日本漫画家协会、日本漫画研究联盟和全日本漫画会等行会组织，这些行会和组织遍及全日本的都道府县和大中小学。我所在的大学就有漫画研究俱乐部，参加的会员甚至超过练习柔道的学生，他们还拥有自己的网站。我多次到日本小学访问，小学生在自我介绍时，总忘不了说："我的兴趣是看漫画。"

　　《东京爱情故事》想必许多年轻人都熟悉，这部电视剧改编自漫画书，把漫画改编成影视剧，或把影视剧改编为漫画，是漫画产业化的另一条互动式的致富路径，德间书店出版的《千与千寻》是目前日本最畅销的漫画书，宫崎骏把它改编成动漫，该动漫在第52届柏林国际电影节上捧得了金熊奖。男女老幼在奔向影院的同时，书店里的漫画集也是持续畅销。东京有条涩谷街，这条街是日本女孩流行样式的发源地，你可以见到许多穿着卡通的少女，就像漫画里的发型和服饰，漫画的力量真像一只看不见的大手在操纵人间万物。

　　作为漫画产业的另一终端产品——漫画茶座，在日本如此之多，恐怕在世界上也是罕见的。所谓"漫画茶座"，有一点类似小型的综合图书馆，商家除了提供漫画，还供应茶、咖啡或饮料。我去过许多大小不一的漫画茶座，里面的消费不高，每个小时一般在450日元左右，相当于一顿盒饭，所有的饮料可以"饮み放题"（无限量供应）。漫画是每一个年龄段的日本人都必不可少的日常读物,由于日本人生活节奏非常快,所以不管是上班族还是学生,几乎不太有时间去挑选漫画书,要收集所有自己希望阅读的漫画也是一件不切实际的事情,所以有很多的日本人都愿意在下班或者放学以后,去漫画茶座过一过漫画瘾。

日本人是经济动物,善于发现和创造商机,最近漫画茶座还吸收了许多其他的娱乐手段:譬如游戏、按摩和上网,因此租看漫画的简单服务事情,因环境改变而变得格外享受,许多漫画茶座火爆到24小时开放营业。完全可以说,这样的漫画茶座已经成为"时尚基地"和"休闲方便店"。

(2002年4月福冈初稿,2003年4月改)

传芭代舞

日本 TBS 电视台每周有个"一展歌喉"的节目,这个节目相当于上海电视台的"五星奖",即卡拉 OK 表演赛。来自市、区、町和公民馆的个人和团体,按照自己所长,选择自己最拿手的歌。选手们选歌自由,但我发现,选择最多的是日本的老歌。

这个节目很受中老年观众的喜欢。

连续几个星期,我发现每到节目结束前,主持人和选手都要来个大团圆,高歌一曲我们《明天会更好》,开始我以为是这个节目的主题曲,就有点像我们的许多文艺晚会一样,在整个表演的最后,大家满怀激情共唱《祝酒歌》。但在其他的电视台,比如富士和 NHK 电视台,也有许多节目在晚会或大型节目结束后,必唱这首歌。这首歌的曲调有些诙谐、轻松,但整个曲调听完之后,教人有一种淡淡的乡愁、忧伤和期盼,这种期盼不是伟人或成功人士的那种期盼,轰轰烈烈;而是一种小人物或平凡人的期盼和渴望,实实在在。

由于对这种现象的好奇,勾起我对这首歌曲背景的探究心。

《明天会更好》这首歌原为一首广告歌曲。是一种叫佐治亚咖啡,即日本可口可乐推出的一首广告歌。歌曲诞生于1963年,由青岛幸男作词,中村八大作曲,坂本九演唱。这首广告主题歌一面世,便大受欢迎,并流行于60年代的日本。2000年,在原歌曲的基础上,被人们重新填词并重新演绎,一下子在全日本重新流行,广为传唱。这首歌原为一首爱情歌曲,改词后,主要是描述一个工薪族在日常工作中各种各样的生活场面,表达他们对自己生活的不满足同时又渴望能保持这种生活现状的矛盾心情。《明天会更好》这首重新填词的歌曲,在去年整个不景气的日本娱乐市场上,竟销售达70万张。这首歌经过媒体的整合传播,恢复1990年以来日本流行歌坛陷入低谷的局面,焕发了流行歌坛的青春,成为日本男女老幼喜爱的一首歌,可谓"传芭兮代舞,婍女倡兮容与"。

歌为心声。一首歌可以反映一个人的心声,可以反映一个阶层的心声,也可以反映一个时代的心声。《明天会更好》这首歌的流行,从另外一个侧面,我们可以感觉到日本人对当下生存现状的忧虑,以及对明天生活的不知所措。

从上个世纪的90年代以降,日本经济从极端繁荣的怀抱里梦醒过来,随着虚假美丽泡沫的消失,日本的经济开始暴露出他的窘相来。十年已过,经济状态不但没有回转,反而朝着恶化的方向滑进,面对此情此景,连日本媒体自己都浩叹:"日本,明天还有幸福可言吗?"

是的，日本明天会更好吗？明天还有幸福吗？

在日本期间，我也一直在思考这个问题。

一个留学前辈，在宫崎大学做教授的李先生告诉我说，他当初来（1986年）日本的时候，有一种无以言表的自豪和得意，那时日本正处于经济发展和经济生产的辉煌时期，全日本人都拼命地工作，他们不舍昼夜、不计得失、以厂为家，他们来到日本，受到日本人敲锣打鼓的夹道欢迎。他说，那时几乎每天都有日本人请他到家里去做客。那时的日本劳动力奇缺，中国留学生对日本人来说，是加入到工厂生产的新鲜血液和有生力量。

那时留学生打工就像在海边捡贝壳，太容易了，只要你肯做，24小时都没问题，法务省虽然规定了留学生每周打工的时间，但也是睁一只眼闭一只眼，因为那个时候全日本就是一个大工厂，太需要人手了。李先生几乎是用一种向往的口气，回忆他刚留学日本时的情景："那个时候日本处于资源过剩时期，我们根本不需要买什么生活用品，有时在路边都能拣回一大堆全新的袜子、手套和衣服，自行车和电器老百姓都会送给你。"

当李先生问我们的留学生活时，我说完全今非昔比，别说拣东西，就是打工的机会都很难找，即使有工打，给料（劳务费）也不高，而且老板还挑三拣四的，牛气哄哄。我有个朋友，从兰州来的，家里条件很好，父母是老革命，他带着一种非常良好的心情到日本留学。半年之后，从家乡带来的钱用光了，他不好意思问家里要钱，为了求学，他只有打工，可工并不好找，同班的一个同学好不容易给他介绍了一家位于北九州市的小仓干洗店。干洗店的老板非常苛刻，虽然每小时给820日圆，但一个月如果迟到一次，就降为750元，而且还是有工就做，没有工也不电话通知，等你喘气呼呼地赶到上班时，时不时会告诉你说，今天没工做了，或者只有1个小时的工，做完走人。

干洗店的工作其实非常严酷，每天晚上都得在至少45度的高温下劳动，冬天还好些，到了夏天，那简直就是一场噩梦，每次干完活，身上一根干纱都没有，自己携带的几大壶水，早已随着汗水挥发光了，老板只有偶尔发发慈悲，给你一瓶果汁喝喝。而且就是这样的工作，许多留学生都虎视眈眈。兰州的朋友曾告诉我说，有位来自东北吉林的留学生，为了讨好老板，想要老板让他能继续干下去，过于拼命，结果把腰椎骨弄折了，但还是不敢声张，怕老板发现把他赶走。后来实在没法忍受疼痛，才辞掉这个工作回老家养病去了，据说过了一个月，又回到了这家干洗店。

连续十几年的经济不振，叫新上任的首相小泉纯一郎头痛不已。记得他刚当选首相时，在就职演说中，曾信誓旦旦向民众保证：弘扬米百表精神，日本的改革无圣域。日本的经济的走向并没有因为小泉的口吐莲花，而向美好的方向前行，相反相继发生的一件一件事情，让日本人自己都无所适从。小泉参拜靖国神社，引起了亚洲特别是中国和韩国人民的强烈反对，韩国5名青年断指明志，誓死抗议小泉的这种愚蠢行为。

在日本,民间人士也强烈反对小泉参拜靖国神社,据朝日新闻的社会调查,有65％的民众规劝小泉要慎重考虑,只有26％的人支持他的行动,小泉想通过他的行动来鼓励民众,唤起民众斗志的梦想,结果被自己国家的老百姓摧毁了。还有篡改历史教科书的问题,中国人民的抗议之声通过互联网反馈到日本的时候,我周围的许多年轻日本人,都觉得不可思议。因为在这之前,他们根本不知道有南京大屠杀这码事。"当我在互联网上看到南京大屠杀的照片时,我真的是惊呆了,日本人竟犯下了这么大的罪恶,汤桑,我向你道歉,我们永远会是朋友。"在一次中外留学生交流时,一位叫古贺的日本青年紧紧地攥着我的双手动情地说。

叔本华说,幸福的家庭是一样的,不幸的家庭各有各的不幸。

我说,幸福的国家是一样的,不幸的国家各有各的不幸。日本最大的生命保险公司之一的"东京生命"突然宣布破产,演绎了一场"人比保险公司寿命更长"的活剧。东京生命负债金额达9802亿日元,"东京生命的破产",是日本宣告破产的第5家大型生命保险公司。终身雇佣制作为日本企业的一种特征和优越性,曾被世人广泛称颂,但当日本电器的代名词——松下电器公司宣布在全公司范围内征集自动要求下岗人员时,就已经标志着这种被认为是优越的企业制度在日本的全面崩溃。

经济的不景气带来的另外一个恶果就是就业的困顿,日本的失业率已突破5％,失业人数超过330万,与IT行业对人才的需求形成鲜明对比的就是，成熟产业对人才的需求就疲软得多，失业者大多为中年人，由于年龄的限制，再就业对他们来说就变得非常困难。据日本警察厅发表的数据，在过去的三年，因工厂企业的倒闭、失业等经济生活问题的影响，全日本有30000多人自杀。日本有家汉字能力鉴定协会，这个机构从1995年开始，每年都要通过一次民意调查，来确定本年度最瞩目的一个汉字。

1995年，由于当年发生了阪神大地震，人们评出的汉字是"震"，之后几年的依次是"食"、"倒"、"毒"、"末"和"金"。去年12月12日，该协会公布，象征着21世纪的第一年的"今年的汉字"评选，所选出的汉字是"战"字。汉字的评选是通过公众募集的方式选出来的，去年参加评选的人数为历年最多，共收到3万6千张选票，选"战"字的约2300封。之所以有这么多人选"战"字，不仅是美国9·11事件，和阿富汗战争的原因，另外与日本所进行的经济改革和疯牛病的事件，使日本老百姓感到"战战兢兢"不无关系，选票中排在"战"字之后的是"狂"、"乱"、"恐"、"命"、"坏"、"爆"、"新"、"崩"。

日本还明天会更好吗？来自民间街坊的老百姓的乡愁和忧虑，不是空穴来风，他们也许不会太相信政客们的花言巧语，但他们相信自己的真实生活。在前不久，日本政府的经济财政咨询会议，推出了振兴日本经济的六大发展战略，它们包括六项人才战略、五项技术战略、五项经营战略、七项产业创新战略、四项地方经济发展战略以及三项全球化战略。关于这六大战略，日本媒体认为，一旦六大战略得以实施，将有可能使日本经济重振昔日雄风。

　　如果真像媒体所说的那样,日本民众就不会再沉湎于是否"明天会更好"这样的歌声中了,他们又可以全身心地投入生产建设的洪流中去了。

(2002年春,北九州市)

哲　匠

一

我对于日本作为技术的国度,最直接的感受是来源于两次经历:一次是观看日本木匠"腕に覚えあり"(我翻译为"刨技")的全国技工比赛的电视节目;另一次是在一家叫安机装饰的公司打工。

"腕に覚えあり"的全国技工比赛,每年在东京举行一次,参加者主要是全国的木匠,参加人数达500余人,均为全国一流的木匠技师,比赛的规则很简单:就是参赛者在一块长约3米,宽约12厘米的木条上,谁能在最短的时间里,刨出一条没有任何损伤的最薄的木片,谁就是冠军。

有一位来自神奈川县的叫甘粑荣一郎的木匠,在不到一分钟的时间里,竟刨出了薄至0.007厘米的木片,赢得了此次全国技工比赛的冠军。

甘粑荣一郎刨出的木片,真是薄如蝉翼,放在一张报纸上，阅读时竟然丝毫没有障碍，令人叹为观止。

在日本留学期间，我曾到一家叫安机装饰的公司打工，主要的任务是为一家大百货公司装饰地板，负责该项目的是一位 40 岁左右的叫桥本龙的日本人，初次见面，我们非常怀疑他的技术能力。

桥本龙衣着不像一般的日本人干净挺括，而是邋里邋遢，说话含糊不清，做起事来有些丢三落四，用上海的说像个"戆督"。

但是在一次整合地板的技术上，却让我对他刮目相看，由于房间的空间不是按地板的尺寸来设计的，这就要求工人需要不断地调整规格和修补，这个时候，我见桥本龙像个飞速运转的机器，测、刨、锯、量、粘，神态专注而镇定，最后修补的地板竟然和原造的地板丝毫无差别。

我曾经请过装修队装修房屋，一块不到 10 平方米的厨房，左左右右竟搞了 3 天，真叫人大跌眼镜。通过这次打工，我对桥本龙从心底里翘起了大拇指。

对日本人，特别是普通的日本人的技术何以如此纯熟？他们的职业教育的优势在哪里？引起我探究的好奇心。

原来，提高国民教育水平，努力使全体人民从少年到成人都掌握职业技术能力，一直是日本国的优先战略。

日本是"教育立国"的典范国家，在整个教育对经济发展的促进和贡献份额中，职业教育占据着举足轻重的地位。日本已经建立起比较成熟和完善的职业教育体系，它包括学校的职业教育和职业培训两大部分。

学校的职业教育体系主要包括高中阶段的职业高中,专修学校、各种学校,以及高中后教育的短期大学和高等专门学校。

职业培训主要涉及这样五项内容:

对刚结业即将就业人员进行的与职业相关的基础知识和基本技能培训的养成培训;为适应技术革新或职业结构变化的提高培训;对具有一定技能的在职人员进行的旨在提高知识和技能水平的培训;通过职业转换课程对在职人员转岗或失业人员重新就业进行的准备性培训的能力再开发培训;对某些残疾者进行的适宜性特殊培训的身心残疾者培训;通过对职业大学的长短期课程的职业培训指导者培训。

日本职业教育有其独特的发展机制,这些独特的、多元的机制因素的综合效应构成了日本职业教育发展的、强烈的外在需求和无穷的内在动力。

第一,全民重视教育。正如前首相福田赳夫所说:"人是日本的财富,教育是国政的根本。"

第二,经济发展的需求。

第三,职业教育法规保障。

第四,重视企业内部职业教训。

第五,鼓励私利职业教育。日本劳动力素质的提高,极大地提高了日本的社会劳动生产率,进而促进了日本的经济发达。

日本职业教育发展的新选择、扩大高等职业教育范畴,近年来,日本的短期大学和高等专业学校教育范围有了较大的发展,其中短期大学从 1975 年的 513 所,到了 1990 年,增加至 593 所,47.9 万学生。

日本是推行终生教育制度最为积极的国家,也是终生教育事业最为发达的国家。日本的职业培训,正积极地向终生职业培训、终生职业设计指导、终生职业能力开发的新体系过渡。

教育优势是日本经济发展的基础,教育先行是日本经济高速增长的条件之一,日本的职业教育对日本经济发达的促进模式,具有规律意义和普遍价值,值得世界各国特别是像我国这样的发展中国家借鉴。

了解到日本的职业教育,再去想一想甘粑荣一郎木匠和桥本龙师傅拥有如此高的技能,我想,我们也就不以为怪了。

(2002 年冬)

奢望主妇

一

最初对日本女性的认识,是来自于小时候看过的一本连环画——《啊,野麦岭》。野麦岭上有家巢丝工厂,巢丝女工白天黑夜地把手浸泡在药水里为工厂主抽丝剥茧,同时自己的命运也像蚕茧,被工厂主抽丝剥茧,生活多舛无助,悲惨无奈。

后来,看过一部电视剧《阿信》。阿信忍辱负重,不畏任何风险,白手起家,经过无数次的失败和起伏,最后创下了一份属于自己的基业。野麦岭的女人身遭欺凌,软弱无声,看过之后,顿生一种悲悯情怀。阿信,一个女童工,为着一个执着的信念,跪在火炉边,寻求生活的存在之道。

电视剧《阿信》中的阿信形象是以八佰伴集团前总裁和田一夫的母亲作为原形的,阿信的形象,就是上个世纪六、七十年代日本人的象征。当时的日本人不舍昼夜地"顽张"(日本语"尽力"的意思),阿信及阿信们的艰苦创业,使日本经济到达了鼎盛时期。《阿信》最后几集中,她已年近六十,经营一生的事业,遇到了极强的竞争对手,面临倒闭,但阿信并不慌张,她坦然地说:"如果没有了,那我就从头干。"这句出自日本女人口里的话,谁听了都会在心底里翘起大拇指。

我真正第一次结识日本女孩,是一个留学生,初次见面,并不觉得日本女孩有阿信的影子,如果不说话,还真以为是内地某个山村的学生,穿着对襟衬衣,刘海挂满额头,一副怯生生的样子。但她对待学习像拧螺丝钉一样的较劲精神,很令人佩服。

当我问她现在的日本女学生是不是都是这么踏实、较劲、一丝不苟。她告诉我,现在有不少女学生在读书上不是这样的。我接着问,现在的日本女性是不是嫁人之后就守在家里做主妇。她点点头接着又摇摇头。

当我身处日本社会的时候,我就明显地感觉到日本男人在骨子里是看贱女人的。男人问初次见面的女人,总是说"御主人は何をしていますか?"(丈夫是干什么工作的?)在日本,女人得管丈夫叫"主人",丈夫向别人介绍妻子时,叫"家内"。

在日本,我经常可以看到这样的场面:一家人出去,昂首挺胸走在前面的总是男人,主妇胸前兜着孩子,低眉顺眼地跟在后面。进电梯时,主妇按着键,等主人孩子进去后,自己再进去,最后出来的仍是这个主妇。

记得有位人大代表在两会期间提出一种"让女人回家"的议案,立即遭受各方质疑,特别受到女权主义者的驳斥。

女人该不该回家?结婚后该不该在家里做主妇?我们可

以听听日本女人的一套逻辑：女人嘛，首先是妈妈，女人不会傻到边工作边做妈妈，那样会累死的，应该是"主人"挣钱，主妇抚养孩子，等孩子长大后，如果"主人"不合意，再跟他离婚也不迟。日本法律规定财产各人一半，到那时"主人"已经退休了，不能挣钱了，可不是主妇而是"主人"了。

道理还真气壮吧，真不知道日本男人听到这番话，会不会气得跺脚或趁早把这个"家内"给休了。

要说日本女人都躲在家里做主妇，对现在的日本来说，也不全面。其实，在日本，主妇不是简单的"家庭妇女"，是指一个家庭的女性家长。这个词反映日本主妇在家务方面具有相当大的权力。

在大学和政府，很多都是女职员。一位陪同我办理外国人登陆证书的平井先生告诉我说，近几年日本经济不景气，靠一个男人挣钱养家财力不济，女人这个时候必须走出家庭，冲向生产第一线，像国内的妇女同志，顶起家庭和社会的半边天。

刚到日本，我发现无论是电视还是报刊，一个流行偶像组合——"モニーンダ娘"（早安少女组）在日本广受关注。她们以幼小、可爱得到人们的狂热崇拜，按国内的眼光，这群少女只能在少儿节目里蹦蹦跳跳，想不到在日本大庭广众的舞台上，搔首弄姿、咿咿呀呀，狂受日本男人的迷恋。

东京有个涉谷区，该区以年轻人的"游玩天堂"著称，并成为十几岁、二十几岁女孩们新时装的发源地。"涉谷区"以怪、奇、丑及低俗的化妆为"美"，以染头发、描白眉、穿皮短筒裙、蹬高跟鞋、手拿电话为新潮流,当日本著名的小品文学家李长生见到这种情景时,情难自抑地说:"涉谷大街上走的都是木乃伊。"

从阿信到早安少女组和涩谷女,这大概是日本女人对当今社会的一种反拨?

二

到日本政府办事情,让我体会到日本人职钱分明的生活态度。

办理登记的地方叫黑崎。黑崎城不大,但在北九州地区很有名。黑崎作为北九州市的副都心,在商业上极具战略地位。日本的许多商业大鳄都把黑崎作为必夺之地。有家巨型百货公司——崇光百货公司刚一关闭,就有诸如 CITY.COM 和井筒屋等大型百货公司旋即以迅雷不及掩耳之势占据该战略要地,每次去游黑崎,每次都叫人有一种恍若隔世之感。

一起陪同去政府办事的平井先生,虽说年轻,但做起事来一板一眼、巨细皆精。去一次黑崎,就像一场作战,他找出一大堆地图和指导书,跟我说去黑崎路线怎么走,到折尾车站上车要经过几道岔路口,票价几何,特别强调要买回程票,平井竖起四个指头,说:"这样可以便宜 40 日元。"

去一次黑崎,平井先生像教育小学生一样不厌其烦地跟我讲解。开始我还以为我是初来乍到,他才这样诲人不倦。但后来与日本人交往的许多经历告诉我,日本人对待任何事物都有一种独特的认真、敬业的态度和精神。在中国有句俗话叫"计划没有变化快",然而,在日本做事,事事计划在先,而且极为周全与详细,计划永远比变化快。

记得一次到福冈的海中道去见学,如果把这次见学放在国内的大学,其实也这是一次极其平常的参观活动,但就是这样一次极其平常的参观,带队教师就给每人发下一张这一天参观的全部计划章程,满满一大张,每个环节的时间扣得相当紧,就连几分钟上厕所都规定得严严的。对日本人的这种严谨和敬业,对于天性不羁的我来说,心态经历着"好奇—厌烦—反叛—苦磨—承纳—习惯"这样的心路历程。

解说了半天,平井先生担心我迷路,最后干脆亲自带我去黑崎。到了黑崎,我才知道,其实黑崎离学校乘电车也不过15分钟的路程。当时我在心理直泛着嘀咕:嫌这个平井先生是不是有些太小题大做了。黑崎城虽然不大,但干净得像洗过一样。由于日本为岛国,无论是马路还是人行道都显得逼仄,用九曲回肠和曲径通幽来形容黑崎的街道是再恰当不过的了。

到了八藩西区政府,平井先生把我带到了办理外国人登陆证的柜台,他叫我自己填下表格,他到另外一个房间去帮我办理健康保险。

在去日本前,我曾听过在日本留过学的人说,在办理登陆证的时候,日本人会要求你按手印,在他国按手印,会弥生一种怪怪的耻辱感。待我把填好的表格交给工作人员后,当时为了避免按手印,我早早地掏出我的印章,故意在这位女性工作人员面前拨弄。见我的表格填写无误后,她指着表格下面的一块空白对我说:"在下面签上您的名字。"我连忙说我有印章,她微笑着对我说,只需签名就可以。

办完手续,我问平井先生,对外国入境者,日本当局不是要求每个人都要揿手印吗?为什么没有叫我揿?"哦,是这样的……",平井先生向我道出了原委。日本由于少子化倾向十分严重,许多大学招生不满,日本大学为了吸引更多国外留学生,就在我去的那一年开始,取消、更改和简化了许多有利于外国人到日本留学和办理证件的手续,其中包括外国人认为有侮辱性质的按手印的规定。

平井一脸认真地告诉我说,办理登陆证是每个外国人自己个人的事,所以380日元路费还得由你们自己掏。噢,听完这话,我和另外一位加拿大的邬桑,脸都腾地红起来,赶忙从口袋里掏出钱,补给他。原来我们以为公派生,办这类手续的路费都是无料(免费)的。

(2002年2月,北九州市)

工业化下的蛋

一

行走在美国的大地上,无论是都市、城镇还是乡村,一副触目惊心的景象映入眼帘:到处是汽车,汽车。

人呢人呢?怎么都见不到人呢?三亿多美国人藏到哪里去呢?

勿需追问,美国人藏在汽车里,躲在工业化文明的安乐窝里,享受并快乐着。

美国的生活到处充斥着工业文明的气息:行走有汽车代步,吃饭有面包机,洗碗由洗碗机代劳,住房有机器组装房,挖土有各种大小的掘土机,打草有除草机,喝水有制冰机,就连酒瓶的开启器乱七八糟得就有无数种。

美国人的生活,无论是农业生产还是工业制造,无论是金融服务还是日常生活,几乎都是工业机械化,机械自动化。怪不得有人说,在中国看中医是看人,在美国看病是看机器。

行走在美国与行走在其他西方国家感受特别不同。在美国,感受不到深邃历史的图景,到处是原生态,岁月青葱。感受不到深厚文化的辐射,别说像秦砖汉瓦,就连罗马帝国的铁蹄声都听闻不到。感受不到古老的传奇,别说像洪洞县的槐树,就连教堂的墙壁上都来不及长满苔藓。

美国是机械的、汽车的、微电子的、计算机的、电气化的、激光的、宇航的、生物工程的、新材料的、核能源的……现代化国家。

美国的现代化几乎是按照程序设计好的一样,步步为营,步步得赢。不像一些欧洲国家,花了300多年,得了无数教训,走了很多弯路,弄得满身沧桑。

347年前的1763年,大西洋东岸的英国工业革命正如火如荼的时候,美国连一个政体国家都算不上。

她以宗主国——英国的一个海外殖民地在大洋深处屈辱地生存着。13年之后,美国揭竿而起,勃然宣布独立,并于1789年建立了联邦政府。星条旗在美利坚东北部的土地上迎风飘扬。

美国工业化的起点为联邦政府成立后的第二年。

在东北的新英格兰地区,雨水充沛,河流密布,水资源发达,罗德岛州仿照英国建设了第一座水力纺纱厂,这个工厂的建造成为美国工业化肇始的标志。

然而实际上,在这个阶段,农业是美国社会的主要财富来源和经济命脉。

独立以后,美国用金钱购买或武力征服的手段,把现在五分之四的国土面积搞到手。为了开疆拓土,发展农业,林肯时代颁布了一项《宅地法》。

此法规定:凡是年满21岁的公民,或申请加入美国国籍同时未曾持械反抗过美国政府的良民,都可以免费领取160英亩宅地。登记人只需缴纳10美元手续费,住满5年,就成为宅地的所有者。

土地是农民的命根子。当广大劳动者免费获得土地的时候,一场轰轰烈烈的开发西部的群众运动爆发了,西部的开发运动昭示着美国农业繁荣的时代即将来临。成千上万的牛仔们,他们不是在西部开发的劳动竞赛中,就是在开发西部的路上。

十年之后,美国政府相继制定了《木材种植法》:在宅地上安家的人可以另外申请160英亩土地;如果在4年之内种植了1/4树木,那么你就是该块土地的地主了。

一个农民在10年之内,竟然获得了320英亩的土地。若按照中国土改时期的政策标准去衡量,那每个农民都是名副其实的土豪了。美国的农业不是阻碍工业化前进的步伐,而是成为工业化进程中的伙伴,既为工业发展提供市场,又为农产品加工企业提供壮大机会。譬如现在的加州就是最大的赢家之一。

19世纪初,美国实行贸易禁运和关税保护政策,抵挡了欧洲大陆蜂拥而至的成熟工业产品倾销,为美国工业的发展创造了有利条件,同时保护了南部和西部的农产品价格。

美国的经验告诉我们,短时的外贸障碍未必就是坏事,就像 2008 年世界金融危机后,对中国企业来说,不全是坏消息。对一些低端的纯外向型的"三来一补"企业来说,可能是灾难。但对有理想的企业来说,就像彼时的美国一样,未必不是一个开拓国内市场,树立自我品牌的好时机。湖南的三一重工就是我们的好榜样。

1776 年,北美只有一点点制造业。有不少生产鞋子、马具、水壶、钉子等必需品的小作坊,且只在国内销售。大多数在美洲殖民地出售的制造产品都是从英国进口的。从《美国历史统计资料》第二卷,表 Z 406—417 发现:1770 年,美洲进口了 5928 把长柄大镰刀和 5603 把斧头。

"第二次英美战争"结束后,美国制造业进入快速发展时期。美国工业一直没有像 1800 年引起欧洲工业革命那样将发展与生产线联想在一块,即将工作母机的发明和个别零件的使用联系在一起,但这并不影响美国工业化的快速推进。

1810 年,美国制造业只有 7.5 万名产业工人。50 年后的 1860 年,产业工人达 130 多万,此时的工业产值还是落后于工业革命开端的英国,亦落后于法国和德国。1870 年,美国已然成为一个制造大国,产量仅次于英国,超过德国和法国。但是,当时间再次推移 30 年之后,美国的工业产值一路飘红,超过英国,产量占全世界的三分之一以上。竟然超越了世界的其他任何国家,制造业产值已是本国农业的 3 倍。

到了 20 世纪初,美国工业产值已经是英国、法国和德国等老牌对手的总和。美国工业化是工业比重逐步超过农业的产业结构阶梯式的过程,工农业产值比重在 1850 年 39∶61,

到了五十年后的1900年变为73∶27。

在工业中,制造业占据全国生产总额的四分之三。作为世界上第一大生产国,就工业基本金属来说,美国产量占世界的五分之一,汽车产量占世界的四分之一,肉类产量占世界五分之一。乳酪、衣服、化学品、纸张纸板、纺织品、印刷和出版等,美国都居世界的领导地位。

美国最大的生产工业首推机械制造业,其次是食品制造业,其他占领导地位的包括运输装备、电器与电子器材以及金属产品制造业等。

仅仅100年,美国已从一个落后的农业国,成功跨越为世界第一大工业强国。

仅仅100年,美国狂飙突进,完成了欧洲诸国近两百年的工业化道路,从欧洲工业的边缘人和模仿者,破茧成蝶,跃进为世界工业的领跑者。

在美国工业化的路径中,倘若说前100年是追赶的时代。那么,20世纪就是领跑的时代——美国工业化道路日新月异:产业分工专业化、产业布局区域化、产业升级有序化、产业市场国际化——美国超越德国成为世界科学中心,取代英国成为世界工业的领头羊。

20世纪30年代开始的"混合型经济"发展模式,使美国30年后成为现代的资本主义国家。

上个世纪70年代之后,美国进入"后工业化时期"。80年代以来,美国工业发展呈现跷跷板状态:一方面传统工业呈衰落态势,正可谓夕阳无限好,只是近黄昏;另一方面以高技术工业为核心的新兴工业呈蓬勃向上态势,可谓欲穷千里目,更上一层楼。

下面有一组去年的数据,显示一个工业化下的美国:

城市化率达 77%,家庭网络达 45%,人均收入达 3.76 万美元,周平均工作 36 小时,自己开车上班达 76%。

数据像个智慧老人,告诉我们勿需惊呼,也勿需见怪。工业化过度的美国是见不到人的。那宽敞的道路,疾驰而过的汽车,怎么可能像上海南京路那样温情地穿梭着摩肩接踵的人群呢。

二

美国有城乡之分,中国有城乡之别。

美国城乡一体化,城市富足,乡村更富足,乡村是城市的梦想。

中国城乡差别巨大,城市富裕,乡村贫困,城市是乡村的偶像。

美国的城市中心,叫"闹市区"(Downtown),有人开玩笑说,应该翻译成"闹事区"或"乡下"。闹市区是穷人蜗居的地盘。后工业化时代,社区化大规模建设和崇尚乡村郊区生活的风气,中产阶级、富人、富豪纷纷向城外漂移,田畴边、山脚下、海湾里处处房价百万,满目炊烟,莺歌燕舞。结庐在乡间,而无车马喧。乡村人去闹市区,叫下城;乡村人去城里只是白天上班,晚上、节假日逍遥得意在乡间。一位美国乡下人说:

听说城里人买东西、看病、去饭店吃饭都可以在3个街区内解决,太可怕了,咱乡下人生活买桶草纸要开车半个小时,一路风景美如画,生活多么有滋有味。

中国的城市中心,叫市中心,是政府机关的地盘,是金钱财富的麇集地。乡里人去城市,叫进城;城里人去乡下,叫下乡。城里人只是视察、路过,或者偶尔旅游,才去乡下。

城里人看不起郊区和乡下人:小县城的瞧不起农村的乡下人,中等城市的人瞧不起小县城的人,省城的人瞧不起底下地区和县城的人。上海是全国最大的经济城市之一,上海人是中国城里人的"杰出代表",不要说瞧不起乡下人,就连北京人到上海,都叫伊是"乡屋人"。周立波是上海人的"优秀代表",他自己虽出道闾巷陋室,但总惯于挟洋自重,以城市"咖啡"的口气,蔑视外地人满身的"大蒜"味。

中国人到了美国,不是去纽约,就是旧金山、洛杉矶之类的大城市。中国人几乎没有经过纯粹的工业化,更别遑论后工业化城市生活的洗礼,就是远涉重洋到了异国他乡,不在特大城市混着,就感觉自己丢份,感觉自己被乡下人。人与人之间见面,像在国内一样,见面较量的首先是居住城市的比拼,谁的城市大,谁的份儿就大,然后才是职业的贵贱和学历的高低。做一个城里人,享受彩灯闪烁、霓裳斯磨、声色犬马的生活,成为中国人心中永远的期盼和阴魂不散的疼痛。他们做老美的城里人做久了,回国的时候,怪不得被说成"穿着土气、花钱小气、讲起话来带点洋气"的主儿。

在美国,乡下人成为城里人,很容易;城里人成为乡下人,很方便。他们没有户口这个恶神在阻挠,他们全凭心存一念间。平民进城,富人上山,就这么简单。美国乡下人都以自己的乡下身份为荣,华屋绿地,花枝草蔓,可谓甘之如饴。城里穷人当道,犯罪频生,公交破旧稀缺,嘈杂喧哗,很少乡下人愿意成为城里人,尽管很方便。

在中国,乡下人要成为城里人,很难,相当难;城里人要变为乡下人,很难,超级难。前者不说要过五关斩六将,单就户口这个瘟神战将,足可以使一般人厮打搏杀一辈子,甚至可能是死后原知万事空;后者是没有哪个城里人肯堕落为乡下人。当年的"上山下乡",多少"被下乡人"至今还对曾经的乡下生活感到屈辱,心存诅咒一辈子。

约翰·肯尼迪说过一句话:如果一个自由社会不能帮助大多数穷人,它就不能挽救少数富人。美国的城市财政困难,市长苦恼不已。引进投资,产业升级,提升高科技,市长为了对得起民众的选票,把自己搞得像企业老板,与百姓同舟共济,生死与共。

中国的城市财政困难,市长不用苦恼。借城管之灵魂,充当乡村的"城管",拍卖城郊的土地,强拆乡村的房屋。市长就是土司,土地就是财政,卖就是钱,卖就有钱。正是:乡下人不断失地,城里人时常失业。失地的乡下人跑到城里打工,失业的城里人蹲在家门口,看着乡下人汗流浃背地打工。

美国市长最烦恼的是如何筹建"可负担住房",为低收入城里人在市中心谋个遮雨避风之所。其实,做一个美国的城里人在城里生活很落拓,也很惬意。

中国市长最头痛的是怎样建设廉租房,让低收入的城里人和民工们在偏远郊区,住者有其屋。其实,做一个中国的乡下人在城里生活很无奈,也很无助。

美国的乡下人厌恶城里人的狡诈,因为他们知道,城市化的过程就是人不断异化的过程,乡村是保存朴素与良知的天堂圣地。

中国的城里人喜欢乡下人的老实,他们自认为很文明,永远可以高高在上,他们哪里明白,乡下人的老实是文明的传承坚守。

在美国,死了都要住在乡下。在中国,活着就要做城里人。

(2010年7月,檀香山凯社区)

Aloha 阿罗哈

一

尽管我有思想准备，但见识到夏威夷副州长那间窄小的办公室，还是吃惊不小。

夏威夷州长办公室设在州政府办公楼的五楼，总共两间房，外间是办事人员的办公室，总共只有三名工作人员，内间是一间大的办公室，摆放着硕大的椭圆形的办公桌，主要是开会之用。在房间尽头有一张半圆的办公桌，那即是州长的座椅。

初见詹姆斯·艾欧纳副州长，觉得他形神之间既有中国人的神韵，又有西方人的特质。询问后，原来他虽然土生土长在檀香山，但他父亲弗郎西斯先生是一名中国人，祖父是从广东移民过来的。他掐着指头说，他的父亲有1/4的中国血统，1/4的夏威夷血统，1/2的葡萄牙血统，到他这一代就是5/8的中国血统，2/8的葡萄牙血统，1/8的夏威夷血统。

詹姆斯·艾欧纳先生的太太有 1/2 的菲律宾血统，1/2 的白人血统，目前有四个孩子，血统多元。他开玩笑说，他家的情况就是夏威夷的典型代表，是民族和种族大融合，永远不会有种族歧视，也永远不会存在种族歧视，大家和谐和睦得很。

作为副州长的詹姆斯·艾欧纳，主要协助州长主管旅游、贸易、教育、科技、文化、艺术等方面的工作。在介绍夏威夷旅游、经济和文化等相关情况后，他认真地从口袋里掏出一张卡片，双手递给我。我起初以为是名片，仔细一看，是张彩色卡片。主题是"夏威夷的阿罗哈（Aloha）精神"。

我问他为什么这么关注夏威夷阿罗哈精神，是州长竞选需要还是什么原因？

他说有两种原因，一是生活和竞选主张；二是他深深喜爱中国的道家思想。

他说他的曾祖父是位道士，深谙道家思想，是道家思想的积极宣传者和倡导者。

在这张由夏威夷第一银行资助印刷的"阿罗哈精神"卡片上，他认为，在工作和为人上如果播下宽恕、毅力、谦逊、尊重、诚实、责任感、承诺和教养的种子，就会相应结出团结、秩序、赞同、赞美、信赖、成熟、坚韧不拔和品质的果实，那么，你收获的就是欢乐、和平、安全、友谊、自信、力量和成功。

相反，如果在工作上和为人上若无宽恕之心，无毅力，不谦逊、不尊重、不诚实，无责任感，无承诺和没教养，那么，你收获的就是痛苦、混乱、郁闷、孤独、猜忌、鲁莽、虚弱和混乱。

在谈话的过程中,詹姆斯·艾欧纳先生始终保持微笑,态度诚恳而平和。但从他的眼神、手势和动作中,感受到一种中国道家思想的力量和隐忍的激情。

"阿罗哈"是夏威夷土著的问候语,相当于"你好",同时亦指爱慕、恋慕、同情、怜悯、再见等意思。在有的情况下也被用作致意问候。有次考察当地原住民村落时,在拍照片的时候,明显地感到对方的一种拒绝,此时,我竖起大拇指和小拇指,连声说"阿罗哈"时,对方马上笑脸相迎,双方都放松下来。

阿罗哈这个词包含了夏威夷岛民平和的生活态度,直译的话就是"生活的呼吸"。深究起来,阿罗哈精神通常被描述为一种关心和接纳周围的人,并尊重他们的人格,即使面对有压力的环境、场合甚至人物。

在夏威夷,各种族共融共存,双方在面临因差异而产生不可避免的分歧时,大家都习惯于以共同商讨和互相谅解的精神来解决问题。

阿罗哈不仅成了夏威夷州的昵称,也成就了出生于夏威夷的奥巴马总统。

奥巴马在他的人生中一直展现着阿罗哈精神。早在总统选战如火如荼之际,许多支持者都认为相对于对手约翰·麦凯恩和希拉里·克林顿而言,奥巴马表现太过被动,甚至有些软弱。但就是这种看似被动的道家式的阿罗哈精神,在他的身体里发生反应,然后化为积极能量爆发出来,最终打败了盛气凌人的麦凯恩和希拉里而当选美国总统。

这就是夏威夷精神的力量。

据说,现在每当奥巴马走上电视屏幕时,美国的整体血压就会下降10个点。究其原因,乃他冷静的头脑,平和但又一针见血的言语,让美国人感觉信赖无比。

二

在一次晚宴上,我又意外地遇到周永康(CHARLES DJOU)议员。

阿罗哈精神在这位华裔身上,深度再现,重放异彩。

作为新当选的美国首位华裔共和党联邦众议员,他的脸上总是挂着标志性的微笑。周此次特地从华盛顿赶回檀香山,为他的朋友颁发2010年度青年企业领袖人物奖,藉此表示支持他竞选檀香山市众议员。

我与周议员第一次见面是在半年前,那时他正在竞选美国国会众议员。

当时听美国一位朋友说,夏威夷有位华裔律师叫周永康,系共和党人,檀香山市议员,要竞选美国国会众议员。共和党要在夏威夷竞选国会议员?我听后大吃一惊,这可能吗?

夏威夷素来是民主党的势力地盘,民主党占八成,被称为民主党的票仓。当年,民主党的奥巴马竞选总统时,在夏威夷获得高达76%的支持率,轻松战胜了对手希拉里。

只占五分之一的共和党在夏威夷实在势单力薄,怪不得共和党籍的琳达·林格尔州长经常浩叹自己的势力太小了,感到处处受掣肘,新政一上议会就被人数众多的民主党议员否决,弄得很多政策无法贯彻施行。

共和党的周永康要在民主党的势力范围取得竞选胜利,简直难如登天。但39岁的他没有畏惧,此刻作为共和党推出的唯一候选人,毅然决然地参与竞选。根据观察,在美国竞选议员,有点像新产品上市,需要动用整合营销传播。

一是要智囊团出谋划策。每个议员都有自己的策划人,他们在幕后张罗,提出竞选纲领和主张;二是要金钱支持。周永康夫妇虽为律师,积累了一大笔财富,但仅凭个人资金,难以对付庞大的活动经费,于是筹资成为竞选成功的重要保证。

美国的政治竞选经费绝大部分来源于民间。共和党与大企业的关系相当密切,竞选经费的来源相对充足。而民主党则更多依赖工会、少数族裔、妇女等弱势团体。美国工会很强势,原本就财大气粗。美国的民主政治是明显的赤裸裸的金钱政治,是竞比财力的一种人间游戏。

除了充足的财力资金的保证,竞选人的亲力亲为、亲民亲切也为必备条件之一。

在美国夏威夷的十字街头,在上下班的高峰期,我们经常可以看到一位穿着得体、面带微笑的人站在街头,手持写有自己名字的广告牌,对过往的司机摇手示意,表示友好,他(她)或许就是正在竞选议员或正在竞选州长,希望和鼓动过路者给予投票和支持。

半年前的一天下午,也是在这样车水马龙的街道,作为一种体验,我们同周氏夫妇和他两个小女儿一道,在下班高峰期的街道，举着写有"CHARLES DJOU CONGRESS"（周永康的英文名字为查尔斯·周，DJOU 为法文拼写）的广告牌，竖起右手的大拇指和小拇指，不停地朝司机路人高呼"Aloha"。

在整个站街的竞选宣传中，我看到周氏夫妇始终举着选举牌，仪态从容，满脸微笑，扬起右手，竖起夏威夷经典的手势，招呼着呼啸而过的车辆，或冷若冰霜的赶路人。

就是这样几个月，周氏夫妇每天在上下班的高峰期，风雨无阻地举着竞选牌，和路人打招呼，鼓动选民投票。

当时，我竟然心生一丝悲怆：堂堂的一名大律师，檀香山市议员，家财万贯，名车豪宅，竟还像上海街头的推销员一样，在喧嚣和尘土的街头卖力地推销，何必又何苦呢？

我的这个想法后来被一位生活在美国的华人狠狠地剋了一顿，说我根本不理解为美国人为个人理想奋斗的殊死精神，此为后话。

非常庆幸的是，三个月之后的 5 月 22 日，周以 39.4% 的得票率击败两位民主党对手，成为近 20 年来夏威夷州首位共和党国会众议员。三天之后的 5 月 25 日下午，周永康携全家老少抵达首都华盛顿国会大厦，在国会众议长佩洛西的主持下宣誓就职。

他的胜选，成为继吴振伟、赵美心之后第三位华裔国会议员。不过，吴、赵为民主党人。

周永康何以在此场力量悬殊的竞选中脱颖而出？

究其原因，正是顺应了中国古人所说的天时、地利、人和。

此次选举是特别选举。曾把持这一席位10个任期的原民主党众议员丹尼尔·阿伯克伦比辞去国会众议员一职,准备竞选今年的夏威夷州州长。于是,国会众议院决定在夏威夷州进行补选。在共和党籍的琳达·林格尔州长的支持下,周瞧准时机,振臂一呼,登高竞选。此为天时。

周系土生土长的夏威夷人,此为地利。周父系上海人,母亲为泰国华裔,他在南加州大学获得博士学位后,从事律师,专注于商业法。他不像一般的华裔,只埋头于专业,不关心时政,他有极强的政治热情,早在20世纪90年代即加入共和党,7年前当选檀香山市议员。在竞选中,他力避共和党人数少的劣势,超越党派界线,利用民众厌烦民主党控制的联邦国会及联邦政府透支花钱状况,提出减少税负、创造就业、政府职责等主张,并表示与特殊利益集团划清界限,成功地向选民们推销其竞选理念。

对手的内讧给周永康创造了绝佳机会,此为人和。他的竞争对手——夏威夷州参议员科林·英和前国会议员埃德·凯斯,均为民主党。民主党国会选举委员会原本倾向于支持凯斯,但夏威夷州出身的联邦参议员丹尼尔·井上坚决支持同为日裔的科林·英。后来,他们干脆放弃明确背书,只号召选民投票支持"一个民主党人"。民主党的内部分赃不均,分散了选民的投票。同时在选举中,周氏发挥华裔身份优势,大力鼓动选民登记和鼓励投票,激发华裔选民的热情,得到夏威夷和全国共和党人的鼎力支持,竞选资金源源不断涌入。

从周议员凭藉个人努力当选为国会众议员,看出一个趋势,即华裔开始涉足政坛并重视政治影响力。也捉摸出一个道理,即美国短短230多年的历史,就是一个独特的、千百万人靠个人奋斗创造出今天美国的历史。

三

我对美国政党政治尤其是竞选活动,除了课本上的本本知识,即无任何意义上的感性认识。

在一位热心的教授引介下,终于有机会参加了一次夏威夷共和党支部内部竞选活动。

那时我其实很疑惑:党的支部活动,党外人士能参加否?

能能能!教授毋庸置疑地对我说,美国的政党活动就像朋友聚会,巴不得你来凑热闹,很开放、很草根,民间得很。

夏威夷是世界上距离陆地最遥远的群岛,从首府檀香山到美国西岸加州空中距离近4千公里。1959年夏威夷成为美国的第50个州。和其他州一样,在夏威夷州有民主党和共和党两派,但不像大陆其他州府,夏威夷是民主党的老巢,民主党占绝对优势,民主党和共和党比例为5:1。

原来在100多年前,以共和党人为主的白人庄园主,与来自日本、中国、菲律宾等亚裔劳工之间关系紧张,经年的剑拔弩张,引起冲突。后来在亚裔们加入美国籍后,就对天发誓:绝不让共和党在夏威夷占便宜!

至今近半个世纪,在夏威夷只有两位共和党人——尼克松和里根,分别在1972年和1984年在这个美丽的岛屿赢得胜利。而夏威夷历史上，也只出现过两任共和党州长。多数夏威夷居民向来"立场鲜明"地支持民主党。

无论是加入共和党还是民主党，入党前无需填写申请。共和党和民主党均无政治纲领，只有四年一次的竞选纲领，党员人数是动态的，不固定。一般民众只要在进行选民登记时声明一下并登个记，在选举中投共和党候选人的票，你就是共和党；反之，就是民主党。美国现在有7千多万共和党人。有意思的是，若你登记民主党党员，但在投票突然灵光乍现，想改变想主意，要投共和党候选人的票，放心，该党不会对你进行任何纪律制裁，你也不会受到任何的谴责或处罚。

参加党派活动完全是自己的事，无论是出席州代表大会还是全国代表大会，所有旅费均需自掏腰包。据说只有一种优惠，那就是住五星级宾馆的时候可享受5折待遇，剩下的仍需自理。其实这也算不得优惠，在美国团体住宿打折是很正常的经济行为。

现在对竞选投票热心的是两种人：一种是退休的老人群体，他们时间充足，可以玩玩，是竞选主要对象；还有一种是决定支持某党派，全力辅佐，竞选成功后可以实现自身利益，这部分人要贡献自己的时间、智慧和金钱。

夏威夷共和党有两个支部，最大的支部在檀香山市区的东部地区，另一个支部成员星散在夏威夷其他岛屿。我参加的是夏威夷共和党最大支部的一次活动，地点是在凯社区租借的一栋别墅里举行。此次会议的主要任务是选出代表出席州议会，修改党纲，准备下次大选之用。

开会前，首先是支部成员面对星条旗抚胸宣誓。第一个议程夏威夷州众议员巴巴拉女士通报去年工作情况与本年度的工作计划。她为民主党人，日本人后裔。在夏威夷日本人的后裔占总人口的23%。为保持竞争优势，故她与共和党很亲近。

接着的议程是支部成员发表自己的竞选理由。第一位竞选者就自己当选檀香山市议员发表演说，不过最后他说自己没什么信心。第二位竞选人在竞选时，主张"小政府小社会"，反对夏威夷土著独立，同时认为政府拿了多少税，就用多少钱，反对超支。第三位是个大商人，在竞选时他说自民主党的奥巴马总统上台后，他的企业多征收了40%税，感觉他恨死这个政策。

金女士年过六旬，精神矍铄，她打算竞选夏威夷州副州长。为扩大个人影响力，把自己的儿子送去阿富汗前线；同时，以志愿者身份不遗余力地为当地土著和弱势群体服务，以便获得选票。最后，一位叫皮特的企业家被支部推选为夏威夷州共和党代表，出席州代表会议，提出施政纲领和方略。支部竞选结束后，他当场掏出几百美金，说本次场租费他全包了，赢得了其他成员的一片掌声。

这就是美国政党的选举，美国政治就是事先张扬的、明目张胆的钞票政治。记得当时我说了句他像克林顿时，他开心得手舞足蹈，抱着我就要合影。

支部会议的一切开支都由成员自己承担，包括场租费、咖啡、面包，以及邀请的厨师费用。剩下的面包水果，谁要带回家,就得掏钱。参加完这个支部竞选,我整个感觉像梁山兄弟,有肉吃肉,有酒喝酒,相当的 AA 制。

(2010 年 2 月,檀香山)

八 情状

读美国历史小说作家詹姆斯·米切纳的《夏威夷史诗》，感觉一部浩瀚的夏威夷历史画卷在眼前徐徐展开：

数亿万年前，火山爆发，海水奔涌，奇异的岛屿自地壳中隆起；

1200年前，57位夏威夷土著驾着一叶独木舟，跨越万里海域来此避祸定居。1822年，"西提思"号载着11对传教士夫妇抵达夏威夷港口，在其后的100多年里，他们的子孙建立起庞大的家族并逐渐掌控了夏威夷群岛的政治经济命脉；

1865年，中国劳工走出"迦太基人"船梯，历尽艰辛，客家女人查玉珍所繁衍的姬氏家族成为夏威夷群岛上中国移民中最为庞大的一支。1902年，1850位日本劳工离船登岸，成为种植园经济中最牢靠的一环，酒川龟次郎一家凭借四个儿子在"二战"中的英勇表现，成功杀进群岛的政治生活……夏威夷真正的繁荣由此开始。

《夏威夷史诗》由几位有代表性的夏威夷居民的个人史组

成，从原住民到最早拓殖的英国人，从清末海外闯荡的中国人到为美国人在欧洲战场卖命的日本人，生动有趣。

我曾在檀香山 Kokulan 小学留学一年，观察其风土，体察其人情，竟然有对夏威夷的八大总结和观感。

一

麦兜的理想是去马尔代夫度假，不过这也就是小屁孩的梦想。虽然最终没有入海，但还是上山了，在武当学了一套半身不遂的功夫。

全世界人的理想是去夏威夷度假，除了美国大陆人，就是欧洲有钱人，横跨大西洋、太平洋，不远万里，赶到夏威夷晒太阳。然后回家在同伴人面前炫耀：看看，皮肤，都黑了，咱不缺钱，还有夏威夷的阳光味道哦。其实，白人的皮肤黑不了多久，最多就是红泛些，过不了一周，皮肤就还原，他们还得寻思再次跑到夏威夷来烧钱。

关于晒太阳，东方人好像不太感冒。像咱东方人，没有光着身子晒太阳的传统。夏天最好避免太阳不要出门，冬天也只是取暖晒被子之需。我爸爸说他有个痛苦的记忆：多年前，他和欧美同学去晒了一天海滩，洋兄洋姐们横晒竖晒、正晒反晒，啥都没问题，第二天肤色依然如故。爸爸还出于保护，用浴巾遮挡身体。可从晚上直至一个礼拜后，身上一直火辣辣的，脸上还脱皮。从此以后，他不敢在海滩暴晒。

夏威夷有几个经典海滩,最著名的是威基基海滩,其次是Kapalua海滩,再次为北岸的Halelwa海滩等。一到威基基,马上就有一种人间世俗的欢乐笼罩你、感染你、诱惑你、愉悦你。冲浪、扬帆、泡浴、晒太阳、发呆、冥想,白人、黄种人、棕色人、黑人、欧洲人、美洲人、亚洲人、非洲人,男人、女人、少男、少女、老人、孩子。整个海滩还是以白人居多,她们像芙蓉姐姐一样追求S,不过是"三S",能晒,善晒,也堪晒。

二

夏威夷最早的主人是波利尼西亚人,大约在三至七世纪,他们发现并管理夏威夷。在夏威夷诸岛,他们下海捕鲸,上山打猎,围堰造田,躬耕陇亩,适种芋头、土豆、菠萝、莲蓬等农作物,并引进猪羊狗鸡等畜禽,过着田园般的农渔业生活。

232年前的1778年,他们平静的生活被一个英国人打破了,他就是愚不可及的库克船长。库克带领一帮探险家抵达夏威夷欧胡岛,并兴奋异常报告远在西方的主人。尽管库克为他的国家立下了汗马功劳,被国王授予嘉奖,最后,库克船长还是被土著人当成入侵者,杀掉了。

夏威夷的被发现,立即吸引了太平洋沿岸和岛屿国家的关注,中国人、日本人、菲律宾人、泰国人、越南人纷至沓来,并与当地土著融为一体,开启山林,褴褛与共。100多年前,广东中山人孙眉在夏威夷茂宜岛拥有良田千亩,要不是支持弟弟孙中山搞革命,家产被折腾完,到现在估计也是个李嘉诚之类的国际富豪了。听爸爸介绍,孙中山早期之所以能在檀香山成立兴中会,因为这里聚集了一批相对富裕的华人。至今,作为州府的檀香山市中心的中国城,可能是海外唐人街最干净、最整洁的华人区。

1893年,一群政客和商人在美国人的帮助下发动政变,夏威夷王国的女王被迫退位。5年后,夏威夷被美国吞并,成为美国政府第50个州。夏威夷独特的历史,以致种族众多,东西方文化交融。官方语言是英语,但同时又混入了夏威夷语、洋泾浜英语的土话。譬如地名、街名,很多是土语,无规律可循,往往令初来乍到的游人不明就里,最后只能用汉语拼音的方法解决街道识别问题。

五方杂处,土洋结合,造就了夏威夷宗教信仰的多元化。夏威夷的主要宗教有天主教、佛教、印度教、道教、犹太教、伊斯兰教,当地的传统宗教有四位主要的神:苦、龙诺、肯恩和卡那罗,世人最为熟悉的是掌管火山的女神叫派蕾。夏威夷的教堂像中国的居委会。除了教堂,中国道教、日本神社等诸神庙宇各自林立,相互尊敬,互不干扰。张学良先生去世后,就是葬在日裔开发的"神殿之谷"的一个山坡上。

在夏威夷有很多百年历史的教会大学,像夏美纳德大学、杨百翰大学等。杨百翰大学是由摩门教创办的,为全美最大的教会学校。校内教规颇严,新生入学时,必须签署一份约定,包括不饮酒、不吸毒、不抽烟,甚至不喝咖啡或茶。大学只有四分之一的学生可以在五年内毕业,因为修毕第一年后,近八成的学生都会依照教会传统,出外做两年传教士。

三

到夏威夷，除了晒太阳、发呆，体验浪漫休闲，就是冲浪了。

冲浪是夏威夷最有乐趣的活动，就像到东北亚的亚克力滑雪，到敦煌鸣沙山滑沙，到哈尔滨看冰雕，到猛洞河漂流一样，趣味无穷，乐趣无限。

夏威夷从年头到年尾，享受冲浪乐趣的人络绎不绝。

学校曾组织我们到夏威夷著名的 bishop 博物馆参观，馆内总共三个展馆，除了一个介绍当地土著织网捕鱼、宗教崇拜图腾之外，其余两个馆藏都跟冲浪有关：一个展示奥运游泳冠军卡哈纳莫库公爵的荣耀，他素有"冲浪运动之父"之称，美国的《冲浪者》杂志将他评选为 20 世纪最伟大的冲浪运动员。

另一个馆是展示冲浪板的发展历史。由此可见，冲浪和冲浪板在夏威夷人的心目中具有大多的分量，是生活中必不可少的娱乐活动。

我还在珍珠港的太平洋航空馆看到很多壁画，爸爸说这些壁画像"文革"时期的宣传画，画中人物个个饱满，人人矫健，笑意像花儿一样开放。从壁画中感受到"二战"时期，美国军民鱼水情的景象：硕健的兵哥哥和饱满的当地妹子在海涛碧浪上追逐嬉戏，或者一前一后，抬着冲浪板喜气洋洋走在温暖的沙滩上。

半个多世纪过去了，士兵和妹妹的肩膀变成了汽车，汽车驮着冲浪板,汽车拖着游艇,欢快地奔走在冲向海岸的大街小巷。

波涛在哪里,心就在哪里,快乐就在哪里。

四

夏威夷形象标识的基本元素是翻滚的海浪、黄色的扶桑花或鸡蛋花、翘起的滑板等,色彩鲜丽,饱含海岛风光之特色。

在夏威夷,男人几乎都穿着大花头的衬衫,女人也是大花头的连衣裙。看起来休闲,其实在夏威夷是正装礼服。即使市中心金融街上班的金领们,都是这些打扮。我曾和妈妈去金融区 bishop 街拜访过摩根斯丹利的一位副总裁,他的穿着也是花花绿绿。如果在夏威夷购买的话,价格不便宜,一件衬衫最便宜都要 30 美元。衬衣上的那些大花图案,不是扶桑花,便是鸡蛋花,看起来像牡丹,雍容华贵。如果衬着棕色的皮肤和硕腴的身材,彰显一副富贵相。

夏威夷的州花是黄色的扶桑,纯白的鸡蛋花则是许多女人爱戴在头上或插在耳边。爸爸说,插花很讲究,和戴戒指是一个规定:戴在左边是已婚,右边是单身;如果不想让别人知道是否婚配,就插在后脑勺。

有些刚来观光的已婚女士,不明就里,拿起来往右边插,结果会被当地男士当成未婚女生,邀约去罗曼蒂克。如果是未婚女生,把鸡蛋花戴在左边,可能你就会错过一次浪漫的邂逅了。

五

夏威夷是彩虹之乡。

在你房前的山顶上,在你坐车的前方,在你细沙白浪的海滩上……在你无数的不经意间,彩虹像魔术师似的横卧或半卧在你的眼前,犹如童话般奇妙。

关于夏威夷的彩虹,常常进入艺术家的作品,我查阅了一下,琼瑶拍过《爱在夏威夷》,日本佐田真由全主演的《彩虹夏威夷》电影,都跟彩虹有关。

夏威夷具有爱情之岛的一切元素:渺水中央、碧海蓝天、烂漫鲜花、明媚阳光、蝴蝶青草,当你和你的朋友在山谷坐看云起时,在海滩看碧浪翻腾时,在榕树道下徜徉之时,彩虹像个精灵,漫不经心地环在你的周围,灿烂在你的眼前,那是多么童话啊。

我曾跟随爸妈开车周游夏威夷欧胡岛,在广阔地田野里,天空时晴时雨,一路上彩虹高挂,真是美丽得像童话。

有人说,爱情的别字是童话,彩虹是童话世界里的美丽情感。

六

夏威夷只有春、夏两季,无秋、冬季节。

夏季气温一般 24°至 30°,春季气温一般是 21°至 28°。可谓年年相似，月月相似，日日相似。

卧在太平洋中央的夏威夷几乎没有污染。这里的产业主要是旅游业、军工产业和糖业等。其实即使有些许污染，凭着大洋的吸纳力，也能打扫干净。夏威夷空气清新澄明，尽管气温不是特别高，但太阳无障碍地打在身上嗞嗞响，紫外线额外刻薄。

夏威夷人的肤色有个统一的特点就是阳光色，原住民波利尼西亚人的皮肤是棕褐色，亚裔人的皮肤是浅棕色，白人的皮肤也是红中带黑。就是在这里呆上几天或几个礼拜，如果不加防护，马上就是棕褐人一个，具有明显的海洋性的夏威夷特征。

特别的气候，决定夏威夷人的衣帽服饰——日常生活中，女人多裙子，男人多短裤 T 恤，帽子是必需品，衣服不用裤带，估计素以生产皮带裤的浙广商人在夏威夷是没有市场的。

无论是在大街上，还是在海滩区，像北京膀爷样的男人到处都是，特别是土著，一年四季晃着光膀子，不是飙着车放着大喇叭呼啸在街道，就是在大海里冲浪嬉戏。夏威夷的女人也几乎一样，在大街上，当一位体态高挑，或者一群体态婀娜的妙龄女子穿着比基尼，或者背心迷你裙露出半个臀部打你面前经过时，千万别像在上海的街道那样，像没见过世面似地傻乎乎地张大嘴巴惊为天人。此种打扮在夏威夷是日常穿着，也是日常景象。她们会很友好地朝你微笑，恰好如果你们认识，她们还会热情似火地拥抱你一下，并亲亲你的脸。

七

爸爸说,在上海曾经有过关于是否取消在屋外晾衣服的习俗讨论。赞同者认为,像万国旗似的外衣内衣、内裤外裤,花花绿绿,影响市容,有损上海的国际形象,并言之凿凿列举说在美国的城市就看不到衣服晾在外面。

赞同取消把衣服晾在屋外的鹰派们说得不错,美国人不在屋外晒衣服。但可悲的是鹰派们只看到表象,没有关注到美国人的高碳消费的奢靡生活。

夏威夷人从来不晒衣服,从来都是用烘干机烘干衣服。

最近,美国媒体报道说中国是世界上能源消耗最大的国家,首超美国。暂不计较美国人的统计方法和口径,但就人均来算,我认为美国人就得闭嘴。试以美中两国上海和夏威夷的中产阶级来分析:一般上海的中产阶级家庭一部中档车、一套小公寓,还有十几年的购房贷款,偶尔全家国内旅游,生活精打细算。夏威夷的中产阶级是一栋别墅、二部或三部高档车,甚至一台游艇,家庭用品全是高碳机器——超大冰箱、超大洗衣机、超大烘干机、超大厨房,几乎每年携全家世界旅游。

如果在阿拉斯加或芝加哥等北方城市的冬天,衣服没处晒,拿机器烘干情有可原,但在夏威夷,每天阳光灿烂,白昼长,日照长,空气干燥,有晒衣服的天然的自然条件。但夏威夷人不,像工业革命时代一样,习惯性地依靠机器的力量,高碳地满足简单舒适的生活。

八

夏威夷的城市建设像摊大饼。

围绕着山脚和山体,到处都是城市样,到处又是乡村样。夏威夷人像美国其他州府一样,是"穷人驻城,富人上山;年轻人下乡,老年人进城"。

后工业化时代,社区化大规模建设和崇尚乡村郊区生活的风气,夏威夷的中产阶级、富人、富豪纷纷向城外漂移,山脚下、海湾里处处房价百万,满目炊烟,莺歌燕舞。

乡村是城市的梦想,出于物以类聚的特性,美国自然产生了富人区和穷人区或贫民窟,以致夏威夷欧胡岛像中国一样是地倾东南,即"东南富,西北穷"。

作为首府的檀香山,政府机构、法院、金融界、商业区、大学等云集于此。夏威夷人白天进城上班,晚上驱车回乡。下午五点后,市中心几成空城,商场大门紧闭,银行歇业,饭店灯灭,几乎见不到人影,颇有凄惨落寞,繁华落尽之感。哪像国内诸如上海等都市,每当夜晚来临的时候,灯火璀璨,街道繁荣,买卖繁盛,酒肆酒吧人声鼎沸。美国人的夜晚都躲在郊区乡间的别墅,像中国农民似的,独享家庭天伦之乐。

我曾随妈妈有一半时间住在夏威夷的富人区,一半时间住在市中心公寓,感觉完全不同。

富人区是别墅华屋,花枝草蔓,鸡犬相闻。而中心区公寓,屋内安静,窗外却车声鼎沸。住在公寓的主要是老人和在市中心工作的年轻家庭。年轻家庭暂时建不起乡间别墅,就先购买或租住在公寓。夏威夷老人退休以后,子女另立门户或远走高飞,其实子女也不赡养老人,为了就医方便,老人们就卖掉乡间别墅,购买或租住市区公寓。

檀香山市中心的公寓有非常好的物业、保安,以及图书馆、游泳池、网球场、高尔夫球场等康乐设施。尤其是物业,除了固定打扫卫生,还提供完备的医疗护理等服务。当老人身体一旦有状况,能得到最快速度的救护。怪不得,住在公寓里,几乎每天都能听到不计其数的救护车的呜呜声。开始还纳闷呢,难道闹市区真的是闹事区?贩毒、械斗、砍杀?原来虚惊一场,是救护车正在抢救患病的老人。

檀香山和其他城市不同的是黑人比例很小,没有历史遗留问题,土著生活很殷实,除了每年进行一次要求自治权的游行外,是遵纪守法、助人为乐的好公民。

夏威夷还有许多小怪,譬如"加长林肯把客带","救护车出行无障碍"。被国内捧为神明的加长林肯,在夏威夷最多也就沦落为出租车,接接客而已。救护车出动,所有前行的车都要靠边或就地停下来,卧在路边行注目礼,等车过后才能出动。

(2010 年 8 月,檀香山马可波罗公寓)

好吃的菜

一

中国人对肯德基、麦当劳可谓是毁誉参半,又爱又恨,其中掺杂着复杂的民族感情和阶级情绪。

对肯、麦的爱,是垂涎其色香味,啃着方便,快速解决肚皮问题。恨的是跟着舆论讽其为垃圾食品。每当孩子们闹着要吃肯德基的时候,父母们马上正色道:垃圾食品,不能吃得太多啦!

尚不知父母们是真的受舆论的影响,还是觉得美国人胖子太多。总是认为肯、麦食品少吃为宜。但孩子终究经不住肯、麦推陈出新的产品的诱惑,屁颠屁颠进出色彩鲜艳的肯、麦店。

在美国,一位当地朋友说,麦当劳在美国本土快餐食品是三强之一,除了提供食品,麦当劳还是世界和平的使者耶。

我惊问其故。

他说,哪个国家引进麦当劳,哪个国家就和平,无兵戎相见,跟美国就没有战争。君不见,麦当劳微笑的尼日利亚、以色列很平和;而伊朗、伊拉克、古巴等见不到黄色标识的麦当劳。

我说,你是典型的山姆大叔式的国家主义者。其一,经济全球化,根本上就是美国经济全球化,东方的西方化,其实就是美国化;其二,在西班牙我就没见过麦当劳,难道西班牙连绵战争？再说,伊朗等诸国本来和平得很,是山姆大叔意在石油,插足搅局吧？

美国朋友哈哈大笑,狡黠地转换话题说,今天不谈麦当劳,也不谈肯德基,我还是跟你谈中餐馆吧。告诉你呀,咱美国人比中国好多了,那么多的中餐馆,可喜欢吃了,不过我们从不教育孩子说是中餐是垃圾食品。

这位美国朋友把我直接拉到一家叫"熊猫快餐"((Panda Express)的店前。

一看到熊猫快餐这则广告词,我就惊呆了!

> 在中古时代,欧洲混战,美国还以石器为主,
> 中国人就在研究炒好吃的菜了！

走进这家感觉类似于上海徐家汇美罗城大食代的大食堂,让我醍醐灌顶,从来以为美国佬以黄油、面包、热狗、生蔬菜、咖啡过日子,想不到老美的食堂做得如此丰富,如此像中国式的人民公社化。在偌大的食堂里,有环绕着上百家来自

全球各地的饮食店铺：日本的 SOBA 屋，泰国菜、韩国餐，墨西哥饼……几乎囊括全世界的美食。尤其包括我眼前的熊猫快餐。

在美国人办的食堂，我首次了解到熊猫快餐的历史和传奇。

一直以为国外在中餐馆就是蛋炒饭，或者买买饺子什么的。笔者在日本、欧洲见到的都是小饭馆、小排档之类的中餐馆。

行家统计，在美国目前有 4 万多家中餐馆，年销售额达到 1750 亿美元。熊猫快餐集团作为其中的佼佼者，是美国最大的中餐企业，名列全美餐饮企业的前 80 名，年营业额 90 多亿美元。

熊猫快餐总部坐落于洛杉矶。

1973 年，一名叫程正昌的江苏人远涉重洋来到美国，在加州洛杉矶附近的帕沙迪纳市安家落户，出于生计，跟着父亲开办了一家叫聚丰园的小餐馆。经历十年的积聚，在掏到第一桶金之后，他决定另找途径谋财致富，于是以中国熊猫为名，在洛杉矶的一家购物中心开设了第一家熊猫快餐馆。熊猫快餐馆比 1987 年肯德基在中国上海开张早了四年，比 1990 年的麦当劳在中国开张早七年。

熊猫快餐在选址上规避美国人住在乡下的习惯，也不是按照中国人"金角银边草肚皮"的传统选址方法，而是人流汇聚在哪里，店面就在选在哪里。在选址上专挑购物中心，专心为购物疲乏而到食街小憩的消费者提供高品质的服务。五年之后，熊猫快餐进军超级市场；九年之后，进军百货公司；十年之后，进军大学校园。同时分店开设的地点进入到机场、商业大楼、赌场以至图书馆等各类场所。

像肯德基一样，熊猫也是讲究"堂吃加外卖"。每道菜传承了中国人"现炒现卖"的优美传统，以快餐店的效率提供比快餐品质更全面的日常外卖服务。在套餐价格上，比肯德基、麦当劳在中国优惠得多。熊猫的家庭套餐价格主要有三种等级：15美元、20美元与25美元套餐。三种套餐都配有白饭、炒面、汤及饼，分量大小视套餐价格而定。这种只设定价格的方法，适应了老百姓经济实惠的饮食消费之需求。

在营销上，熊猫快餐有两大法宝：一是像比尔·盖茨似的，以捐赠公益作为营销利器。每家新店开业时，把当日营业额的20%捐赠给所在社区的非盈利机构，以支持社区建设，体现企业的社会责任感。二是把菜单当成推销函。熊猫快餐店有两种模式，一种是专业快餐店，还有一种是开在购物中心内的快餐店。熊猫快餐通过定期邮寄请柬、时令菜单、促销广告等方式，密切联系群众，推广外卖服务。

在品牌形象上，熊猫快餐别具一格，以国宝"熊猫"为标识主角——在圆形标识里，白底中间有一个大红色圆圈，圆圈中间是一个憨态可掬的大熊猫，大熊猫顶部位环绕着一行黑色英文字母——Panda Express。在店铺设计上，以中国本土的红色和黄色作为主打色。淡黄色墙壁、鲜红色边框的尖顶小房子，红色象征热烈活泼，表达中国人的热情大方，黄色象征高贵庄重，凸显熊猫快餐视每一位食客为上帝。

经过30多年的孜孜经营,熊猫快餐连锁打破了中国人只会散兵游勇、不擅集团经营企业的传统痼疾,开创了中国人建立现代的、集团的、连锁经营的餐饮企业之先河。

一花独开不是春,百花齐放才是春。像有肯德基,就有麦当劳一样,在美国中餐连锁还有许多,譬如华馆、起筷、满洲锅、LOK YAUN餐厅、龙凤大酒家、北京饭店、亚洲松狮酒店、龙涛阁、香港牛肉、唯一中国、凯姆花园、黄上皇海鲜酒家、亚洲风味、香港中国餐厅、亚洲松狮酒店、老四川、樱桃花、翡翠城中国餐厅等等。其中,作为上市公司的"老张中餐馆"连锁店(P. F. Chang's China Bistro),同样深深掳获美国人的胃,在全美29州开设近90家分店。据说,现在老美到中餐馆吃饭,不像以前含含糊糊,现在进店就问是湖南香辣口味,还是四川麻辣口味,或是江浙菜口味。

在美国大食堂吃完熊猫快餐后,觉得美国朋友关于麦当劳是世界和平使者的话也不完全是扯淡。

《管子·牧民》曰:"国多财则远者来,地辟举则民留处,仓廪实而知礼节,衣食足而知荣辱。"诚然,有饭吃,有肉吃,就连习惯提刀杀人的李逵不也乖乖地归顺了。

二

美国是法治下的市场经济,任何商业行为均有法可依,有法必依,偷税漏税、违规经营,都将受到严惩。

俄勒冈州有位7岁女孩朱丽·墨菲,在集会上出售自制的柠檬水，因没有办理卫生许可证被当地卫生局执法人员驱逐。事情披露后，主流舆论并没有如想象中一样同情女孩，当地行政官也未陷入两难，虽然他们需要迎合选民，但在坚持执法程序上却不会受民意干扰。

按照规矩办事是美国社会的共识。

但在美国，有一种经济行为，政府不会管，也不敢管，更不会征税，这种经济行为叫"庭院市场"，或"家庭跳蚤市场"。

听很多当地人和新移民告知，如果家里缺家具衣被等用品，若是临时的，不用去商场花那个冤枉钱，最好去庭院市场去买，除了货色好，价格便宜，比原价商品低三至五成，若运气好时，也可能白送。

在去庭院市场闲逛之前，细微地研究"跳蚤市场"这个词也很有趣。

跳蚤市场在英语中是 Flea Market，可为啥街头市场被称为"跳蚤"市场呢？

Flea Market 的说法来源有两种：

其一来自欧洲巴黎。上个世纪 20 年代，全纽约人，尤其是纽约的贵妇人每时每刻都在翘首以待巴黎时尚的信息，就像现在的上海崇尚纽约风尚一样。法国巴黎的时髦和风尚像甘露滋润着纽约的时髦和风尚，其中包括旧货市场模式。在巴黎有许多专门卖便宜货的地摊，巴黎人民自黑说，旧商品里藏着活蹦乱跳的跳蚤，故戏称为"跳蚤市场"。

其二源自纽约。在纽约的曼哈顿地区有个叫 Fly Market 的固定市场。纽约旧名叫新阿姆斯特丹，为荷兰人掌控，这个市场的名称用荷兰语即vly,fly来源于vly这个词,而vly和英语中的flea发音相同,故而演变为Flea Market。殖民地就是乱糟糟,像当年租借的上海,洋泾浜英语满天飞。

庭院市场,可以说,美国有多久,这个市场就有多久,且具有全国性和全民性。美国人口少,房子大,前后院更大,因地制宜,随便开个地摊,处理家里的旧货或自己不需要的新货物,尤其是在自己的私用领地开市场,不用缴税,更没有城管,确实令人大爽。

美国人爱搬家,不是从这个州搬到那个州,就是从乡村搬到市中心,搬不动或者不想搬的物品,统统卖掉。据传美国中下层的90%都是通过家庭市场来处理。

从有跳蚤市场之后,美国人把其演绎得多彩多姿,譬如我即将去闲逛的庭院集市(Yard Sale)和车库集市(Garage Sale)。

美国地盘大,区域文化各有差异,不同的商业文化自然诞生不同的家庭跳蚤市场。这跟中国很相似,北京生长出琉璃场古玩字画街、上海有文庙书市、婺源有砚台市场、昆明有干花集市。

在纽约和华盛顿,多家庭艺术品市场,譬如油画、传统白人用的咖啡壶套件等,一般咖啡壶套件均在25美元以上,但在庭院市场仅需花3、5美元就能淘到。

德州是西部牛仔文化的故乡,牛仔帽、马具马靴与牛仔装饰品等,绝对上路。

而在夏威夷由于其文化的多元杂交,市场上可谓琳琅满目,售品多元,游泳衣、本地土产、工艺品、潜水服不一而足。

在美国的庭院市场,很有趣的现象是,市场由一些像汤君逸一般大小的孩童主导。

美国家庭很重视孩子的市场经济教育,鼓励和培养孩子的独立和创业精神,学会与周围的人打交道是人生的必修课。还有尤其鼓励儿童从事自己力所能及的劳动,譬如制作一些小糖果饼干之类的食物,在社区内赚取一些钱,然后将这部分钱用于学校募捐或者慈善等公益事业,是父母培养孩子热爱社会、热爱祖国、热爱人民的主要方式。

要了解美国的商品市场,除了去梅西、玖熙、科尔士、Saks以及NORDSTROM等著名百货外,除了去沃尔玛、7-11等超级市场外,除了去像Galleria等大型摩尔市场外,逛逛遍布美利坚大地的庭院市场,是洞悉美国文明和文化的一条路径,更是一种超值且享受的生活体验。

美国的庭院市场,是展示美国人生活质量的一种姿态,更是美国普通家庭对待外人的一种友好和开放的生活态度。

(2010年9月,檀香山)

贝壳丁当

我曾问过一位日本的教授:日本有没有穷人?

教授反问:你的问题从哪里生发来的?

我说:在日本街头我没见到过要饭的乞丐,也没见到过讨钱的小孩,更见不到眼神慌张的路边摊主。

教授解释说,在日本应该没有真正意义上的穷人。但在一些街头巷尾或者公园角落还是会有自搭帐篷的流浪汉。

可惜那时学业紧张,在探访了日本的"暴走族"一次会聚之后,却没有机会去考察有多少流浪汉的帐篷和纸箱屋。

身在美国,我产生了同样一个疑问:在美国有没有流浪汉?有没有无家可归者?有没有真正意义上的穷人?

一位教授告诉我,美国当然有。他拿出一份媒体公布的数据:

全美流浪汉大约有近80万人。其中五成多被收容,四分之一长期无固定住所;多数无家庭,四成有家庭。

如果按照州来分数的话,17万流浪汉生活在加州,然后依次是纽约、佛罗里达、得克萨斯和乔治亚州。流浪汉占比例最高的是内华达州，占总人口 0.68%，然后依次是罗得岛、科罗拉多、加州和夏威夷州。

教授透露说，在夏威夷欧胡岛的西海岸，有座流浪村。

我一贯主张：相信自己的耳朵不如相信自己的眼睛。于是，决定前去探访。

夏威夷欧胡岛的西海岸线很长，从 Karbers Point 到 Kabubu Point，至少需要三个小时车程。夏威夷流浪村主要集中在 Makaha 一带，距离市中心约 60 公里处。

夏威夷檀香山经济开发像中国一样，是"富倾东南"，欧胡岛东南是经济繁盛、人气沸腾，西北是原始质朴的美，众多具有天然美的沙滩没有开发，人气稍显稀薄。不是西岸没人投资，而是州政府为了保护生态环境，保障民生权益，禁止西海岸过度开发。

阳光灿烂的西海岸，沿途能见到形态各异的别墅。老美越是富人，越喜欢在人迹罕至的地方建筑别墅，每栋至少价值数百万美元。

当我们驱车抵达 Makaha 海岸一带，在晴空万里的透明阳光底下，看到沿途灰蒙蒙的流浪汉帐篷的时候，看到帐篷之外细白沙滩和碧蓝大海的时候，我的心情顿时变得一半新一半旧，一半白天一半晚上。

流浪汉村村民给聚居区取了个优雅动听的名字：Hawaii shell n' tings，我把它翻译成"夏威夷的贝壳风铃"。

走进 Makaha 海岸的流浪村，整个感觉是很脏、很乱、很差、很灰，一股难闻的气味伴着海风弥散开来，直冲鼻翼。

在这个流浪帐篷村，来来往往地住着700多名流浪汉。他们成分比较复杂，有吸毒者、有精神病患者、有遭逢厄运者、有经济问题者，据说还有高学历博士者，是纯粹喜好这种流浪的生活方式。

在去流浪村考察之前，当地一位朋友警告，一定要注意个人安全。

深入其中还是有几次深刻的遭遇。

一次是进入用废旧汽车隔离的几户人家时，一位身穿邋遢的中年人，快速跑过来，冲着我们吼叫，大喊："沙滩关闭，给我走走走。"为防止意外，我叫S君汽车不要熄火，且开着车门，若有危险随时撤离。

另一次，我以旅游者的身份拍照，一位身材巨肥的女人遥挥着手不停地破口大骂。

还有一次是在帐篷外，遭遇几条恶狗哇哇狂吠，骇得人心惶惶的。

离开流浪村几天之后，我在报上看到一则消息：日本房地产巨头川本源四郎岛，腾出夏威夷欧胡富人区三座价值数百万美元的豪宅，免费借给当地无家可归和低收入的土著人家居住。

(2010年8月，檀香山)

卷四

一群思南的水鸟，
飞向它们的湖泊

蛇精格非

一

相当一段时间以来,格非一直是以一种与众不同的方式存在着。

1986年《迷舟》以先锋的姿态出现于文坛,他的名字就被广泛传播。他的作品如耐寒耐热的植物,在南北刊物上频繁地生长。格非、苏童、余华、北村,这四个名字以特殊的符号形式,联袂地被读者和评论界所倾听。

我和格非首次见面是在20年前的大学时代。那是受学生报纸派遣去做专访。格非给我的印象是,说话喷薄式的率真,邃郁的眼神让你望不到尽头。在我要求拍照时,他的手有些局促不安,我猜测他对大众化的社交缺少热情,也缺少体验。

在简朴洁净的格非寓所,我们于猩红的地毯上席地而坐。暗红得有些朦胧的灯光前的格非棱角结实,睿智的头颅闪耀着一种浓郁的光环,面对格非邃郁的眼睛和喷薄而出的性格语言,我感觉寓所里处处张扬着一种属于小说格调的独特氛围。

写作是给我生命的一种恩惠。格非道,我一般是中午十点至下午四点从事写作,晚上多为读书或接待朋友。这种习惯自1986年发表第一篇小说一直延续至今。博而赫斯说:我写作是为了我和我的朋友,是为了让光阴的流逝使我安心。写作于我来说,是一种生活方式,就像吃饭睡觉,是我最基本的生命所需。我非常热爱写作,除此之外,我不想做什么事(在大学当老师也是我的梦想之一)。写作是内心寻觅的情趣,是精神寄托,是我觉得人生有滋有味的一种原因。写作的人命定要去写作,不论经历什么样的生活,他应该这样。写作是我一辈子的奋斗,我对写作的自信心和热情,是任何力量打不垮的。一个作家必须说,我是第一流的作家。

青年作家中,当今就数格非和苏童没有用电脑,圈内人开玩笑说是"土八路"。

格非说我习惯用笔,这样有种生命与写作的真实触摸感。一张承载着格非所有作品的灰旧书桌,即使迁进新居,格非仍是爱之弥珍。格非创作特别注重环境,誊写的文稿不涂一字。这种对文学的唯美倾向,也许是一个作家写作严谨的真实情怀。当问以后是否会用电脑,格非说即使用电脑,也只用来修改作品或写散文随笔之类。因为我用笔写和电脑写作速度相当。

写作是件非常艰苦的事。格非道,一个作家有无才情是一回事,发表作品前必须有四至五年的训练期,这个训练非常重要,不要急着发表未成熟的作品,遍读古今中外名著,焚膏继晷式的积蓄,这是一个真正想写小说的人最基本的客观过程。

格非在成名作《迷舟》发表前,就像福楼拜教导莫泊桑式的方法,刻苦读书,锲而不舍长达六年之久。这才使他的《迷舟》发表后震动中国文坛,各种评论如潮,成为中国先锋文学的先驱,且先后被译成英、法等文。由于对中国农民形象和对文学作品有自己独特的想法,他拒绝把《迷舟》改编为电影的邀约。

不耐寂寞,就不能成为小说家,寂寞是跟自己对话。抱朴宁静,心无旁骛,格非在自己的空间里燃烧自己,极端的尝试和质朴的坚持是一个优秀小说家所必备的基本精神,格非道。

写作是生活的积累和个人的经验记忆。格非说,有位评论家说我的作品分农村、农村混合城市、城市三种格局。其实,我写的农村不是客观上的生活农村。我的父亲说:我的作品不真实,农村没有这么多的传奇故事和那么多的内容及景色。

一个作家的生活习惯、趣味、修养直接影响作品和创作。倘若一个作家的趣味大众化,对世俗陷得太深,慢慢地就会丧失创作能力。契诃夫说,一个作家必须有新的作品出现,永远应该这样。我在相当长的时期内,在个人营造的孤寂心绪中生活,习惯个人思考,疏于交际,一个作家倘若热衷于交往,这对创作非常有害。作家应该相信自己的感觉和作品。

应出版社要求,格非正在着手创作他的第五部长篇小说。格非说,写长篇小说不像中短篇小说需专门构思,只要时刻像想念自己的恋人那样热恋着,这样就可写一年半载,底稿约在明年四月份杀青。格非说完这句话时,邃郁的目光仿佛又回到他怪异的叙事方式、安特莱夫式的阴冷和康拉德作品奇谲的先锋小说中去了。

本文标题为《蛇精格非》,绝非故弄玄虚。而是借用评论家胡河清给他的定义。一方面因着格非遗传的因子,另一方面他的"蛇胆"中有一种反叛的成份。

格非的小说,有一种独立审美意义的形式的力量,用技术的眼光来审视世界。在先锋小说萎缩的时代。唯有格非继续坚持先锋小说对形式高地的占领。在他和作品里,客观主义和相对主义长盛不衰:精致,冷淡,客观。这是一种创作胆量,不媚俗也不迎俗。

格非小说的玄机,不同于侦探小说,他的诡秘具有一种文化的神韵,而且还是一种相当深远的文化。他没有用愉悦感官的性描写来取悦读者,他靠作品本质上的魅力征服读者。他的作品中透出一种诡秘的意境,和成了精也似的灵慧心计,由不得你不喜欢。

大凡玄妙之作是很多人所不习惯且甚为痛恨的。格非认为这是因为这些作品超越了他们的想象和阅读经验,同时,还由于作者无形中的自傲和挑衅的姿态,读者由于感受到了蔑视而经受着巨大的心理压力。

格非的独特在于他的不改变。他的写作态度如此地富有意味,孤芳自赏。这种写作与时尚,与潮流,与商业文化,与意识形态天然地遥遥相对不可重叠。这样的写作需要人格、心境、学识和修养。批评家吴亮在一次讲座中说,格非像一个幽灵在华师大的校园游荡,说得很有意思。

二

评判格非是件很冒险的事情。

评论格非是很危险的一件事。

格非长篇新作《山河入梦》在华东师大举办作品研讨会。围坐中几乎云集了上海最著名的评论家和作家:陈村、孙甘露、吴亮、钱文忠、陈子善等 20 几位文学方家。

我跟格非先生有过三次接触。第一次作为大三学生,我担任学校学生报纸的副刊主编,为了庆祝出版 40 期,我策划了"我们文学的光荣"选题,与师兄索石两人癫癫痴痴地采写了整版访谈。格非先生是我的第一个采访对象。那个时候做得很崇敬,同时很严肃也很严谨。很长的时间里,我发现师弟师妹们每当邀请格非先生作讲座设计广告时,宣传词摘录的都是我那篇采访的片段。这让我觉得虚荣心是很好的东西。

接着是在 2005 年,我在北京教育部挂职,筹办北京校友聚会。格非先生毫不思索应允与会,爽快得令人说不出第二句话。最想不到的是,他还记得我当年采访他的事情,并叫出了我的名字,突出间觉得很温暖。席间,我谈到了我熟悉的清华大学文科处长对他在圆明园附近买别墅的事情,格非快乐地"哦哦哦",至今都不明白,他对这种传言或传说是全盘接受还是习以为常。第三次就是《山河入梦》研讨会,在研讨会会场门口,见了面,双方没有打愣的过程,爽快地握了手,他便往前走在摆有自己名字的铭牌前落坐。

对格非作品的评论,只谈三点。

格非作品基本规律,一是从"从循环走向开放,从神妙走向旷达"。从格非早期的作品,《迷舟》《青黄》《戒指花》《傻瓜的诗篇》《不过是垃圾》等,个个看起来都是艺术品,就像欣赏精致的景德镇瓷器,圆润而富有艺术价值和品味,叫人有把玩的倾向。小说能写成这样,隐约感觉到技术的力量在背后操纵,技术的能量在放射光芒。后来,格非的《边缘》《欲望的旗帜》《人面桃花》等长篇小说,漫漫感受到格非小说的张力和开放度。他架构和把握小说的能力,就像花一样,越来越开放,也越来越张弛有度了。就像一个人长期穿着西服,突然改穿运动服,腾挪闪跳,运动自如。或者好比从阅读《喧哗与骚动》突然改读《百年孤独》那样的感觉,汪洋肆意,畅快淋漓。在《山河入梦》结尾:谭功达在梅城第二模范监狱因肝腹水死去,弥留之际,他听到了监狱外的鞭炮声响了一夜。"谁在放鞭炮?"他嘀咕了一句。在朦胧中,他看见姚佩佩悄无声息地从门外走了进来,坐在他的床铺边,看着他,漾漾地笑。"这么说,什么烦恼都不会有了?""对,什么烦恼都不会有了。"这是多么旷达而浪漫的结尾。

其二,"从地域乡村的品性转向中国区域意向"。格非的小说,无论是中短篇还是长篇,诸多取材来源于他生活的附近。其中包括文学专业的想象(《凉州词》)、工作身边的世事(《欲望的旗帜》)和童年生活的影射(《褐色鸟群》)。地域和乡村很长时间成为格非作品的原材料和营养品。随着《人面桃花》《山河入梦》问世,格非已经从狭隘的地域迈向了阔大的区域,特别是辐射到中国层面的历史叙事层面。不知道这个转变是不是与格非在北京生活有关。上海的生活常常无形中逼迫你地域化,而北京的意识形态是本土中国化的聚合地。北京的乡村气实质上是农业大国的影响力所致。尽管格非小说处处闪烁着江南乡村的气息,但已扩展至中国乡村的榜样,囊括着中国乡村历史的全景信息。

第三,只谈小说《山河入梦》主人公谭功达的设计错位。谭功达是梅城县县长,但从他的所作所为来看,觉得更像一个县文联主席的货色。格非赋予他县长之职,一心想发展县域经济,但总觉得人物设计错位了。无论是 50 年代还是当今年代,作为一个县长,一个地方的父母官,是拥有绝对的权威和权力。他在车上,女秘书姚佩佩绝不可能撇下他和副县长白庭禹肆意说笑;在医院被医生奚落,即使医生不认识他,他也必定保持县长该有的气势,不太可能被医生无辜冷落;白小娴空出半边凳子给他坐,一起烤火取暖,作为县长的谭功达,尽管很喜欢她,心理可能会起微澜,但不至于双脚打抖……等场面,很是觉得谭功达这个县长很窝囊,不像一个主管几十万百姓的县长应该有的作为,而更像一个县文联主席。姚佩佩的一生令人牵挂,也叫人悲怜。格非把一个文人的魂附在一个政治家的体上,错位又越位。

在《山河入梦》研讨会总结发言中,格非有个细节,让我感到他的幽默。

格非说:我小时候跟我奶奶出去卖番薯苗,每天奶奶天不亮就把我叫起来了。我卖番薯苗的时候,很多人都在卖,可是我们一个都卖不掉。到了傍晚,奶奶推独轮车,我在前面用绳子拉。当时我就在想,大概卖东西是这个世界上最悲惨的职业,因为你要卖,别人不买,我发誓我以后不干这个了,因为卖东西你要看人眼色。我小时候有这么一个愿望,我不要卖东西,可是到了今天还得卖,这对我来说是很悲惨的一个事情。

这就是格非,纯粹的小说家之格非。

(2007 年 3 月)

一个人留给她的影响

晚上整理书柜时,意外发现戴厚英先生给我的一封书简。

白色信封的四方边沿有些泛黄,在信封正面的右上角,端端正正地贴着一张10分钱的邮票,圆形邮戳上显示的时间是1995.4.9.10,邮编为200434。我小心翼翼抽出信纸,一看落款,竟然是著名作家戴厚英先生给我的一封回函。端详着信函,我的思绪一下子闪回到20年前,采访戴厚英先生的一件往事。

二十年前,我正在华东师大读书。作为文学写作的忠实爱好者,我的业余时间基本用在为《青年报》《厦门文学》《黄金时代》《法制时报》等各大报刊撰稿上,除为了满足作品发表欲,还顺带挣了不少稿费。读书期间,我参与了校刊的编辑工作,同时受邀为《新民晚报》和《公关信息报》等撰写专栏。

华东师大作为文理见长的大学,有个巨大优势就是培养过一批作家和文化名人。利用这种学缘优势,我先后采访过赵丽宏、格非、陈丹燕、周佩红等校友作家,还采访过与师大有千丝万缕关系的马原、曹正文、北村、林燕妮等校外名人。由此我了解到,学校有位1960届的著名校友作家,叫戴厚英。在采访之前,我跟很多师长打听她的联系方法。有位老师告诉了她的联系地址,并叮嘱我说戴先生被视为特殊人物,不过,她虽然特殊,但作为学生记者去采访校友是值得的,也不会有什么问题。至于如何特殊,他没有详说。从我当时作为学生的认知水平和有限的了解,感觉戴先生对于时局的某些人而言,是在错误的时代说了正确的话,或者在正确的时代写了逆耳的文章。

为达成采访目的,我试着给戴先生写了一封信,表达采访的缘由和提供访谈提纲。出乎意料的是没过几天,就收到戴先生的回复,表示可以接受访谈。她的回复非常谦虚,对我这个小巴拉子学生竟用"您"字称呼。复函如下:

汤涛同学:

  来信收到。三十多年前我在师大读书时也曾作(做)过校刊编辑,这样看来我们不但是"校友",而且是"刊友"了。

  欢迎您来我家谈谈。我除了周五到学校开会外,其余一般都在家。来之前请打个电话:52555838。

祝好!

戴厚英
1995.4.8

四月中旬的一个下午,我按照与戴先生约定的时间,从上海西南角出发,辗转了几趟公共汽车,如期赶到东北角复旦大学宿舍区的戴先生寓所。即使过了20年,戴先生留给我的印象仍清晰如昨:一是她的平易近人和坦率热情,二是她敏捷的思维和无与伦比的口才。

戴先生可能怕我紧张,边给我泡茶,边给我讲当年在师大读书时的趣事。她说50年代在校刊发一篇文章,稿费有5块钱,对学生来讲,是笔不菲的收入。不知不觉,我们就进入了采访的正题。在整个下午的访谈中,可谓行云流水,一气呵成,这主要不是我的问题好,完全得益于戴先生的出众口才。我记得很清楚,根据访谈提纲,戴先生主要回答几大问题:一是关于文学创作的情况;二是回忆师大生活及工作经历;三是性格与命运的关系。

根据采访素材,我整理了一篇访谈对话《戴厚英:行走在文坛之外的作家》,现摘录几段对话,以窥先生的为人、个性和思想:

问:戴先生您经历坎坷,是什么样的一种东西支撑着你的世界观?

戴厚英:很简单,其实就是中国很传统的观念:福祸相依。这可能跟我的家庭渊源,父母的性格相关。另外,我尽管认为自己是个极不完善的人,但我很自信。

问:您做过复旦大学教师,对教师这门职业您有什么样的看法?

戴厚英:我喜欢做教师这个职业,但不满意的是教育状况，国家对教育投资这么少，而我们的一些领导干部的公款吃喝竟超过1千个亿。每当想到这个数字，我就很不安。这个数字是教育投资的好几倍，我老家在安徽乡下，乡村教师工资只有一二百，有时甚至发不出，只有靠做小生意维持生计，而有些公款吃喝一瓶酒上百甚至上千，让我心情难以平静。

问：当代校园，精神家园的失落和价值观混乱，谈论理想似乎是很奢侈的事情，那么人到底需不需要一种理想？

戴厚英：人不可以没有理想。没有理想的人，其实他也是把某种东西作为理想，比如金钱、欲望的满足。在哪一个层次建立自己的理想，这是各人有异。特别在社会转型时期，原来的价值观念破灭、倒塌抑或千疮百孔，那么新的理想是什么？每个人都在寻找，如一座金矿每个人都在挖，到底哪里有金子，掏出来再说。价值观不应该混乱，应该多元而有序，这就需要大学生和知识分子冷静下来，好好探索一番。

问：我读了您的许多作品，觉得您是一位现实主义的作家，作为一个颇有成就的作家，您是怎么看待中国文坛的诸种现状？

戴厚英：我在文坛之外，我很晚才加入中国作协。我虽为上海作协理事，但极少参加任何活动。我是典型的个体户作家。我所有的文事活动，比如去美国、欧洲或香港，除了自费就是应邀出访。我的活动跟文坛毫无关系，文学就创作活动来说，完全是你个人的事情，你面对的是读者，是社会，而不是什么坛。只有当自己觉得是货真价实的人，才需要拉什么派别为自己宣扬，我对文坛没有什么感性认识。

问：那么，您对自身的生活现状是持哪种态度？

戴厚英：天上星星没有人捧，照样挂在天上，地上的小草没有人特别浇灌，仍然照样能长。自己依靠自己吧。生活中我看人看物，过多的物质贪欲会把人弄坏。近来我在读佛书，佛书同我的文化选择相吻合。佛教是种无神论，众生平等，人人皆可成佛，依靠自己可以超越。

问：巴老主张讲真语，萧乾认为应尽可能讲真话，戴先生您对讲真话又怎样理解？

戴厚英：萧乾我很熟悉，他这样说也是对的，他讲出来的都是真话，但有些真话他不敢讲。严格地说，我主张讲真话，别人认为我在讲真话，但不是我的真话会不说出来了，我很难保证，我认为讲话比较实际的好。萧乾的作品我几乎都读过，如果你读了萧乾的作品，特别是近十几年来的作品，你会发现他的话越来越真、越来越深。我对萧乾说过，不怕什么，你都八十多岁啦，你说好了。他现在越来越多地讲讲真话，但还是留一点余地，这可能与他的性格、经历有关系。我想，如果大部分作家都像他这样，到他这种程度，我们的文坛可能会清静许多。

同时，根据采访经过，我还写了一篇《一个人留给她的影响》散文，作为对访谈的一个补充。现摘录如下：

生活过，思索过，就应该收获。不论收上来的是野草、是蒺藜，总是我们的创造，心血的创造……只要一息尚存，我就不会停止向生活索取。在一次阅读中，当这样火辣辣的话语跳跃眼帘时，我谨慎地记下了作者的名字：戴厚英。随着作品阅读的深入,我感觉一位卓尔不群的作家伫立我的身前。

我时常在想,性格与环境,究竟哪一方面对人的行为起决定作用。倘若依据公允的讲法,肯定会说,两者相互作用于个人。而作家戴厚英先生,却这样与众不同地显示了她的独特:"性格决定命运。"戴厚英先生说,"几十年的经历告诉我,成败荣辱,皆由我的性格。种种经历,不过是这种性格的实现和演绎。"

1995年4月中旬的一个日子,那天没有阳光,潇潇春雨浸润着街道两旁的白玉兰,玉兰雪色的花朵,闪闪烁烁,像静夜里的繁星。于这样的时候,在复旦宿舍楼,我按响了一个自己仰慕已久的作家的门铃。

我和先生相对端坐在她的书房,先生极其典雅的声音和朗健的精神,根本让你无法看出她已接近花甲的真实年龄。在先生身上,直教你读出一种岁月如水、水过无限缥缈氤氲的红深绿浅的富贵。

先生对于自己的清醒,几乎接近透明的境界。先生出生在一个儒学氛围颇为浓郁的家庭,先生对父母及家庭成员的热爱,至今仍然不可释怀。"我之所以24岁那年才真正圆了我12岁的作家梦,这与我的经历有关。"先生捧着一杯浓浓的庐山云雾,思绪在往事中寻寻觅觅。

先生和那段众所周知的历史,简直亦步亦趋,世事玄黄,云诡波谲,先生像孤苦茕居的浮萍,遭遇着历史风雨的洗礼,这对于一个本来应享受青春美的女子,该是怎样的一种残酷和不平。

理想是火,热情是火,它们将人燃烧得激昂,兴奋,但也常常会将人燃烧得眩晕、盲目甚至偏执。先生言称自己,过去是一个理想主义者,现在仍是一个理想主义者,不自私,不媚俗,尚真实。在精神价值日益倾圮和流浪的时代,这是一种弥足珍贵的独立人格。岁月能磨掉一个人的敏感、世故、虚荣,却绝抹不平高贵与平凡的沟壑。

先生同我谈话中,始终不谈政治,不谈人事沧桑。先生在她的系列长篇小说《人啊,人》《脑裂》《诗人之死》中,以自己作为参照,寄托了对中国知识分子的关注、思考和热望。先生在创作这些系列长篇时,引用卡夫卡的话说,是用一只手挡开点笼罩着命运的绝望,同时用另一只手草划记下在废墟中看到的一切。先生对知识分子的咏叹,具有一种无限的蕴涵。先生的为人如为文,无须为别人而掩饰自己,在他人看来有一定表演成分的行为,在她却是真诚的袒露。

先生现独自一人寓居在这个城市的东北角,远离喧嚣骚动的市声,研究、写作和读书构成她生活的主要内容。先生在教授和写作之余,每年都要回几次安徽的农村老家做些社会调查,关心下层百姓的疾苦喜乐。先生是个不善于掩饰自己的人,先生的谈话内容有着不容置疑的执着。

当我告别先生走出她的书斋,行走在白玉兰盛开的街道时,我一直在想,在生活中,只有那些真正懂得"为什么"而活的人,才能经得起痛苦和时间的涤荡。先生是一个活出意义,并且始终执守自己一方生命意义的人。

后来,我看到广东一份影响力甚大的《家庭》杂志正在举办"女人的故事"全国征文比赛,我觉得戴先生特殊的人生故事正好匹配征文要求。于是,我对采访稿再次进行整理加工,以《行走在文坛之外的作家戴厚英》为题投寄参赛,最后竟然获得了全国比赛"优秀奖"。

非常令人痛心和惋惜的是,在我采访之后的1996年8月25日下午,戴先生不幸在寓所遇害,与她一同被害的还有她的侄女戴慧。

戴先生的被害震惊了上海滩,海内外新闻媒体广泛关注这一重大命案。据媒体报道,时任中央书记处书记、中央政法委书记任建新、上海市委书记黄菊、公安部部长陶驷驹均对此案予以高度重视,作出批示,务必尽早破案。上海市公安局为此成立了170多人组成的"八二五特大凶杀案"侦察专案组,公安调查死因,十分严重而严肃,我记得也被询问调查过。经过对两千人的调查访问,在戴先生被害的21天后,最后终于侦破疑案。原来,杀害她们的凶手是她中学老师的孙子,一个来沪打工,求助于她的乡人。

在后来的工作中,我采访过上百人,但20年前对戴厚英先生的采访令我无法忘怀,她那清脆而纯净的声音,至今恍若回响在耳畔。

(2015年5月)

被遮蔽的王伯群

一

2015年,是大夏大学创始人、校长王伯群先生诞辰130周年。为表纪念,主编出版《王伯群与大夏大学》。

有人问:为什么要编撰这样一本书?

答,编撰本书,初衷有三:其一,大夏大学经过27年的卓绝努力,发展成为一所著名的私立综合性大学,其中居功至伟者,非校长王伯群先生莫属;其二,我们在谈论大学创始人或卓有影响力的校长时,北大有蔡元培,南开有张伯苓,复旦有马相伯,圣约翰有卜舫济,那么,和这些学校有堪与比肩影响力的大夏大学呢?大夏的灵魂人物就是王伯群,他不应该被大家遗忘;第三,王伯群作为近代民主革命先驱、政治家和教育家,由于过早陨落、政治因素和花边新闻捏造的"别墅风波"等原因,长期被教育界和史学界所遗忘。迄今为止,除了内部档案史料里几篇生平传略外,鲜有一篇或一本对王伯群相对系统、完整的研究论文或书籍。王伯群在当代史上被严重遮蔽！我们认为,这不仅是对教育家王伯群的不公平,也是对中国高等教育史的不公平。

于是,我们编撰《王伯群与大夏大学》,力求还原一个历史真实的王伯群。

本书主要收录了王伯群校长自1924年至1944年期间,执掌大夏所形成的书信、文稿、公函、布告、会议纪要等多种原始档案,从办学思想、经费筹募、教师聘任、学生管理、学校总务、附中办理以及服务社会等方面,展现了王伯群校长的治校理念、办学理论和教育实践。本书专辟一章"王伯群与大夏大学编年纪事"和截取1937年的"大夏一览",全面爬梳王伯群事迹和全方位呈现大夏大学的办学概况,为研究近代中国高等教育提供宝贵的第一手档案。

本书的档案史料是首次向社会披露和公开,我们相信,本书对有关学人研究王伯群校长、研究大夏大学,乃至研究民国时期的高等教育历史,当具有重要的参考价值。

二

王伯群,贵州兴义人。青年时代起即追随孙中山先生,组织参与护国运动、护法运动和南北议和,奔波于救国救民、追求民主正义之途;执掌民国政府交通部,发展民族交通事业;创办大夏大学,复兴民族教育。他在教育、政府管理等多个领域谋划开拓,鞠躬尽瘁,不遗余力,其一生可谓跌宕起伏,充满传奇色彩。

　　为编撰本书,我们曾赴贵州兴义王伯群的老家景家屯走访。从访谈口述和史料中了解到,王生平好学,中西学术,均有根底。幼时聪颖,跟随父亲王启元学习易、书二经,兼学阳明学、四书等。18岁入兴义笔山书院,随文史大家姚茫父、熊范舆、徐叔彝等专攻《孟子》《左传》和数理之学。王的一手漂亮书法、锦绣文章和对中国传统书画艺术品的痴迷,均系在此打下了基础。1905年,20岁的王以贵州首批官费生资格东渡日本,留学中央大学学习政治经济专业,直至硕士生毕业,前后六易寒暑。留日之时,清政不纲,王加入同盟会,结识了他人生中最重要的三位长辈人物:孙中山、章太炎、梁启超。他们倡导革命,同声相求,王与他们常相往还,砥砺切磋。

　　迨辛亥革命后,27岁的王伯群即返国参与实际工作。与章太炎、程德全、张謇等人组织中华民国联合会,培植革命势力,主办《大共和日报》,高举民主正义。1914年,袁世凯解散参、众两院,王赴北京参与制定《中华民国约法》,结束后返回贵州协助其舅父刘显世主政,担任护军使署参赞,积极推动护国运动。在他30岁那年的1915年,王以黔省代表出席北京的政治会议,调查北洋军队内容,"尽得其窳腐情形,及蠢蠢欲动阴谋"。于是,他与梁启超、蔡锷等确定以滇黔为发难地,公举反袁大旗。是年12月,王假道香港、越南抵达昆明,将讨论情况告唐继尧、李烈钧和熊克武,力促反袁。王返抵贵阳后,与胞弟王文华、戴戡召集黔省优秀官兵,积极筹备。云南宣布独立后,王伯群积极响应,策动贵州独立,并与王文华率部攻击湘部,迅雷飓风,震动海内外。贵州独立后,他先后出任贵州护军使署总参赞、黔军总司令部秘书长和黔中道尹等职。在担任黔中道尹期间,发现和提携日后成为共产主义先驱、中共领导人王若飞留学日本。

护国运动结束后,因参与密谋滇黔首义的天津会议,王伯群与梁启超、蔡锷、戴戡、汤觉顿等七人被誉为"天津会议七君子"。为纪念其护国运动之功绩,王伯群贵阳宅址的会文路更名为护国路。

1917年,皖系军阀段祺瑞控制北京政府,拒绝恢复中华民国国会和临时约法。孙中山极为愤怒,在广州发动护法运动,反对段祺瑞独断专行。32岁的王以贵州省长公署代表赴广州协助护法军政府工作,直接参与孙领导的护法运动。

王伯群以护法军政府议和代表赴上海参加南北和议,并得到督军兼省长的刘显世授权为贵州全权代表常驻上海。1920年冬,王跟随孙中山、唐继尧回粤,恢复军政府,任交通部长,可谓飞刍挽粟,劳绩卓著。次年,孙中山就任非常大总统,王担任总统府参议,并被委任为贵州省省长,在回贵州的就任路上,行至铜仁受阻,于是转赴上海。

国民党改组后,孙中山倡议南北议和,和平统一。王衔命随同北上,奔走各地。不幸孙中山逝世,南北议和破裂,遂回上海继续进行国民革命活动。孙中山生前曾赠送王伯群一幅著名的五言联:"让人非我弱,得志莫离群",以示激励和劝勉。国民革命军北伐成功后,王出任上海财政委员会委员。

1927年5月,南京国民政府成立,王伯群先后任国民党中央政治会议委员、交通部长兼第一交通大学校长和招商局监督,当选国民党中央执行委员会委员,此后连任。

在执掌交通部长时,正值兵燹之余,交通事业备受摧折,王伯群致力于交通改革,发展民族交通事业,认为爬梳整理,实为要图。他拟定交通事业革新方案,主张振兴铁路,统一邮政,创办航空,发展电讯,整顿交通教育,并拟有具体办法。任期内,他身体力行,并多有建树,譬如:一、收回外国人主持之邮政,免去法国人铁士兰邮政总办职;建立上海真如国际大电台,"为国际通报大进步,全球视线,为之一新";取消外国人在国内设立的电信营业局,设立国际电信局。二、接收英国人所设烟台、威海卫水线收发处;将腐败的招商局收归国营;恢复吴淞商船学校。三、创设航政局,与美商、德商合办航空公司等。

王伯群主持制定《交通事业改革方案》、《电政设施三年计划》、《航政建设纲要》等,为交通、邮政和电信事业的发展奠定了战略基础。1931年底,南京国民政府改组,他辞任交通部长,改任国民政府委员。

1944年12月20日,王伯群因积劳成疾,在重庆逝世。他临终写下遗嘱,嘱文感人至深,足见其一生赤诚,志向坚定,心怀远虑。遗嘱曰:"余追随先总理奔走革命于今三十余年,才力绵薄,恒少建树,正思振奋精神,努力补救,今竟一病不起,事与愿违。此后切望吾党同志一心一德,争取胜利,以完成抗建大业。吾大夏校友,服务国家,尤须力行公诚二字,以发扬大夏之精神,余虽不及见国家复兴,世界和平,但知革命成功之有日,此心亦无憾矣。"

三

作为著名教育家,王伯群除创办大夏大学,担任董事长和校长(1927—1944年)外,还担任过交通大学校长(1928年)和上海吴淞商船专科学校校长(1929年)。

1924年,原任教于厦门大学的欧元怀、王毓祥等教授,应300余厦大失学青年要求,在上海筹办新校。王伯群认为国家根本端赖教育,于是竭力赞助,慷慨捐资创办大夏大学,并被公推为董事长。自此,除参与政治活动之外,他后半生的事业,全力投入大夏大学的建设、发展和繁荣上。

王伯群校长既是大夏大学的创建者,也大夏的坚定擘画者和精神引领者。大夏创办之时,新建的大学雨后春笋般涌现。据统计,上个世纪二十年代,上海滩的大学多达四、五十所,竞争殊为激烈。为谋求大夏之发展,王秉承"服务国家,曰公曰诚"精神,与同僚一道,制定"自强不息"之校训,以此作为砥砺全体师生的座右铭;倡导教师苦教、学生苦学、职员苦干的"三苦精神"和"师生合作"、"读书救国"。他借鉴牛津、剑桥大学的管理经验,在国内高校中率先实行"导师制",实施博雅通识教育,"从有中发现无",探索高等教育的现代化管理,积累了丰富的经验。

在创校十周年校庆时,王伯群阐明创校"四大精神"即:革命精神、牺牲精神、创造精神和合作精神。他主持制定《大夏大学民族复兴教育实施纲要》，以民族复兴的教育为施教总目标，主张大学应"本学术研究之自由与独立，涵育革命与民主精神"，大学教育应符合社会环境，当以"复兴民族"为办学宗旨，强调"厉行人格教育，以陶冶健全之国民道德；提倡生产教育，以救济垂危之国民经济；奖励科学教育，以发展自然之无尽宝藏；实施军事教育，以培养民族之自卫能力"。

王伯群具有超强的经营管理和筹资理财之才能。1930年，经他多方劝募并自捐巨资，大夏大学在上海中山北路建成固定校舍（今华东师范大学中山北路校区）和一批相关实验室、图书馆、大礼堂。本书披露的档案显示：到1932年底，学校捐款总额为38万，其中王一人捐款17万；可供2000人同时上课的群贤堂造价11.7万，他募捐了8.2万；占地66.9亩的丽娃河是他从荣宗敬手中募来的。杜月笙、何应钦、卢作孚，以及军界、政界、银行界的重要人物均是他募集的对象。大夏发展到拥有文学院、理学院、教育学院、商学院和法学院5个学院和1个师范专修科，校园面积扩充至300余亩，成为上海校园最大的大学之一。

王伯群广为延聘马君武、吴泽霖、郭沫若、邵力子、田汉、谢六逸、何炳松、戴望舒等名师，培育出熊映楚、吴亮平、杜星垣、周扬、胡和生、刘思职、陈旭麓、戈宝权、陈伯吹、王元化等各行各业栋梁之才。另据不完全统计，仅院士和学部委员，大夏就出了15人。大夏社会声誉日隆，其美丽校园和优良的师资尤为人称道，作为民国时期著名的综合性私立大学，被誉为"东方哥伦比亚大学"。

王伯群礼敬教师,爱生如子,结交众多社会名流,且多有资助和施援。本书首次披露王伯群保护鲁迅一事。1930年3月20日,时任教育部长蒋梦麟发出训令,言大夏大学"竟容许反动派在校作公开的反动宣传,不加制止,殊骇听闻。究竟实情如何,应由该校长详细声复,以凭核办"。作为校长的王,呈文报告说:"该(群育)委员会主席以鲁迅在文艺界亦负有相当声望,来校演讲,于学生研究文艺之兴趣上不无裨益,遂准如所请,及演讲既毕,始查悉当时演讲者不止鲁迅一人。""据称此次请鲁迅演讲之动机纯为研究文艺。"在王的斡旋下,这场风波才得以平息。

王伯群与理学院院长夏元瑮教授感人肺腑的故事,一时为人传颂。夏元瑮是爱因斯坦的学生,我国最早译介爱因斯坦相对论的学者,曾任北京大学理科学长,1924年来大夏任物理学教授,1938任教务长兼理学院院长。1944年8月13日,夏突患心脏病,闻悉病状,王极力组织抢救,并亲撰公函请求中国红十字会、军政部卫生人员训练所为夏教授提供血浆:"第念夏元瑮博士,为国内有数理学家,于学术界之贡献殊巨,为此函请贵会、所惠分AB血浆若干cc,如蒙俞允,毋任感荷!"

夏教授于18日不幸逝世,王伯群悲痛欲绝,含泪撰写布告,请全校师生参加夏的送殓仪式。同时给夏的弟弟夏元瑜致函,告知详情:"阁下与令嫂远在沪平……只得由本校与此间各界发起组织治丧委员会……举行盛大追悼会……医药丧葬费用,预计在三十万元,除由本校拨助十万外,并发动募捐及呈部请予褒扬。"之后,王伯群多次报告,请求教育部从优抚恤夏院长。在他的努力争取下,教育部最终呈请行政院优予抚恤,并转请国民政府明令褒扬。为解决夏教授家属的后顾之忧,王在大夏专门为夏元教授发起遗属养育金运动,建立夏元教授奖学金等。这段超越校长与教授之间关系的手足之情,令人唏嘘不已,击节赞叹。

1937年8月,淞沪事变,抗战军兴。王伯群积极应对,寓救国于读书,他赴南京与教育部商定,在庐山组建我国抗战时期的第一所联合大学——复旦大夏联合大学。

大夏初迁贵阳,荆榛塞途。王伯群率领全校师生力克困难,群策群力,在极短时期里,建设新校园,举凡教室、图书馆、实验室、办公室无一不备。1940年,他多方劝募,择定贵阳城郊花溪2000余亩土地为固定校址。这样大面积的校区,在抗战后方的大学中,可谓一枝独秀。

大夏自迁贵阳后,经济上的困难与日俱增。王殚精竭力,维持至1942年,深感经费支绌,经校董会同意,决定呈请国民政府援照复旦大学例,改为国立大夏大学。但教育部未征求大夏大学的意见,行政院硬生生通过将大夏大学改为"国立贵州大学"。

大夏师生、校董和校友闻悉后,群情愤慨,舆论哗然,群起反对。特别是在校学生,啸聚操场,强烈抗议。国民党宪、警及保安团闻讯,旋把大夏包围。王伯群获悉消息后,赶忙前去制止,并召集全校学生于大礼堂讲话。他激动满腹地说:"大夏是我一手扶植成长起来的,在过去18年的岁月里,我当了

15年校长,对大夏耗尽了心血,但我一无所求。对大夏的爱护,我不落人后。大夏的成败荣辱,与我分不开。我可以向大家保证,我能把学校完整地迁回上海去。"他接着指出,教育部设立贵州大学,那是他们的事,让他们去办,与我们大夏无关。教育的自由和学术的自由,如人身的自由一样,是受法律保护的,是不容许他人或集团侵犯的。

王伯群的讲话,受到全体学生的热烈拥护,鼓舞了师生维护学校尊严的斗志和信心。由于全校师生校友态度坚决,又有昆明的西南联大、贵州湄潭的浙江大学以及贵阳的高等院校师生声援,行政院只好收回成命,大夏仍然保持私立。

大夏是内迁贵州最早、办学最长的一所大学,也是深入贵州社会最为切实的高校。自播迁入黔到1946年返回上海,大夏办学8年,在贵州有毕业生1576人,期间得到了长足的发展,迁去时300余师生,离开时有1800余师生,对贵州社会文化发展尤其是教育事业产生了深远的影响。

王伯群倡导大夏要在促进西南文化发展和资源开发方面作出贡献。"我大夏大学之抗战建国工作,自当遵从抗战建国纲领","然我大夏大学之在西南,为贵州最高学府,所负使命,既重且大。"大夏当"协助政府以开发西南之资源","促进西南之文化"。

他与贵州省主席吴鼎昌在花溪成立"农村改进区",由大夏和当地政府联合开展建设实验,旨在力促百姓生活安定,努力于各项生产建设,实现"抗战救国"。大夏成立社会研究部,启动对少数民族调查研究,出版《贵州苗夷歌谣》《贵州苗夷社会研究》《炉山黑苗的生活》等著作,这些民族调查研究的成果,让外界重新认识了贵州人,启发了少数民族对国家、对民族的认同感,于今天而言,仍具有现实意义。

在王伯群的执掌下,大夏拥有沪校、贵阳、并短暂开设香港分校,同时开办上海大夏附中、贵阳附中、南宁附中和重庆附中。大夏共培养了2万余学生,为国家和社会发展作出极大的贡献。

1944年12月20日,王伯群因积劳成疾,在重庆逝世。他临终写下遗嘱,嘱文感人至深,足见其一生忠贞赤诚,志向坚定,心怀远虑。遗嘱曰:"余追随先总理奔走革命于今三十余年,才力绵薄,恒少建树,正思振奋精神,努力补救,今竟一病不起,事与愿违。此后切望吾党同志一心一德,争取胜利,以完成抗建大业。吾大夏校友,服务国家,尤须力行公诚二字,以发扬大夏之精神,余虽不及见国家复兴,世界和平,但知革命成功之有日,此心亦无憾矣。"

(2015年9月)

汪辜会谈

一

2015年11月4日七点整,中台办、国台办主任张志军通过新华社发布消息说,经两岸有关方面协商,两岸领导人习近平、马英九将于11月7日在新加坡会面,就推进两岸关系和平发展交换意见。

而台湾方面早在3日晚,透过"总统府"发言人陈以信率先披露"习马会"消息。

这则新闻,既让人兴奋,更叫人期待。"习马会"有很多意义,最重要的是"开启两岸领导人直接交流沟通的先河"。

谈及两岸关系,一百次也不能忘记第一次,即22年前的1993年4月27日的"汪辜会谈"。作为汪道涵的研究者,自2008年至今,一直在采访、收集和整理汪道涵的材料,尤其是汪担任海协会会长的这段史料。

汪辜会谈在新加坡举行,习马会也是在新加坡举行。

两岸会谈为什么要选择在新加坡举行呢?

作为汪道涵的研究者,笔者曾数次北上京城的国台办、海协会、中央档案馆以及南下香港的诸多访谈,剥笋锤定,慢慢披露这段鲜为人知的历史秘闻……

二

中台办、国台办主任张志军介绍说:选址在新加坡,是因为此前"汪辜会谈"也是在新加坡促成,具有历史传承意义。

那么,1993年的汪辜会谈,又为何选择新加坡呢?

这其中与许多重要人物有关。仅选择新加坡,最关键的是两个人物:一个是新加坡前总理李光耀,另一个是李登辉。

1992年1月,国家主席杨尚昆访问新加坡,在会见前总理、时任内阁资政李光耀时谈到,海峡两岸谈政治问题,条件还未成熟,但可以谈经济问题。李光耀问杨主席,可否把此话转给李登辉,杨主席说当然可以。于是,李光耀专程去台湾会李登辉。李登辉同意会谈,并说可以由海基会的辜振甫和海协会的汪道涵去谈。

但会谈总得要有地点。大陆说可以在大陆,台湾方面不同意。尤其是李登辉,他说,汪辜会谈,不在中国领土谈,一定要在国外谈,体现台湾两岸是分裂分治的,他要让国际上知道,台湾不是中国的一部分。

这才是关键!

历史总是有它的逻辑,由于李登辉的执拗,最后双方确定,汪辜会谈在新加坡举行。

三

1993年汪辜会谈的成功,得益于两岸各自成立的民间组织。台湾的是海基会,大陆的是海协会。前者成立于1990年11月,后者成立于1991年12月。

海基会的董事长是辜振甫。辜是台湾的大资本家,家族渊源,颇负盛名,父亲辜显荣,日据时期靠经营海盐发迹,为台湾五大家族企业之一。

海协会的会长是汪道涵。汪出身名门,学识渊博,其父曾为孙中山文书,担任过上海市长等职。

两岸为什么要成立这个民间组织? 这个要追溯到1987年。当年蒋经国解除"戒严令",于是,台湾民众纷纷回大陆探亲或经商,到了1990年,已达百万之众。于是衍生出海上犯罪、偷渡走私、文书查(验)证、财产继承、婚姻关系、经贸纠纷等诸多问题,由于两岸没有建立政府间的合作,为解决双方造成的问题,台湾成立海基会,接受"陆委会"委托,办理两岸交流所衍生的各项事务,其实就是担当政府的白手套,协助政府处理事务。

在汪道涵的努力下,两岸密使分别在珠海、澳门、北京等地多次密会,中共高层曾庆红也介入会谈。1992年10月,双方在香港就"两岸公证书使用"举行会谈,并达成"海峡两岸均坚持一个中国原则,努力谋求国家的统一"。

这就是后来的"九二共识"。

有个插曲,针对这个共识,台湾政客李登辉出尔反尔,曾公开说:"那是中国人自己创造的,跟我无关"。好在历史不会因为政客的翻手覆手,云雨颠覆而改变。在一次纪念会上,马英九几乎愤怒地指着李氏当年签名的会议纪要说:这个签名是谁的?

"九二共识"虽说是一种政治妥协,但从原则上排除了事务商谈中的主要障碍,为1993年的"汪辜会谈"铺平了道路。

四

1993年4月27日,汪辜会谈终于如期举行。双方签署《汪辜会谈共同协议》等四项协议,功德圆满。

签约结束后,78岁的汪道涵招待76岁的辜振甫,双方皆欢,举座欣然。因有肾疾从不喝酒的辜喝了啤酒。汪带去当年周恩来推荐给他的茅台酒,当晚几乎酩酊大醉。

今天看新闻,习马会晚宴,马英九出门时有些微醺。想想也对,兄弟之间66年首次握手,本该一醉方休,不醉也醉,高醉又何妨呢?

汪辜会谈,辉煌而喧嚣。

为何是辉煌和喧嚣呢?汪辜会谈,世界瞩目,但外人看到的是辉煌,而对汪辜两位老人,却经历和背负着常人难以理解和承受的压力。

汪之前因思想超前,提出"一个中国"观点,即一个中国不等于大陆,也不等于台湾,两岸合起来是一个中国。此观点在大陆内部反响不一,遭遇一定的阻力,汪有一定的思想压力。

辜振甫在会谈之前,却遭遇低级的人身攻击,思想顾虑更大。在抵狮城的前一天,辜去立法院接受咨询,没想到遭到民进党议员陈水扁的人身攻击。陈质疑汪辜会谈是出卖台湾,同时质疑他的父亲辜显荣在日据时期的敏感问题。辜极其愤怒,说我替台湾做事,代表台湾谈判,怎么可以用这等字眼侮辱我的先人。故辜一下飞机,就发布了一份严肃的书面声明。正可谓:古来圣贤皆寂寞,惟有饮者留其名。又可谓:度尽劫波兄弟在,相逢一笑泯恩仇。

五

无论是汪辜会谈还是习马会,都与一个家族有关。

这个家族就是新加坡的李氏家族。

汪辜会谈,是曾任新加坡总理、国父级人物李光耀先生从中纵横斡旋。

习马会,斡旋纵横的是李光耀之子、新加坡总理李显龙先生。

李氏家族作为华裔,为中华民族统一事业竭尽全力,汗青留取,彪炳千秋。同时,两次两岸历史性的会晤,也为新加坡自己赢得了世界的巨大聚焦和关注力,与大陆和台湾实现了三赢。这种大策划比春秋战国时期的纵横家不知要伟大多少倍,堪称国际公关大手笔!

从此次习马会,发现李显龙和马英九都有微博自媒体,他们即时撰写,文风灵活生动,个性鲜明,一发布即吸纳全世界的眼球。而大陆领导人会晤新闻,多由中台办、国台办主任代为发布,官样格式,语言客套,词意严肃。这种差异,充分反映两岸三地不同的治理习惯和官场文风。

六

汪辜会谈,要谈到一位人物——他叫南怀瑾。他以突出的文化传播业绩,驰名海峡两岸。

20世纪80年代末,其作为海峡两岸的信使,起着一定的作用和意义。

南怀瑾为温州乐清人,1949年从大陆迁台,1960年代被胡适发现,逐渐被人知晓。1984年被蒋经国怀疑为"新政治学领袖",为避政治灾难,隐居美国三年,1988年移居香港。

就在香港定居不久,他的成都军校老同事、民革副主席贾亦斌突然找上门,然后介绍中台办主任杨斯德与他对接。原来,中台办认为南了解两岸政治圈,且有一定的地位和威望,与李登辉对得上套,故希望他在两岸间沟通传话。

1992年6月,南怀瑾为两岸密使起草《和平共济协商统一建议书》分送两岸当局。大陆方面由汪道涵直接送达至江泽民等中央领导,获得肯定。而李登辉方面一直毫无动静。原来,李登辉的位子坐稳后,开始耍政治流氓,装作不知此事,不予回应。南怀瑾见惯了台湾的政治游戏,于是便退出两岸密使会谈。

三年后,南怀瑾来过一次上海,与汪道涵晤谈四个多小时。他强调对台关系上,在于攻心为上,文化统一领先。

南怀瑾在大陆的名声,起先不是他的系列国学著作,笔者认为最大的契机是他在1992年投资1.72亿美元建设的金温铁路。这条铁路,实现了孙中山在《建国方略》中的规划,圆了温州人的百年梦想。

七

今年是汪道涵先生诞辰100周年,也是哲学家冯契先生诞辰100周年。

一位是儒宦,一位是哲人。两位老庚,在25年前,因为一件事情和一个人,意外地有过一次对话和面洽。

住在香港的南怀瑾在担当两岸信使时,发现有些主张和信息无法抵达高层,在大陆方面,他希望借助汪道涵的力量。1990年4月,经过近三年点申请,他的弟子张尚德终于赴上海讲学。南便委托弟子拜会汪道涵。于是,张尚德抵沪后,求助华东师大哲学系的冯契教授,想望能联系到汪。

在冯契先生的协调下,一位儒宦、一位哲人和一位禅师,终于在华侨饭店的4月的一个下午,开始了两岸历史性的对话。

他们的对话涉猎佛学、禅宗、投资、制度、主义、信仰以及两岸关系等。临别时,汪道涵风趣地笑吟了一首意味深长的客家民谣,赠张尚德先生的吴秘书:

临别赠送酒一杯,

望君早日衣锦归；

路边花儿切莫采，

家中还有一枝梅。

此次晤面，两岸加快了民间交往的步伐。三年之后的1993年，"汪辜会谈"顺利举行，树立了两岸关系史的里程碑。八年之后，汪辜会晤在上海举行，开启了两岸政治对话。

汪道涵是积极推进两岸关系的执行者，也是中央制定对台政策的参与者。1995年，江泽民提出著名的"江八点"，汪努力贯彻江泽民的八项主张。

为扩大两岸关系的政治基础，争取台湾同胞对一个中国原则的理解，汪道涵提出"八十六字箴言"："世界上只有一个中国，台湾是中国的一部分，目前尚未统一。双方应共同努力，在一个中国的原则下，平等协商，共议统一。一个国家的主权和领土是不可分割的，台湾的政治地位应该在一个中国的前提下进行讨论。"

汪道涵晚年当重任，在任海协会会长的十余年时间里，谱写了他一生中最为华彩的篇章。

(2015年11月)

纷纷讲座

在大学里,我最喜欢做的一件事就是听讲座,听各种各样的讲座,尤其喜欢听作家的讲座。

听马原的讲座是一个。马原的形象是风尘仆仆,高大憨直。他端坐在没有题写主标题的讲台上,颇像一尊弥陀,形容豁然,他用东北口音叙述着如冈底斯般诱惑的故事。马原的讲座是聊天式的,但他的语言极其节制、自然,没有矫饰,有时必须介入听众的声音,才能延续下去。

马原正在拍摄一部《中国文学梦》的电视,记录当代上至九十高龄,下至三十而立的中国作家的现状。马原走过全国许多地方,上海是他拍摄的重要城市之一,马原说:"在民间以个人名义拍这样一部电视,对记录中国文学的一段历史很有纪念意义。"

"我可以毫不谦虚,"马原说,"我是描写西藏最优秀的小说家。"他在西藏呆了七年,习惯西藏的神秘浩渺的宗教。"我是西藏的受惠者,记得1985年在西安碰到莫言,莫言指着我说,你小子拣了个大便宜。当时我心里真乐。"

马原谈论作家以何种方式介入小说本身时说:"我写小说倾注的是热情,而不是感情。我小说中的我——即是用马原,也不是我自己的故事,离我本身很远。作家介入小说有两种:如果作家自己参与作品,这个作家一般是那个时代的主流作家,如托尔斯泰、王蒙;还有一类是内心型作家,这些作家更能推动小说发展,比如卡夫卡,格非。"这时,格非好像在前排的座位上朝马原摆手。

马原在上海拍摄完"21世纪中国文学研讨会"后,感触颇深,他说,中国文学并不像九十年代初理论家认为的那样:新时代的小说已过去。中国文学有一种逼人的潜势。他发现自己离得很远。

听马原聊天,让你感到一种朴实而平凡的智慧。

北村的讲座也是一个。

一场以叙事革命为纲领的先锋文学基本上已偃旗息鼓,然而作为先锋小说家的北村,仍然让人难以忘怀。北村对现实的苦难有着超常的顿悟,北村的作品始终不变的都是表现人类生存的境遇。北村作品的难以理解基因于他承载着特殊的精神负担。

北村出生在60年代,是一种特殊的生命态度。他经历着动荡的社会,但不能饱经沧桑,依凭命运的颠踬来抒写。这样就决定了作为小说家的北村,只能以非人格化的体验成为他的创作基础,同时,还必须承受时代变迁之苦,以及存在之累。北村坚持叙事革命的意义在于颠覆现存小说模式的权威,通过文本的自由另塑一个语言世界。

若干年前,北村与格非通信时说过,他力图完成两项任务:第一,避免故事内容的深度;第二,避免语言在社会语言大辞典中的深度。北村破坏、瓦解和重建小说的表意系统,北村的叙事实验走得相当遥远,他的足迹常常超出人们目力所及的范围。他在种种日常景象中觉察苦难,察觉精神的陷落抽空,察觉人的无力和罪恶,直到这一切产生惊心动魄的效果。正如苏童于一个暮春时节在金陵古城对评论家陈晓明说的"北村是真正的先锋派。"

北村从技术时代的制作者嬗变为技术时代的异乡客,个中缘由,似有一种神谕般的启示。对文学的追求,被比喻为一条回乡之路。作者都是精神的还乡者。北村从一开始,就存在着某种宿命的意味。"因为看不清现实的真相,文学成了极容易膨胀的理想,"北村在《文学与我》中说,"我从一个疯狂地读小人书的孩子成为一个文学少年,这个过程令我猝不及防,在毫无准备的情况下,我就将自己的整个生命托付给了文学"。

北村写作的激情来自信仰,北村的道路,真理和生命就是神,或者反过来说。自尊、爱情和拯救,是北村作为小说意义的旗帜。在许多不同的场合和时间,我们都可以感觉到北村藏着络腮胡子的哲学脑袋,像个认真的孩童注视着人类精神困境的蝴蝶,追寻着存在的意义。存在的责任缠绕着北村,北村无法忍受终极意义的匮乏,"终极绝望"成了北村捕捉蝴蝶的器具,北村称自己"无法想象能没有任何神圣的依靠而活下去,这是不可能的"。

重要的作家往往在我们的时代更为显目,生活在南方海峡侧岸的北村,如一株郁郁葱葱的生命气息。

还有一位是作家赵丽宏。

我最先接触的是赵丽宏的散文。读得多了,就犯了猜测作家并要拜会作家的想法。1993年2月17日,赵丽宏来师大签名售书,才得一接受采访的机缘。

签名售书之前是作一场半小时的讲座。来文史楼聆听的人,挤满了教室的走廊和讲台周围。讲座行将结束,我见一群发型各异的女生,气喘地挤到门口,踮着脚跟往里张望。一位披肩发的女生朝身后的同伴自豪地说:"我瞧见了赵丽宏的脸。"然后依次给她的同伴更换位置。那种情景,确实让人感动。

赵丽宏说:"来师大前,我心存惶恐,担心母校学生会不会接受我和我的书。"当他簇拥在勃发青春气息的人群中时,他说:"这种念头完全是多余的。"

现今文坛,"主义"林立,流派纷呈,"城头变幻大王旗"式地浮躁与骚动。赵丽宏说,散文看起来遍地黄花,其实这是一种虚假的繁荣。散文走向厨房、走向内室,这是一种散文的庸俗。散文真正繁荣的时代是在三四十年代。赵丽宏说话如他彪形大汉式的步履,稳健、沉静而厚实。让你在倾听时,感到一种洗礼般的平安和熨帖。赵丽宏健谈,只不过是在谈论他的文学和经历时。

赵丽宏经历坎坷。做过农民,学过木匠,当过邮员,做过编辑。赵丽宏说:"我的散文写我的身心的过程,写我生命的经历。我习惯用读书来倾听,用写作来倾诉。"

赵丽宏已出版过 30 余本书,而散文集居多。"你写过诗歌、剧本、报告文学,为什么在散文领域独独取得如此丰硕的收获?"我问道。

赵丽宏说,他崇尚真实——生命的真实。散文背后所面对的就是心灵,所表现的是作者的心态,他为他的心灵袒露出来而感到十分舒畅。有时,这种心态恰恰是读者心态的反馈。于是作者与读者接近起来,心灵与心灵就产生了碰撞。我的散文观是真实的,非虚构。

"对签名售书,前几年不太习惯。做过几次就觉得这是接触读者观察生活的很好方式。"赵丽宏是此次来师大,是他的《人生韵味——赵丽宏散文 150 篇》在师大出版,他有一种不寻常的感觉。"谨以此书,献给我的母校,献给我亲爱的老师们……"这是赵丽宏在书扉页上唯一要说的话。

(1993 年春)

本色国文

有人问我:涂国文属于什么类型的文人？我更正道:他不是什么类型文人,他是作家。

再问我道:他属于什么类型的作家？小说家？散文家？还是诗人？

我对他说:我心目中的作家是这样分类的——

第一种类型:"人＝文"。人就是文,文即是人,人和文就像同卵双胞胎,长得一个模样,看到文章想到作家,见到作家想到作品。譬如巴尔扎克、海明威、博尔赫斯、加西亚·马尔克斯、塞万提斯、卡夫卡、朱自清、沈从文、李白、苏东坡等。此类作家,通体透明,一生为文,文随一生。

第二种类型:"文＞人"。作品的名气远远大于作家本人的名气。譬如萨特、帕斯捷尔纳克、卡夫卡、卡尔维若。前两位的作品被授予诺贝尔文学奖,但他们不屑一顾。萨特以他的存在主义哲学思想,影响了法国乃至全世界整整两代文学家和思想家;世人记下了《日瓦戈医生》,却对作家帕斯捷尔纳克不甚明了。作家躲在作品后面,母鸡似的作家,只管生蛋,逍遥自在。对此类作家,鄙人深表敬意,一向敬仰,深刻效仿之。

第三种类型:"文＜人"。此类作家是人不堪文。作品不咋的,个人的名气却雷破了天,怎么觉得此类人有欺世盗名之嫌。对此类作家,完全可以像对待蛛网一样,轻轻抹掉。

那么,涂国文属于哪一类作家?

在N年之前,在一位友人的引导下,我读过他的系列作品。在每部作品中的字里行间,每篇文章的肌肤和褶皱里,看得见有一团熊熊的烈火在烧燃。

我就认定,他的作品已经很火了。火是很厉害的东西,除了改变人类的生活状态,还可以改变人类心理习惯。他作品里的火在发光,然而,很多人没有发现这个光亮,他的作品在文学的跑道上远远被低估,作品的边际效益远远被疏忽。

我认定,他应该属于第二类作家。

后来,一次因缘际会,在上海优雅的东平路我们见过一面。从见面的当口,这个家伙就如喷气式火箭,在自我营造的文学氛围里自我迷醉。他有极好的口才,这还不算,他还有海量的酒力,一打啤酒忽流而过,如果再添上几瓶白酒估计也不在话下。

我马上改变我的观点:涂国文应该属于第一类作家。

人与文融为一体,生活是火,火即文学,文学即生活。

但长久以来,绝对可以说,在文学界,他是一个严重被低估的作家。

涂国文到底是个什么样子的人呢？

凭借粗陋的判断，用上海话说，涂国文有些"戆"；用湖南话说，他有些"哈宝"，用江西话说，他有些"二"。

这位少年大学生，在他生活的那个时代，即上个世纪80年代，大学生应该是相当稀缺和金贵的，依凭他个人的学识和聪慧，稍微用点脑子，无论是从政还是务商，现在至少是个权威部门的领导了，或者腰缠万贯的商人吧。

其实不用"吧"，他身边很多当年的同学都是了。

可他不，毕业后跑到一个山坳的军工厂当教师，当教师也就算了，还自我兼职，满怀烈火地搞创作。后来即移居杭州，做文化公司总经理，当杂志主编，还是满脑子文字和文学，像特工似的，潜伏在文学的地道里搞起"三勿一求"——勿求名，勿求利，勿求上，只求文。

看来他的名字决定他的职业和人生走向：涂国文——国家级的文学家，国家文学，国际文学……等等。你可以不相信命，但必须相信运。

但他的名字还有一个"涂"字，怎么解释呢？是糊涂的涂还是涂写的涂？国文兄在意识流的生活中相当的清醒——"涂"，不是糊涂，而是在人生的道路上，涂写了色彩斑斓的文学。

涂国文到底写过啥样子的文？

要把涂国文归类，确实像文科生解答复杂的微积分，难矣。

就像面对当今世界扁平化、经济全球化、信息爆炸化、文化侵略化的时代一样,你无法给世界社会来定义:美国依旧强大,日欧财力雄厚,中国破土崛起,非洲依然穷困,中东落魄动荡……但这就是当下人类生活的原生态,每个人生活得很彻底,很真实,也很寂寞。

现在的涂国文,在文学的世界里,正值是破土期,不是破土动工期,而是破土崛起的时代。

为什么呢? 第一,事实存在;第二,影响力。

存在决定意识。且看风头正健的国文君,要小说有长篇小说,他出版过《湖殇》《李叔同情传》《苏曼殊情传》等;要诗集有诗集,他出版过《子夜时雪落无声》等;要文集有文集,他出版过《苏小墓前人如织》《诗语快跑》等;要经历他有经历,似霍元甲的迷踪拳,真功夫,就如四川话说的"巴实得很",上海话说的"哈结棍"。

在学术界,理工科靠项目,研究成果,技术专利和发明发现,文科靠什么? 影响力。作品的影响力至上,没有影响力,辐射力太小,波段太小,无法照射人心,没有光色温暖,自然就没有读者的心之向往。古今中外那么多造神运动,此道中人乃深谙其基本原理。

涂国文的影响力在哪?

作为"浙江新实力派"作家,他以他的厚积薄发,以他的独树一帜,以他的赣文化的修为,以他开放的文学视野,在积淀千年人文底蕴深厚的钱塘江文化的荷塘里,异花独放。

这确属不易!

没有相当的硬度和影响力,在浙江文化大省揽文学瓷器这个业务,真的打几个360°的弯,考量掂量自己。

但涂国文做到了。

我为什么不赞同涂国文是文人,而是作家?

文人感觉会游戏生活,但涂国文不是,也不会。他很纯粹,也蛮简单,生活很老牌,不媚俗,不游荡,更不浪荡。他的一切生活选择都是主动的,主动争取,主动放弃,所有的生活定位只有一个——瞄准文学方向,出发!再出发!

他是生活的积极分子,尽管人近中年,他仍然像一颗饱满且飞旋的子弹,嗖嗖嗖地瞄准文学的靶子。

他是名副其实的本色作家。

(2009年10月)

鲜衣怒马

一

十数年前,我担任大学校刊的负责人,按照办报育人的宗旨,招聘并指导一批热爱写作的学生,其中就有商学院的谢付亮同学。

经过竞选,谢付亮和法政系的赵书雷联合担任学生副刊《大夏之声》主编。他除了跑新闻,管理采编队伍,我记得他尤其会写诗。我曾自封为诗人,创作过百余首诗歌,拿过全国和校级诗歌大赛奖。可能这个缘故,他经常谦卑地拿着抄满诗歌的笔记本请教于我。据我的观察,他写诗的动机,一是少年才情勃发所然,二是貌似情窦初开,是为了献给隐秘的青春爱情。

谢付亮的另外一种能力,不仅让我感叹,也叫同学赞叹,就是他的商业才情。学生记者的诸多活动需要经费和场地,往往在这个时候,他的专业发挥得淋漓尽致。他能跟校外的各种大小老板打交道,并能得到各类企业的赞助,充分践行我提出的"校园眼光看世界,世界眼光看校园"的培养定位和愿景。到现在我还很好奇,他的信息源来自哪里,企业为什么要襄助他。

在我指导的那批学生中,绝大部分脱离原专业,被招聘到报刊社、出版社或电视台工作,唯有谢付亮与众不同,只身远赴安徽、广东、北京、河北、天津等地,踏遍祖国大好河山,从跨国公司到民营企业,从家电到钢结构,行业不同,但都做得风生水起。

随后,谢付亮与朋友创建远卓品牌策划公司。约两年后,我意外收到他的专著——《品牌天机:超低成本塑造品牌的16条黄金法则》。按照一般规律,没有三五年的摸爬滚打,潜心研究,要写出对行业规律性的把握和总结一套方法论,确需颇费周章,但谢付亮超出一般。

后来,我知道他重点涉足的行业消息,都是通过他快递给我的著作去判断。例如,《解剖胜利的力量:远卓品牌纵论中国钢构》,让我知道他"反哺"钢构行业了;《茶翅高飞:中国茶叶品牌快速崛起之道》《点茶成金:快速卖茶72招》,让我又知道他深耕茶叶咨询了;《指点茶山:中国茶业诊断与谋略》,我终于知道他成为了中国茶叶营销咨询的顶级专家了。

当收到《一群正在回家的人》诗集稿样,并邀我写序时,我便知晓,谢付亮正在穿梭于诗歌和产业咨询的两种时空,如同一段神奇而浪漫的旅行,也像一场另类的冒险。

商业之外象,诗人之内心,这是谢付亮给我的一种新鲜的特别形象。

二

谢付亮作为诗人,但当属诗人中的意外。

概从本世纪初期以降,诗歌不再像以前那样流播,人们在碎片化的言语中甘之如饴;诗人也不再像以往那样被热捧,土豪富二代成为挂在嘴边的日常用语。即使在文坛和诗歌的叶落萧条中,浸淫于茫茫商业咨询中的谢付亮,仍然不舍诗歌的梦想,在滚滚红尘中追寻心灵艺术,一如既往地尊重内心的声音,蹲守在"诗之伊甸园"。

谢付亮无疑既是咨询业的另类,也是诗人的意外,坚守着诗歌的灵魂。

"美丽燃烧在信封里",就像他在《上海三别》写的那样:季节看似有规律的更替/日子不得不重新开始/一片被珍藏的绿叶/泛黄不是期待之中的宿命。不在陈年往事中发现意义/却在你眨眼的瞬间惊现感动/一场被时空捉弄的演出/只看见转身而泣的苍凉。

赵缺在《无咎诗三百序》曰:"诗者,感其况而述其心,发乎情而施乎艺也。"谢付亮在诗集中,多有表现少男之情怀。这曾是我望穿秋水的期待/我在月台等你归来/这仍是我望眼欲穿的期待/而你,而你,远方的女孩/秋风吹落第一片黄

叶的时候/你用黄叶指向遥远天际中的一处空白/不忍说出这是——/一场晚了三亿年的坦白。(《我在月台等你归来》)

作为咨询专家,要走万里路、吃万家饭、读万卷书,但在现实中,更多地会遭遇到数不清的困顿和迷茫。谢付亮在《三只狼》中表达这种惆怅和境遇:诗人顺着一条小路攀上山顶/尽管有人告诉他/那儿有三只狼/狼与诗人在目光的绿色中相遇/沉默后,诗人给了它们三个耳光/诗人站在三只狼的正中,不停地打转/总是担心它们会还自己一个突然袭击。

谢付亮的诗有一种激情穿透力,一种撞击心灵的力量,裹挟着青春的渴望,回归励志的真谛。"突然到来的一个黑夜/世界死亡一般的沉静/等待的希望开始颤抖/你站在理想的彼岸/呼唤着现实的脚步/迫使我一个劲地喘着粗气/用卑微的躯体和崇高的精神/换取生命的尊严。"(《希望开始颤抖》)

作为80年代生人,谢付亮和这个时代的所有人一样,有着回得去的家乡,伤不起的乡愁。"桃树开了花,结了果/有一个孩子在树下看了看/舔了舔嘴巴/白发苍苍的老人,扛着锄头/惊起一片水渠里的羽毛/老人坐在田埂边/望了望啃着桃子的孩子/说/爷爷这辈子什么都已经忘掉"。(《寻觅村庄》)

即便他在写旧年往事,也是对生命的反刍。"我在清晨具备生活的勇气/因为我已经不再为失去的挣扎/我站在国防公路的一旁/因为我在等待记忆的一幕幕送我回家/夕阳穿过孩

子手中的风筝/西落之前似乎在眷念天空的自由。"(《时间不要背着我流淌》)

咨询行业是盛产思想的行业，也是比拼思想的阵地。在谢付亮的诗歌中，经常出现对生活的思考和拷问。"大雨开始了进攻/很快，工棚里，雨水占山为王/大雨继续进攻/我，背靠着硬硬的墙壁，一阵凉意在全身蔓延/因为生命已经有了价格上的差异。"(《工地、生命和哲学》)

如果说，另类是对浮躁的叛逆，对常态的守候，对命运的虔诚，那么，谢付亮恪守的应该就是它。

有人说诗歌是青春的翅膀，与市场无关，与商业无缘。谢付亮曾告诉我说："十几年后，突然发现，不少白天谈市场的人慢慢变了，喝茶时也是个诗人，甚至是个诗人哲学家。我幡然醒悟，有些时候，如果诗人远离了市场经济，就不再有诗；若是诗人沉溺于市场，也不会再有诗。诗就是生活中的产物，它都伴随着我的生活，伴随着我的咨询事业。"

三

诗歌和商业，经常被误读为前者是纯粹，后者为铜臭。其实，诗歌不仅和商业，还和政治、社会及文化共处一室。诗歌就是诗歌，商业就是商业，它们各自以自己的形态独立存世。

诗人和市场人，大多数的时候，往往不愿意把他们联想在一起。诗人是浪漫，是非理性，是放浪形骸，是精神世界的行吟者。而市场人恰恰相反，它是规则，是非感性，是恪尽职守，是物质世界的赶路人。

在创造财富的世界里,诗人和市场人并非冰与火的对抗。在很多市场人的身上见不到这种极端,拥有商业才能的诗人和具备诗人气质的市场人往往互融通通。诗人的浪漫想象和无限创意是市场人走向捷径的制胜法宝。

诗人的思维,寻求别径,具有突破世俗和行业樊篱界限的力量。诗人是抵抗僵化规则的先行者,诗人的想象是商业创新的助燃剂。在商业世界,此类人物比比皆是。诗人江南春,分众掌舵人,诗人的想象力成就他的创新力,诗人的智慧成就他对企业未来的掌控力。还有光线传媒的王长田是诗人,中坤投资的黄怒波是诗人,中国城市建设的于炼是诗人,浙江丝绸之路的凌兰芳是诗人,四川金网通的林雅琴是诗人……他们不仅是物质世界的创造者,也是精神沃土的建构者。

诗人与商人,同样在谢付亮身上结合得融洽和谐。

商业咨询的目标是寻找客户的核心价值,诗人的目标是寻找人生的终极意义。诗人,是个人价值的精神取向;诗人滋养商人,商人反哺了诗人。

虽然有时候,当谢付亮在某些同仁聚会的场合,说自己是一名诗人的时候,偶尔会引来侧目,但他仍旧执著写诗。从事商业咨询十多年,在他看来,只有诗歌才让他从激情走向理性,从理性走向智慧,才能让他找到真正的自我。

文化是商人的最后力量,文化更是企业的最终竞争力。谢付亮作为一位商业咨询专家,他用曼妙多彩的文字来描绘自己的人生,憧憬自己的梦想,以及自己的淡淡乡愁。

因为不凡,所以无法谦虚。作为行业领先的咨询策划人,我看到谢付亮日渐成熟,冀望他像大数据专家哈恩贝格一样,在世界视阈下的国际舞台上传知播识,侃侃而谈。

我想,我们当为诗人谢付亮的意外,鼓一下掌!

(《一群正在回家的人》诗集序,2014 年秋)

温暖梦境的河流

一

十年前,一个人的一句话影响我的读书观。

更确切地说,是一句话改变了我的行旅观。

刚读大学的那年,我十分沉迷于丽娃河岸边的图书馆,十分沉迷于丽娃河岸边图书馆里的无数鸿篇巨著,十分沉迷于丽娃河岸边图书馆里无数鸿篇巨著中沈从文笔下的湘西世界。

我无法遏制自己的创作本欲,像沈氏一样,描摹个人心中潋想的水乡泽国,描摹湘西山水土林的古远传说和幻想。当我激情冲天地把自己的文作寄给曾在湘省执政多年且学识渊博的一位至亲时,他在长篇的回函中给了我许多褒扬,有一句话也许他自己只是一笔带过,但却沉沉敲痛了我的心灵。

他说:你不了解湘西。

十年漫长,我始终记住了这句话。在相当长的时期里,读书,读万卷书成为我生活的一种理由。青灯黄卷,春润秋萧,感性理性，大喜大悲，全在个人筑起的思绪围堰中波纹荡漾，自耕自种，亦娱亦乐。这位长者的话就像一只大手，把我从知识文明的自我天地，一下子拉到了山水文明的阔大世界。

用脑读书，用脚实证，我仿佛听到起伏的山水间动听的脚步声，催醒了我在读万卷书的门扉之外，还有行万里路的真言大道。

于是，我毅然推开自己的大门，悄悄地出发，朝着等候我万年迁变的山川树草，朝着等候我千年桑田的城村庙楼。

二

水元素是世界文明的源泉。世界上的古文明多发生在水岸两栖，埃及文明发生在尼罗河流域，印度文明发生在恒河流域，巴比伦文明发生在幼发拉底河和底格里斯河流域，长江是中国文明发祥地之一。

每到一个地方旅行，我都要查看这个城市有没有河流或湖泊，如果有，我就有一种本能亢奋。我一直认为一座城市、一个乡村如果只有街道而缺少河流，就像一座山只有光秃秃的山石没有潺潺流水一样缺乏灵动和灵性。

当然这完全与个人的文化滋养有关，我从小就生活在水系纵横的平原，生活中每一个细节都与河流湖泊相生相息，休戚与共。所以见到河湖，见到水流，就有一种自我的任性肆意之感。这种从小得益于水系文化的修行和对长江文明探究的急迫，我的旅行坐标首先确定在长江，定落在长江流域，探寻长江流域城乡山水的文明和历史文化的背影。

水网、运河、海洋和广袤的润泽平原,是人类文明和国家版图实现统一的政治学教父。完全可以说长江恰恰拥有这样的一切。六千三百余公里的长江,一百八十万平方公里流域面积,从高峻到平凹,从西垂到东方,长江流域留存着山地文明、渡口文明、河口文明和海洋文明。每一座高山,每一条支流,每一畴平原,每一列城市,都隐藏着千寻不厌的中华文明,奔腾着世人仰视的大江历史,传播着古代先民的传奇故事。

长江最早谓为"江"。

2500多年前,《诗经》载曰:"滔滔江汉,南国之纪","汉之广矣,不可泳思。江之永矣;不可方思。"其时,江汉平原的先民赞叹汉水既宽又广,就是搏泳,也难于横渡;长江源远流长,就是竹筏,也难达彼岸。不是亲身站在汉口的码头,身处其境,打望着汉水和长江交汇的滔天景象,不会感情至深领悟古人的奕奕文采和超然的意趣。汉代以后,长江名之"大江"。"广陵曲江有涛。文人赋之:大江浩洋,曲江有涛,竟以隘狭也",东汉王充曾这样描述长江。长江正式拥有了延续至今的名字,是在1700前的汉魏六朝以后,《魏志》载,魏文帝南征临江见波涛汹涌,于是浩叹曰:"长江天堑,天之所以限南北也。"

唐宋以后,长江一词,日渐遍地流传。"孤帆远影碧空尽,唯见长江天际流"、"无边落木萧萧下,不尽长江滚滚来"。李白和杜甫把长江说得这么顺当的诗句,估计凡事习过唐诗的孩童都脱口朗诵得来。

长江用自己的体温孕育了巴蜀文化、楚文化、吴文化、百越文化和吴越文化等诸多文化。这些文化不仅自拥特点,还竞合交融,交相辉映。明清以降,虽然随着明成祖迁都北京,中国的政治中心渐远长江,但良好的经济生态和文化生态历史性地驻留在长江流域。凭借经济重心的地位,以及政治边缘化的地缘优势,长江崛起不仅在中国,而且还拥有屹立世界之地位的长江文明和第六大城市群。

思维聚接古今,双脚行走天下。

庐山和南昌,作为我故乡的名城名山,从小就是业余活动场所。现在回想起来,那时的活动仅仅是一次局部的观光罢了,真是对它们文化生态的考察,并作一种整体性的文化思考,还是在成年之后的事情;扬州和镇江是因为唐诗的召唤;对于南通,却是一种偶然的生活刺激和发现;丽江和重庆是在世间热闹的叫嚷中,亦步亦趋;崇明是上海之肾,我在上海生活十数年,对之近水楼台;远游高高的拉萨是我最莽撞而又有趣的一次独步跋涉。四年前暑假,我无法控制自己的行为,决定独旅西藏,梦一样买了一张火车票,先达武汉。在汉口的街道,竟然奇迹般地偶遇了十多年没有谋面的朋友,此君作为驻扎当地部队的一位飞行员,爽朗地引介我搭乘部队的运输机,先成都,再拉萨。我的西藏之旅,比其他旅人有着意外的顺当……长江文明的超长强韧使我们这些旅行后人永志不忘;伫立在南京的古城墙,心想这些废墟的光辉、断壁的光荣,会越过废墟本身而永世长存,正像古城墙上的那些花朵一样,当它在四方吹来的风中散落之后,仍然会用自己的芬芳来丰富历史的天空。

三

如果有人问我旅行的意义何在。

首先借用英伦才子阿兰·德波顿的话作答:如果生活的要义在于追求幸福,那么除却旅行,很少有别的行为能呈现这一追求过程中的热情和吊诡。不管多么的不明晰,旅行能表现出紧张工作和辛苦谋生之外别一种的生活意义。孔子说:智者乐水,仁者乐山。水的流淌自如被当成是智者的标志,山的宁静自守被看成仁者的象征。

其实行走本身就是一种自我升腾的生活方式。

倘若说身未动心已远,是"看山是山,看水是水";在旅途文化的叩访中,是"看山不是山,看水不是水"。只有在奔波远涉,寻踪问祖中,把自己全部身心浸泡在苍苍茫茫,重山复水之后,心灵在万籁寂静中,才能提升出"看山是山,看水是水"的真妙境界。

四

长江大地,在上下五千年的悠悠岁月中,留给我们一幅幅锦绣般的壮美图画。长江流域有185座城市,很坦白地说,我没有走遍,虽然我一直想实现这个夙愿。

允许我用一首小诗,向曾经温暖过我日日夜夜的长江表达敬意:

>对身边不知来自何处的芬芳,
>旅人怀着感谢之情,
>停止脚步,
>脱下帽子去接受那来自河流的祝福。

我想,只要在行走,就没有一个地方可以作为终结,就像没有一扇大门可以关闭千万扇大门,没有一条旅途可以代替千万条旅途一样,任何真正的旅游都是一种愿景,都是一种没有结论的追寻。

(《沿着长江看中国》自序,
2005年冬,北京人济山庄)

古闾美阖

生活是场始料不及的旅行。

对于一个出生和成长都在江南的人而言,如果不是长时间地离开江南故园,是不会知道她的好,也没法明白她的奥妙。

几年前,我有段不短的时间生活在北方的京城,初头几个月,像每到新的地方一样,我深深被建构辉煌的故宫、蜿蜒巍峨的长城和结构精良的卢沟桥等古建筑所吸引和迷醉。每当徜徉在那些长满历史和文化的古建筑里,就充满着一种溢满内心的喜悦和幸福感。然而,随着时间的推移,在心灵的背后,总觉得隐隐约约藏着一种难以言说的牵挂和惦记。

那会是什么呢?

很长时间找不出答案,也找不到理由来说服自己。

京城的夏夜,久旱之后下过一场烈性大雨。我幡然醒悟,突然发现自己内心最软弱部分的那份牵挂——原来是江南雨夜里老屋瓦缘下断断续续滴水的嘟嘟声,是园林假山后雨打芭蕉的沙沙声,是石板桥下叮咚流淌的凫水声,是斜风细雨里洒打粉墙黛瓦的淅淅声。

旅行是对古典建筑的美丽邂逅。

对个人来说,随着岁月的递增,每当脚步随着脚尖的方向前行,旅行的意义逐级演变。先是被不同区域的生活文化所陶醉,而后是对旅途的风景文化着迷,在踏遍青山翠水、城村庙宇的时候,对日常生活的探究退位了,对自然风景的偏好疲惫了,唯有一种浸润着文化信息的古建筑,敲打心灵的凝聚时光的古建筑,像江南屋檐下的雨滴声,敲打着我的记忆,温暖着我的旅途。

追溯中国建筑文化,主要有两大源头,一是以黄河流域为中心的北方木骨泥墙体系建筑文化,一是以长江中下游为中心的南方干栏体系建筑文化。北方地势阔大平坦,文化交流顺达通畅,建筑文化容易趋同,共性满目可见;而对于南方,由于地貌地势高低错杂,受山与水的阻隔,建筑文化往往单独发展,从而形成自我独有的文化龛。在遍查古建筑文献后,我们可以发现,几乎所有的江南园林都是由现职或退休的中高级官员所建造,他们在政府权力中心之外,寻找一种旷达放浪的空间和居所,构筑着一种道家般的闲逸生活。

南朝四百八十寺,多少楼台烟雨中。当行走在太湖江南,座座建筑临水而建,自由曲折,各具形态的木桥或石桥天然构架,是那么和谐宜人,亲切如初,它们是溶解在水里的生命元素,让整个江南都弥漫着诗意的香气。家家临水、户户瞰波的周庄是其典型代表。

皖南徽州古建筑最富园林意境，无论是其地理位置、村落布局，还是古建规模、人文风情，都独具匠心，以"村势舟航似，高高建两桅"的西递村，"山深人水觉，全村同在画中居"的宏村最为典型，它们从优美的结合中产生壮美，从壮美的分割中产生优美，好似出土的古鼎般散发出一股诱人的古文明韵味。

徜徉在赣中平原，在鄱阳湖水系的滋养下，古老村庄幻化成一幅烟雨空灵的水墨画卷。千年古村乐安流坑，以既异于以婺源民居为代表的徽派建筑，也不同于以土围子为特色的客家民居，土生土长，自成一格，独具赣派建筑的特有风姿。

建筑是传统文化的具体承载与担当。湘楚之地素有崇火、崇凤、拜日、尚赤，而且好巫的习俗传承。楚地的图腾是凤，故楚地的建筑喜欢以凤为主题，建筑用色丰富，色彩艳丽。《楚辞·招魂》曰："网户朱缀、刻方连些"、"红壁沙版，玄玉梁些"，岳阳楼是这样地张扬了上千年，黄鹤楼同样豪放了上千年。

远足湘西凤凰，因为地势峻急，古民居多依傍地形而筑。在落日黄昏时节，当你站到那个巍然独在、万山环绕的古城堡高处，眺望着沱江汤汤而去，众多小桥以及临河的吊脚楼，整个建筑与周围的群山组成了一幅绝妙的山水画卷。

梁思成说："建筑之始，产生于实际需要，受制于自然物理，非着意创制形式，更无所谓派别。"长江上游的西部建筑，譬如全世界迄今为止年代最久远的水利工程都江堰、散发着康巴风情的甲居藏寨、以佛学精义和文化珍藏而著称的新龙土木寺、镇远青龙洞古建筑群、西宁东关清真寺、青海玉树的文成公主庙……它们阐释并传播西部区域文化与精神,成为古建筑中传统文化的经典与范本。

  建筑是用石头写成的史书。西部古建筑通过其自身的艺术形象,传达着深刻的民族文化内涵。作为中国艺术最杰出的一部分,西部古建筑中的绝大部分,彰显着建筑文化所特有的博大亲切、神秘浪漫和旷达自由。

  那些完美的古建筑,实实在在成了我们的梦想天堂。

(《沿着长江看建筑》自序,2008 年秋)

余不跟风

晚饭时突然收到学林出版社编辑的来电,他急急地说,有个童姓作者在《中国图书评论》撰文《顺着"跟风"这根藤》(该文被2005年第10期《新华文摘》转载),把我在2004年1月出版的《细节是天堂:策划制胜方略》列为跟风作品。

童姓作者在《顺着"跟风"这根藤》这样写道:"跟风,是总结2004年图书业无法回避的一大现象。跟风跟得有多厉害?我们顺着藤一路看去。在"细节系列——不择细流"小节里,作者童翠萍在列举了《细节决定成败》这本书后,接着写道:"树大易招风,于是有了:《细节是天堂:策划制胜方略》,作者:汤涛,学林出版社2004年1月出版。"

当时由于在京挂职,工作繁忙,同时也觉得童姓作者的文章也不是什么大事。但编辑先生说,一定要把事实说出来,学林出书从来不跟风,你是作者,一定要把事实说出来,至少不要引起误会。

今天终得有空,把我写作《细节是天堂:策划制胜方略》前后经过写下来，抹去童姓作者一文的谬误，还事实以真面目。

我是从1996年开始涉足品牌战略与传播、企业诊断、企业史等咨询策划实践和研究。在市场策划实践中，深感细节对广告策划、企业文化等的重要，经过对市场和企业的深入观察和积累，撰文《细节是天堂》，并于2000年12月29日首发在"王志纲工作室"，其时引起王志纲工作室人员和网友的广泛讨论，摘录两篇——

网友winner：虽然远隔重洋却犹如在耳边聆听您的高见，真是托网络的福。有人说中国人受哲学思想的影响，但凡做事情想到的就是宏观层面的东西，而西方人会就具体的操作细节进行论证和讨论。在没做网站之前，我跟着王老师做宏观层面的策划工作，难免对很多事情用理所当然，以大而化之的方式来处理和对待。现在策划、运行一个网站，才能深刻地理解到"细节是天堂"这句话。

一个细节上处理的失当，会将一个"伟大的事业"葬送。

当然，如果人人都只重视细节，必然会束缚战略层面的思考，所以我认为一项工作需要不同层面的人共同完成。领导者的工作中心除了做战略定位以外，更重要的是做好组织、协调工作，建立科学、严谨的工作流程和模式。

网友云间浪人：老子早就说过："天下大事，必作于细"，此为万事之通理。作者所言，皆不过在产品设计时的人体工程学在发达国家商业事务中之应用而已。国人之所以难以生产出令人惊喜的高度人性化产品，多半由于现任老板层的"草莽"出身。对诸多现成理论或实际做法所知甚少或一无所知，亦由于国人一度的温饱消费标准所致,在经济发达、人文教化之后,人性化自然复苏,生产商自然只有顺应民心,努力做到尽善尽美,所谓细节问题,自然迎刃而解。故不同之时代、不同之国度、不同之环境自有不同之细节标准与细节追求,若先无对大势之深刻把握与理解,再好的细节也归于无用,如果把电脑送给穴居中的蛮人,则电脑之任何精细细节皆无补于事。故惟有高瞻远瞩之战略家才能真正做好细节,因为他知道需要什么样的细节来满足市场公众。

之后的 2001 年第 2 期,中国公关界著名的杂志——《公关世界》随即刊载了《细节是天堂》一文。应该说,我很早就关注"细节"对企业和市场的影响,最早提出"细节"概念,是"细节"概念的倡导者和领跑者。

2002 年从日本回国后,经过近 8 年的积累,我决定把自己从事市场实践、研究以及对日本的市场观察等诸多经验整合成一本书稿,并取名《细节是天堂》。2003 年初,我把书稿投寄给学林出版社,该出版社主编看到书稿后的第二天,就给我打电话,认为该书具有出版价值和市场价值,决定出版该书。由于之后不久,"非典"爆发,直到 7 月份该书才正式签约。12 月份拿到样书。2004 年 1 月正式出版面市。据出版社营销部信息反馈,《细节是天堂》市场反应不错,到目前仍在热销之中。

我们可以学习一切好的事物,但决不盲目跟风和趟浑水。这是一个市场实践者和研究者的基本态度。作者撰文说《细节是天堂:策划制胜方略》是跟风之作,我认为犯了两个基本错误：

一、《细节是天堂》和《细节决定成败》同为2004年1月份面市，一个是北京新华出版社出版，一个是上海学林出版社出版。地域不同，即使书名相一致，你就可以说是跟风否？就像两个孩子，一个在北京一个在上海同时出生，取的名字一样，你就可以断定，上海的孩子取名就是跟风北京的孩子否，为什么不是北京的孩子跟风上海的孩子？

二、学者写文章，多是从书市表象出发，归并现象，不从更深层次挖掘现象后面的本质，这是作为学者犯的幼稚的错误。如果童姓作者稍微上网查一查每个著述者的资料再下笔，就不会犯这样低级的错误了。

（2005年12月，北京人济山庄）

嘎公的碗水曲

一

在我的心目中,嘎公就是一位传奇人物。

在上海很多人不知道"嘎公"是什么意思,"嘎公"是湘省方言,就是"外公"的意思,书面语叫"外祖父"。而在北方,外公唤作姥爷或外姥。

嘎公的先辈来自马氏回族。听嘎公讲,湘省马氏回族主要渊源包括这么几支:有元末明初一批随军南下的回族将领进入湘地,有些将领建功封侯、屯田落籍、繁衍生息;有从事贸易的商贾,由洞庭经内河进入各城镇,由行商成为坐商;有为躲避人为灾难,被迫从西北等地迁移、宦游定居的;有晚清时期或逃荒、或战乱,从周边省域播迁湖南各地。

我猜想,嘎公的祖辈应该是随军南下的回族将领的后人。因为,嘎公性格豪爽,处事果敢,青年时曾加入行伍,并荣升为团长。但实际上,听嘎公说,他的祖辈是清雍正年间,改土归流后,经沅、酉流域经商而入的回族马氏。

在我出生两个月后,由于爸爸出国留学,我就被妈妈送到了嘎公家,由外婆抚养,一年多后才回到上海。在我进入小学后,嘎公退休,专程来上海带我,并接送我上下学。

在我与嘎公相处的几年间,断断续续了解到嘎公他年轻时候的故事。

嘎公年少时,学习成绩很拔尖。20世纪60年代,他本考上大学,但为了给家里减轻负担,主动放弃上大学的机会,投笔从戎。几年之间,他由一位通信兵擢升至军长秘书。在嘎公32岁那年,就担任西安驻地某军区司令部团长之职。在他40岁的时候,他又主动放弃成为将军的未来,主动申请复员回到地方工作。嘎公说,他的同事和战友先后有官至山东军区司令员和解放军总装备部部长等职的。多年之后,他们对酒当歌,他的战友慨叹道,由于嘎公的复员,部队少了一位好将军。

复员地方后,嘎公先后担任地区的物资局长、林业局长、县委书记等领导职务。无论在哪个岗位,嘎公都恪尽职守,深入基层,与群众打成一片,创造性地完成工作。上级在考察其政绩后,计划擢升其为省检察院副院长,嘎公说,他喜欢有学术氛围的地方,主动提出愿去高校履职。于是,在中国高校史上,开启了一位高中毕业生主政一所大学的时代。

作为大学的党委书记、代校长,嘎公用超越时代的眼光,定战略,重战术,练内功,寻外援,韬光养晦,高瞻远瞩,在其执掌十余年间,这所周恩来总理亲自批准建造的民族大学,一跃成为湘鄂川渝四省市声誉鹊起、声名远播的高校,深得国务院总理朱镕基的赞誉。朱镕基总理是很少作诗题词的,他在视察嘎公执掌的大学后,深受感动,于是充满感情地做了一首《重访湘西有感并怀洞庭湖区》,全诗抄录如下:

> 湘西一梦六十年,故园依稀别有天。
> 吉首有材弦歌盛,张家界顶有神仙。
> 长街攘攘人丁旺,童山濯濯心快然。
> 浩浩荡荡早日现,郁郁葱葱梦始圆。

嘎公在年六秩那年,为了让位后辈年轻人,主动向上级部门申请提前退休,凡三次均未获批,直到三年后第四次申请才被批复。

退休后,嘎公并未像其他高校管理者,在单位谋个顾问或研究职位,而是告老还乡,用爸爸的话说,嘎公就是以前的乡贤。嘎公以花甲之年创办被爸爸称之为"果托邦"的果树苗圃基地。嘎公承包数十亩土地,从全国甚至世界各地引进柑橘、核桃、桃树、梨树等苗种,通过选苗、育苗、栽植和嫁接,尝试培育适合本地种植推广的果种。

去年暑假,我随爸爸妈妈专程去参观嘎公的"果托邦"基地,嘎公为了我们的到来,特地留了三棵桃树的桃子等我们回去采摘。我平生第一次见到那么多的桃子,三棵树,几百斤桃子。

嘎公告诉我,他有个梦想,期待在有生之年,培植出高产量、高品质、适合本土推广，能为当地百姓创造财富的"果托邦"果树苗基地。

对嘎公对这种精神，我只有佩服二字。

二

嘎公家的三楼有个七十多平方米的大书房。书房四壁，木质书架直抵房顶，书房藏书近两万册。

置身书房，仿若走进偌大的图书馆。

我的嘎公有两大嗜好：一是读书，二是抽烟。对于抽烟，我劝嘎公戒掉。嘎公说，抽烟现在已成为自己的生活习惯，如若戒掉，会影响生理规律，反而对身体不利，现在做的只是尽量少抽，控制吸烟量。嘎公退休后，除了培植苗种外，其余时间都是花在读书上。嘎公从小喜欢读书藏书，图书是他最亲密的伙伴，不管调往哪里工作，书永远是他搬运的第一个行李，人走到哪里，书柜就跟到哪里。嘎公说，读书让他吸收新知，耳清目明，读书让他看清世界，也洞察自身，读书让他不落后于时代，更让他感知到未来。

一次傍晚，嘎公坐在书房里，在我的央求下，又跟我慢慢回忆了他年轻时候的一些往事。

嘎公说，现在每次出门，当公交车路过黄土坡时，脑子里便开始搜索少年时代的记忆，追忆几十年前从老家步行进城求学的路径——上"黄土坡"，走"自生桥"，至"一碗水"。

他的思绪停在"一碗水"上。

嘎公说,那是一座不高的崖坎。崖缝里流出涓涓细泉,先人们在泉水下方措了一口"井",那"井"其实只有碗口大。细泉流进"井"里,泉水储满时正好有"一碗水"。

嘎公年轻的时候,每次路过崖坎,他都要走到"井"边,趴下身子,用双手捧喝那"一碗水"。山泉喝进嘴里,感觉甜丝丝、凉幽幽、嫩鲜鲜。

那时,嘎公说,他心里有一个疑问:明明是"一碗水",可家乡人总是叫做"亿碗水"呢?

后来,一位老者跟他解释道:"你看那清泉,涓涓不断,流了一碗又一碗;你看那行路之人,你来我往,喝了一碗又一碗。这样百碗、千碗,不断地流,不断地喝,天长日久,不就是'亿碗水'吗?"嘎公听后,恍然大悟。

几十年过去了,嘎公走南闯北,有时不由得又自问起来:究竟是叫"一碗水"准确,还是叫"亿碗水"准确?

一碗水,亿碗水,时空无限,何以计量? 一碗水,就是这"井"里的"一碗水",清楚明白,没有歧义。而且,亿碗水是一碗水积累而来,有了一碗水,才有亿碗水,一碗水是源,亿碗水是流。再者,一碗水包含了亿碗水,且超越了亿碗水,正如一个天际,包含了无数星空,大于任一部分星空一样。

嘎公进而想到,内心中这"一"和"亿"的纠葛,实际上可以看作是"少"与"多"的纠葛。

嘎公说,像我这么大的时候,他什么都喜欢多,总觉得多比少好。但随着年龄大了,又想那"想都不用想的道理",猛然悟出,"多比少好"是一种思维误区!

譬如常常以为理想越大越好,官位越高越好,金钱越多越好,寿命越长越好。实际上,多数情况下,这些理念使人误入迷途。

嘎公认为:理想越大,越难实现;官位越高,越难符实;金钱越多,越难清净;寿命越长,越难高质。

就理想而言,一辈子做好一件事,是最好的。为了做好这一件事,必须洞悉并把握这一件事的亿万个元素或因子。想做很多事,就难以认识并掌握其中的无法计量的元素或因子,结果,几十年过去了,一件事都没做好。

就官职而言,想做官者无论什么动机,都可归为两类:一类为公,一类为私。为公做官,官位越高,学问越深,责任越大,担心越多,积劳越重,何好之有?为私做官,官位越高,欲望越多,良心越少,胆子越大,陷阱越深,难有几个有好下场!

就金钱而言,追求金钱,最终无非两种用途:或用于民,或用于己。为民,金钱越多,行善越多,多好啊!可是,为了不断行善,必须不断追求金钱,像为公做官一样,必然积劳而终。为己,金钱越多,荒唐越多。岂不知,任一荒唐事,都是燃烧生命!

就寿命而言,古往今来,追求长生不老者,谁见过呢?那么,追求长寿总是好吧。好,是指寿命长且生命质量高,且对社会有贡献者。寿命虽长,几十年躺着,自己痛苦,亲朋劳累,社会供养,何好之有?

由此看来,"少比多好"方为正确思维。

可是,嘎公说,"论"是一回事,"为"又是一回事。为什么

"论"时清楚明白,"为"时又误入迷途呢?全在一个"欲望"啊!

嘎公最后告诉我道:生活,少一点好!少了,容易成功;少了,也会清净;少了,才能洒脱。老子倡导"无为而治",是不是这个意思呢?嘎公最后反问我。

听完后,我有些懂,又有些不懂。

(2014年夏,兴隆街)

盗亦有道

一

到了冬天,郝道守实在忍无可忍,决定再干一票。

1920年的美国纽约公园,雪不停歇地下,厚厚的积雪压弯了街树的枝杈。在公园的长椅上,三三两两横躺着无家可归的流浪汉。他们身上虽然铺着厚厚的报纸,但从他们时不时抽搐的脚尖,还是能感受到他们的瑟瑟发抖。在一条长椅的中间,躺着一位高高瘦瘦、接近秃顶的家伙,他就是苏比。

在苏比旁边的,是为筹措弟弟的学费,将不惜冒犯法律的梁上君子郝道守。

郝道守双臂抱身,望着漫天飞雪,有些踌躇。最终,为弟弟,也为自己,他决定豁出去了。

他拍醒身边的苏比说:"快告诉我,我要去找他。"

"想通了?"苏比蜷着身子,声音因寒冷而颤抖,"你弟弟考到美国也不容易,就凭你领的那些救助金,怎么可能供得起他读书?"

"他在哪里?"

"他就在眼前的这条大街尽头的酒吧,坐在最里面的那个人就是。"

郝道守迈开缓慢蹒跚的步伐,坚定、畏惧和期待。

"你就是郝道守?听说你很有本事。"布莱克手握着酒杯,身子一动不动,只用余光瞟了一眼他。

郝道守看着眼前这个健壮的家伙,不免有些畏惧。布莱克见他一直站在身旁默默不语,突然扭过头,直愣愣盯着郝道守。郝道守碰到他的目光,还有那红通通的脸和鹰钩鼻,不免吓得往后退了几步。

"说话啊!"

"是……是的。"郝道守有些结巴,他还是鼓起勇气说出那句话,"我想跟着你干!"

布莱克扬了扬嘴角道:"你不知道我是抢劫惯犯吗?你不知道跟着我干,要承担多大的后果吗?呵,既然你想来就来吧。你回去吧,等我通知。"

郝道守虽然明白自己干的是不耻的活计,甚至是犯罪行当,但是,谁让自己有个在学的嗷嗷待哺的弟弟呢?

二

半个月以来,郝道守和布莱克持续行动,已经进账不少。不过,野心勃勃的布莱克不愿意只挣那些小钱,他精心策划了一次大行动。为避免风声泄露,他只向郝道守透露了他的计划。

"后天,马堪得线上有列火车,上面运载了一万五千元现金,这可是不小的一笔钱。我们要把它搞到手。"布莱克低声说道,"你要做的事就如往常一样:保险箱藏在车头,钥匙在列车长身上,我要你把钥匙偷来,打开保险箱。就么简单。"

"那,得来的现金……"

"我就知道你们心里只有钱,"布莱克嘿嘿大笑道,"放心,不会亏待你的,你也跟我干了一段时间了,是应该好好犒赏你。"

郝道守面露难色,他目光慢慢越过向布莱克的肩膀,渐渐无声,那一幅幅画面,还历历在目。

他上次得到的所有的钱,全部交给了在校读书的弟弟。

"你哪来这么多钱?"弟弟一脸疑惑。看到哥哥脸上迟疑的表情,他明白了,"你不是答应我不再出去做这种事嘛!"

"我没有!"郝道守尽量保持镇定,"这都是我打工和领取的求助金。我早就不干那种勾当了,你放心。好,你回去吧,我要走了。"

看见弟弟半信半疑的眼神,他感觉到他快要失去亲爱的弟弟对他的信任了。弟弟的依赖和信任是郝道守人生的全部意义。

于是,他决定,这一次,也是最后一次,要为他弟弟筹到能完成他剩下三年学业的所有学费。

他的目光回到布莱克脸上:"我希望得到一个准确的

数字。"

"当然,完成这次行动的人应该只有你和我,出意外就另当别论。"布莱克又强调一遍,"不出意外的话,我们五五分。"

"一言为定。"郝道守松下紧绷的神经,"我可不是有多贪心,你知道,我有个在学的弟弟。"

"当然,当然,你不止一次说过了。每个干我们这档子活的,都会有个看似合乎情理的理由,得以在法庭上取得那些道貌岸然之人的同情,为自己开脱开脱,说不定还可以减轻罪行。"布莱克哼了一声,摇摇头,"对我来说,只希望你能好好完成你自己的任务。"

三

到了开抢这一天,云朵像被子一样,严严实实地封住了天空,雪片不断地飘落,大地苍茫一片。

布莱克咒骂着天气,加快了步履和节奏,他仓促地买好票,与郝道守会合。"做好你的工作,绝对不许有差错。"布莱克板着脸,并肩与郝道守走向车厢,随手把票塞到了郝道守手里。

火车呜呜地开动了。

郝道守用他熟练的步法滑进了列车长的房间,轻巧地取下钥匙,正准备打开保险箱。"嘎吱",开保险箱的这个声音把郝道守惊出一身冷汗。

列车长似乎感觉到什么声音,他神情警觉,他放下手中的咖啡,快步推门进来。在这千钧一发之际,躲门后的布莱克,用健壮的手臂立马勒住车长的脖子,他左手拿着个白布团,快速捂住了列车长的口鼻。

郝道守惊恐万分地看着他们。

列车长一开始张大了眼睛,全身扭动想要挣脱,但他渐渐不挣扎了,眼皮垂下,全身瘫软下来。布莱克又捂了三秒,便随手撒开列车长的身体,任他横躺在车厢里。

"你……你……你干了什么?你不会把他杀了吧?"郝道守已经吓软了双腿,战栗的双手撑着地,望着这横倒在地的列车长。

布莱克快速而熟练地把白布折起来放进口袋。

"不过是晕倒了而已。"布莱克转向郝道守,"看什么,继续啊!再慢就被人发现了!"

郝道守呆滞的目光这才回过神来,慌张地捡起掉在地上的钥匙,继续开保险箱。

布莱克拖动着列车长的身子,想藏在隐蔽的地方。可事情没有这么简单就结束,一位热心的乘客,发现了异样,立马大喊:"有人在绑架列车长!"说罢,一群人开始涌过来。

郝道守又吓得掉了钥匙。布莱克转头坚定地命令道:"快,不要停!"他探看着门口,感觉到乘客门的脚步声越来越近了……

"啊!天哪,这个家伙把列车长打晕了!"布莱克突然变成柔弱的小男人,满脸惊讶地吓瘫倒在地上,同时还不停地往后退。

他看见涌过来的乘客们,哭丧着脸,指着郝道守,用尖尖的声音喊道:"哦!天哪!快来人救救我!他要把我打死!"

人群马上沸腾起来。一个矮矮的女士指着他们,惊恐地闭上眼尖叫,最前面那个健壮的男人挥动着拳头,做样子想把郝道守打成肉酱,却不往前挪动半步,还有那些一言不发的商人,双手紧紧抱着手中的公文包,在后面踮着脚往前看……

此时,人群中突然冲出个高高瘦瘦的男人,穿着一身警服,挺直了腰背,撑宽了肩膀,用粗犷的声音吼着,那感觉就像是在演一出话剧:"都让开,让我来!"

那警官一个箭步冲过去,一手抓起措手不及的郝道守。

郝道守看清了他的脸,惊讶道:"苏比!"

"哈哈,我已经观察你很久了,今天终于抓了你现行,你还解释什么?"警官苏比抓起郝道守,面对着乘客高声宣布道,"这个十恶不赦的郝道守,今天胆大包天,不仅想偷钱,竟然还把我们的列车长打晕了!但是遇到了我,今天就将他绳之以法!"苏比向地上的布莱克看了一眼,好似在肯定他的举报,随后径直把郝道守押出了车厢。

布莱克坐在地上,看着乘客随着警官苏比全部簇拥出了车厢,便把保险箱里的一万五千元现金一扫而空,携款逃跑了。

暴风雪一阵一阵地刮来,鹅毛般的大雪花覆盖在郝道守褴褛的衣服上,寒风呼啸,拍打在郝道守脸上,好似在咆哮,又像在哀怨。

郝道守望向跑开的布莱克,满脸的绝望。警官苏比在人群中扬起了头,一副骄傲的模样。乘客们一边夸赞着警官制服了卑鄙的小偷,保住了一大笔钱,简直勇敢和正直;一边谴责着小偷不仅贪图钱财还故意伤人,简直卑鄙和无耻……

雪慢慢停了,一切如同地上的雪堆一般落定了。

狡猾的强盗布莱克抱着他的财富,兴奋地悄无声息地逃跑了。苏比将因此功劳,得到上司的赞扬和奖赏。郝道守的弟弟也即将得知他哥哥的罪行,并对他的行为感到极其失望。郝道守悲哀地低着头,绝望地跟着警官往警察局走去。这是他人生的句点,他失去了一切,公众的印象,人生的自由,还有,弟弟的信任。

四

围在警官苏比身边的人渐渐离开了,警察局也近在咫尺。此时,苏比突然变了方向,走向了一个积满雪的死胡同。

在他们面前,站着兴奋的布莱克。

"赶快放了他,苏比,谁让你押这么用力了?"布莱克命令道。

苏比也摘下警帽,扔到地上,嘀咕着骂了几句:"真是,好不容易当回警察,过过瘾都不让。别忘了,要不是我,你们早就被那些该死的乘客发现了。"

布莱克并没有理会苏比,他拿出了一部分钱装在另一个袋子里,然后扔到郝道守脚下,说:"就是担心乘客发现,我不得不拿出备用计划。所以,我们现在有三个人要分钱,你只能拿三分之一了。"

"这……这……好好好……够了,够了。"郝道守依然惊魂未定。

此时风也小了,暖和的阳光洒满了城市的每个地方。郝道守憔悴地走出了肮脏的死胡同,抬头望着刺眼的阳光,咧开嘴笑了。

(2015 年春)

感师恩慢

尊敬的托尼叔叔：

您好！

我是您一年前的"观众和徒弟"，您还记得我吗？那天我和妈妈在您执勤的阿罗哈海港城逛街，巡逻在大门口的您热情地给我变魔术……也许习惯了给予客人快乐的您已经淡忘了，那就让我向您娓娓道来吧！

那一天，是我到美国的第七个月，我和妈妈到海港城去游玩。

当我推开妈妈的车门时，我一眼就瞧见了您。您胖胖的，一袭夏威夷鸡蛋花式休闲服，憨态可掬，给人很亲切的感觉。

下午两点多，我们准备回家时，竟然又一次看见了您。当时，您正乐呵呵地给一群小朋友变魔术。我带着极大的好奇心跑到您身边。

过了会儿，您发现了我，问我："你有时间欣赏我的魔术吗？"我点了点头，咬着嘴唇，心里充满了兴奋与喜悦。

您将一个硬币放入右手,然后,使劲捏了一会儿,一团团烟从手里冒出来。我张大了嘴,盯着您的手,惊讶不已。您又慢慢张开右手,将双手摆在我面前。我仔细检查了一会儿,空无一物。我又一次惊讶地叫起来,真令人匪夷所思!

"好玩吗?是不是很精彩!"您笑眯眯地凑近我问。

"我要学!请问您能教我吗?"我摇着您的手臂说。

您低下了头,沉思了一会儿,严肃而又神秘地说:"魔术界有个规矩哦:不能无条件地教魔术!但你这样想学,你必须答应我,绝不能把秘密告诉任何人!"

我连忙答应了。

见我这样认真,您又变得可爱起来,开始兴致勃勃且耐心地教我魔术。

过了十分钟,我终于学会了。您还扮演观众鉴赏了我的表演呢!这时我见妈妈来了,我跑过去又显摆地向她表演了一番。

妈妈笑了,问我在哪里学的。我拉着妈妈的手,来到您面前。妈妈连忙跟您道谢。出乎意料地,您竟然又提出给我画一幅素描。我没想到您这么多才多艺,而且,这么愿意施恩于人,快乐于心。

您也许想不到,在我们离开美国的时候,忍心丢弃了很多物品和行李,但是,您给我画的肖像素描,我一路珍藏带回了上海。每当我看到这幅素描,就想到了您这位不期而遇的魔术启蒙老师。

虽然,您当年只是出于热心,教了我一个小魔术,但是,却无形中激发了我对魔术的浓厚兴趣。从那以后，我刻苦钻研魔术手法，还在网上寻找各种魔术视频进行自学。

可以说，我现在已经是一个魔术高手了，略施手法就能让观众连连惊叫，瞠目结舌。只是与您这样的一次偶遇，使我的生活增添了乐趣，我在魔术中寻觅到了另一个美妙和快乐的世界。

现在的我经常给父母、老师、同学和朋友表演魔术，给他们带来乐趣的同时，我也收获了赞美和鼓励。

同学闷闷不乐的时候，我就变个小魔术安慰他们。令我惊讶的是，他们反过来经常帮助我，帮我理书包、送我小礼物等等。像您一样，我也寻找机会给路人表演魔术，还经常给小区的保安变魔术，希望在他们辛苦的工作之中，能带去一丝释然和光彩吧。这种快乐、关爱和感恩就这样从大洋彼岸传递开来，不论肤色、职业、年龄和性别，我体验到了感恩实际上就在自己身边，一个微笑、一个魔术、一次搀扶就是一种可以改变一个人生命的温暖。

遥祝快乐！

爱你的 Kevin

（2011 年夏）

一弦清一心

在生活中,无论你从事什么职业,无论你是富贵之人还是贫穷之士,无论你是青春少年还是耄耋之年,都可能会遭遇某些不可预测的困境和难题。

这时,即使上苍给你关闭了所有的门,你也要学会给自己画一扇窗。

在我居住的小区,有一座垃圾房,是由一位外来的老人收拾打理的。

一天下午,我路过垃圾房门口,老人正"哗啦啦"倾倒编织袋里的湿垃圾。这一举动,惊吓了小区的路人。

"哎哟!干嘛呀?倒垃圾小心一点会不会啦?"走在我前面的一个着衣时尚的女子,反翘起脚,瞪着老人埋怨道,"我新买的名牌靴子都给你溅脏了,你赔得起嘛你,真是的,哼!"说完,用餐巾纸刷刷刷地擦鞋子。

老人紧张地攥着袋子,弓着腰,半张着嘴巴,身体有些微微颤抖。他满脸歉意,用浓重的异乡口音说:"对……对不起,小姑娘,我木有注意到你,真的不好意思。"他的声音听起来很沙哑,沙哑到含糊不清。

女子不屑地瞟一眼老人,愤愤地跺了一下脚,颠着快步,突突突地离开了垃圾房。

这时,我仔细地观察了一下老人:他有一张瘦长的脸,脸上爬满了深深的皱纹,褶皱里感觉填满了灰尘,他手指粗糙结疤,指甲黑黑的。老人用手抹了一把眼睑,慢慢俯下身,继续清理他的垃圾。

因为要赶去练习篮球,我便匆匆地离开了垃圾房。一路上,我心里挺不是滋味,觉得老人的人生真是糟透了!他被貌视后的那种谦卑表情,一直萦绕在我的脑海。

晚上打球回家,当我路过垃圾房时,惊异地听到一阵悠扬的口琴声,从垃圾房的窗户里飘出来。

我好奇地驻足探看。

垃圾房里,日光灯下,一位老人握着口琴的手指,显得干干净净,口琴在他嘴边轻快地滑动。我再走近了一瞧,只见老人眯缝着眼睛,即使穿着厚厚的冬衣,也隐藏不住他身体里发出的热情,他的双脚,配合着节拍有韵律地抖动。随着音乐节奏的高潮来临,口琴在嘴边渐行渐快,此时此刻,只见老人的眉毛高高扬起,那脸上的皱纹似乎变成了五线谱,跳跃着陶醉般的音符……一曲完毕,他紧闭双眼,后仰着脸,然后微微地满足一笑。整个过程,简直一副音乐家风流倜傥的范儿。

我真不敢相信,垃圾房里的口琴演奏者,竟是白天那位收拾垃圾的老人。

老人见我站在门口,歉意地一笑,道:"这里的气味有些难闻……"

这时我倒有些歉意,感觉自己的驻足,影响了老人的口琴表演。于是连忙说:"不好意思,打扰您了,爷爷您吹得真好听。"老人听后,欣慰地咧了下嘴,腼腆地笑了笑。接着,在污渍满壁、充满异味的屋子里,继续吹奏他的下一曲。

从这位"音乐家"的老人身上,我已看不到他白天的谦卑,他似乎忘记了过去,他为自己打开了一扇音乐之窗,在自己吹奏的旋律中自我陶醉。虽然他拥有一张沧桑的脸,但是从他那流畅欢跃的动作里,分明洋溢着一种自我满足的愉悦感和幸福感!

我想,对老人来说,有一千个理由留守在自己的故乡,有一万个理由在家颐养天年。然而这位老人,孤身一人从故乡来到上海,我猜不出到底是什么原因,让他背井离乡到这个陌生的都市里,以收集垃圾、贩卖旧报纸为生。对于他从事的这个职业,在大都市人的眼中,也许根本算不上职业,经过垃圾房外的人熙熙攘攘,也许根本没有谁会注意到他的存在。可是,就是这位老人,他没有自我放弃,在异乡的都市,不计条件,默默无闻,任劳任怨,用自己的双手去谋取生活,在艰难的环境中为自己创造一份生活的乐趣。

即使过了很久,在我的耳际,仍时不时地回响着老人那美妙的口琴声,温暖着我的整个冬天。

(2012 年春)

落尽梨花

在家中书柜,发现一本《小青六短篇》小说。此前,我对小青这位作家从未有过耳闻。

我随手抽出,并随意翻看了起来。

"我在哪里丢失了你,"我嘀咕道,"挺有诗意的。"我怀着好奇继续往下读。

渐渐地,我被小说里主人公的行为吸引住了。

小说里,主人公王友觉得这个时代人心疏远,他希望拉近距离,于是,他收藏了每一个见过的人的名片。

因为在他心里,人能相遇,是注定;能交流,成情义,怎能转眼就忘?应该将他们装入心中,以免以后不知道在哪里就丢失了他们。于是,他便成为了名片收集者,他希望以收藏的形式记住每一个遇见的人。

我最初心中一震,如此珍视感情之人,真是罕见!我期望现实生活中也会存在这样的人。可暖心过后,我深思着一个问题:人心的容量其实是有限的,在人世生活中,我们又有多少能力，去储存如此多的人与心意呢？我想，其实只要我们能够用心对待遇见的每一个人，每一件事，何必纠结形式上的收藏呢？难道丢失就是遗忘吗？

想到这里，我的思绪落到了我的书架上。第三排左边，靠着一个阿童木，它是我小时候唯一的玩具存品，其他的玩具呢？都被我肢解了。我曾是顽皮好动的孩子，因此在为数不多的礼物中，我也不加珍惜，只顾肆意破坏，不知丢弃了多少。父母却不曾强烈指责过我的行为，他们说要维护男孩"破坏"的本性。虽然如今我只得感叹那时的我实在"情感麻痹"，不懂珍惜，但是每当我内疚地跟父母讲起这故事，最终也总是欢声笑语，他们说："只要你能感受我们对你的用心，那根本就代表不了什么。"

用心？我不由自主地想到另一件事。

三年级的时候，我换了班级，陌生的气氛不断入侵着我，但就在这时，她，我原来班级的同学，送了我一支写有寄语的书签。

收到寄语的那几天，我不断默念这上面怀念过去的话语，每一次都是如此难忘，如此直达心扉。可时间无情扫过，我与新班级里的同学开始热乎，手执书签的次数越来越少，过去的思念渐渐淡忘，慢慢地，那书签也不知在何处存放。

在同学毕业聚会上，她满含微笑地望着我问："送你的书签还喜欢吧？"我愣住了，停顿一会儿，答非所问："嗯……嗯，还存着呢……"

我疾步往家赶，脑海不断还原着模糊的场景，搜寻书签的下落。回到家后我立即开始翻找,坚守着那一点希望,但结果令人失望。我呆呆站着,回想起她的微笑,心里总有一种深深的愧疚和伤感。

几年过去了,我还是会有不甘,毕竟那书签蕴含近三年的同学情谊。

可现在想来,光阴带走回忆,时间掩埋过去,往后生活不断流逝,终会无法抗拒地排挤掉曾经的事物。我们不需要在失去的懊悔中徘徊,只需翻回心灵的篇章,会发现那尚存的悸动依然存在,温馨的回响仍旧抚慰心房。相比之下,因时间的磨损而失去的物品已轻于鸿毛,更重要的是心里不变的记忆。

泰戈尔曾提笔写道:"鸟儿没有在天空留下翅膀的痕迹,却很高兴已在此翱翔。"这就像那些重要的人,在我们生命中都没有留下看得见的痕迹,但彼此依旧心怀喜悦。或许,在某个深夜,我们会默契地回想到对方。又或许,在哪个街角,不经意地打个照面,我们都会情不自禁地激情澎湃。这些兴奋和愉悦,其实早已超过了一份礼物所承载的感情。

丢失的就让它丢失吧,再如何梨花落尽,那份感动,也会寸步不离!

(2013年夏)

卷春空

对于选择,许多人会认为越多越好。

不过我发现,停止选择,也许会减去你人生中一半的负担。

如果你停止选择,在写作时,会节省选素材的时间,你可以随便挑选一条素材,关键是要去接受它;如果你停止选择,在超市买饮料时会随便选择,关键还是一样:你要去接受它;如果你停止选择,不会再为了选择而苦恼、焦虑、闷闷不乐,快乐而无忧地生活。

"停止选择"这个题目是我从广播里听来的,之所以我会毫不犹豫地选择这个观点作为中心,是因为我们太多麻烦就是有"选择"的存在。

一天下午,英语课结束,父亲来接我。我饥肠辘辘,于是我对父亲说:"我们中午去哪儿吃饭?"

父亲说:"嗯,你来定。"

我若有所思,街道上这么多餐厅,到底选择哪一家呢?

我一边东张西望,一边思考,但映入眼帘的餐厅数不胜数,我脑子里一片混乱:到肯德基去吃吧,不健康;去衡山小馆,太贵;去桂林米粉店吃米粉,不好吃;去超市买菜,附近也没菜场……为了选择,我简直要为此抓狂,我转念一想:我何必想这么多啊!唉!神马都是浮云,随便去一家餐厅就行了。

在吃完饭回家的路上我感叹道:"啊!原来停止选择可以让我这么轻松!"

生活中的选择实在太多了。当我们在决定看电影时,是选择3D的,还是4D的。当我们选衣服时,会选择穿什么款式、颜色,怎么搭配,是混搭,还是穿朴素一点。生活中还有许多购物方式,可以电视购物,可以电话购物,还可以网购、团购。当自己想学一些兴趣爱好时,还要选择是练魔术,还是弹琴……

其实,想在生活中停止选择很容易,但想随心所欲地运用这个方法,要做到一点:打破人类的属性——复杂的思想。人,就是因为有了复杂的思想,面对选择才会犹豫。而现在,面对选择做一个"头脑简单"的人吧!还有,很多人因为选择都得了焦虑症。

一卷春空,停止选择吧!

(2013 年秋)

悲悯与救赎

一

1949年,福克纳在诺贝尔文学奖演讲时说:"我拒绝接受人类末日的说法"。1982年,马尔克斯说:"任何洪水猛兽、瘟疫、饥饿、动乱,甚至数百年的战争,都不能削弱生命战胜死亡的优势。"2012年,莫言道:"让我坚信真理和正义是存在的。"文学的光芒穿越苦难,悲悯与救赎放射人性的光辉。

二

文学是人学,文学映照历史。乔伊斯和易卜生都是他们所处社会和家庭的叛逆者。1936年,乔伊斯对朋友说:"爱尔兰不喜欢我,正如挪威不喜欢易卜生。"然而到了今天,他们两人却都成为各自国家——以至世界的荣光。

三

在戏剧创作成就上,汤显祖与莎士比亚可谓比肩。汤显祖比莎士比亚早生14年,他们同卒于1616年。汤显祖66岁,莎士比亚52岁。汤显祖创作以诗赋古文为主,戏剧创作只是业余消遣,所花时间约为莎士比亚的五分之一,汤显祖之戏剧天赋尤其可见。

他们作为世界级的戏剧大师,莎士比亚毕生从事戏剧与舞台,环境纯粹得多;而汤显祖尽管谢绝过首相张居正和内阁大臣的延揽接引,但大半生消耗在科举和官场,最终还被官场搅和得意兴阑珊。

四

听法国作家、诺贝尔文学奖获得者勒克莱齐奥关于"都市中文学"讲座。其认为除福克纳、托尔斯泰等少数作家外,都市作家是现代化的产物,也是当代文学的主流。"城市吸引我的不是高大的建筑和富丽堂皇的装饰,而是多元文化及其背后的复杂人性、变幻的时光和匆忙的眼神。"

五

两百年前,拿破仑质问手下:法兰西的文化为什么不够繁荣?

他一生都没有找到答案。

他忘了,他的行为做出了回答:他让文化服从自己的权力。

六

二十年前读郁达夫的《迟桂花》,知道杭州的桂花如此之妙。17年前与杭州的同学攀觅九溪十八涧,秋天的桂花香流遍山坡。十年前,小区的桂花树到了秋天花满枝头,不知是金桂、银桂还是丹桂,浅浅的暗香,在傍晚里飘荡。几天前,嘉湖区莫干山上的桂花,在微微的秋风吹拂下,漫山遍野的香。桂花啊桂花迟。

七

读布什的《抉择时刻》,在他四十岁之前,分明就是个古惑仔。酗酒:经常酒不离手,烂醉如泥且打架斗殴;游荡:从小随父母东西游荡,居无定所,四处搬家;找女人为乐子:无论是在安多佛读中学,还是在耶鲁、哈佛,经常去女校找乐子,海喝海乐;满口粗俗:由于在西部长大,牛仔习气重。

八

木元田《反哲学入门》曰:日本最早研究西方哲学的思想

家西周最初把 Philosophy 译为"希哲学",philein＝希,sophia＝哲。后在《百一新论》中删掉"希",改为"哲学",从此,苏格拉底学说中最重要的"爱"的部分消失了。

九

从中共历史来看,党内有着读书的良好风气,读书成迷乃至成为藏书家的"读书种子",老一辈的有徐特立等"延安五老"、共和国领袖有毛泽东、叶剑英等,党内高级干部中有李一氓、胡乔木等。据吾所知,除毛泽东十万藏书外,党内高级干部藏书最多的是汪道涵,他有六万册藏书。

十

巴恪思曰:如果没有想象,记忆全无用处。想象是不可知论者对于永恒的真实颂歌,它用青春的晚霞照亮逝去的时光。这些关于过去的美好幻景,即使不能让人生活得更美好,至少可以助人面对生活的煎熬。"活过,爱过":我复何言？

十一

少年看《宝莲灯》电影,想有把沉香手中的斧头,路见不平就劈一个;青年看《宝莲灯》动画片,满脑的李玟《想你 365 天》的旋律,心潮悠扬跌宕;现在陪儿子看动漫神话剧《宝莲灯》,

想的是外甥为救母亲决战舅舅。

这是怎样的人伦关系？

世俗尘寰的阶层等级观，在美妙的天堂，一样的纠结。

十二

在人类大迁徙的中国，一批来自四方各异的青年人，在上海寻找各自的梦想。暴发户、文艺青年、凤凰男、酒吧女、同性恋、物质女……生存与爱情，苦逼与逍遥，在纷扰的都市，每个人都在呼喊"我的未来不是梦"。很是喜欢《我的未来不是梦》话剧女主角，虽然知识谫陋，但敢做敢恨敢爱，性情鲜明。

十三

《唐山大地震》只拍出中国人的灾难，却无法预知人类的未来。这是冯小刚的失败，也是电影人的困境。

十四

当下与英国维多利亚时代颇为相似：社会发展云泥差距、科技进步造富少数人，社会乖张与虚伪，自由泛泛可陈，人人之间缺乏信任。

伟大时代产生伟大小说，但跟我们没啥干系。到是约翰·福尔斯的《法国中尉的女人》，以其梦幻的故事、阶层间的敌视与无限可能的结局,贴切眼下的魔幻现实。

十五

古人云:"读万卷书,行万里路",但读再多书,行再多路,不放慢脚步,不慢下性子,不多次品味,就难以体会到其中的知识之美、风景之美和人文之美。

十六

摇滚先贤鲍勃·迪伦的歌,深刻犀利,形塑了工业化国家整整一代的敏感性。

中国正经历着举世罕见的变革,遍地行走着浅薄浮云式的歌手高唱盛世繁华,却了无鲍勃·迪伦的一丝精魂、骨气和才华。

十七

在兰心大剧院发现:看京剧主要为两类人:一是老人,一是老外。前者占九成以上。推门进场,椅背之后,满堂皆白霜。一个300多年的文化产品,从乡野到宫廷,再从庙堂到民间,从融合创新到封闭单传,最后落寞出演。随着最后一批老观众的退潮,我在想:京剧观众市场的增长点在哪里?

十八

1167年,岳麓书院的山长张栻跟朱熹只因《中庸》里"已发"与"未发"理解迥异,两人便遥约面辩。朱熹吭哧吭哧骑着瘦马,花了一个多月从福建赶到长沙。闻此消息各方的读书人蜂拥围观。一方土台,两把椅子,为了一个文化问题双方讨论三天三夜。正可谓真问题,无利益,辨别为智,济度为悲。

十九

记得小时候,每到暴雨来临之前,广播就说"请广大听众注意防汛防台",当时我就很紧张,以为台湾要反攻大陆了,要打仗了,暴雨是台湾故意施放出来害我们的。

二十

海宁大概自古得益于海,也患于海,故海神庙建得特别堂皇,拜求安澜或海宁。参观金庸书院和王国维故居,书院如江南庭院,阔气;故居若江南民宅,紧凑。金以武侠小说扬名,王凭文史研究传世。王曰:"欲为哲学家则感情苦多;欲为诗人则又甘感情寡而理性多。"

二十一

小时候几乎每个人都有自己的梦想,但多少人在世俗生活的流变中,变得缥缈,甚至踪灭;多少人生活在他人的期许下,改变梦想的路径,最后把梦想弄丢;多少人命运多舛,还没来得及梦想,便匆匆一生;还有多少人由于梦想的突变,被梦想压垮……梦想的本质是什么?经历,财富还是坚持?

二十二

一直惧怕两件事:一是亲密朋友的离别,一是班级的毕业。面对纷繁聚散,挥手背影,总有段时间魂不守舍。后来辗转南北、行走东西,竟然觉得道别也是种美学:距离产生美;为想念找到一种借口;写信很美。最近参加毕业生晚会,首次感受到散场的生活背后,青春是如此光芒。

二十三

每到一个城市,我超级敏感于城市的气味。记住一个城市,首先回忆这个城市的气味。若是气味不合感觉,对这个城市的好感便大打折扣。

二十四

当你遇到困难和伤心的时候,朋友会用一个让你觉得很有用,且让你意想不到的方法来解决问题。朋友看穿了你所有的软弱和不堪,他仍旧愿意送你一把伞。他也只能送你一把伞,因为你只能一个人穿过风雨。

二十五

我没有想你,只是有秋风吹过的时候,感受到你飘过我手指的长发。

二十六

河流从土地的中央蜿蜒划过,蔓草妖着细腰在溪水里左摇右摆;从夜里醒来的露珠迎迓着山间的初阳,习惯羞涩地露出笑靥;连绵起伏的田垄像士兵调理得整整齐齐;小鸟的啾鸣在枝叶间流遍原野,核桃树、梨树、桃树、李树……上的青果结实饱满,像青春一样充满生长。啊,青果园,期待秋的果香。

二十七

我一直猜不出,庭前的山溪源自哪里,又往何处汇聚。只是知道她来自东侧山脚一个拐弯处,她们似孩童淘气,嘻嘻哈哈地蜂拥而出。欢喜不知疲累,奔跑追日逐昼,她简直就是天使,滋了两岸竹树,润了两坡人家。

二十八

两年了,终见雏形。青山濡染,碧溪潺潺,树果沁香,陇亩繁息。我们期待终将老去的那天,遁离都市的喧嚣与烟尘,枕山栖谷,就在这武陵的茂林清风边,安静地住下。早晨踏山头看日出,晚上坐月下聊前尘。多少世间沧桑事,庭前溪水静静风流去。

二十九

昨日红军桥,今定贺龙桥;晚清至中国,一百廿四年;多少前尘事,流水付沧桑;红色旅游热,绿色山水闹。忽来少年郎,天性乐逍遥;吃喝嬉书事,桥中显峥嵘;试问归期有?少年把手摇;清凉夏风徐,沉醉不知归。

三十

生于江南泽国,惯看玲珑石桥;夏季来到武陵,叫人驿动惊艳。洗车河水碧青,惹巴拉山含黛;如此俊美桥梁,江南也退三分。长桥卧水桥长,烟柳翠树柳红;江山清朗如画,少年忘返自夸。

三十一

心向武陵源,寻根桃花坞;武陵桃花谢,蜜桃潜枝生。吾从东方来,攀上桃树枝;随摘三框桃,感谢种桃人。满坡桃果谁栽培?只见远处,嘎公桃林笑。

三十二

将身安住涧溪边,山脚树风舞蹁跹;夜中疑似听雨眠,朝见窗前水奔声。

三十三

在徽派建筑中,屋里或庭院中一口或几口大缸是缺一不可的。其作用不是盛放粮食或山货,而是储存日常雨水,以解火灾等隐患之需。徽州民宅为何要用大缸?根本缘由是其无法解决水源问题。而在武陵源山脉的这座建筑群,就有缘造化得多,其得石岩林竹之地利,一切饮食洗漱、园林灌溉等生活用水均来自于墅后的几眼山泉。汩汩涓流的山之泉,透明清冽,纯净甘甜,富含矿物质。在三伏夏暑,从果园劳作或跋涉山水归来,掬一捧海拔 800 多米高的石洞幽深的冰泉,我想:世界上最爽、最透彻的体验感,莫过于此时此刻了。

三十四

舌尖上的中国激荡起无数人的味蕾,中国的好吃直接影响语言交流。譬如一方若瞧不上对方,会说:你不是我的菜。英国人好茶,会说:你不是我的茶。日本人好鱼,会说:你不是我的鱼。韩国人好泡菜,会说:你不是我的泡菜。巴西人爱吃牛排,会说:你不是我的牛排。

三十五

人与人之间的代沟是年龄?非也,妈妈和婴儿沟通无障碍,代沟不是年龄,乃爱与思想也。

话不相投半句多,道不同则不相与谋。60代嫌弃70代,80代轻蔑90代,上一代总是瞧不起下一代,多少爱与思想阴差阳错中。

三十六

私德很紧要,若私德好,公德有可能接着好。孝敬父母为私德,尊敬师长为公德。

大张旗鼓给妈妈洗脚,把私德公开显露;强迫学生给师长下跪,把公德当成私德。孝顺父母是私德的本分,何须公开显摆?尊敬师长是公德的必须,何须公开作秀?是礼崩乐坏还是社会异化?

人到无求品自高,是为贵;万贯财富兼济天下,是为富。

三十七

一直不解"丑小鸭变天鹅"的故事,人家本来就是天鹅,只是呆错了环境,被误认为小鸭而已。小鸭丑吗?一个物种看另外一个物种,就像人类想象外星人,当然丑。吾就更不解的是,人们总拿这个故事教育孩子,难道小孩能变种吗?

三十八

孔子的最大贡献,是在社会秩序混乱、政体肢解和礼崩乐坏的时代,重构心灵秩序。

三十九

抱怨是恨铁不成钢,不抱怨是让铁是铁,让自己成为钢。不想做将军的不是好士兵,只想做将军的也非好士兵。

四十

从三国时期王位继承来看,"富二代"的成功率最高只有三成。

富二代曹魏政权被司马家族篡夺,阿斗早衰,只有孙家的二代延续了几十年。

"富二代"注定垮掉或死掉三分之二,其实这个规律在几十年前的日本也得到证实。垮掉的"富二代",是这个时代的必然选择,也是企业传承的必然规律。股份化或合伙制,是私企延续或百年基业的法宝。

四十一

中国企业家好登山。王石登山,张朝阳登山,商学院的未来企业家还是登山,连红塔山的广告都叫"山高人为峰",中国的企业家和企业整个就是内陆型山地山民意识。

企业家为啥不去征服海洋呢?山地文明早已没落,海洋文明是人类文明的新领域,我们的企业家是那么缺乏海洋意识,害怕与畏惧对海洋文明的征服。

中国的经济形态基本脉络是渡口经济(河姆渡)—河口经济(扬州)—河港经济(京杭运河)—海港经济(宁波)——海洋经济(上海)。走向海洋是国家经济形态的基本走向,也是企业家放眼向洋的市场路径。企业家崇尚攀山,表面上是征服,本质上反观企业家内心山地式的自我封闭意识。

孔子曰:智者乐水,仁者乐山,揭示的是文人内敛的行为方式。但企业家不然,企业家的本质是攻击侵蚀、占领蚕食、掠夺蒙骗、贪婪……最终抵达利润制高点,企业的社会责任是利润的附属品。企业家的山地思维,无形阻挡企业的发展。

四十二

对中小企业而言,在整体没有优势时,要发挥局部优势,集中优势力量,精耕细作。就像毛泽东所言:红军要有根据地,就像人要有屁股一样。

中小企业产品行销没有根据地,只能当流寇。

四十三

互联网有性别吗?若有,是男的,还是女的?工业革命时代蒸汽机是雄性的,推动现代化的发展,而互联网是雌性的,推动后现代的发展。

女性对互联网的实质性影响是通过推动互联网的女性主义特征的形成,改变了人们的思维方式,从而改变了整个世界。

四十四

对爱因斯坦,人类一方面膜拜其相对论和原子弹,另一方面对其发明的原子弹给人类造成的灾难保持一定的担忧。

对乔布斯,人类一方面对其改变生活的科技创造大唱赞歌,另一方面是不是该反思:在数以亿计的苹果机变成垃圾之后,对地球、对环境造成的灾害,要保持足够的警惕和戒备?

四十五

打高尔夫球就像吃西餐。吃西餐需用刀叉勺,刀叉勺分大小型号,吃顿饭就像在机床边流水线操作;高球分木杆、铁杆、挖起杆和推杆,然后各杆再细分1234号,整个工业化下的标准蛋。

想来还是我们筷子来得便利,纯农业化,动静结合,软硬兼施,方圆皆宜,两根小竹棍打遍天下无敌手。

四十六

哈佛和麻省隔河相望,中间有座桥,哈佛冠名"哈佛桥",麻省要改名麻省桥。哈佛强硬坚持,麻省在派遣多名工程师勘察河桥后,便不再争执。

多年后,哈佛桥轰然倒塌。哈佛大骇,麻省大笑。想起京华两所高校因招生而干出许多见不得人的勾当来,真为它们竟无一点技术含量而惊骇。

四十七

不了解农业,就不了解工业;不了解中国农业,就不了解中国工业;不了解中国农业落后,就不了解中国工业艰难;不了解中国中小企业,就不了解就业有多难。

不了解农村,就不了解城市;不了解中国农村,就不了解中国城市;不了解中国农村拆迁,就不了解中国城市化。

不了解农民,就不了解中国;不了解中国农民,就不了解中国革命;不了解中国农民工,就不了解中国发展史。

(2014年夏)

卷五

让我全部的生命，
反哺永久的家园

恋园的白鸟

沿着众多的丘陵和
纵横交错的水系
一只永远的白鸟
啼鸣一致的语言方式
如云朵在动人城市的上空
筑巢的歌　流遍长空

鱼纹四射的岁月若湿热
的南方踏约而过
白鸟口衔竹箫呼啸云空
天空被吹得大雨滂沱,阳光灿烂
丘陵被吹得云雀啁啾,果实鲜美
白鸟的出发或返航
脚步轻盈忠贞如初

那只白鸟　驶进南方黛色的丘陵
把唯一的行囊挂在丘陵的树上
走近手握陶罐溪边汲水
娇媚而婀娜的手持红绫联袂而歌的女子旁
一口一口细抿世代相袭如糯米酒
醉人的赣戏舞蹈
这身躺热土的感受雨点般不绝如缕
落满白鸟刻骨铭心的手掌

呵,绿树环抱的丘陵
水系密布的家园
白鸟将穷尽一生的翅翼
逼还远离

(1993年冬)

这横山

月光从窗橱迸流
溅起六角梦如夜蝶纷飞

铺青山作床
扯云雾当被
任凭月亮撒下满天的帷幕
梦呓依旧如星
鸟声啼落双肩
我系上脚铃走过卵石堆
走过独木桥走过沼泽地走过紫竹林
轻盈如一叶垂柳
渴,掬起一汪山瀑
饥,摘下一串红果
乏,侧卧青青石板
听扎辫的顽童绕古枫唱推磨歌

于是　我也灵感生发

放纵生锈的歌喉

追逐那远飞的惊鸟

白云流走了那乱耳的书声

这里不再在狭缝中拥挤

我把心静放在月亮翻晒的山谷

听山风听泉流听松涛听

月亮隆隆地下楼

黎明惺忪地爬在窗前

醒来,原来是一场梦

(1992年夏)

生日消息

很深很深的晚上
一株斩不断根的植物
把我从闪烁光芒的日历深处
圣洁如玉地拾回
我的生日啊　来自母亲辉煌的内部
一粒孕育十月的种子
母亲圣乳的流向　是我姿态的走向

生日,于风雨飘摇的日子飞翔
充满灵性的翅膀
曾被蓝色的雷鸣,跌打得鲜血如花
生命的花朵和血的断崖处
至今眉间可见
是母亲如日中天的爱怀
照耀我生命的泥土　教我芬芳

温暖的日子顺流而下
所有的往事花开花落
我很平静,我和我的思想
端坐在必经的路口
同路人打招呼并邀请入座
谈论当天的天气和未卜先知的种种事情
母亲却被美丽所伤　泪滴
滑落如千年绝句
我庄严地阅读虔诚无比地接受教诲

我的生日啊,来自母亲辉煌的内部
孕育十月的一粒种子
整整十九年,在母亲渴望的怀抱里迎风而长
如今,所有的人们都送来芳馨的祝福
被众手温暖的生日将溢满心灵
整整十九年,给我生日的母亲
我已从至善至美的雨露里　走进
您设想动人的城市
十一月,我生日消息之门自始至终开着
母亲,您给我细心编织的红手套
静静地落在窗外
窗户上无声的雨滴
那是您手持生日消息时,我遥遥于
您的泪水的方向

(1992年11月)

雪地上的七行诗

一

冬是位多情的诗人
把思念的文字用风的手
兴奋地写在大地的信笺上
我端坐在雪地的石顶
读洁白的雪粒和雪粒后面
隐隐约约的水声,以及从水里朝我
撑伐的少女

二

我以一种旷达的姿态
静静地生长于午后的雪原
像一株傲然的黄昏树

在轻歌曼舞的雪后　扮着笑靥
本想如风般呼啸一曲浩浩荡荡的主题曲
不料自己
反而成了冬之路上旁立的风景

三

鸟在枝头唱着美丽的歌
我举起枪口
看见鸟的周围拥聚着一群羽毛的色彩
喷着如火的目光
我砰然倒下
发现自己的枪膛
压着一颗异形的心

四

雪圆滑得很
往往制造翻车和跌跤的图案
我目光远视
三千六百秒的冰地上
有七七四十九个人表演着摔跤的花样
其中 pretty girl
我竖起十个指头

五

你说你要远行走出雨季

我说要走你就走吧

等过完这场雪

你说不能因等待而错过许诺

我说等雪过后再走,过后再走

昨晚你果真走了

今晨下了一场罕见的大雪

六

冬季的阳光之外

冰凌融化的水珠

一滴一滴,渗透盘根错节的我

远方母亲的手像腊梅,随风摇摆

我十指铮铮

抓起一把雪,摩擦

指缝间跃出血红的火苗

七

一只黑色的手套丢了

于是繁衍出众多寻找的地方

独自闯世

处子的血流遍土地

我呼吸的风　徐徐扩散

结成温暖而透明的罂粟花

赤裸的手指站在保护之外

(1993年冬改)

孤 旅

一

故乡如忧思重重的母亲
为使漂泊的我不被丢落
在我的脖颈牢牢地挂一串乡音
然后如放风筝,任我闯荡

乡音,是一树绿荫
令旅人在太阳的疲惫中休憩
乡音,是一只火炉
令同乡在夜深人静时回肠滚烫
乡音,是一方胸章
令故人在莽莽人海中蓦然回首
乡音,有一种温柔恬静的气息
溢满于我的心胸

飘飘然　我像一尾游鱼
在儿时伙伴的嬉笑中
在父母的轻语中
愉快地穿行

乡音,能辨别我的故园
乡音,能度量我的归程

二

我独处西风瘦道的驿站
打望窗外的中秋

故乡丹桂飘香,袅袅于
孤独异乡的我
明月如网
回收多少流浪的心

山林恋乡的吴箫楚笛声
如翩跹的少女如满山的松涛
如远方的路
愁我心绪

我仿太白舞剑消愁

饮吴刚桂花酒
食嫦娥蟠桃
我踉跄举杯邀请南方
醉倒在归乡的路口

异乡,我没有中秋
中秋悬挂在故乡的树梢
异乡,我没有中秋
中秋悬挂在远方父母的屋檐

三

沿着季节的路
我从初夏走入仲秋

小小蒲公英
随秋风四处奔波
自裹白茸茸的花絮
随意
旅落路边

秋阳
把田野酿成透明的海
背驮遥远晴空的

老农

头顶草帽

躬身为一幅秋的素描

土地长出的古铜色的双手

正捞取

季节深处

那粒粒饱满的信念和

土地亘古不变的金色许诺

一个霜晨

雁叫长空掠山而西

一轮旭日东升

(1991年仲秋初稿,1994年改)

八大山人

一

恬淡的目光
达视遥见世纪的红尘

飘逸的衣袂
轻拂红尘噩梦
心远地偏
结庐潮王洲
篱笆弯弯
画笔摇曳如河塘
生长一代清俊的画风

驴蹄的嗒
平步青云

摇响一路风铃

手中的雨笠
沧桑几许

二

从唐氏脱胎而出
认定会有
秋夜抱月而眠
雪霁披裘挥毫的道仙
垂青
千年巍巍
不肯夭枯

你是位优秀的匠人
精心地把历史
雕刻为古朴的意境
使人走进就不想走出

三

牛石慧
一生傲骨扬扬

俯写

一派山水

仰而生不拜君

四

探头

　　深

　　　望

四百年

幽幽蓝蓝

四百年

源为一井

四百年

立待

红色旱渴

探头

　　深

　　　望

隐约照出灵魂的我

（1991年秋初稿,1994年改）

高 醉

你如
刚上岸的甜果
散发着热烈的风

等叶子落完的季节
我说
你不该来

披一身雪的你
走进一间
白屋子
把黑发垂下
整个人间
顿时春天烂漫

我如雀跃而歌的鸟

在隔壁而坐的屋子里

有我的手

插入你的黑发

说你真不该来

爱情是世界上

最没有把握的东西

倘若我们都醉了

谁来扶谁

你如

刚上岸的甜果

飘洒着热烈的雨

（1992年秋）

白色夜归

两个女孩,两个接近白色夜归的女孩
从城市的街道
激情充满地迎面而来
使人想起一种情绪
在傍晚时分静静燃烧的爱情

两个女孩如河流
唱着动人而柔和的歌
自远而近　自近而远
敲打灯光装饰
黑夜风景里的大门

虚掩的门内
有许多优美的灵魂骚动不安
优秀而读的姿态　很叫人

联想起一把弓弦上的箭
呼之欲出

两个女孩如一曲高尚的音乐
在没有阳光照耀的夜晚
自远而近　自近而远
敲打门楣的手艺术而富有技艺
有力颤栗的敲门声
让人记忆起春天里的蓓蕾
穿越春风的陶醉

两个女孩,两个接近白色的夜归女孩
从城市街道走出
找不到有座位的房间
如果某个夜晚你从她的身边经过
看见她们流着紫罗兰的眼泪,不要对她们想入非非
她们的忧伤,只不过是找个座位而已

(1993年春)

兄弟,开开门

黎明挂在树梢

太阳站在门口

兄弟,开开门

睡太久了

你要的露珠会私奔太阳的

兄弟,开开门

起来——

你没听见晨跑的脚步

开始在丈量白天

错过了月亮再不能错过太阳

兄弟

不要压迫于昨天的失败

橡皮擦就在手边

吹掉忧伤的泥灰
开开门,你要的
白天再寻

(1991年秋初稿,1994年改)

无果树

为栽一棵树

我挥锄的汗水

溅落为百鸟鸣叫

春风繁茂

叶雨葱绿

倾听夏的热情

饮灌阳光之渠

树花粲然

近观

想望能结出一树秋果

到了秋天

收获的

却是

一株无果树

远远地望
无果树
孤立一秋寂寞

树人从此沉寂么

不妨随深秋线入冬
做一个长长的白色冬眠
待来春
再与风雨雷电长恋

(1996年秋)

南乡子

一

雨时
一只雨燕
好看地
横冲　直撞
却总冲不出恢恢的雨网
和溅不出耀眼的水花
湿润的羽迹
黑亮如电

雨时对面的窗口
一位长发静穆
小提琴蓝色的音乐
从指头

宛然流淌

琴音起伏不止
静如卧石
惟有不止　是
今午的雨

二

远时,看你
静静似一只苹果

夏天,望你
如佝偻的狗尾巴草

菊花烂漫时
目难斜视

现在,从别人的发现
你又如一只青果

三

远渚　苍茫如黛

鸟鸣声宛如雾色朦胧
岸河的桨声　　划过
飘得很远
远如淡淡的乡愁

阳光活泼地跳动
云很虔诚
扮着悠来晃去的样子
如茵似梦的草地
阔大地仰躺着我
听心的枝头掠过温柔的风

博大精深的天空
一只鹄腾空而起
我感觉到那是我自己

（1991年春初稿,1994年改）

猎　狩

潮湿的阳光
在树枝的叶谷
丁咚丁咚作响

我们走进森林
一前一后
听听　停停
像两只秋天的狼

猎物们都逃走了
在两棵树之间
我们看见山坡上
一群惊慌的蹄印后
一只雏兔
抖着受伤的脚

眼神哀伤

朋友准确地举起猎枪
砰
朋友倒在我的脚下

一声不响
我们走出森林
朋友的脸上
一路挂着失望

那双眼睛很像一个人
每次谈起这事
我就取下猎枪
跟朋友这样辩白道

(1991年秋初稿,1994年改)

记　梦

从歪脖子柳树里
我弯弯地溜出来

远岸红裙的女孩
弯弯地躲藏
一双黑亮的眼睛
在树梢幽幽地看着我

月亮在我背后深沉缠绕
少女绕着月色翩然似蝶
笑声盈盈

我们伸出的手　像一条小溪
哗啦哗啦朝对方游去
我们

一边红月亮,一边蓝月亮
翻书为界
而我的心扑通扑通被风吹出
总飘不过你的那边

红裙子女孩扬扬手　弯弯而去
我弯弯地寻
倒数第九步是岩门
门口挂着铜镜
我看自己的影子
歪歪扭扭

在铜镜的缝隙　我发现
远处那一动不动的
是那红裙女孩
怒视的父亲

(1992年夏)

零传说

一

这是一块奇妙的空间
石头开出灿烂的花漫山遍野
太阳流惨白的泪
风会枯萎水会结果
沙漠可以鼓帆雪花是燃烧的火苗

诗人的头颅里
山会沸腾海会倾斜
天上的云是飘动的发
脚下的路是颠簸的船
雨后的虹是彩色的纤绳

诗人的头颅里

白天会有星星眨眼
黑夜会有白影摇曳
月亮下落成为足球

诗人的头颅
是一座神奇的魔方

二

（诗人的眼镜破碎了
从此失踪）
诗人的眼睛
是一泓随季节
变化的湖

亦深　亦浅
亦静　亦幽

丑恶在眼湖化为沫渣
遭浪冲刷
善美在眼湖化为红珊瑚
灿烂摇生
诗人的眼湖会有湖汐
潮来时澎澎湃湃

潮退时浩浩荡荡

诗人的眼湖
会升起一叶红帆船
据说那是
诗魂漂泊不灭的旗帜

诗人的眼睛
是泓随季节
变化的湖
深深　浅浅
蓝蓝　红红

三

诗人之笔
从不惮优劣
枯树枝也可以
斜削为笔
洋洋洒洒
写瘦诗人以血以汗
浇灌的诗行

诗笔长为诗神的扶杖

游山　涉水

走川　探源

诗笔写东西南北

诗笔写人生况味

诗人之笔

从不惮优劣

灵感消逝的时候

金笔也唤不回

四

书站立在那里

比诗人的年龄还高还长

书是岁月河上漂流的树叶

诗人没在水中捞取

用年龄之线串起

套在脖子上走向野外

诗人路后的脚印

是撕落书的扉页

浅浅　斜斜

书是土壤　诗人为树

吮书之精髓
长满累枝的青青诗灵

书,给诗人勇敢的金戈
使诗人闯荡不会怯懦
书,给诗人豪迈的战马
使诗人竞技不会落伍
书,给诗人喷薄的情感
使诗人生命之河不会枯涸
(因为有了书
才有了自诩会诗的诗人)

诗人站得比别人高些
传说
他脚下垫着很高的书

(1991年秋,1993年改)

第六根琴弦

一

窗口

开放一朵红莲

亭亭玉立

一河浮萍和岸风

撑花伞的少女

轻摘一路芬芳的白丁香

一曲弯溪

丁咚少女的微笑

杏花缤纷

跌入雨汛的桥下

从我窗前飘过

我坐在柳条编织的藤椅上
见一位少女唱着歌
向我走来

二

我仿名伶的姿态，高高端坐
梵儿铃激动地在肩头吟哦
你聆听
手中不忘挡块黄色盾牌
我们不知道这是为什么
都无主题地默认

琴音如雨
打湿了你黑眼睛的目光
黄色盾牌油然而生地倒落
变成你我走过的舞池

梵儿铃扔在墙角
你拾起一把破吉他
我们疯狂歌舞

屋里的寂寞逃得光光
窗外月光的种子
落进屋里

长出片片微薄的相思林

三

于是以不同的步态
从爬满苔藓的石级
闯入春光明媚的樱桃园

我栽培一棵树
兴情如春日一泻无遗

你远远地在樱桃林
朝我怒放若葵
樱桃成熟的季节
一个樱桃掉入手心
我们默默后退
渐入淡黄的秋季

樱桃园　星流云散
偶遇于樱桃成熟的六月
我们用手势掩饰各自的年轮
你是玉立若荷的你
我是早生华发的我

（1991年秋初稿,1993年改）

掌　纹

风信子在雨季前的日子
以某种方式　于你
散布诚实的谎言雨
你最好什么亦别说
什么亦别想
心的手轻抚昨日被
阳光灼伤的思想
让百合面临谎言的仞壁
作真理状　依旧
怒放若初

生活中闪光的人们啊
谁知　许诺多易
而谁晓　承诺多难
时间树在北方的气息里

结满白色的黄昏星

对这不期而至的消息

你不必把记忆逐云高空

不妨作一种优雅的坐姿

高　高　在　上

美丽的错误汹涌而来的时候

你会镇静若南方的稻田

从秋的门口从容走出金黄的稻粮

在芸芸众生的眼里流彩溢金

伸出你的手　　让心事沿掌纹

走入七月的风中

即使唱不出一句完整的歌谣

仙人掌的寂寞不也是一种潇洒

即使艾艾怨怨从身边走过

江南山清水秀的歌喉

也要坚韧而热烈地一路纵歌

(1992年暮春)

南　马

一匹伟岸的马
惯于高山放石般奔腾的马
渴望长风奋蹄的南方马
兀立在夏雨的风中
萧萧长鸣

以步履艰辛的节奏
穿过丛林和丘陵
义无反顾的姿态
如开遍山峦的花朵
传达至季节的心灵腹地

仰望雨是仰望一种幸福
彩云的翅膀从目光上走过
开阔而淡泊的天空　风帆穿梭

夏雨的你，激情的河流

求索的泪花是岛石里

奔涌而出的血液

这鲜明而结实的昭示

激励并催促我

不再展示流水般的孤芳心情

一匹伟岸的南方马

仰望之外，带着大道上的尘土

一路号角威风

指向岁月的纵深生活

(1993年春)

擦肩而过

一

总有一只温柔鸟
栖息我心的枝头

我总找不到主题
突出那隐隐约约的细节
而你温柔的意境
把我观看

很想伸出坦白之手
告诉你
要你对我说关于那首诗的某种韵律
而你洁白身影淡淡地远逝成美丽的忧伤花

你我邂逅如
异乡偶遇
无言地擦肩而过

我却从此
平静不下来

二

面对一扇门
就像面对一扇富丽堂皇的概念
我款款而至
高雅地抬起手
欲敲门楣

面对一扇门
我绕廊而行
锁孔上的钥匙耀眼如星
我高抬的手欲旋门锁
突然
我想起了另一把唯一的钥匙

面对一扇门
就像面对一把匕首制造的案件
我捶捶手　跺跺脚

转身欲走

这时,一阵风吹来
门轻轻地开了

三

一条线
画了五道
总画不直

你叫我滚开

我躲在角落
看你画

你极认真
画了五道
也是歪歪斜斜

举着十条不规则的圆形
我们摇头叹息

(1994年秋)

探春令

一

窗外　人流的街心
伫立位潇洒的男孩
捧束绿榄献给
迟来的连衣裙

那橄榄甜么?

窗外　树枝抖落
一身闪亮的叶子
枯叶沙哑地回忆着春的鼎盛

冬天,你也孤寂么?

窗外,飘洒着雨丝
田野走来一位戴笠的少女
偏偏蒙蒙望不清

那笠我可摘么?

窗外　远山写满了窗口
书卷的窗口我能攀
那山我能攀么?

窗外变得模糊
一抬头
老师的月光铺满了
窗口

二

身后的树卑屈地弯下腰
你知道吗
那是风在调皮
呵,风真大

风衣如蝴蝶云集流泉
肆无忌惮地吹

秋叶是哪位丹青手点缀的星
在旷野闪烁
秃树又是哪位将军麾指的军队
在风中行行肃立
红纱巾在空中飘舞
又是哪位天仙丢失的彩带

起风的日子
真想唤你
看这风景
当回首
却不见你

三

一个偶像
悬挂我生命的墙壁
我坐观崇拜

有天，你作为偶像
悬挂在另一个人的生命墙壁

我狂怒
我执意走出那双黑眼睛

终于有天

偶像在黑暗中迷失

从此,我被冷落如初冬的冰粒

我蓦然回首

蓦然回首我悬挂在另一个生命墙壁的自己

灯火阑珊处

早已支离破碎

(1992年春初稿,1993年改)

怀念五月

一

五月　从失血的季节中延续
吹斜的细雨　深入大地
长出张张入场牌
进入漾漾的雨季

抽甩一根雨丝
鞭打从前的日子
湿漉漉的记忆泥泞如剥
弓下身子掬一捧
却怎么也谈不出晴朗的天空
和飞翔之鹄

我扬起春风和梅雨

又见
枯萎的诺言如山竹抽节
招展一叶青绿

二

秋,摊开双手
冬便纷纷扬扬
苦只苦了雪花
那丛丛燃烧的白色火苗
要燃亮腊梅怒放

向谁倾吐眷恋
古枫被秋剥得精光
冬魂是春的幽灵
只是为编织白色的花圈
才有了蕴藏
热烈斯亿年的太阳
斜挂为冬的草帽
遮盖颤栗的双唇
做红色远梦

月亮在冰地流出一条河
默任怒狮般的风暴

鞭打

溅起满天星花

除了走向共同的结局

于冬

我能唤醒什么

三

海如此辽阔

竟容不下一条傲挺的红帆船

漆黑如夜的礁石

脸笑百孔，在七月

勾结出手不凡的雷电

撕碎红帆于浪迹的千帆之外

溅血处

群　鸥

骤　至

船，依然自远方来

依然向远去

夜泊的灯塔依然不繁衍

芸芸众生的水手

将海膜拜为为安息之神

我却盘腿坐在锚上

听海风海风不老
眺季节季节不归
看自己在水中浮沉
好不忧伤

(1992年秋)

守望离别

当千种孤寂漂流成河的时候

你摇橹朝我摆来

影子的风

将荒岛的思恋,绿得山清水秀

你朝我走来

你水样澄净的目光

如墨绿的倒影,绕我痴凝的湖边

你闪烁苹果般光芒的目光

穿透了我在失落后　千般修筑的理智之堤

你朝我走来

你可知道,等你的过程

我坚贞　如日落月升

水野里,我满怀愁绪又满怀期许

静听你的跫音和悠扬越林的歌声

青色的密林早已繁花几度

而我的心,仍然闪烁萌动

尽管我无数次守望密布的星空

想象着歌的那边

是否有一片无法跨越的沼泽地

你朝我走来

只因为对你的思念

使我觉得周围的一切不可亲近

我整日沉默如夜

你可知道

你的每次呼吸都有古老的意境

抚我如风　抚我似月　抚我若雨

你的一声轻叹,惊起我

恣意如蝶的五指

从五个不同的方向朝你飞去

只为停留在你的肩头

你的一颦微笑,足可以

使我把该记起的全忘记

该忘记的全记起

你的一声长叹,足可以

使一种顶天立地的气势磅礴的姿势击为齑粉

在千种风情如流　响彻我全身的时候
你却点橹,轻轻与我擦肩而过
给我一种离别的愁绪
在我身后
是言不清道不尽的绵缠和宁静
为了这刻骨铭心的爱情
我决不把孤独的世界留给你
水声日夜轻拍的岛岸
一只白鸟　蓦然翩飞

(1993年春)

图书在版编目(CIP)数据

和爱的颂歌/汤涛,汤君逸著.
—上海:上海三联书店,2016.
ISBN 978-7-5426-5560-8

Ⅰ.①和… Ⅱ.①汤…②汤… Ⅲ.①中国文学—
当代文学—作品综合集 Ⅳ.①I217.2

中国版本图书馆CIP数据核字(2016)第082713号

和爱的颂歌

著　　者　汤　涛　汤君逸

责任编辑　钱震华
装帧设计　魏　来

出版发行　上海三联书店
(201199)中国上海市都市路4855号
http://www.sjpc1932.com
E-mail:shsanlian@yahoo.com.cn

印　　刷　上海昌鑫龙印务有限公司

版　　次　2016年6月第1版
印　　次　2016年6月第1次印刷
开　　本　640×960　1/16
字　　数　340千字
印　　张　33.5
书　　号　ISBN 978-7-5426-5560-8/I·1128
定　　价　68.00元